어린이 문학의 재발견

어린이문학의 재발견

초판 1쇄 발행 2006년 11월 15일
초판 3쇄 발행 2015년 10월 15일

지은이 ● 김상욱
펴낸이 ● 강일우
책임편집 ● 천지현
외주교정 ● 성경아
미술 · 조판 ● 김성미 신혜원
펴낸곳 ● (주)창비
등록 1986년 8월 5일 제85호
주소 10881 경기도 파주시 회동길 184
전화 031-955-3333
팩스 031-955-3399, 3400
홈페이지 www.changbikids.com
전자우편 enfant@changbi.com

ISBN 978-89-364-6325-0 03810

* 이 책은 한국문화예술위원회 2006년도 '창작지원기금'을 받았습니다.

* 책값은 뒤표지에 표시되어 있습니다.

어린이문학의 재발견

김상욱 평론집

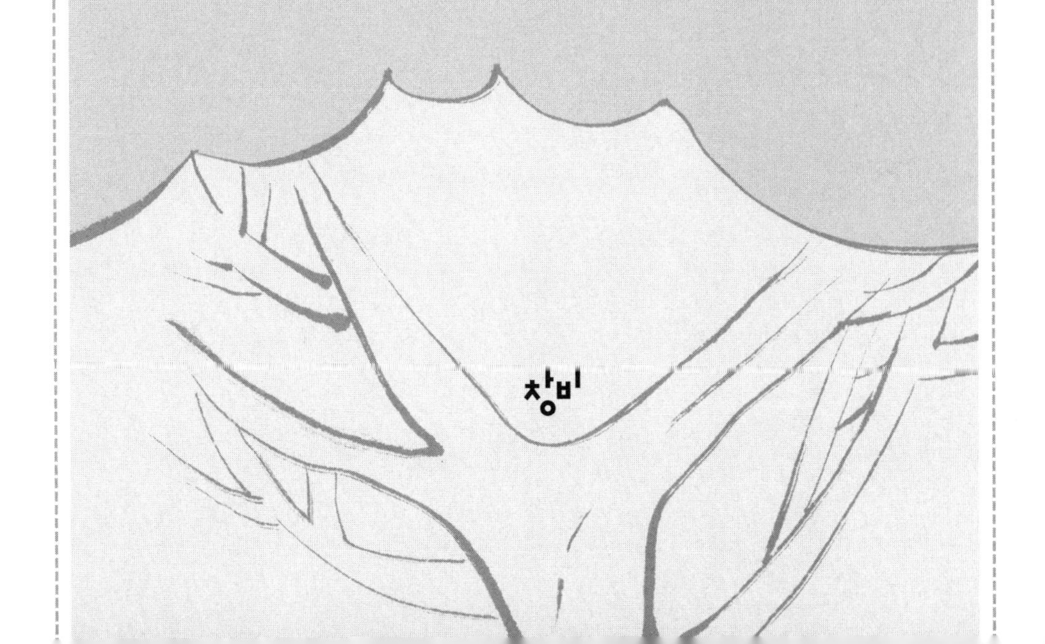

창비

머 리 말

계몽을 넘어 현실성으로

어린이문학에 관한 두번째 평론집을 낸다. 그만큼 작품을 보는 눈길이 깊어지고 넓어지기를 바라지만 언감생심이다. 어린이문학 또한 녹록지 않아 단순히 조금씩 덧쌓아가는 공부가 아니라, 이미 쌓아올린 것들조차 거듭 새로운 관점으로 허물어야 할 때가 적지 않다.

처음 어린이문학에 몸을 담글 때 내 손에 쥐여 있던 화두는 어린이문학 또한 문학이며 문학이어야 한다는 명제였다. 지극히 당연한 듯 보이지만, 실상은 그 경계조차 넘지 못한 작품들이 적지 않았다. 지금도 여전히 양적으로는 문학조차 되지 못하는, 주관적 관념에 기댄 어설픈 계몽과 비현실적인 동심에 바탕을 둔 작품들이 숱하게 쏟아져나오고 있다. 안타까운 노릇이다. 그러나 곳곳에서 질적으로 뛰어난 작품들이 비 온 뒤끝 꽃망울이 터지듯 불쑥불쑥 자신의 존재를 입증해 보이고 있다. 이 작품들을 지켜보면서 나는 다시금 문학을 넘어 어린이문학이란 무엇인가 되묻지 않을 수 없었다. 문학의 보편성을 넘어 어린이문학의 특수성에 닿지 못한다면, 선무당 사람 잡는 평론가를 면키 어려우리라는 사실을 새삼 깨달은 것이다.

이번 평론집을 이끌어가는 중심축으로 '현실성'을 잡은 것도 이 때문이다. 현실성이야말로 문학의 보편성과 어린이문학의 특수성을 매개하는 중핵으로 손색이 없으리라 생각한다. 물론 현실성이란 작품 내부의 응집성을 지칭하는 것이기도 하며, 작품의 안팎을 이어주는 독자의 의식 속에 포착되는 실감이기도 하다. 이 다층성으로 말미암아 현실성은 실존하는 현실과 함께 현실을 보는 관점과도 연결된다. 하여 구체적인 작품이 현실성으로 충만할 경우, 동시는 또 동화는 비로소 어린이와 문학, 그 어느 한편으로도 치우치지 않는 견고함을 보여주리라.

이를 입증하기 위해 책은 크게 4부로 구성했다. 현실성을 표나게 내세운 1부의 성격론과 다양한 장르에 걸쳐 현실성이 표출되는 특성에 주목한 2부의 장르론, 그리고 동시와 동화에 걸쳐 현실성을 획득해온 뛰어난 작가·작품 들의 구체적인 양상들을 살펴본 3부의 동화론과 4부의 동시론 등으로 구성했다. 이미 앞선 논의들을 거느리고 있는, 두드러진 작가와 작품들을 중심으로 살펴보았다는 점에서 이 평론집은 전적으로 여러 사람들의 어깨 위에 간신히 올라앉은 난쟁이 모양을 하고 있다. 그런데 도리어 원래 있던 키높이를 낮춘 것은 아닌지 적이 염려된다. 다만 비평의 본령이 동시대의 작가와 작품에 관한 더한층 적극적인 개입이며 실천이란 점을 잊지 않으려 했다거나, 기존의 권위에 짓눌려 실상을 호도하지 않으면서 피할 수 없었던 한계들을 정확하게 밝히려 했노라고 어설픈 변명이나마 늘어놓고 싶다.

최근 우리 어린이문학은 조금씩 분화되어가는 즈음에 있다. 으레 그러려니 했던 작품세계들이 작가에 따라 장르에 따라 조금씩 그 차별성을 부각시켜내고 있는 것이다. 사실 함께 묶여 있는 대신 흩어져 있는 것은, 온

몸을 무방비로 노출시켜야 한다는 점에서 위험천만한 노릇이다. 그러나 그 위험이야말로 어린이문학을 문학이자 예술로 만드는 담금질이며, 비로소 어떤 어린이문학인가를 모색하는 출발점임을 의심하지 않는다. 기꺼이 스스로의 바닥을 보여주고자 하는 작가들의 용기가 있기에 나는 이들을 부지런히 좇아가야겠다고, 좇아가면서 이들이 지나온 징검돌들을 거듭 함께 반추해보겠다고 내심 작정하게 된다. 그것이 이 평론집의 저층을 형성하는 작품들과 작가들에게 진 빚을 갚는 온당한 방식이기 때문이다.

누구나 그러하듯 책을 낼 때마다 생각이 많아진다. 책은 사회적 재화다. 여러 사람의 도움을 받아야 하고, 여러 자원들을 어쩔 수 없이 사용하게 된다. 이 책이 이들 소중한 재화를 사용할 만한 값어치가 있는 것인지 사실은 자신이 없다. 그럼에도 책을 엮어내는 것은 개인의 비평적 글쓰기 또한 어린이문학의 살아있는 역사이며, 따라서 또박또박 기록해두어야만 하리라는 어설픈 위안이 있기 때문이다. 책 속에 인용된 많은 작가와 작품에 고마움을 전하며, 또 이렇게 단정한 책으로 묶일 수 있도록 애써준 창비 편집진, 난삽한 글을 힘겹게 읽어줄 독자들, 모두에게 거듭 마음을 전하고 싶다. 모두들 평강하시기를 바란다.

2006년 가을

봄내에서 김상욱

차례

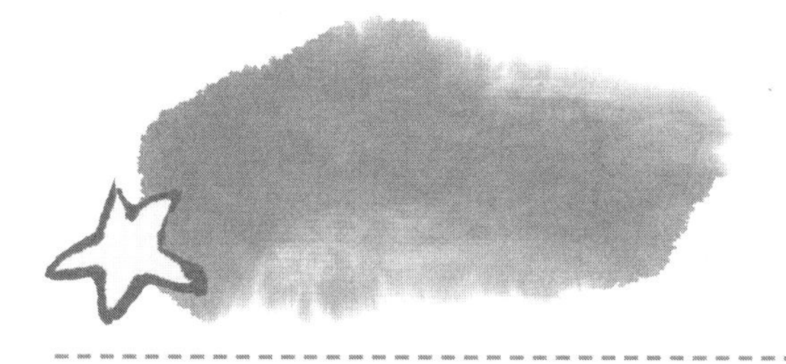

제3부 | 동화와 정치적 상상력

제4부 | 동시 속의 현실주의

1부
오늘의 동화와 현실주의

지금 우리 어린이문학은 흐드러진 꽃을 피운 다음, 잎새를 틔울 준비를 하는 아직은 시작 단계에 불과하다. 그럼에도 나무에 견준다면 어디를 향해 가지를 내밀 것인가 하는 가장 중요한 시점에 놓여 있다. 어린이문학에 관여하는 다양한 주체들의 노력이 소중한 것도 이 때문이다.

자본의 시대, 동화의 행로

1. 어린이'문학'과 '어린이'문학

어린이문학은 문학이다. 그러나 정작 어린이문학은 문학이라는 당위만으로는 어린이문학이 되지 않는다. 어린이를 도외시한 문학은 문학일 수 있을지언정 어린이문학은 아닌 것이다. 어린이와 문학이라는 씨줄과 날줄을 팽팽하게 교차해 한폭의 천을 짜낼 수 있을 때, 비로소 어린이문학은 장르적 특성에 걸맞은 문학이 된다. 문학으로서의 보편성과 어린이문학으로서의 특수성, 이 두 속성의 최대치를 확보할 때, 작품은 빛을 발하게 된다.

한때 필자는 문학으로서의 보편성을 표나게 내세운 적이 있다. 문학의 이름에 미치지 못하는 작품이 수없이 양산되고 있었기 때문이다. 지금도 양적으로 보아 사정은 달라진 바 없다. 동화라는 이름을 내걸고 쏟아지는 수많은 작품들 가운데에는 아직도 함량 미달인 작품이 적지 않다. 목록을 잠깐만 들추어보면, '초등학생을 위한 학년별 ~' '형진이 다리는 ~' '아빠가 전하는 ~' 등등의 제목을 쉽게 마주칠 수 있다.

그러나 문학은 교훈을 전달하기 위해 존재하는 것이 아니다. 문학이 전달하는 교훈은 작품의 내부에 존재한다기보다 작품이 소통되는 맥락, 곧 독자와의 마주침에 따라 새롭게 형성되는 것이다. 이는 마치 삶에 대한 경험이 삶에 대한 깨달음을 함께 건네주지 않는 것과 다를 바 없다. 경험을 의미로 걸러내는 일은 전적으로 주체의 몫이기 때문이다. 작가는 작품을 통해 독자에게 경험을 건네주면 된다. 물론 그 경험은 예술적 경험이다. 구체적이고 직접적인, 그러나 개별적인 경험이 아닌, 독자들이 스스로 자신의 경험으로 치환해낼 수 있는 전형적인 경험을 건네주면 되는 것이다.

지금 여기에서의 어린이문학은 적어도 문학으로서의 밀도를 위해 전전긍긍하거나 문학에 대한 콤플렉스로 연연해하는 단계는 지난 듯싶다. 감동을 주는 좋은 작품이 많이 쏟아져나왔고, 지금도 신열에 휩싸여 창작에 몰두하는 좋은 작가들이 거듭 출현하고 있기 때문이다. 오히려 한단계 도약한 어린이문학을 위해, 문학이 되어야 한다는 저만큼 높은 곳에서의 비평적 계시가 아니라, 특수성에 더한층 착근하는 것이 필요한 시점이 아닌가 싶다. 어린이문학의 종차(種差)인 '어린이'를 다시 한번 되돌아보아야 할 시점인 것이다. 어린이문학은 끝내 어린이란 깃발을 앞세우고 문학·문화·삶의 대열에서 행진하는 실천이기 때문이다.

2. 동화, 자본의 지원군

최근 우리 사회의 변화를 단적으로 보여주는 사건이 있었다. '명예박사학위 사건'이라고 해야 하나. 세계적인 기업의 회장이 학교측에 건물을 지어주었고, 그 대가로 학교는 명예철학박사학위를 수여하고자 했는데, 이를 탐탁지 않게 여긴 몇몇 학생이 반대 시위를 벌였고, 그 직후에 뭇매를 맞듯 여론의 포화 속에 휘말린 사건이다. 해당 대학의 교수들은 물론이거니와 정치권까지 덩달아 나서서, 평화적인 시위를 벌인 학생들을 궁지로 몰아넣었다. 이른바 자본이 전통적인 해방구였던 대학까지 집어삼키고, 서로 암묵적으로 손을 잡던 정치권과 명백하고도 견고한 연대를 자랑한 것이다. 이제 우리 사회는 명실상부하게 자본의 지배 아래 흔들림없이 안착하고 말았다.

물론 이 자본의 질서가 편안한 사람도 있을 것이다. 자본은 넉넉하고 풍요로운 삶을 약속하고 있으며, 다른 이들보다 더 많이 평등한 사람들에게는 어김없이 약속을 지킬 것이다. 그러나 그저 평등하기만 한 대다수 사람들에게 자본의 질서는 곤혹스럽다. 풍요 속의 빈곤은 철두철미 가진 것 없는 대다수 민중의 삶을 유린해버리기 때문이다. 우리는 이미 무너지는 중산층을 보며 자본의 질서가 얼마나 혹독한지를 느끼고 있다. 그런데 이 자본의 질서 속에서 문학, 나아가 어린이문학은 어디로 가야 할 것인가?

문학은 언제나 사회와 일정한 거리를 유지하며, 일정한 불화 속에서 성장해왔다. 현실 속에 교묘히 감추어진 모순을 폭로하고, 잘 길들여진 듯한 질서를 해체하며, 언제나 새로운 전망을 기획해왔다. 그러나 지금은 이 전망조차 가능하지 않으며, 따라서 문학은 지리멸렬하게 소진되어가고 있다. 정책적인 차원에서 '문학 회생 프로그램'이나 '찾아가는 문학' 등으로 살 길을 도모하고 있으나, 이미 자본은 자신이 허락하는 한도 안에서만 문학의 영역을 보전해줄 뿐 예전과 같은 영화를 되돌려주지는 않을 것이다. 문학의 시대는 말없이 흘러가고 지나가고 있는 것이다.

이처럼 문학의 시대는 저물어가고 있는데, 의외의 현상 또한 동시에 나타나고 있다. 저물어가는 문학과는 반대로 어린이문학의 기세는 꺾여들 줄 모르고 있다는 점이 그것이다. 문학 전문지는 겨우 외부의 수혈을 받으며 간신히 제 몸을 지탱하는 데 반해, 어린이문학은 도도한 장강의 흐름은 아닐지라도 몇해째 부흥기를 구가하고 있다. 잡지가 거듭 창간되고 있으며, 문학상 또한 넘쳐나고 있다. 이는 도대체 어떠한 까닭인가?

문학, 특히 기존의 시와 소설은 서서히 허물어져내리고 있는데, 그 자리를 대신하여 장르문학이 발돋움하고 있는 시점에 동화는 여전히 자신의 몫을 다하고 있다. 그저 자신의 위치를 지키는 것만이 아니라, 질적인 성장도 마다하지 않으며 일취월장하고 있다. 그렇다면 만에 하나 어린이문학, 그 가운데에서도 특히 동화는 자본의 시대와 그런대로 잘 어울리는 문학 장르가 아닌가 하는 의심이 든다. 자본의 시대와 동화는 불화가 아닌 깊은 친연성 속에서 서로가 서로를 부추기는 기묘한 상생의 관계에 놓여 있는 것은 아닌가?

이러한 관점으로 살펴보건대 동화는 태생 자체가 자본주의적인 양식이다. 창작동화의 개척자에 해당하는 안데르센(Hans Christian Andersen, 1805~75)은 콜린(Jonas Collin)이라는 덴마크 관리를 후원자로 두고 있었으며, 그 가족의 지원 아래 정규교육을 받았다. 그러나 창작활동만큼은 상업출판에 기대어 자신의 독자적인 재생산기제를 확보했다. 독자의 구매력이야말로 안데르센의 작품이 생산되게 한 동력이었던 것이다. 로맨스와 달리 소설이 근대적인 부르주아의 서사시라는 것도 같은 맥락이다. 귀족이라는 특정한 독자 대신 소설은 불특정한 부르주아 전반을 향해 작품을 창작하고 소통했다. 따라서 동화 또한 불특정한 부르주아의 아이들을 위한 근대의 서사시인 것이다.

그러나 소설과 달리 동화는 더한층 대중적인 예술양식으로 존재한다. 본격 소설의 독자들은 부르주아 전체가 아니라 적어도 예술적 감식력을 갖춘 독자들이다. 독자들은 스스로 작품을 선택하며, 소설을 선택하는 독자들은 결코 무차별적인 독자는 아닌 것이다. 그러나 동화의 독자들은 애초 경계가 불명확하다. 동화의 독자들은 특정한 독자가 아니라, 하나로 뒤엉킨 독자 전체로 존재한다. 소설은 감식력 있는 독자들만을 상정하고 창작될 수 있으나, 동화는 그렇게 될 수가 없다. 감식력 있는 어린 독자들이란 애당초 허구이기 때문이다. 더러 뛰어난 예술작품에 대한 감식력을 어린 독자들이 본능적으로 지니고 있다고 주장하는 이들이 있다. 하지만 그 또한 어린이에 대한 관념일 뿐 구체적인 실상과는 다르다. 좋은 작품은 그 자체로 사람을 끌어당기는 것이지, 어린이의 소박한 눈이 작품의 미적 자질을 앞질러 포착할 수 있게 하는 것은 아니기 때문이다.

무엇보다 어린이문학의 하위 양식인 동화는 어린이라는 열린 대중을 향해 존재한다. 동화의 대중성은 동화의 내용적 특징의 견고한 한 요소인 것이다. 작가들이 자칫 이 대중성을 무시해버릴 경우, 동화는 문학으로 존재할지언정 어린이문학으로서는 실패작이 된다.

그리고 동화의 대중성은 형식적 특징인 단순성과 서로 짝을 이루며 존재한다. 쉽고 단순한 서술이라는 특징이 대중성을 확보하는 유효한 장치인 것이다. 복잡하게 뒤얽힌 문장이나 중층적인 서술구조는 동화로서 부적합하다. 마치 독주악기로 연주를 하듯, 동화는 단일한 서술구조와 함께 뒤섞이지 않은 단순한 형식의 문장으로 시종일관 지속되어야 하는 것이다.

주제 또한 동화의 대중성과 연결되어 있다. 동화의 주제는 이미 존재하는 이데올로기의 전복을 좀처럼 실현해 보이지 않는다. 기존의 가치들을 단순 반복할 뿐이다. 비록 환경이나 성차별 등에 관해 문제제기를 하는 작품도 없지 않으나, 이 또한 폭넓게는 기존의 지배적인 이데올로기를 유연하게 만든다는 점에서 제대로 된 전복이라고 보기 어렵다. 이데올로기적 재생산의 수단으로 동화는 더할 나위 없는 양식인 것이다.

동화는 장르문학적인 속성이 두드러진 서사 양식으로, 영화와도 흡사한 운명에 놓여 있다. 무엇보다 장르문학은 작품의 개별적인 특성보다 장르 전체의 특성이 주도적인 문학을 지칭하는 말이다. 마치 할리우드 영화나 홍콩 느와르가 장르영화이듯. 이들 장르영화는 개별 작품의 특성보다 장르적 특성이 더욱 주도적이며, 심지어 압도적이기까지 하다.

대중적인 장르문학으로서의 동화는 예술이 아니라 상품으로 전락할 내적인 자질들을 이미 골고루 갖추고 있다. 이는 자본의 시대에도 여전히 동화가 발전을 거듭하는 가장 중요한 까닭이다. 동화는 이미 태생부터 자본의 문학이었으며, 자본의 질서와 하등 배치되지 않는 대중적인 내용과 형식을 통해 잘 만들어진 상품으로 제 기능을 다하고 있기 때문이다. 동화의 내용과 형식이 자본의 질서를 어떻게 강화하고 온존해나가는지, 동화의 통념을 고스란히 대변하는 'TV동화 행복한 세상'을 한 편 엿보기로 하자.

달동네 사글세집에 가난한 부부가 살았습니다.

"휴. 이 일을 어쩌지?"

남편의 실직…… 바닥을 드러낸 쌀독……

"아휴…… 언제 이렇게……"

아내는 쌀독을 열어보며 가만히 한숨을 내쉬었습니다.

게다가 아내의 배는 만삭으로 불러왔습니다.

당장 저녁끼니도 문제였지만 새벽마다 인력시장으로 나가는 남편에게 차려줄 아침거리조차 없는 게 서러워 아내는 그만 부엌 바닥에 주저앉아 펑펑 울어버렸습니다.

아내가 우는 이유를 모를 리 없는 남편은 아내에게 다가가 그 서러운 어깨를 감싸안았습니다.

"울지 마. 참…… 당신 갈비 먹고 싶다고 했지? 우리 외식하러 갈까?"

외식할 돈이 있을 리 없었지만 아내는 오랜만에 들어보는 남편의 밝은 목소리가 좋아서, 그냥 피식 웃고 남편을 따라나섰습니다.

남편이 갈비를 먹자며 아내를 데려간 곳은 백화점의 식품 매장이었습니다.

식품 매장 시식코너에서 인심 후하기로 소문난 아주머니가 부부를 발견했습니다. 빈 카트, 만삭의 배, 파리한 입술…… 아주머니는 한눈에 부부의 처지를 알아차렸습니다.

"새댁, 이리 와서 이것 좀 먹어봐요. 임신하면 입맛이 까다로워진다니까."

안 그래도 허기에 지쳐가던 부부한텐 그 손짓이 얼마나 고마운지……

"자, 여보 먹어봐. 어때?"

"잘…… 모르겠어."

다른 시식코너의 직원들도 임신한 아내의 입맛을 돋워줄 뭔가를 찾으러 나온 부부처럼 보였던지 자꾸만 맛볼 것을 권했습니다.

"자…… 아 해봐."

"맛있네!"

부부는 그렇게 넓은 매장을 돌며 시식용 음식들을 이것저것 맛봤습니다.

"오늘 외식 어땠어?"

"으응…… 좋았어."

그리고 집으로 돌아가는 부부의 장바구니엔 달랑 다섯 개들이 라면 한 묶음이 들어 있었습니다. (「우리 외식하러 가요」, 2002. 7. 9 방송)

'TV동화 행복한 세상'은 KBS 1TV의 시사교양 프로그램의 하나로 지금껏 지속되는 장수 프로그램이다. 애초 텔레비전 매체의 특성으로 말미암아 글 텍스트만이 아니라 이미지 텍스트와 음성 텍스트가 함께 존재하지만, 여기에서는 편의상 음성을 글로 옮겨 살펴보고자 한다. 다만 그림 텍스트는 실사에 가까운 배경을 바탕으로 인물을 파스텔톤으로 감싸는 화면을 통해 정감을 효과적으로 표현하고 있음을 밝혀둔다. 내레이션으로 제시되는 텍스트 역시 큰 맥락에서는 이 따스한 정감을 구체화하고 있다. 이 텍스트의 서사는 아주 간략하다.

"가난한 부부가 있다. 아내는 만삭이며, 남편은 인력시장에 나간다. 가난 때문에 아내는 운다. 남편이 달랜다. 둘은 함께 백화점 식품 매장을 찾는다. 시식코너에서 이것저것 먹는다. 다소 행복해져서 돌아온다."

서사를 촉발하는 처음 이 부부가 맞닥뜨린 상황은 절박하다. 그러나 절박한 문제들의 원인이나 해결책은 제시되지 않는다. 절박한 가난과 궁핍,

소외의 문제들은 남편의 기지로, 또 따스한 이웃의 배려로 잠시 유보될 따름이다. 그럼에도 인물들은 행복하다. 남편과 아내의 넘치는 사랑이 있기에 너끈히 견뎌낼 수 있다는 것이다. 현실을 보는 낭만적 인식은 이 한 편뿐만 아니라 프로그램의 전편에 차고 넘친다. 물론 사랑과 온정이 이 사회를 구원하는 것임을 굳이 반박할 생각은 없다. 그리고 한두 차례의 기획이 아니라 장기적으로 진행되는 한 텔레비전 프로그램을 통해 현실의 변혁을 읽어내고 싶은 마음도 없다.

문제는 이 프로그램이 전적으로 비관적인 현실, 자본의 위력이 한 가정을 막다른 골목으로 몰아가는 상황을 외면하고 있으며, 그 상황을 지극히 개인적인 관념이나 정서적 태도를 통해 극복할 수 있다는 낭만적 환상을 심어준다는 사실이다. 자본의 지원군으로 손색없는 역할을 거뜬히 감당하고 있는 것이다. 더욱이 이와같은 독특한 역할을 '동화'라는 이름으로 감행하고 있다. 이들에게 '동화'는 현실의 변혁이나 날카로운 비판은 접어둔 채 '낭만적 환상'을 부추기는 도구일 따름이다.

그런데 과연 우리의 창작동화, 오늘의 동화는 이 프로그램의 서사와 얼마나 멀리 떨어져 있는가? 새로운 전망을 열어 보이며, 낭만적 서사를 극복하고 있는가? 본질과 기능이라는 면에서 그리 다를 바가 없는 것은 아닌가? 아이들에게 계몽의 서사를 들려주며 체제에 순응하게 만들거나, 모든 것이 잘될 것이라는 낭만적인 서사 혹은 개인의 노력으로 난관을 극복해야 한다는 관념의 서사를 들려주고 있는 것은 아닌가? 묻지 않을 수 없다.

3. 동화, 해방의 계기

동화는 장르문학적 경향이 두드러진 양식이며, 이로 말미암아 자본이 전일적으로 지배하는 시대임에도 불구하고 여전히 발전을 거듭해나간다는 주장은 충분히 타당한 주장이기는 하지만, 일면적이다. 동화가 대중적인 양식이라는 진술이 곧 동화를 통해서는 예술성의 획득이 불가능하다는 주장은 아니기 때문이다. 대중성이란 대중과 밀착할 수 있는 가능성을 말하는 것이며 상품으로 전락할 개연성이 높다는 것이지, 예술이 될 수 없다는 것과는 별개의 문제다. 대중문화와 고급문화의 구분 자체가 일종의 엘리뜨주의적 발상으로, 문화가 갖는 역동성을 관념적으로 재단한 것에 불과하기 때문이다. 적어도 상업주의와 견고하게 대결해나가고자 한다면, 동화는 대중적인 내용과 형식에도 불구하고 충분히 예술성을 확보할 수 있다. 이는 영화를 보아도 쉽게 알 수 있다. 가장 대중적인 장르임에도 불구하고 영화를 제8의 예술로 편입시키기를 마다하지 않는 것은 영화가 갖는 예술적 가능성 때문이다.

동화의 장르문학적 특징이 곧 동화의 한계와 직결되는 것은 아니다. 장르문학으로서의 현실적인 제약을 충분히 인식하고, 예술성을 강화하는 방안이 없지 않기 때문이다. 이른바 동화의 대중문학적 자질은 양날의 칼이며, 상업주의에 투항할 수도, 자본에 정면으로 반기를 들 수도 있다. 결국 대중성과 예술성 모두를 동시에 끌어안고자 하는 노력만이 동화의 갈 길이다. 그러나 현재의 동화로는 이 야심찬 기획을 감당하기 어렵다. 현재의 동화는 거의 모두 자본의 질서와 궤를 함께하는 동맹군으로 존재하기 때문이다. 그리고 그 단적인 표지는 우리 동화의 계몽적인 속성에서 찾을 수 있다.

물론 이전과 비교할 때 우리 동화의 계몽성은 한결 제자리를 찾아가는 중이기는 하다. 노골적으로 주제를 드러내는 대신 『강마을에 한번 와 볼라요?』(고재은, 문학동네어린이 2004)처럼 작품 속에 주제를 녹여내고자 노력하고 있기 때문이다. 또한 『축구 생각』(김옥, 창비 2004)처럼 현실성을 획득함으로써 계몽의 계기를 바람직한 방향으로 견인하고 있기도 하다.

그러나 최근 잇따라 출간된 새로운 작품들은 여전히 계몽성을 벗어나는 것이야말로 우리 동화의 가장 화급한 화두임을 여실히 보여주고 있다. 최근 문학상을 받았거나 그와 유사한 형태로 출판된 작품들, 곧 『지엠오 아이』(문선이, 창비 2005), 『UFO를 따라간 외계인』(서하원, 문학동네어린이 2005), 『나의 린드그렌 선생님』(유은실, 창비 2005), 『플루토 비밀 결사대』(한정기, 비룡소 2005) 등을 일별해보면 계몽의 폐해를 짐작할 수 있다.

먼저 최근 작품에서 손쉽게 확인되는 것은 주제에 대한 강박이나. 선명한 주제를 확보하기 위해 현실성을 심각하게 훼손하고 있는 것이다. 대표적인 작품은 『지엠오 아이』다. 과학 판타지라고 볼 수 있는 이 작품은 미래의 모습을 상상적으로 제시함으로써 현실에 대한 새로운 인식을 안겨주고자 한다. 조밀한 장치들을 통해 예견할 수 있는 세상을 앞질러 형상화하고 있다는 점에서 돋보이는 작품인 것만은 사실이다. 그러나 작품은 후반부에 들어 '나무'라는 한 아이를 중심으로 할아버지와의 갈등과 갈등의 해결에 주력하면서, 판타지라는 폭넓은 서사적 배경을 제대로 활용하지 못한 채 '기억의 소중함'을 환기하는 것으로 그치고 만다.

『UFO를 따라간 외계인』은 다운증후군이라는 독특한 병을 앓고 있는 '달맛'과 주인공 '슬범'의 갈등을 다루고 있다. 장애에 대한 차별에서부터 시작해 '우리의 천사, 미하일'이란 연극을 계기로 사랑에 눈떠가는 과정을 그리고 있다. 『지엠오 아이』와 『UFO를 따라간 외계인』은 공통적으로 소재 자체가 이미 앞질러 주제를 예견해주고 있으며, 풍부한 변주에도 불구하고 예정된 주제를 고스란히 드러낸다는 점에서 한계를 보인다.

『나의 린드그렌 선생님』도 다르지 않다. 물론 풍부한 상상력이 돋보이며, 깔끔한 문체가 주인공 '비읍'의 내면 풍경을 잘 표현하고 있는 좋은 작품이다. 그러나 린드그렌의 작품에 밀리는 바람에 아버지의 부재, 가족 구성원의 갈등과 화해가 후반부에 이르러 비약을 통해 처리되고 만다.

이에 비할 때, 『플루토 비밀 결사대』만이 특정한 주제로 단순화되지 않는 이야기의 힘을 지속적으로 발휘하고 있다. 아마도 '모험 이야기'라는 양식적 특성이 명시적인 주제를 굳이 강제하지 않아도 되었기 때문으로 보인다. 그러나 이분법적인 인물설정과, 범인찾기라는 고전적인 추리기법을 전혀 활용하지 못한 결함을 그대로 드러낸다는 점에서 그리 만족할 만한 작품은 아니다.

선명한 주제가 초래하는 문제점은 단순히 계몽성을 강화하는 데에만 그치지 않고 서사적 장치 자체를 왜곡한다는 점에 있다. 인물, 사건, 배경을 서사의 전형적인 구성적 장치라고 할 때, 주제가 왜곡하는 가장 두드러진 장치는 인물이다. 예컨대 『나의 린드그렌 선생님』에 등장하는 비읍은 열살로 설정되어 있으나, 사고의 폭과 깊이는 초등학교 3학년을 훌쩍 뛰어넘고 있다. 작가의 관념이 빚어낸 인물일 뿐 현실성이 턱없이 부족한 것이다. 『플루토 비밀 결사대』의 '금숙', 『UFO를 따라간 외계인』에 등장하는 '외계인 선생님'이나 슬범에게 '미하일'이란 필명으로 메일을 보내는 '시조 엄마'는 지나치게 이상화되어 있으며, 작품의 실감을 현저하게 차단하고 있다. 『지엠오 아이』의 나무도 이 점에서는 다를 바 없다. 나무의 행동이나 말은 할아버지의 말을 간접 인용하는 우회적인 방식이기는 하나 역시 이상화되어 있다.

특정한 인물의 이상화는 작품 속 다른 인물에게도 영향을 미친다. 상대적으로 이상화된 인물로 말미암아 여타 인물들은 원경으로 밀려나거나, 등장하더라도 생동하는 개성을 창조하지 못하게 된다. 『지엠오 아이』나 『나의 린드그렌 선생님』의 경우 부차적인 인물이 거의 등장하지 않으며, 『플루토 비밀 결사대』나 『UFO를 따라간 외계인』의 경우에는 주인공들의 성격이 모호하게 그려지고 있다. 우진이나 동영, 서진, 한빛은 한결같이 사건을 좇아가는 인물일 뿐, 각각의 개성을 뚜렷하게 부각하지 못하고 있다. 이보다 낫기는 하나 시조, 지선, 현일, 슬범 등 다채로운 인물이 등장하는 『UFO를 따라간 외계인』도 인물들의 개성적 성격을 창조하는 데까지는 미치지 못하고 있다. 시조의 경우 지나치게 상투적으로 묘사되고 있으며, 지선과 현일은 별다른 개성 없이 서사의 변경으로 밀려나 있다.

그러나 주제의 선명함과 인물형상의 비현실성보다 더욱 심각한 문제는 이들 작품이 천착하는 계몽의 성격이다. 계몽성이란 곧 작품에서 형상화하고자 하는 어린이이며, 작가가 발견하고자 하는 어린이인 것이다. 그러나 이들 어린이는 결국 사회가 요구하는 잘 빚어진 어린이일 따름이다. 친구끼리는 서로 도와야 하며, 다른 사람의 상처 또한 마음속 깊이 공감할 수 있어야 하며, 인간을 소중하게 여겨야 하며, 불의에 맞서 용기있게 대처해 나가야 한다는 것 등이 그것이다. 물론 이 규범들이 그릇된 것은 아니다. 어떤 사회든 선한 인간이 지혜와 용기와 사랑을 입증하며 살아가는 것은 당연한 미덕이다. 문제는 이 부르주아적 혹은 시민적 규범들을 동화가 굳이 반복할 필요가 있는가 하는 점이다.

그렇게 표나게 내세우지 않더라도 동화는 모든 동화의 서사가 그러하듯 그 자체가 이미 계몽적이다. 서사는 처음, 중간, 끝으로 이루어져 있으며, 균형 상태에서 시작해 갈등이 초래됨으로써 불균형으로, 다시 갈등이 해결되면서 균형을 되찾는 것으로 이야기가 끝난다. 비록 열린 결말을 모색할지라도 서사가 계몽으로부터 온전히 벗어나기는 힘들다. 작품의 종결을 알리는 매듭이 있느냐 없느냐의 차이일 뿐, 균형에의 지향을 완전히 무시할 수 없기 때문이다.

더욱이 서사는 갈등의 해결과 관계없이 이야기의 시작과 끝을 어디로 설정하는지에 따라 작가의 관점을 드러낼 수밖에 없다. 그려내고자 하는 세계에 대한 작가의 가치평가가 피할 수 없이 드러나게 마련인 것이다. 따라서 계몽적 계기를 본원적으로 끌어안고 있는 동화에 덤으로 더욱 선명한 계몽성을 담고자 하는 것은 예술의 관점에서는 잉여일 따름이다.

또한 동화의 계몽성은 한편으로는 장르문학으로서 동화가 지닌 대중적인 계기를 왜곡한다. 계몽이 덧붙여짐으로써 일단 동화는 대중의 흥미를 반감시킨다. 고리타분한 설교를 좋아할 대중 독자는 없기 때문이다. 어린 독자라고 해서 예외는 아니다. 그리고 계몽성과 대중성이 유착할 경우 기존의 지배적인 이데올로기를 온존시키거나 강화할 여지도 많다. 현재의 동화들 역시 크게 보아 다르지 않다. 마음이 따뜻한 아이들이 등장하며, 처음에는 심술을 부리더라도 마침내는 착해져 어른들의 마음에 쏙 드는 아이들로 변신하는 것이다. 대중성의 부정적 측면들이 고스란히 드러나는 셈이다.

그렇다면 돌파구는?

경로는 두 가지다. 하나는 전적으로 다른 계몽을 기획하는 것이다. 뤼씨엥 골드만(Lucien Goldmann)은 소설은 "훼손된 세계에서 훼손된 방식"[1]으로 세계에 관여하는 것이라고 말한 바 있다. 자본의 시대가 훼손된 세계라고 한다면, 그 훼손된 자본의 관점으로 보면 소설의 인물들은 도대체가 납득하기 어려운 방식으로 살아간다는 것이다. 마치 돈 끼호떼처럼. 이 경우 작품은 희극이거나 비극이 되기 쉽다. 이것은 곧 우리 동화에서 부족한 부분이다. 비극적으로 끝나는 작품, 시종일관 유쾌한 희극으로 이어지는 작품이 부족한 것이다. 어린이문학에서 희극이나 비극을 만들어내는 일이 말처럼 쉬운 일은 아니다. 하지만 그 쉽지 않은 틈새를 만들어가는 것이 작가의 본업이다. 전적으로 새로운 입각점에 서서 새롭게 어린이를 발견하는 일을 작가가 아닌 그 누가 해낼 수 있겠는가.

이런 관점에서 보았을 때, 최근 출간된 최나미의 『엄마의 마흔번째 생일』(청년사 2005)은 보기 드문 작품이다. 무엇보다 엄마에 투영해서 가정 내부에서 일어나는 여성 억압을 표현하고 있다. 엄마는 치매를 앓는 시어머니, 그저 평범하며 가부장으로서의 인식을 고스란히 내면화하고 있는 남편, 이기적이라고까지 생각될 만큼 깍쟁이인 큰딸, 엄마를 이해하고자 하나 그래도 가족의 따뜻함을 요구하는 서술자인 작은딸 등에 둘러싸여 앓

1 뤼씨엥 골드만 『소설사회학을 위하여』, 조경숙 옮김, 청하 1987, 65면.

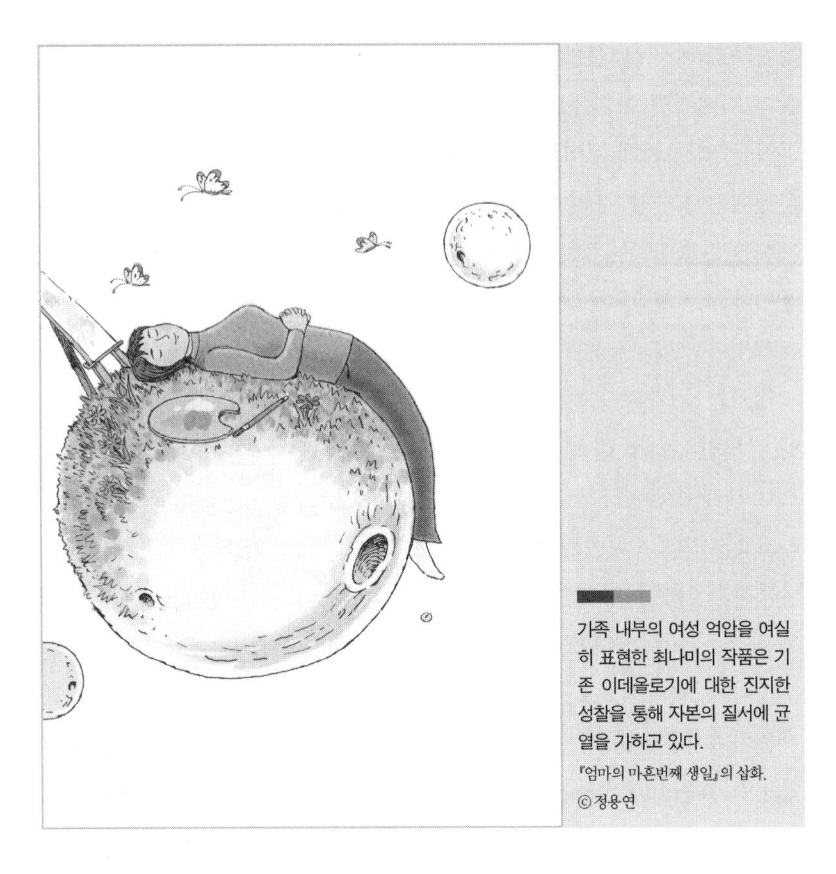

가족 내부의 여성 억압을 여실히 표현한 최나미의 작품은 기존 이데올로기에 대한 진지한 성찰을 통해 자본의 질서에 균열을 가하고 있다.

『엄마의 마흔번째 생일』의 삽화. ©정용연

고 있다. 그리고 마침내 자신의 일인 그림을 그리는 일에 매달리며 평화를 느낀다. 그러나 사태는 그리 달라지지 않고, 시어머니의 죽음으로 갈등이 증폭되어 부부가 별거하는 상태에서 이야기가 끝난다.

이 작품은 가족의 복원을 위해 짐짓 어떠한 시도조차 하지 않는다는 점에서, 오히려 자신의 뜻대로 살아가기를 결코 포기하지 않는다는 점에서 정해진 규범대로 끝나지 않는다. '모두들 자신의 시간들을 살아가야 하지 않겠는가'라는 어린 서술자의 결론만이 제시될 뿐이다. 가족이 갖는 억압적 계기들이 낭만적으로 해소되지 않은 채 있는 그대로 펼쳐지고 있다. 열린 이야기의 종결, 기존 가족 이데올로기에 대한 진지한 성찰, 고통을 미화하거나 둔화시키지 않고 있는 그대로 펼쳐놓는 솔직함, 가족 구성원들이 저마다 자신의 궤도를 찾아 결핍을 감내하는 성장 등이 자본의 질서를 정면에서 이반하고 있는 것이다.

또다른 돌파구는 계몽을 폐기하고 서사 자체에 깊이 착근하는 것이다. 작가는 독자들에게 흥미로운 경험 세계를 전달하는 것에 집중해야 한다는 말이다. 작가가 경험에 대한 평가까지 덧붙이려고 들어서는 안된다. 평가가 개입하는 순간 경험 자체가 왜곡되기 때문이다. 작가의 말 대신, 서사 자체가 말하게 해야 한다.

예컨대 오늘날 '동화의 탄생'을 촉발한 안데르센의 첫번째 작품 「부싯깃통 The Tinderbox」[2]은 서사의 풍부함이 무엇을 말하는지 잘 보여준다. '칼을 찬 병사가 집으로 돌아온다. 마녀를 만난다. 마녀와 거래한다. 나무 밑둥치에서 세 마리 개가 지키고 있는 돈을 훔쳐오고 마녀와 함께 부싯깃통을 찾아온다. 마녀를 죽이고 돈과 부싯깃통 모두를 차지한다. 돈을 좋은 일에 쓰나 돈이 떨어진다. 부싯깃통을 열자 개 세 마리가 나타난다. 개가 다시 돈을 가져다준다. 보잘것없는 병사와 결혼한다는 예언 때문에 공주는 성에 갇힌다. 병사는 개를 시켜 공주를 데리고 온다. 왕에게 들켜 사형에 처해지게 된다. 부싯깃통을 구해 개를 풀어 왕을 죽인다. 공주와 결혼하여 왕이 된다.' 말 그대로 "일차원적인 평면"[3] 위에 서사가 풍부하게 펼쳐지고 있다. 더욱이 이 풍부한 서사는 고작해야 4쪽이란 제한된 지면 위에 펼쳐진 것이다. 곡절 많은 서사의 풍부함은 곧 대중적인 즐거움으로 옮겨지며, 그 어떤 교훈도 배제한 채 서사의 역동성으로 충만한 이야기가 되고 있다.

그러나 이와같은 서사의 풍부함만으로 모든 것이 해결되지는 않는다.

2 『안데르센 동화 전집』, 유후남 옮김, 현대지성사 2001.

3 막스 뤼티 『유럽의 민담』, 김홍기 옮김, 보림 2005, 38면.

동화는 더이상 옛이야기와 같을 수 없기 때문이다. 무엇보다 서사와 함께 인물이 생생하게 창조되어야 한다. 개성이 뚜렷하고, 어린이의 특성을 선명하게 드러내며, 억압적인 인물이 아닌 해방적인 인물을 창조해야 한다. 그리고 이 인물들을 전형적인 시공간 속에 풀어놓아야 하며, 인물과 환경이 극적으로 마주치는 가운데 개연성 있고 박진감 있는 서사가 출렁거리며 전개되어야 한다. 이러한 요건이야말로 대중성의 요체이기도 하다. 이러한 관점에서 보면 단일한 서사들이 조밀하게 원환으로 엉켜 이야기를 만들어낸 『강마을에 한번 와 볼라요?』는 주목할 만하다.

4. 상상의 즐거움

최근 인상 깊은 그림책을 만났다. 『천하무적 고무동력기』(보림 2005)로 김동수와 박혜준이 공동으로 작업한 결실이다. 이 그림책의 서사는 '집에 왔다. 고무동력기를 만들었다. 고무동력기를 가지고 놀았다. 엄마를 기다렸다.'로 이어진다. 이 단순한 서사에 계몽적인 요소는 전혀 없다. 그저 만든 고무동력기로 신나게 상상의 놀이를 펼칠 뿐이다. 그것으로 끝이다. 그러나 이 작품은 훌륭하다. 계몽이 없음에도 웃음을 벙글거리게 하고, 밝고 환한 아이를 발견할 수 있어 잔잔한 감동에 잠기게 한다. 그것으로 충분하다. 우리 동화가 배워야 할 점이다. 교훈이 아닌 서사에 몰두해야 하는 것이다.

최근 들어 어린이문학 비평에서는 묵은 논쟁을 반복한 적이 있다. 『바나나가 뭐예유?』(김기정, 시공주니어 2002)를 둘러싸고 해학이 만발한 작품이라는 평가에 대해 윤리적으로 무신경하다는 반론이 제기된 것이다. 그러나 그 윤리라는 것이 필자에게는 그리 대단한 것으로 여겨지지 않는다. 남의 것을 훔쳐도 되고, 거짓말로 둘러대는 것이 좋다는 말이 아니다. 문제는 그 보잘것없는 윤리적 척도를 굳이 동화에까지 들이댈 필요가 있을까 하는 점이다. 동화는 어린이의 것이면서 문학작품이기도 하다. 어린이를 강조하는 것이 윤리적 척도를 동화에 강요하는 것으로 나타나는 것은 소망스럽지 못하다. 동화의 계몽성을 덜어내야 할 뿐만 아니라, 동화를 보는 우리들의 눈 속에 박혀 있는 계몽의 들보도 덜어내야 하는 것이다.

_『어린이와 문학』 2005년 8월호

비평의 현재성과 오늘의 동화

1. 비평의 현재성을 위하여

새로운 세기에 들어 한국의 어린이문학은 조금 주춤거리는 듯했다. 더러 이 주춤거림이 어린이문학의 융성을 예감하게 하는 새벽인지 아니면 그 끄트머리에서 잦아드는 황혼인지 의구심이 들기도 했다. 그러나 이 우려는 말 그대로 기우였을 뿐, 2004년 한 해 동안 한꺼번에 좋은 작품들이 쏟아져나왔다. 몇해 동안 이어져오던 지지부진한 움츠림이 사실은 새로운 도약을 위해 숨을 고르는 모색기였음을 작품으로 입증한 셈이다.

물론 도약을 주도한 작가들은 신인들이었다. 그리고 이들은 공통적으로 출판사들이 주관하는 '공모제'를 통해 작품을 발표했다. 여러 문제들이 없는 것은 아니나, 여전히 공모제는 신인들의 등용문이자 기성작가들이 다시금 창작 역량을 검증받는 계기다. 주요 작품으로는 김남중의 『기찻길 옆 동네』(창비), 고재은의 『강마을에 한번 와 볼라요?』(문학동네어린이), 김기정의 『해를 삼킨 아이들』(창비), 전경남의 『신통방통 왕집중』(문학동네어린이)

등을 들 수 있다. 또 이 신인들과 함께 다른 작품을 통해 이미 활동을 시작했으나 여전히 신인의 반열에 놓이기도 하는 김기정의 『네버랜드 미아』(푸른숲), 남찬숙의 『사라진 아이들』(문학동네어린이) 등도 2004년을 되돌아볼 때 놓칠 수 없는 작품들이다. 덧붙여 중견작가들 또한 밀려오는 신인들에게 뒤질세라 주목할 만한 작품들을 쏟아내기 시작했다. 김일광의 『외로운 지미』(현암사), 황선미의 『넌 누구야?』(사계절), 김옥의 『축구 생각』(창비), 이금이의 『유진과 유진』(푸른책들) 등이 그것이다.

그러나 정작 이 작품들에 대한 평가는 인색하다. 서평을 통한 소개글이나 감상적인 소회를 피력한 글 정도가 있을 뿐, 작품의 현재적 의미에 대한 본격적인 평가는 쉽게 찾기 힘들다. 이는 무엇보다 현실의 요구에 부응할 만큼 어린이문학의 비평적 역량이 축적되지 않았기 때문이다. 그러나 다른 한편으로는, 그나마 존재하는 역량조차 현재를 조망하고 방향을 제시하는 비평 본연의 소임에 무관심한 탓도 없지 않다. 저마다 다른 관심에 매달려, 판타지나 옛이야기 등의 양식론적 탐구에 몰두하거나 근대 형성을 비롯한 문학사적 탐구에서 벗어나지 못하고 있다. 그러나 양식론이나 문학사적 탐구 또한 순수한 객관적 실체가 아닌 한, 현재의 문제의식으로부터 비롯되고 재구성되어야 함은 물론이다. 따라서 과거와 현재, 이론과 실천이 온당한 원근법 속에서 서로를 비추며 소통하는 것이 개인을 위해서나 비평을 비롯한 어린이문학 전체를 위해서나 바람직하다.

이에 이 글은 비평의 현재성을 되짚어 생각한다는 점에서 2004년의 대표적인 작품들을 살피고자 한다. 글의 성격으로 말미암아 개별 작품에 대한 면밀한 탐구는 불가능하며, 다만 방법론적 성취와 한계를 뚜렷이 밝히는 데에 주력하게 될 것이다. 또 논의대상으로 삼는 작품들 역시 주관적인 관심에 바탕을 두고 선별할 수밖에 없었음을 밝혀둔다. 탐구의 대상이 되는 작품들은 서로 횡단하여 살펴볼 필요가 있는 『기찻길 옆 동네』 『해를 삼킨 아이들』 『상머슴에 한번 와 볼라요?』 『네버랜드 미아』 『사라진 아이들』『넌 누구야?』『축구 생각』 등이다. 언급하지 못한, 많은 뛰어난 작품들은 다른 자리에서 논의할 수 있게 되기를 바란다.

2. 역사적 상상력과 공간적 상상력

지난 한 해 출간된 작품들에서 엿볼 수 있는 두드러진 특성은 장편화 경향이라고 지적할 수 있다. 물론 완전한 의미의 장편동화에는 미치지 못하지만, 단편동화 중심의 소품에 머무르기를 완강히 거부하고 있는 것만은 분명하다. 단편동화가 여타의 장르 규정에도 불구하고 단일한 인물, 단일한 배경 등의 특성을 갖는다고 할 때, 장편화 경향은 인물의 다양성과 함께 배경의 확대를 필연적으로 동반한다. 이는 자연스럽게 경험의 확대로 이어질 것이며, 이야기 본연의 서사를 한층 강화하는 방향으로 진행될 것이다. 또한 이는 어린이문학의 다양성과 함께 장르 내부의 균형적인 발전에도 도움을 준다. 문학적인 척도로써 구분된 '저학년동화'와 '고학년동화'라는 자의적인 경계 속에서, 상업적인 이익의 극대화를 암묵적으로 도모하는 경향에 쐐기를 박는 의미도 적지 않기 때문이다.

그렇다고 동화의 장편화 경향이 쉽게 달성될 수 있는 것은 아니다. 이 어려움은 사실 동화의 특성에 기인한다. 동화는 소설과 달리 단일한 서사의 축을 본질로 삼고 있다. 비유적으로 말해서 소설이 여러 악기들이 한데 어울려 다성적인 화음을 만들어내는 협주곡과 같다면, 동화는 하나의 악기로 연주하는 독주곡과 흡사하다. 하나의 악기가 주제를 일관되게 이끌어가는 것이다. 물론 여타의 악기들이 배경에서 주제를 변주하는 협주곡 형태도 가능하기는 하다. 하지만 그렇다고 해서 언제 어느 때라도 단일한 중심축을 놓쳐서는 안된다. 그것이 곧 어린이문학의 단순성을 보증하는 장치이기 때문이다.

따라서 동화의 장편화가 곧바로 외연적 총체성을 확보해가는 방향으로 진행되는 것은 바람직한 방향도 아니며 가능하지도 않다. 따라서 장편동화의 발전 방향은 단일한 주인공의 경험을 은유적으로 확장하는 수밖에 없게 된다. 경험을 중층적으로 배치함으로써 서사를 확대하고, 동시에 주제의 단일성을 견지할 수 있어야 하는 것이다. 이와같은 장편화의 한 시도를 김남중의 『기찻길 옆 동네』(이하 『기찻길』)에서 확인할 수 있다.

창비의 '좋은 어린이책' 원고 공모에서 수상한 김남중의 『기찻길』은 두 가지 사건을 하나로 엮어 작품으로 형상화하고 있다. 1977년의 '이리역 폭발 사건'과 1980년의 '광주항쟁'이 그것이다. 현대사의 주요한 사건이기도 한 이 두 사건은 그 충격적 파장의 동질성에도 불구하고 각기 다른 사건이다. 그렇다고 관련이 전혀 없는 것은 아니다. 비록 동떨어진 사건일지라도 서사가 두 사건을 어떻게 통일적인 의미망 속에 연결시키는지에 따라 문제는 달라진다. 애초 이야기로 엮는 행위, 곧 서사화하는 행위는 그 자체가 사태를 보는 인식의 방식이다. '왕이 죽고 왕비가 죽었다'는 분리된 두 사건은 '왕이 죽자 그 슬픔을 이기지 못하고 왕비가 죽었다'고 함으로써 긴밀한 서사로 연결될 수 있기 때문이다. 이는 분리된 사건을 인과로 보는 서사적 인식에 바탕을 두고 있다.

『기찻길』에서 이질적인 두 사건을 연결하는 것은 서사적 장치로 배치된 인물들이다. 선학과 선학의 부모, 서경과 아버지 이목사, 여기에 덧붙여 이목사를 쫓아 이리에서 광주로 옮겨가는 용일 등이 이질적인 시공간을 하나의 이어진 공간으로 접목시켜준다. 이들뿐만이 아니다. 작품의 갈피에는 이리역 참사 당시 재건부대로 참여한 공수부대원 박중사가 다시금 진압부대로 광주에 투입되고, 교회를 재건하기 위해 이목사가 마련한 돈을 훔쳐 서울로 달아난 덕용은 진압부대원이 되어 광주에 왔다가 분노한 시민들의 손에 죽는다. 이 다채로운 인물들이 이리와 광주라는 두 공간을 결합시키고 하나의 서사 속에 묶어내는 것이다.

그러나 이 두 공간은 중층적으로 결합되지 못한 채, 인물을 중심으로 발전하는 서사의 배경으로 밀려나 있다. 이리와 광주는 인물의 성장을 추동하는 대립적인 배경으로만 작동할 뿐, 배경 자체가 갖는 역사적 의미들이 긴밀하게 연결되지 못한 것이다. 주인공인 이목사에게 이리의 현내는 자신을 "필요로 하는 사람들"(『기찻길 옆 동네 2』 217면)과 함께 있지 못했던 회한과 자책의 배경인 데 반해, 광주는 "이길 수밖에 없는 하나님의 방법"(같은 책 218면)을 죽음으로 입증하게 하는 배경으로 존재한다. 대척에 놓인 두 배경은 중층적인 은유가 아니라 갈등을 초래하고 또 해소하는 동일한 서사 속에 놓인, 서로 다른 상황적 배경인 것이다.

이와같은 설정은 풍부한 서사를 가능하게 하는 장점이 있다. 실제로 대등하지 않은 두 역사적 사건조차 한 편의 서사로 포괄하는 힘을 지니고 있다. 그러나 어린이문학의 경우, 이 장점은 오히려 한계로 작동한다. 서사의 풍부함을 얻는 대신, 『기찻길』은 선학이나 승제, 서경, 은성 등 마땅히 주인공이 되어야 할 인물들을 무대의 주변부로 내몰고, 무력한 관찰자로 남게 만든다. 대신 이목사가 무대의 전면으로 등장해 이미 주어진 결론에 따른 행위를 선택함으로써 무대를 장악한다.

서사는 상태의 변화를 중심축으로 삼는다. 그런데 『기찻길』에서 가장 선명한 변화를 감행하는 존재는 단지 이목사뿐이다. 그러나 이조차 의식의 성장에 따른 변화가 아니라, 의식에 행위를 일치시키는가 아닌가 하는 이분법적으로 단순화된 선택의 결과일 따름이다. 결국 인물의 행위가 서사의 중심축을 형성하고 있는 것이다.

이는 이목사라는 개별적인 인물의 특성만이 아니다. 작품 속에 등장하는 다른 인물들에게도 공통적으로 의식의 성장이 빠져 있다. 승제는 뚜렷한 계기 없이 무당집 아이 이오와 맞서고, 서경은 어떤 갈등도 없이 교각 위에 올라선다. 용일은 마치 물고기를 잡던 베드로가 부름을 받아 사도가 되듯, 어떠한 예비적인 단서도 없이 운명적으로 작품의 중심인물로 발돋

움한다. 주요인물들 모두 세상 속에서 세상과 맞서며 자신을 세워나가지 않고, 정해진 말씀을 좇는 운명론적 존재로서의 역할을 하고 있는 것이다. 더욱 큰 문제는 이와같은 운명론적 인물형상과 주제의식이 은연중에 멜로드라마적 상상력과 결합되어 있다는 점이다.

> "우리 외할아버지는 교회 장로님이고 아주 부자지만 고집이 세신 분이야. 자기 말을 듣지 않고 집을 나간 자식은 자식이 아니라고 엄마를 평생 보지 않으시겠다고 하셨대. 그래도 우리 가족은 너무너무 행복했어. 그런데 지난봄에 엄마가 갑자기 돌아가셨어. 내 동생을 낳다가 말이야." (『기찻길 옆 동네 1』 28면)

이것은 서경이 현내로 옮겨와 살게 된 까닭을 스스로 밝히는 부분이다. 전형적인 상황설정이 아닐 수 없다. 이는 새삼 동화의 대중문학적 자질과 관련하여 한층 깊이 탐구되어야 할 논제이기도 하다. 이와같은 멜로드라마적 상상력은 이목사가 하나님의 방법을 입증하기 위해 도청으로 찾아들고, "그날 밤 (…) 천사 같은 사람"이 되어 "밤새도록 용기와 희망"(『기찻길 옆 동네 2』 231면)을 전하는 데에서도 거듭 드러난다. 다만 통속적인 멜로드라마적 상상력이 허망한 욕망의 최대치를 제시하는 것과 달리, 이 작품은 뚜렷한 존재와 세계를 보는 믿음의 최대치를 제시한다는 면에서 차이가 있다.

그러나 이러한 문제에도 불구하고 『기찻길』은 충분히 뜻깊은 작품이다. 무엇보다 광주항쟁을 후일담이 아닌, 직접적인 현재성의 관점에 터해 동화 속에 살려냈다는 점에서 그러하다. 그리고 잡은 책을 놓지 못하게 만드는 역동적인 서사 진행도, 압축된 표현 속에서 풍부한 상징성을 드러내는 문체도, 독자의 감정을 끌어올려 결정적인 장면에서 무방비로 감응하게 만드는 결정 부분도 아름답다. 그러나 앞서 제시한 제한들에서 확인되듯, 동화의 문법과 소설의 문법, 그 사이에 존재하는 차이를 작가가 한층 더 섬세하게 탐구해주었다면 하는 아쉬움은 여전히 있다.

『기찻길』에서 열어 보인 장편동화의 가능성은 현저히 소설에 기운 것이며, 비록 두 가지 사건을 연결하고 있을지라도 경험의 변주를 통한 중층성을 확보하지는 못했다. 이에 비할 때 김기정의 『해를 삼킨 아이들』(이하 『해』)은 상대적으로 동화의 장편화란 점에서 뚜렷한 진전을 보인 작품이다. 모두 10개로 이루어진 이야기는 서로 분리되어 있으면서도 통합되어 있다. 개별적인 주인공들이 각기 다른 완결된 서사를 형성한다는 점에서 각각의 이야기가 분리되어 있는 반면에, 모두 한국 근현대사의 중요한 결절점들이라는 점에서 통합되어 있다. 뿐만 아니라 수난의 역사를 살아가는 어린 주체들이 다채로운 비극적 상황에 대처해가는 양상들이 한결같이 일정한 깊이의 진정성을 확보하고 있다는 점에서 통합적이다.

작품의 배경이 되는 역사적 상황은 1910년 경술국치에서부터 마지막 황제 순종의 인산(因山), 간도 독립군의 청산리전투, 8·15광복, 한국전쟁, 제주 4·3항쟁, 1970년대 유신정권, 1980년 광주, 2002년 월드컵 등이다. 이 사건들은 작가 김기정의 역사적 상상력 속에 주요하게 평가되는 사건들이다. 다만 9장의 「울지 마, 뱅덕」만이 동시대적인 시공간 속에서 특정한 시대 배경 없이 제시되고 있을 뿐이다.

그러나 이와같은 역사적 시공간은 작품 속에서 뚜렷하게 몸을 드러내고 있지 않다. 작품이 탐구하는 것은 그것이 수난의 역사이든 솟구쳐오르는 환희의 역사이든 역사 자체가 아니기 때문이다. 작품은 언제나 역사 속의 아이들에게 초점이 맞추어져 있다. 이는 어린이문학 속에서 역사적 상상력의 원칙들이 수미일관 관철되고 있음을 뜻한다. 당대 어린이들의 삶 속에 파고드는 역사를 그려내는 것이 온당한 역사적 상상력이지, 역사 자체의 의미에 어린이들의 삶을 종속시키거나 부차적으로 설정하는 것이 역사적 상상력이 아님을 설득력 있게 입증해 보이고 있는 것이다.

역사적 상상력의 온당한 개진과 함께 『해』에서 드러나는 두드러진 장점은 어린 주인공들의 인물형상이다. '애기장수 큰이'부터 '아우라지 까마중'에 이르기까지 작품 속에 등장하는 인물들은 어느 하나 뒤처지거나 넘쳐나지 않은 채, 소망스러운 주체의 형상을 각인시키고 있다. 저마다 독특한 개성을 가진 인물들이 역사와 마주치면서 그 개성을 한껏 내면화하고 발휘하며, 또 발전시켜나간다. 인물들은 역사의 고통 앞에서 눈물짓기도 하고(「거지공주」), 치유되지 않은 내면의 상처 속에서 고통스러워하며(「오돌또기」), 역사의 희생번제로 죽음에 이르기도 한다(「당금애기 세쌍둥이」). 반면에 전쟁놀이를 통해 식민지 권력을 희화화하고(「대장 곰보」), 반공이데올로기의 허구성을 통렬하게 풍자하며(「바보 허봉달」), 실현되지 않은 진실과 정의에 대한 목마름을 갈구하기도 한다(「깡통로봇 가진이」). 이처럼 각기 다른 상황 속에 놓인 인물들이지만, 인물의 소망스러운 성격들은 왜곡되거나 굴절되지 않는다.

다른 한편으로 역사가 부과하는 비극에도 불구하고 인물들이 진정성을 온존해나간다는 것은 일견 모순되기도 한다. 작가 또한 어린 주인공들이 엄혹한 역사 혹은 현실에 대해 지나치게 단순하거나 무지하게 혹은 천진난만하게 대응하고 있다는 것을 알고 있다. 그러나 분명한 것은 다음의 인용에서 알 수 있듯, 이 아이들이 결코 역사 혹은 현실에 압도되거나 절망하지 않으리라는 것이다.

> 이때 먼발치서 보면, 걸어가는 뱅덕이 어깨가 잠시 들먹거리는 것 같기도 했다. 이것이 뱅덕이가 우는 것인지, 아니면 커다란 농장 주인이 될 꿈에 으쓱대 본 것인지는 알 수 없었다. 그럼에도 아이들은 뱅덕이는 결코 울지 않을 거라고만 믿었다. (『해를 삼킨 아이들』 267면)

아이들이 뱅덕이를 평가하는 관점이야말로 아이러니한 것이다. 아버지

마저 돌아가시고 천애고아가 된 뱅덕이는 슬픔의 앙금이 채 가시기도 전에 시골로 떠난다. 이는 분명 비극적인 정황이 아닐 수 없다. 그러나 아이들은 짐짓 비극을 외면한다. 그동안 뱅덕이가 보여준 인물형상의 강건함이 비극조차 달리 파악하도록 강제하기 때문이다. 그 결과 아이들은 이처럼 아이러니한 평가를 내린다. 그렇지만 비극적 아이러니야말로 역사를 견뎌내고 건사해내는 민중적 동력의 원천이기도 하다. 작품의 인물들인 '해를 삼킨 아이들' 역시 민중적 형상과 동일시되어 존재한다.

그러나 이처럼 다대한 의미에도 불구하고 이 작품이 독자인 어린이들의 관점에서는 그다지 흥미진진하지만은 않을 것이라는 우려도 적지 않다. 무엇보다 파노라마적으로 제시되는 구성적 특성이나 등장인물들이 뚜렷한 계기 없이 다채롭게 등장하고 또 무대 뒤로 사라져가는 양상은 일견 혼란스럽기도 하다. 예컨대 필자가 만난 5학년짜리 한 아이의 말처럼 "난 저런 형식의 이야기는 싫어해, 한 사람을 가지고 쭉 가는 것이 좋지."라는 평가 또한 틀리지만은 않은 것이다. 이러한 평가가 적실하기도 한 것은, 파노라마로 펼쳐지는 이야기들을 묶는 긴밀한 연관이 쉽게 발견되지 않는다는 점이다. 그리고 편편이 지닌 상징적 의미들을 명료하게 파악하는 것도 독자들의 입장에서는 매양 쉽지만은 않다.

결국 『기찻길』과 마찬가지로 『해』 역시, 의식과 기법의 과잉이란 점에서 동일한 한계를 드러내는 것이다. 예컨대 옛이야기에 바탕을 둔 인물들과 그 인물들이 펼쳐내는 해학은 다분히 평면화되어 있고 과장되어 있는 반면, 이야기의 저변에 가로놓인 의미는 쉽게 간취하기 힘들 정도의 상징성을 지니고 있다. 따라서 장치와 주제의 거리가 그만큼 더 넓고 깊으며, 그 거리는 작품과 어린 독자의 거리로 드러나게 된다.

『기찻길』과 『해』는 모두 동화의 장편화 경향이 자칫 어른 취향으로 치닫게 될 여지가 있음을 보여준다. 어른의 관점으로는 좋은 작품일 수 있으나, 과연 이것이 어린 독자들에게도 충분히 감동으로 수용될 것인가 하는 점은 어린이문학의 해묵은 쟁점이다. 이론적으로는 '이중의 독자'(Dual Audience)라는 용어까지 생겨났다. 어린이문학은 애초 두 유형의 독자를 상정하고 창작되기 때문에 작품 또한 두 가지 코드로 이루어져 있으며, 독자 역시 어른과 어린이 모두를 지향한다는 것이다.* 물론 작품은 이 두 유형의 독자들을 모두 만족시켜야만 하며, 여기에 어린이문학의 어려움이 있다. 일반문학과 달리 더한층 까다롭고 알기도 어려운 어린 독자들이 뒤에, 그러나 더 크게 버티고 있기 때문이다.

'이중의 독자' 개념을 필요충분하게 만족시키는 작품이 어떠해야 하는지, 비평이 이론적으로 포착하기는 사실상 어렵다. 그것은 끊임없이 유동하는 것이며 개별 작품마다 역동적으로 발산되는 것이기 때문이다. 다만 구체적인 작품을 통해 조심스럽게 그 발현 가능성을 진단할 수 있을 따름이다. 다행스럽게도 고재은의 『강마을에 한번 와 볼라요?』(이하 『강마을』)는 이 개념의 구체적 양상을 측정하는 시금석으로 부족함이 없다.

『강마을』은 놀라운 작품이다. 작가가 어떠한 공식적인 수련도 거치지 않고, 이야기를 하고 싶다는 열망만으로 써내려간 작품이란 점에서 그러하다. 어쩌면 이 작품은 알량한 문체나 서술적 장치들을 논의하는 것이 얼마나 부질없는 짓인지를 보여주려는 것인지도 모른다. 그럼에도 으레 뛰어난 작품이 그러하듯 이 책은 '작품의 의도'를 부분과 전체가 서로 긴밀하게 얽히면서 충실히 구현하고 있다. 만일 이러저러한 작품을 만들고야 말겠다는 작가의 의도가 작품의 의도를 넘어섰더라면, 지금과 같은 소박한 아름다움을 마음껏 펼쳐 보이지는 못했을 것이다.

『강마을』이 담고 있는 아름다움은 무엇보다 '이중의 독자'를 충실하게 만족시키고 있다는 점이다. 이는 서술적 얼개에서 확인된다. 작품의 서술자는 '성실 어매'로 지칭되는 존재다. 그리고 이야기의 시간은 성실 어매

* J. Schavit, *The Poetics of Children's Literature*, University of Georgia Press 1986, 32~78면.

고재은의 『강마을에 한번 와 볼라요?』는 아늑한 시공간을 통해 어른들을, 그리고 소박한 에피쏘드를 통해 아이들을 모두 만족시킨다는 점에서, '이중의 독자'를 상정하는 동화의 특성을 잘 충족시켜준다.

『강마을에 한번 와 볼라요?』의 삽화, 양상용 그림.

가 '젊었을 때', 공간은 '구례에서 큰 산을 두 개나 넘어야 하는 산골'로 설정되어 있다. 따라서 이 이야기는 과거로 회귀하는 시간, 안팎으로 두절된 공간 속에서 일어나고 있다. 그것은 이중의 독자들 가운데 어느 한편에게는 지극히 익숙한 시간과 공간이다. 비록 체험으로 직결되지는 않을지라도 그 시공간은 마음속에 앙금이 되어 고여 있는 원형적 시공간처럼, 이제 나이가 들어 쓸쓸한 독자들의 내면 깊숙이 안착되어 있다. 그것은 바로 우리 어머니들이 살았던 시공간이며, 명절날 열시간을 넘게 차를 굴리면서도 느꺼운 마음으로 가게 되는 고향 마을과도 같은 시공간이다. 어찌 그 시공간이 편안하지 않으랴.

그러나 또다른 독자인 어린이들은 불행하나 당연히도 이 시공간이 불편하다. 마치 컴퓨터나 오락기가 없는 방에 홀로 갇혀, 자신이 등장하지도 않는 낡은 사진첩을 넘겨보고 있는 듯할 것이다. 그러나 쉽게 눈길을 거둘 수 없음은 그 사진첩에 자신과 조금도 다를 바 없는 어린아이들이 존재하기 때문이다. 비록 누렇게 바랜 흑백 사진첩이긴 해도 사진 속의 인물들은 모든 세상의, 모든 시대의 어린이들이 지니고 있는, 호기심과 낯설음이 뒤섞인 눈을 회동그랗게 뜨고서 되레 자신을 보고 있다. 카메라를, 세상을, 그리고 많은 세월이 흘러 사진 속의 자신들을 들여다보고 있을 또다른 어린이의 눈을, 컴퓨터도 오락기도 없이 홀로 남겨진 방에서 거꾸로 응시하고 있는 것이다. 귀퉁이가 너덜거리는 그 사진 속 아이들의 눈은 시공의 제한을 뛰어넘어 사진첩을 보는 아이의 눈을, 마음을, 호기심을 한껏 끌어당겨 마침내 시간과 공간을 넘어서는 동질성을 안겨주고 있는 것이다.

오래되고 편안한 회상의 시공간과 이제 막 튀어나온 듯한 어린이들이 공존함으로써 『강마을』은 넉넉하게 또 생생하게 이중의 독자 모두를 충족시키고 있다. 이러한 성취가 가능했던 것은 무엇보다 작가가 계몽적인 기획들을 완전히 벗어던졌기 때문이다. 작품 어디에도 삶의 세목에 대한 평가와 개입이 겉으로 드러나지 않는다. 다양하고 풍부한 삶 그 자체를 그려 보이는 데 충실하고 있는 것이다. 그렇다고 해서 작품을 통해 드러내고자 하는, 삶을 보는 관점 자체가 불명료하거나 모호하지는 않다. 삶의 아름다움은 작품 전반에 걸쳐 고르게 펼쳐진다. 그 아름다움은 커다란 동그라미 안에 서로 다른 빛깔과 향기로, 동질적인 마을 공동체 속에 존재하는 다채로운 삶의 표정들로 존재하기 때문이다.

이를 효과적으로 전달하기 위해 작품은 원환적인 구성으로 이루어져 있다. 다채로운 인물들이 편편마다 새로운 빛을 받으며 부각되고 있고, 개별적인 작품은 다시금 다음 작품으로 이어진다. 개별적인 사건들이 파노라마적으로 펼쳐지는 한편, 각각의 사건들은 다시금 꼬리에서 꼬리를 물고 이어져 마침내 작품 전체가 하나의 커다란 원환을 이룬다. 조각보를 이어 붙여 만든 하나의 커다란 보자기처럼 저마다의 사연을 지닌 하나의 이야기로 둥글게 이어져 존재하는 것이다.

그런데 이 원환적 구성은 틈이 없는 완결된 구성이다. 그 자체로 완전하고 충만한 세계인 것이다. 그러나 이 완벽한 세계는 현실적 세계와의 연관이 부족하다. 완벽한 만큼 외부로 향한 통로가 엄격하게 차단된 시공이자 고립된 세계인 것이다. 이는 사회적으로나 역사적으로 존재하는 시공이 아니라 작가의 기억 속에 존재하는 시공이기 때문일 것이다. 『강마을』이 완벽한 세계에 대한 찬가가 아니라 이미 소멸한 세계에 대한 엘레지인 까닭도 여기에 있다. 거듭 높게 평가되어온, 구성진 남도 방언의 서술 장치 또한 구비적 서사를 재현하고 있다는 점에서 소중하나, 그 또한 지금은 언제 사라져버릴지 모르는 스러져가는 아름다움이다. 그 스러져가는 빛에 대한 만가 혹은 헌사야말로 『강마을』을 평가할 수 있는 가장 적실한 수사일 것이다.

덧붙여 고재은의 『강마을』과 마찬가지로 김기정의 『해』에서도 발견되는 연작 형식을 통한 장편화는 현재 우리 동화가 얻어낸 독특한 양상이기도 하다. 이는 마치 1970년대 후반 일반문학에서 연작소설이 창작되었던 경향과 조응하면서, 다른 한편으로는 전적으로 다르다. 요컨대 형식의 돌파구를 마련한다는 점에서는 일치하나 사회적 배경이란 관점에서는 아주 이질적이다.

1970년대 대표적 연작소설인 『아홉 켤레의 구두로 남은 사내』(윤흥길, 문학과지성사 1977), 『난장이가 쏘아올린 작은 공』(조세희, 문학과지성사 1978), 『우리 동네』(이문구, 민음사 1981) 등의 작품은 폭력적인 정치권력에 대한 우회적인 대응이었으며, 부정적 현실에 대한 명료한 대응이 불가능했던 시대의 산물이었다.

그런데 현재 어린이문학에서 연작은 대부분 작가의 창작 역량과 깊은 상관을 지니고 있다. 물론 연작 형식은 단편이 갖는 서정적 자기완결성과 함께 장편이 갖는 서사적 총체성을 부분적으로 입증할 수 있다는 점에서 주목할 만한 양식인 것은 분명하다. 그러나 인물을 통해 현실과 내면을 동시에 조망하는 서사적 총체성을 실현하는 데에는 아무래도 부족한 점이 적지 않다.

그렇다고 이 독특한 형식이 그저 장편으로 이행해가는 과도기적 양식이며, 극복되어야 하는 양식인 것은 결코 아니다. 이미 두 작품에서 살펴보았듯 그 자체로 충분한 미적 가치를 지니고 있다. 동시와 동화가 공존해야 하듯, 단편동화와 중편동화, 연작동화와 장편동화 등 다양한 형식들이 동시에 진작되어야 함은 분명하다. 이를 통해 다양한 인물의 경험과 세계상이 포착될 수 있어야 할 것이다. 때로는 개인의 응축된 내면에 침잠할 수도, 때로는 폭넓은 서사적 편폭 속에서 세계와 맞서는 인물을 그려 보일 수도 있어야 한다.

3. 은유적 공간과 고통의 형상화

연작 형식의 동화가 현실과 인물을 그려내는 방식은 시정신과 산문정신의 경계에 놓여 있는 듯이 보인다. 시정신이란 서로 이질적인 것들을 하나의 전체 속에 묶고, 그 이질적인 대상들에 유사한 중층적인 의미를 부여하는 것이다. 따라서 시정신은 날카로운 비약과 함께 단일한 이미지를 다른 대상들에 중첩시킴으로써 획득된다. 동일한 언어를 이미지로 구체화하거나, 주제를 변주함으로써 주제의 결을 풍부하게 되살리는 것과 다를 바 없다. 따라서 시정신은 세계를 펼쳐 보이기보다 하나의 점 속으로 응축시켜가는 내밀한 사유의 방식이다.

반면 산문정신이란 이질적인 것들을 서로 결합하여 그 연관을 보여주고자 하는 것이다. 결합함으로써 어느 하나의 방향으로 끌어가려고 하기보다 결합된 세계들이 보여주는 양상 그 자체를 있는 그대로 받아들인다. 동일한 축을 통해 세계를 설명하기보다 세계 자체가 인과적으로 또 논리적으로 관련되는 방식들을 탐구하는 것이다.

연작 형식의 동화가 때로는 단편동화와 다를 바 없는 서정성을 얻어내는 한편 다채로운 작품 속 세계의 서사적 연관을 탐구할 수 있다는 것은, 중첩과 확산을 정교하게 결합함으로써 주제를 변주함과 동시에 주제를 확장할 가능성을 안고 있다는 것이다. 고재은의 『강마을』과 김기정의 『해』는 중첩과 확산이란 두 양상, 시적인 것과 산문적인 것의 양상이란 관점에서 보자면 상대적이기는 하나 각각 시적인 세계와 산문적인 세계에 대응하는 셈이다. 이는 배경이 되는 단일한 시공과 역사적 시공이 갖는 차이로부터 빚어진 것이기도 하다.

연작 형식의 동화와 함께 2004년의 두드러진 성취 가운데 빼놓을 수 없는 것이 판타지 작품이다. 다양한 시도들이 있었으나 주목할 만한 작품은 김기정의 『네버랜드 미아』와 남찬숙의 『사라진 아이들』이다. 이 두 작품은 공통적으로 우리 어린이문학의 금기에 해당하는 주제를 탐구하고 있다. 『네버랜드 미아』는 죽음 저편의 세계를, 『사라진 아이들』은 현실의 다양한 폭력으로부터 고통받는 아이들을 다루고 있다. 판타지가 갖는 환상과 현실이란 두 가지 착종하는 계기 가운데, 현재의 판타지 동화는 현실과 더한층 밀착되고자 한다는 점을 이 두 작품이 유감없이 보여주고 있으며, 따라서 우리에게 더없이 값지다. 더욱이 두 작품이 공통적으로 일정한 성취를 보여주고 있다는 것도 소망스럽다.

작품 속의 현실 공간과 판타지 공간이 전형적으로 분리되어 존재하는 이 두 작품은 역시 판타지 동화의 전형적인 틀을 빌리고 있다. 『네버랜드 미아』의 미아는 따분한 일상에 대한 불만으로 '네버랜드'에 찾아들게 되며, 죽음 저편으로 가기 직전 그곳에 잠시 머무르고 있는 아이들을 만난다. 그러고 나서 다시금 일상으로 돌아오나 기억은 까맣게 지워지고 만다. 미처 꽃피우지도 못한 채 사위어버린 어린 생명들의 죽음에 바치는 진혼이 이 작품의 중심주제다.

『사라진 아이들』 또한 다르지 않다. 주인공 현아는 눈이 쏟아져내리는 날 미술학원에서 주체할 수 없는 열등감으로 괴로워하다 홀연 '아이들만 사는 나라'로 이동한다. 그곳은 삶의 막다른 고통인 폭력과 질병, 억압과 가난, 전쟁 등 다양한 사회적 고통을 견디지 못한 아이들이 오게 되는 나라다. 그러나 고통이 소거된 대신 아이들은 언제나 같은 모습을 하고 산다. 그곳은 고통이 극복될 가능성이 없는 디스토피아의 공간인 것이다. 그럼에도 현아는 희망을 되찾고 현실세계로 복귀한다.

망설임과 머뭇거림으로 이어지는 현실 공간과 판타지 공간은 이들 분리형 판타지세계가 그러하듯 엄밀하게 은유로 결부되어 있다. 동일한 문제의식이 판타지와 현실세계를 연결하는 주축으로 작동하기 때문이다. 그러나 그 두 공간은 단순히 중첩되기보다 전복적인 상상력이 유감없이 발휘된 공간이 되어 있다. 판에 박힌 일상을 견뎌내던 미아는 시간가는 줄 모를 정도로 재미있는 네버랜드로 가며, 밤새 만화책을 읽고 싶어하던 현아는 만화책으로 가득찬 자신만의 공간을 갖기에 이르는 것이다. 그러나 이 두 작품의 미덕은 이들 판타지 공간이 그저 소망스럽지만은 않다는 데 있다.

> "여긴 놀고 싶어하는 네버랜드지. 아이들만을 위한 네버랜드지. 모두 다 살아서 제대로 놀아 보지 못한 아이들이지. 그 아이들이 잠시 다녀가는 곳이지. 네가 만난 아이들은 모두 그런 아이들이지." (『네버랜드 미아』 98~99면)

이 인용에서처럼 네버랜드는 일찍 죽게 된 아이들이 잠시 머무르는 공간이다. 그리고 『사라진 아이들』의 판타지 공간 역시 현실의 억압과 고통

속에서 뛰쳐나온 공간이다. 더욱이 이 공간들은 현실의 억압과 고통을 전적으로 치유하는 공간이 아니라, 잠시 유보해두는 공간일 따름이다. 죽음 저편의 세계로 넘어가기 직전 아주 짧은 순간만 머무를 수 있는 공간이며, 쳇바퀴처럼 매일 원래의 상태로 되돌아오는 공간이다. 여타 판타지 작품들과 달리, 이 두 작품에서 판타지 공간은 인물들의 소망을 충족시키는 공간이라기보다 도피의 공간이자 짧은 해방의 공간으로 존재한다. 이는 현실의 고통을 윤색하거나 초월하기보다 고통 그 자체를 있는 그대로 대면하고 자각하도록 만드는 뛰어난 장치가 아닐 수 없다.

그러나 두 작품이 맞서고 있는 현실의 고통이 정작 주인공들에게서는 그다지 절실하게 드러나지 않는다. 『사라진 아이들』의 현아는 "그냥 아들 하나로 만족할걸. 괜한 욕심을 부려 가지고. 도대체 누굴 닮았는지 몰라." (13면) 하고 말하는 엄마의 전화통화를 엿듣게 된다. 그리고 뒤엉켜 터져나오는 열등감들로 인해 갑작스럽게 판타지세계로 떨어진다. 『네버랜드 미아』의 미아 또한 그저 반복되는 일상의 무료함 때문에 무심코 내뱉은 주문에 의해 네버랜드로 옮겨온다.

그런데 정작 이들이 판타지 공간에서 마주치는 인물들은 고통의 심부에 도달해 있다. 『사라진 아이들』을 보면 먹는 것에 집착하는 '짐'을 제외하고 모두 지독한 고통과 맞서고 있다. 이들에 비해 두 주인공은 사소한 내면적인 상처만 있을 뿐이다. 따라서 이 주인공들은 여타 인물들의 관점으로 보자면 국외자일 따름이다. 전쟁의 화염 속에서 뛰쳐나온, 하여 되돌아가고 싶은 마음조차 없는 '쿤테'의 눈에는 다만 자신들과 다른 존재일 따름인 것이다.

> "(…) 하지만 너 같은 아이들은 이 곳이 진짜 어떤 곳인지 알게 되면 다시 돌아가려고 해. 굶주려 본 적도 없고, 엄마 아빠도 있으니까. 여기 남은 우리와는 달라. 이 곳에 남는 아이들은 굶주리고 병들었던 아이들이야. 자기들이

살던 곳이 너무 끔찍해서 정말 돌아가고 싶지 않은 아이들뿐이란 말이야."
(『사라진 아이들』 170면)

이처럼 주인공과 인물들이 단절됨으로써 작품은 고통을 간접적으로 형상화할 뿐, 인물의 내부에서 절실하게 포착할 수 없게 된다. 물론 이러한 설정은 전적으로 현실세계로 다시금 회귀하지 않으면 안되는 주인공의 운명과 관련이 있다. 그럼에도 작가는 한층 깊이있게 고통을 탐구하는 방안을 찾아내어야만 했다.

주인공과 여타 인물을 엄격하게 분리시키고 주인공을 고통의 주체가 아닌 관찰자로 한정하는 것뿐만 아니라, 더 큰 문제는 애초 서사를 가능하게 한 주인공의 문제들이 실종되고 있다는 점이다. 판타지 공간 속으로 들어서는 순간, 두 주인공은 내면에 담고 있는 자신의 상처를 더이상 어루만지지 못한다. 다만 타자의 압도적인 고통을 통해 상대적으로 위안받을 따름이다. 이는 결코 바람직한 해결일 수 없다. 주인공과 끊임없이 동일시하며 글을 읽을 어린 독자들은 자신의 문제를 해결할 단서를 얻기는커녕, 오히려 타자의 고통에 짓눌려 당장 코앞에서 자신을 힘겹게 만드는 현실과 그 현실에 대한 문제의식을 스스로 무장해제하게 되고 마는 것이다. 이렇게 된 까닭의 이면에는 소재의 확장, 주제의 심화를 보는 작가들의 공통된 계몽적 기획이 놓여 있다. 판타지조차 이처럼 헐벗은 계몽을 넘어서지 못한다면 이는 우리 어린이문학으로서는 안타까운 일이다.

우리 어린이문학에서 판타지는 아직 난만하게 성숙한 양식이 아니다. 더 많은 탐구를 기다리고 있는 것이다. 그러나 최근 들어 창작되는 판타지는 현실과의 연관성이 더한층 내적으로 풍부해지고, 은유의 밀도나 전복적인 상상력의 치열함도 그 정도를 더해가고 있다. 그러나 여전히 인물의 창조에는 미숙한 편이다. 미아나 현아는 '그냥 귀엽고 예쁜 아이' 혹은 '공부 못하고 키 작고 뚱뚱한 아이' 정도로만 형상화되었을 뿐, 인물의 두느러진 개성을 창조하는 데까지는 이르지 못하고 있다. 나아가 계몽적 기획을 한층 유연하게 혹은 심도 깊게 펼쳐나갈 것도 요구된다. 작가들의 더 많은 분발을 기대해본다.

4. 경험의 확장과 관점의 심화

과거의 복원을 통해 현재적 의미를 평가하거나 새로운 판타지세계를 창조함으로써 현실을 되비추는 작업은 사실 우리 동화의 전통에 미루어볼 때 낯설고 새로운 시도가 아닐 수 없다. 우리 동화의 역사적 발전과정은 어린 주인공의 경험을 중심으로 동시대의 현실을 다루는 현실주의적 전통이 압도적이었기 때문이다. 최근 동화의 융성 또한 이 전통적인 경향의 연장선 위에 놓인 현실주의 동화에 힘입은 바 크며, 서술자나 등장인물인 어린이들의 일상적 경험과 그 경험으로 인한 혼란들, 그리고 더한층 성숙된 시야로 그 경험을 반추함으로써 가능했던 성취들이었다.

그런데 왜 한국의 동화들은 현실주의적 경향을 득의의 영역으로 삼아왔으며, 그 경향들을 지금껏 이어오고 있을까? 그에 대한 가장 분명한 대답은 계몽적인 기획이 압도적인 우위에 놓여 있기 때문이라고 하겠다. 그 원인이 동양적 전통의 측면에서 글에 대한 재도지기(載道之器)의 관점이 완강하게 작동하는 것이든, 혹은 식민지시대 이후 최근에 이르기까지 억압적인 현실이 압도적으로 어린이들의 삶을 옥죄고 있기 때문이든, 다양한 방향에서 탐구될 수 있을 것이다. 그러나 그 근본적인 동인이 계몽적인 기획에 있음은 모두가 인정하는 바다.

따라서 오늘의 동화가 안아야 할 문제의식은 당연히 그 계몽적 기획을 여하히 질적으로 한단계 높이 끌어올릴 수 있을 것인지에 달려 있다. 계몽적 기획 자체를 폐기할 것이 아니라, 계몽적 기획을 문학의 예술적 가능성 속에 폭넓게 감싸안는 방식으로 펼쳐 보여야 한다. 이를 위해서는 일상성을 극복하는 한편, 경험을 성찰하는 정서적·인식적 밀도를 한층 강화하는 것이 급선무다.

그렇다면 과연 2004년을 대표할 법한 현실주의 동화들은 그 지평을 분명하게 열어젖히고 있는지 묻지 않을 수 없다. 이에 그 시금석으로 황선미의 『넌 누구야?』와 김옥의 『축구 생각』을 함께 검토해보고자 한다. 두 작가는 이미 전작들을 통해 현실주의 동화의 발전이란 측면에서 간과할 수 없는 성과를 획득하였으며, 이 성과와 일정하게 연관되어 있는 한편 명확하게 단절된 바탕 위에서 새로운 시도들을 감행하고 있기 때문이다.

황선미는 『내 푸른 자전거』(두산동아 1999)에서는 깊이 사유하는 어린이를, 『나쁜 어린이표』(웅진닷컴 1999)에서는 전복적인 상상력을 통해 어른들과 대등하게 쟁투하는 어린이를, 『일기 감추는 날』(웅진닷컴 2003)에서는 일상으로 굳어진 제도에 소극적으로나마 저항하는 어린이를 각기 형상화했다. 일상 속에서 안주하는 어린이들이 아니라, 현실주의의 기율인 비판정신을 통해 현실을 밀어나가고자 한 것이다. 그러나 황선미의 근작들은 비판정신에 요구되는 날카로움이 어느정도 둔화된 채, 이미 전제된 윤리적인 요청에 부응하고 있는 편이다. 초기작의 뜨거움이나 왕성한 필력을 자랑하던 즈음의 섬세함이 상대적으로 누그러진 느낌이다. 이에 비할 때 『넌 누구야?』는 기존의 창작 경향과는 다소 다른, 작가의 새로운 시도로 여겨진다.

『넌 누구야?』의 새로움은 무엇보다 체험의 확대를 들 수 있다. 고만고만한 또래 아이들의 생활에 밀착된 이야기들에 특별하다고 할 수 있는 '성주'라는 아이를 끌어들여 인물들을 더한층 폭넓게 배치하고 있다. 이와같은 새로운 인물의 확대는 단순히 서사의 확장뿐만 아니라, 자연히 인물과 교감하는 주인공의 체험을 확대하는 것이기도 하다. 이는 명확하게 황선미 작품의 세계상이 일상을 넘어 더 넓은 세계로 열려나가는 가능성을 밈은 실험적인 성격을 지니는 것이다.

그리고 이 작품의 또다른 새로움은 어린 주인공의 정서와 인식이 중심에 놓이기는 하나, 어른인 엄마의 체험도 한층 깊이있는 양감을 지닌 채 자리잡고 있다는 점이다. 비록 성주의 현재와 조응하는 측면에서지만, 어른의 고통이 어린 인물의 고통과 중첩됨으로써 수직적으로 단절된 어른과 아이의 세계가 하나로 통합될 여지를 지니게 된 것이다. 결과적으로 이와 같은 중심인물의 새로움은 체험을 확대하는 한편, 문학적 소통의 상대역들을 더없이 확장한 것으로 보인다. 이는 지금껏 소통 자체보다 어린이 자체의 특수성을 향해 조밀하게 응축해 들어갔던 경향들에서 한걸음 비껴선 것이며, 이를 통해 다양한 방향의 소통을 지향한다는 점에서 주목할 만한 변화다.

『넌 누구야?』의 또다른 새로움은 결말 구조의 새로움이다. 황선미의 이전 작품이 갈등을 어느 것 하나 그대로 두지 않은 채 매끄럽게 아퀴를 짓던 것과는 사뭇 다르다. 물론 인물들의 갈등은 여전히 해소된 상태로 존재하지만, 서사의 귀결은 해결되지 않은 시점에서 이야기를 끝맺고 있다. 과연 성주는 주인공 찬이가 입었던 무릎바지, 썼던 모자, 가지고 놀았던 박쥐인형을 다시 싸안고 돌아올 수 있을지 없을지가 미해결로 남겨져 있는 것이다. 이 또한 소통의 확대라는 관점에서 볼 수 있다. 이제 작가는 인물들이 서로 소통하는 것으로 작품을 끝내는 것에 그치지 않고, 독자와의 새로운 소통을 염두에 두고 있는 것이다. 곧 작가가 독자 역시 적극적으로 서사에 개입하고, 자신만의 서사를 형성하는 소통의 주체로 상정하였음을 뜻한다.

그러나 다양한 방향에서의 소통의 확대가 모두 미더운 것만은 아니다. 이 모든 소통이 하필 또다른 등장인물인 성주를 타자화함으로써 가능해진 소통이기 때문이다. 성주는 어떤 내적인 성장도 겪지 못하는, 인물들의 정서적 성장을 위한 소도구로만 설정되어 있다. 특히 필연적인 서사적 장치로 간주하기 힘든, 성주의 신체적 결함까지 제시됨으로써 인물과 인물이 소통하는 방식들을 한결 일방적으로 몰아간다. 이는 작가가 인물들을 여전히 경계짓고 구획함으로써, 진정한 소통을 향한 열린 세계로 발돋움하기에는 여전히 부족한 것이 아닌가 하는 의아함을 불러일으킨다.

그럼에도 이 작품은 소중한 점이 적지 않다. 주인공 찬이의 지각이 변화해가는 과정이 조밀하고 정연하게 펼쳐지는 점은 황선미 특유의 장점이 아직도 건재하고 있음을 보여준다. 그리고 속도감 있는 문체와 함께 인물들을 일직선상에 연결하기보다 각각 다채로운 개성을 지니고 있음을 보여줌으로써 서사를 풍부하게 만들고 있는 점도 주목할 만하다. 그러나 더욱 중요한 것은 이 작품의 새로움이라고 할 수 있는, 체험의 확대를 가능하게 한 이면에는 현실의 변화가 엄연히 가로놓여 있으며, 작품은 이 현실의 변화와 대결하고 있다는 점이다. 그 현실이란 기존의 가족 개념이 극심하게 변화해가는 현실이다. 적어도 전통적인 가족구조라고 할 수 있는 핵가족 제도가 근래 들어 극심하게 동요하고 있으며, 작품은 이 동요하는 실새를 어떻게 수용할 것인지를 문제삼고 있다.

최근 경제적 양극화로 말미암아 가난한 사람들의 삶이 뿌리에서부터 흔들리고 있음은 새삼스러울 것 없는 지적이다. 그리고 그 흔들림이 즉각적으로 가족구조의 해체를 가속화하는 방향으로 진행되고 있다는 것도 우리는 체감한다. 핵가족은 이혼으로 인한 한부모가족으로 해체되고 있으며, 형식적으로 핵가족을 유지하고 있을지라도 가족들이 흩어져 조모 혹은 조부와 함께 살아가는 새로운 가족구조들이 양산되고 있다. 뿐만 아니라 딩크(DINK, Double Income No Kids)와 같이 아이를 낳지 않는 부부들과 아예 결혼을 거부하는 사람들까지 다양하게 분화되고 있다.

『넌 누구야?』에서도 엄마와 외따로 살아가며 엄마의 성을 딴 '오종민'의 가족구조는 한부모가족이며, 성주는 아예 부모가 없는 아이로 설정되어 있다. 그러나 이 해체되는 가족구조는 고아로 자란 엄마의 노력으로 새로

황선미와 김옥은 아이들이 맞닥뜨린 현실을 탐구한다는 점에서는 동일하나, 경험의 확장과 심화라는 점에서 뚜렷한 차이를 보인다.

황선미의 『넌 누구야?』▲와 김옥의 『축구 생각』▼

운 가족 구성의 가능성이 조심스럽게 탐색되고 있다. 물론 아빠의 망설임과 변화, 찬이의 격렬한 반발이 보여주듯 이와같은 새로운 가족 구성이 쉽지 않은 것도 사실이다. 그러나 우리 동화가 그 쉽지 않은 모색을 거듭 시도해가야 함은 물론이다. 그러한 점에서 황선미의 새로움은 값진 것이기도 하다.

황선미의 신작이 다채로운 소통을 위해 경험을 확대하고 있는 것과 달리, 김옥의 『축구 생각』은 경험을 더한층 심화해 펼쳐 보이고 있다. 이전 『학교에 간 개돌이』(창비 1999)나 『손바닥에 쓴 글씨』(창비 2002) 등의 작품이 일상을 다른 시각으로 재조명해 보이거나, 생의 한 편린들을 섬세하게 어루만졌다면, 『축구 생각』은 주인공의 경험에서 한치도 벗어나지 않은 채 경험 그 자체를 깊이있게 천착해 보이고 있다. 제목 그대로 오직 축구 생각만 하는 주인공 대용의 경험이 이야기 전반을 견고하게 그러쥔 채 서사가 진행되는 것이다.

경험에 깊이 천착하고 있는 만큼 작품은 우리 동화로서는 보기 드물 만큼 인물의 복잡다단한 내면 심리묘사가 돋보이며, 그 심리가 철저하게 어린 대용의 관점에서 실감나게 펼쳐지고 있다는 점에서 이전 작품보다 훨씬 뛰어난 수작이다. 묘사의 대상인 대용에게 완전히 밀착된 시선이 새로운 가능성들을 마음껏 펼쳐 보인 것으로 평가된다.

사실 좋아하는 것에 깊이 몰두하는 어린이는 어디서나 쉽게 발견할 수 있는 어린이의 형상이다. 아이들은 현실 원리에 바탕을 두고 쾌락 원리를 조금씩 통어하고 조절해야 한다는 당연한 사실들을 외면한다. 그러기에 어린이인 것이다. 축구를 매개로 주인공 대용은 마음껏 쾌락 원리들을 현실화하고자 한다. 그러나 학교와 가정은 이 감동적인 놀이에 대한 애정이 자연스럽게 개화하도록 방치하지 않는다. 일정한 거래를 강요하고, 주인공은 그 거래를 통해 이 두 원리를 조절하고자 하지만 그조차 쉽게 달성되지 못한다. 결국 주인공은 자신의 쾌락을 송두리째 몰수당하는 고통을 감수하기에 이른다.

이 과정에 이르는 동안 작품은 아주 정교하게 짜여지고 있으며, 힘 또한 넘쳐난다. 김옥의 작품에 내재된 주관적인 육성이 걸러지고 그 빈자리를 아이들의 일상이 빼곡하게 채우고 있기 때문이다. 특히 시종일관 대용을 초점화하는 가운데 서사가 조밀하게 펼쳐지기 때문에, 하나의 중심이 흐트러지지 않는 구성의 치밀함을 보이고 있다. 답안지를 훔쳐 보는 것과 새로운 반전을 끌어내기 위한 위협으로 말미암아 대용의 욕망이 좌초되는 것도 계몽적인 기획을 노골적으로 드러내지 않는다는 점에서 소중하다.

그러나 무엇보다 아름다운 것은 작품의 결말이다. 대용은 깊고 아득한 울음을 그치고 나서 새로운 세계와 마주치게 된다. '떼어내기'라는 또다른 놀이를 새로운 눈으로 발견하게 되는 것이다. 이 놀이는 이진의 대용에게 정말 재미없는 놀이였으며, 그 놀이를 하는 또래 아이들 또한 이해할 수 없는 존재들이었다. 그러나 달라졌다. 전적으로 타자로 존재했던 놀이와 아이들을 조금은 이해할 수 있게 된 것이다. 새로운 소통의 가능성을 열어둔 셈이다. 『축구 생각』은 이 새로운 발견을 통해 특정 세계에 대한 아이들의 집착을 더 넓은 공간 속에 풀어헤쳐놓았다. 욕망을 억압하거나 거세하지 않고, 욕망의 다른 출구를 모색함으로써 세계를 보는 눈이 더욱 넓어지고 풍부해지는 대안을 작가는 지혜롭게 선택해 보인 것이다.

그렇다고 작품이 완벽한 것만은 아니다. 대용이 축구를 갈음하는 다른 놀이를 선택하는 과정이 매끄럽지 않으며, 정서적 강도가 부족하다. 더욱이 대용의 새로운 선택이 일정한 징검돌을 통해 설득력을 갖추고 있지 못하며, 느닷없이 마음이 기우는 것으로 설정된 것이 못내 아쉽다. 뿐만 아니라 심각한 문제상황들을 충분히 해명하지 못한 채, 다른 놀이를 통해 갈등을 해소하는 것이 아니라 덮어둔다는 것도 아쉬운 지점이다. 그럼에도 작품은 대용의 '축구 생각'과 다른 아이들의 '떼어내기 놀이'를 연결짓고 있으며, 이를 통해 또다른 소통을 새로운 방식으로 기획하고 있다는 점에서 값지다.

황선미나 김옥이 소통의 문제를 적극적으로 제시하고자 한 것은 현실주의 동화의 새로운 시도다. 폐쇄적인 지형 안에서의 성장이 아니라, 성장 자체를 여타의 관계망 속에서 감행하고자 하는 시도는 충분히 새로운 지향이며 소중한 노력이다. 더욱이 이와같은 경향들이 김일광의 『외로운 지미』에서처럼 이주노동자의 아이들로까지 확대되어가고, 문선이의 『딱친구 강만기』(푸른숲 2003)와 같이 탈북 어린이에게까지 관심을 기울이고 있다는 것은 소망스러운 현상이 아닐 수 없다.

작가들은 자신들에게 익숙한 배경과 사건이란 한정된 관점에서 벗어나 새로운 관점들을 적극적으로 끌어들임으로써 어린 인물들의 체험을 확장하는 한편, 그 체험을 한층 깊이있게 응시할 수 있도록 천착해 들어가야 한다. 궁극적으로 이와같은 시도들이 타자와의 소통을 위한 단서를 마련하고, 타자와 더불어 살아가는 새로운 과제에 기꺼이 부응하는 디딤돌로 작용할 것이다.

5. 되돌아보는 우리 동화의 미래

2004년은 어느 해보다 풍성한 한 해였다. 지나온 한 시절을 오늘의 시점에서 복원하는 작품들은 어린 독자들에게 한층 가깝게 다가서고자 노력한 한 해였으며, 판타지는 현실의 과제를 은유적 상상력 혹은 전복적 상상력에 기대어 탐구해나간 한 해였다. 또 현실주의적인 작품들은 그 나름대로 오늘을 사는 어린이들의 상처와 고통을 어루만지며 새로운 소통을 기약해주었다. 이 모든 다양한 지향들이 모이고 모여 어린이문학이란 거대한 강을 이루며 우리 어린이들과 함께 호흡하고 꿈꾸며 흘러가는 것이다.

그러나 그저 낙관만 할 수 없는 것은 어린이문학을 둘러싼 주변환경들이 어린이문학의 발전을 진작하는 방향으로 작동하기보다 발전을 억제하는 방향으로 점차 강화되고 있다는 점이다. 자본의 침식으로부터 유일하게 남은 사교육시장은 우리 아이들의 자유로운 책읽기조차 자신들의 이윤을 확대해가는 시장에 편입시키고자 호시탐탐 노리고 있으며, 이를 감시·감독해야 할 당국은 오히려 적극적으로 이들 그릇된 시장형성을 부추기고 있는 실정이다.

이뿐만이 아니다. 어린이문학 작품의 출판 관행 역시 여전히 작가의 이름만으로 작품을 앞질러 입도선매함으로써 작품 자체의 완성을 향해 작가들이 깊이있게 몰두할 여지를 빼앗고 있다. 물론 이는 전적으로 양식 있는 작가들이 책임져야 할 일이겠지만, 문제는 어린이문학의 경우 악화가 오히려 양화를 밀쳐낼 우려가 다분하다는 것이다. 무엇보다 비평과 이론의 부재 혹은 결핍으로 말미암아 좋은 작품과 나쁜 작품이 무차별적으로 독자들 앞에 펼쳐져 있기 때문이다. 결국 다시금 비평의 역할이 한층 강화되고 확대되어야 하는 문제로 되돌아온 셈이다. 비평 역량의 강화를 위한 안팎의 노력이 절실한 때다.

그리고 눈을 돌려 다시 작품으로 돌아와 생각해볼 때에도 여전히 많은 쟁점들이 남겨져 있음을 알게 된다. 먼저 동화의 바탕을 이루는 주인공의 형상이 불명료하며, 그 성격적 특성이 선명하게 부각되지 않는다. 서사의 곡절은 이전에 비해 훨씬 풍부하고 다채로워진 데 반해, 그 서사를 끌어가는 인물의 개성은 두드러진 인물형상으로 포착되지 않는 것이다. 2004년 한 해의 기억에 남는 작품들 역시 인물이 기억에 남는 것은 아니다. 특히 어린 주인공의 형상들이 흐릿하다. 이는 한시바삐 극복되어야 할 과제이며, 동화를 고민하는 모든 작가들이 서둘러 돌파해나가야 할 지점이다. 그리고 이와같은 인물형상의 불철저함은 서사 진행을 인물의 내면에서 터져나오게 하는 것이 아니라, 배경에 기대어 외적으로 사건을 부가시킬 여지가 적지 않다. 생동하는 인물형상들은 단순히 인물의 문제에만 그치지 않고 서사의 개연성 전체를 한단계 끌어올릴 수 있는 거멀못인 것이다.

결국 2004년 한 해를 평가하는 자리에서 우리는 또다시 출판 환경과 비평 역량, 작가들의 작품 형상화 능력과 작가정신 등에서 밀어가야 할 지점이 여전히 적지 않음을 발견할 수 있다. 그리고 이 문제들이 만만치 않음도 익히 알 수 있다. 그럼에도 길은 가야만 한다. 너무 늦어 '갈 길은 먼데,

날은 저물고'라는 우울한 탄식이 터져나오지 않았으면 하는 마음이다. 모두의 쉼없는, 그리고 알찬 전진을 기대한다.

_『동화읽는어른』 2005년 3·5·6월호

희망의 문학, 계몽의 담론

어린이문학의 역사와 창비아동문고

1. 출판과 어린이문학의 관련 양상

꽃이 지고 난 자리마다 새잎들이 돋아나고 있다. 작고 투명한 이파리들이 햇빛에 반짝이는 물비늘처럼 마구 몸을 뒤척인다. 계절이 더할수록 이 새잎들은 연두에서 초록으로, 진초록으로 빛을 더욱 깊게 안으로 그러모으며 자랄 것이다. 눈에 보이는 잎새들뿐만이 아니다. 잎을 매단 가지들은 더욱 높고 굵어질 것이며, 우듬지 아래의 밑둥치는 쉼없는 노동으로 나이테를 더하며 대지에 깊이 뿌리내릴 것이다. 이 생육하고 번성하는 나무들을 보며 어린이문학의 지금·여기를 가늠해보는 것은 자칫 턱없는 비약일지도 모른다. 그러나 생명의 역동적인 변모를 어린이문학이란 특정한 문학 장르의 생성과 성장, 쇠퇴와 소멸에 빗대어보는 것은 지금·여기에서 필요한 성장 환경이 무엇인지를 유추할 수 있게 한다는 점에서 그리 쓸모없는 궁리만은 아닐 것이다.

지금·여기에서의 어린이문학은 언뜻 보아 왕성한 성장기를 맞고 있는 듯 보인다. 문학의 위기는 물론이거니와 인문학 전체의 위기가 공공연히 거론되는 즈음인데도 어린이문학만큼은 유독 눈부신 성장을 거듭하고 있다. 그럴듯한 규모와 연륜을 지닌 출판사들은 너나 할 것 없이 어린이책을 대대적으로 기획하고 있으며, 매체들 또한 어린이문학에 대한 관심을 놓치지 않고 있다. 서구의 뛰어난 문학작품들이 그다지 큰 시차 없이 우리 어린이들의 손에 건네지고 있는 것만 보아도 사정이 어떠한지 알 수 있다.

그러나 이 두드러진 징후들을 근거로, 초록의 광휘로 뒤덮인 여름날의 숲을 보듯 어린이문학의 전성기가 도래했다고 찬탄하기에는 석연치 않은 점들이 적지 않다. 무엇보다 큰 문제점은 현단계의 성장을 출판이 주도하고 있다는 사실이다. 출판사는 출판과 연계된 문학상을 통해 창작의욕을 고취하기도 하고, 입도선매에 가까운 형태로 작가들의 작품을 서둘러 묶어내기도 하며, 뛰어난 그림과 함께 작품을 포장하여 상품으로 손색없게 만들기도 하는 등 어린이문학을 둘러싼 모든 소통의 단계를 제어하고 있다.

물론 이러한 현상이 부정적인 것만은 아니다. 출판은 어린이문학의 외적 환경에서 놓칠 수 없는 중요한 축이며, 출판의 발전이 어린이문학의 발전을 위한 필요조건인 것만은 분명하기 때문이다. 그러나 아쉽게도 출판은 어린이문학을 위해 존재하기보다 문화산업의 한 부문으로 자신의 존재를 입증할 수밖에 없다. 문화창조라는 고유한 기능과 함께 상업적 기획으로부터도 결코 자유롭지 못한 것이다. 따라서 어린이문학의 성장을 출판이 주도한다는 것은 자칫 출판의 상업주의에 어린이문학을 저당잡히는 결과를 초래할 수도 있다.

안타깝게도 이러한 징후는 도처에서 드러나고 있다. 무엇보다 장르간의 불균등한 발전이 그 대표적 실례가 아닐 수 없다. 현재 어린이문학은 서사 장르가 여타의 장르들을 압도하고 있다. 특히 서정 장르의 역사적 구체태인 동시는 명맥만을 유지하고 있을 뿐 어린이문학의 성장이 안겨주는 여하한 혜택으로부터도 배제되고 있다. 최근 들어 이러한 현상을 개선하고자 하는 노력이 없는 것은 아니지만, 자생적 역량이 축적되는 단계까지는 이르지 못하고 있는 실정이다. 서사 장르의 내부를 들여다보아도 문제는 다를 바 없다. 서정 장르와 안팎으로 연관된 그림 동화나 판타지 동화는 충분히 개화하지 못한 상태이며, 이들 양식은 대부분 외국문학의 번역으로 독자의 요구를 충족시키고 있는 실정이다.

그러나 이보다 더 큰 문제는, 그나마 왕성하게 성장해온 현실주의적인 양식들조차 최근 들어 고학년과 저학년으로 이원화된 채, 저학년을 겨냥한 작품들만 집중적으로 양산되고 있다는 것이다. 출판이라는 어린이문학의 주요한 축이 순기능을 하기보다 역기능으로 전화될 시점에 놓여 있음을 입증하는 생생한 실례가 아닐 수 없다. 결국 출판의 논리에 어린이문학이 끌려다니는 것은 어린이문학의 발전을 위해 그다지 바람직하지 않다는 결론을 내리게 한다.

방법이 없는 것은 아니다. 이와같은 불균형을 바로잡기 위해서는 출판의 공공성을 최대한 강화해가는 노력이 절실하게 필요하다. 그러나 이는 출판에 거는 주관적이고 자의적인 기대만으로는 불가능하며, 제도적인 장치를 통해 시장에 개입함으로써 출판이 갖는 문화적 특성들을 견인해낼 필요가 있다. 그리고 먼저 떠올릴 수 있는 계몽적 장치는 교실과 도서관이다. 문학교육의 활성화와 공공도서관의 내실화를 통한 제도적 장치의 정착은 비평의 기능이 복원되는 길이 열린다는 것을 의미한다. 동시에 시장논리에 앞서 출판을 풍부한 문화자본을 생성하는 공공영역의 한 부문으로 설정할 수 있다는 가능성을 의미하기도 한다. 실제 '어린이도서연구회'라는 시민단체의 활동이 출판시장에 미친 영향을 생각하면 그 가능성을 쉽게 확인할 수 있다.

어린이문학의 발전이 새로운 공공영역의 창출을 필요로 한다는 것은 곧 우리 어린이문학의 단계가 성장의 정점에 도달해 있는 것이 아니라, 고작해야 잠시 흐드러진 꽃을 피운 다음, 숨을 고르며 잎새를 틔울 준비를 하는 시작 단계에 불과하다는 것을 절감하게 한다. 그리고 이 새로운 공공영역의 광범위한 창출이 단순히 어린이문학을 둘러싼 외적 환경이 아니라 작가와 작품, 독자를 연결하는 내적 자질로 존재한다는 점 또한 간과해서는 안될 것이다. 어린이문학은 문학이 갖는 예술적 자율성과 함께 어린이의 지각·인식·정서와 직결되는 계몽적 기획과 분리해서 논의할 수 없는 실체이기 때문이다. 따라서 문제는 계몽성을 어떻게 탈피할 것인가가 아니라, 어떻게 올바른 계몽성에 한결 가깝게 다가갈 것인가 하는 점이다.

사실 우리 어린이문학의 역사적 전개과정은 바람직한 계몽성이 무엇인지를 끊임없이 모색하고 발견해온 과정이라고 볼 수 있다. 이 글은 어린이문학의 역사적 전개 속에서 여러 작가들이 성취한 계몽성의 질적 차이를 검토하는 것을 목적으로 한다. 이와 함께 이 글은 작가와 작품, 독자로 이어지는 일직선상의 연결을 한층 풍요롭고 다층적으로 만드는 출판의 내재적인 가능성을 새삼 확인하는 소론이기도 하다. 왜냐하면 최근에 200권을 넘어선 '창비아동문고'라는 특정 출판사의 출판물에 한정해 논의를 진행할 것이기 때문이다. 다행스럽게도 이 작품들만으로도 오늘날의 어린이문학을 가능하게 한 중심적인 한 축을 거칠게나마 살펴볼 수 있다. 덧붙여 이 글이 새롭게 형성되어야 할 공공영역이 무엇을 기저로 자신의 실체를 확립할지, 그리고 비평의 기능을 어떻게 수행해나갈 것인지를 내다볼 수 있게 한다면 그만한 다행스러움이 없겠다.

2. 어린이문학 전통의 복원

무릇 모든 새로운 출발은 과거를 재평가하는 데서 비롯된다. 이는 과거를 과거의 관점이 아닌 새로운 관점으로 재조명하고 과거 속의 '오래된 미래'를 부각시키는 것이다. 1970년대 후반 '민족문학의 일부'로서 어린이문학을 모색한다는 취지로 출간된 '창비아동문고' 역시 자신의 미래를 과거로부터 찾았다. 그 결과 선정된 작가들은 식민지시대부터 작품활동을 해온 이원수(李元壽, 1911~81)·이주홍(李周洪, 1906~87)·마해송(馬海松, 1905~66)이다. 이들이 그저 단순한 작가의 나열이 아님은 명백하다. 이 세 작가는 서로 다른 출발과 지향에도 불구하고 우리 어린이문학의 앞신 역사로 거론되기에 손색없는 작가들이며, 민족문학으로서의 어린이문학을 빛낸 이들이다.

다채로운 함축에도 불구하고, 일반적으로 민족문학은 민족의 역사적 과제나 민족 구성원의 구체적인 삶의 현실을 중심적인 묘사대상이나 주제로 형상화하는 것을 지칭한다. 초기의 세 작가 역시 민족의 역사적 과제를 자신들의 작품 속에 끊임없이 담고자 했다. 마해송 동화집 『사슴과 사냥개』(창비 1977)에 수록된 「떡배 단배」「토끼와 원숭이」는 의인동화이면서 민족국가 건설을 위해 요구되는 자주독립 정신을 강조하고 있으며, 이원수의 『잔디숲 속의 이쁜이』(계몽사 1973)나 『숲 속 나라』(신구문화사 1953)는 판타지를 통해 해방을 성취하는 과정과 그 소망스러운 실제의 면모를 보여주고 있다. 이주홍의 『아름다운 고향』(창비 1981) 역시 3·1운동을 중심에 둔 식민지시대의 고통을 풍부하게 묘사하고 있다. 이 초기의 세 작가는 상대적으로 민족·역사·독립 등 거대담론에 치중한 반면, 공통적으로 삶의 세부를 형상화하거나 어린이들의 일상적인 삶에 대한 경험의 형상화는 부족한 편이라고 볼 수 있다.

세부적으로 이들 세 작가가 활용하는 창작 방법과 그로부터 비롯된 어린이문학의 발전을 밀어올리는 동력은 조금씩 다른 듯이 보인다. 먼저 가장 앞서 작품활동을 시작한 마해송은 「바위나리와 아기 별」(1923)이란 창작동화를 쓴 것으로 잘 알려져 있다. 그러나 상징성이 높은 이 작품을 제외하고는 대체로 의인동화를 즐겨 썼다. 특히 「떡배 단배」는 '떡배'와 '단배'라는 외세의 경제적·문화적 침략을 사건의 중심에 두고, 갑동과 돌쇠 두 등장인물의 대응방식을 대조적으로 그려냄으로써 자주적인 민족국가 건설의 구체적인 방안을 설파한 작품이다. 그러나 작품은 강렬한 주제의식에도 불구하고 현실과 우화적 세계를 지나치게 단선적으로 대응시킴으로써, 미적 풍부함을 충분히 획득하지 못했다.

정작 마해송 동화들 가운데 가장 뛰어난 작품은 많은 비중을 차지하는 우화적인 작품이 아니라, 『모래알 고금』(경향잡지사 1958)과 같이 경험한 세계를 객관적으로 기술한 작품일 것이다. 이 작품의 경우 두드러진 미덕은 서술자의 개입이 최대한 억제되고 있다는 점인데, 이는 서술자인 '고금'을 서술대상인 경험 세계와 엄밀하게 분리시킴으로써 경험을 있는 그대로, 과장이나 왜곡 없이 드러낼 수 있게 되었기 때문이다. 그러나 아쉽게도 '고금'은 개성적인 인물로서 형상화되지 못한 채 서술의 매개장치로서만 존재한다. 이는 우화 형식의 다른 동화에서도 마찬가지로 나타나는 특성이다. 결국 마해송의 동화들은 초기 아동문학의 계몽적 특성을 민족문학적 지향 안에서 보여준다는 점에서 의미있는 작품들임은 분명하나, 문학적인 성과는 계몽성을 어느정도 덜어냈다는 데 있을 뿐이다.

마해송이 객관적 관찰을 통해 계몽성으로부터 어느정도 벗어나고 있는 것과 달리, 이원수는 자신만의 독특한 방법으로 거대담론에서 벗어나고 있다. 그는 초기 작품에서 보여준 계몽의 담론들을 새로운 작품집 『꼬마 옥이』(창비 1977)를 통해 상당부분 넘어서고 있다. 그는 이 작품집을 통해 다양한 형태의 실험을 거듭하고 있다. 「어린이날과 아지날」을 비롯하여 「루루의 봄」과 같이 우화와 다를 바 없는 의인동화가 있는 반면, 「화려한 초대」처럼 현실의 문제인 도농간의 격차를 보여주면서도 주요인물인 한 선생과 점순이를 통해 인물의 내적인 지각과 정서에 깊이 천착한 작품도 선보이고 있다. 특히 점순은 빈부격차와 도농간 격차라는 이중의 모순관계를 공감을 자아내기에 충분할 만큼 섬세한 정서적 감응으로 드러내고

이원수의 「화려한 초대」는 빈부격차와 도농간 격차라는 이중의 모순을 점순이라는 인물의 섬세한 정서와 인식으로 대변하고 있다.

『꼬마 옥이』의 삽화, 이만익 그림.

있다. 특히 작품의 마지막 부분은 낯선 여행에서 돌아오는 기차 안에서 점순이가 겪는 심정을 설득력있게, 그러나 과장되지 않게 그려 보이고 있다.

점순이는 새 옷을 벗어 던지고 제 치마 저고리로 그 아이에게 달려가고 싶은 충동을 느꼈다. 멀어져 가는 그 아이를 보고 "점순아—" 하고 부르고 싶은 충동을 느꼈다. 그러나 왈칵 콧날이 시큰해지면서 걷잡을 수 없는 설움에 옷보따리를 안고 그 위에 얼굴을 묻으며 흑흑 느껴 울었다. 눈물이 보따리에 넘쳐 나왔다.

눈을 감은 한 선생은 점순이의 거동을 눈치챘는지 입술을 꼭 깨물며 잠든 듯이 말이 없었다. 차바퀴 소리만이 일정한 리듬으로 그들의 마음을 달래 주듯 덜컥거리고 있었다. (『꼬마 옥이』 150면)

차창 밖으로 본 소녀를 자신과 동일시할 뿐만 아니라, 그 동일시를 통해 시골 아이들 전체가 직면하고 있는 현실, 나아가 농촌문제의 현실을 설움과 울분 속에서 성큼 추상화하는 날카로움을 이 인용은 보여주고 있다. 그러나 이러한 날카로운 현실인식과 문학적 형상화가 다른 작품에서는 쉽게 발견되지 않는다. 오히려 이 작품집을 통해 선명하게 드러나는 것은 풍부한 시적 계기들이다. 표제작인 「꼬마 옥이」나 첫번째 수록된 「나의 그림책」은 서사적 발전을 보여주기보다는 시적 이미지의 병치를 통해 한 편의 서사를 엮어 보이고 있다. 더욱이 이들 작품의 내부에 깃든 주제 또한 닿을 수 없는 것들, 스러져버린 것들에 대한 아득한 그리움이라는 점에서 현저히 시적이다. 곧 "사랑하는 것은 죽어도 죽지 않는 것 같고, 오래오래 가슴속에 살아 남는 것"(35면)이라는 주제가 작품의 전편에 걸쳐 반복되고 있다.

이원수는 내용과 형식 모두 시적 요소들에 기대어 계몽의 억압에서 일정 정도 자유롭게 유영할 수 있었다. 선명한 현실적 계기인 전태일 열사의 죽음에 창작의 연원을 두고 있는 「불새의 춤」 같은 작품에 시적 자질을 극대화한 상징을 활용한 것은 주목할 만한 작업으로 평가된다. 그러나 『해와 같이 달과 같이』(창비 1979)에서처럼 시적 장치들을 떠나 다시금 서사의 본질로 회귀하였을 경우, 이원수의 작품은 '일하는 아이들'의 형상을 흥미진진하게 보여주고 있음에도 불구하고 상투적인 결말 처리와 지나치게 낙관적인 인물형상화, 자의적이고 주관적인 묘사로 빠져든다.

객관적 관찰이나 시적 자질의 확장을 통해 계몽성을 탈피하고자 한 마해송, 이원수와 달리 서사 장르의 특성에서 비켜서지 않으면서도 어린이문학의 발전적 양상을 유감없이 제시하고 있는 작가가 바로 이주홍이다. 『못나도 울엄마』(창비 1977)에 실린 편편들은 어린이문학, 특히 동화의 가능성을 한껏 심화·확장한 것으로 평가할 수 있다. 옛이야기의 형식을 차용하고 있는 「가자미와 복장이」는 전통적 미의식인 풍자와 해학을 마음껏 펼쳐 보이고 있으며, 이원수의 『숲 속 나라』에 기대어 이를 보완·확장하는 「외로운 짬보」 역시 파노라마적인 구성을 통해 폭넓은 서사적 세계를 보여줌으로써 읽는 즐거움을 듬뿍 안겨준다. 「딱부리집 식구」에서는 현실을 왜곡하지 않으면서도 인물의 갈등을 능청스런 익살로 누그러뜨리는 여유를 발견하게 된다.

다양한 스펙트럼도 주목할 만하지만 이 작품집의 가치는 「비 오는 들창」과 「못나도 울엄마」를 빼놓고 논의하기 어렵다. 「비 오는 들창」은 '충무공 이순신 장군'이란 연극의 연습과 가뭄이 야기한 이웃간의 '물싸움'을 중첩하여 전개하는 가운데, 인물들의 외적 갈등과 주인공의 내적 갈등을 조화롭게 해소하는 작품이다. 더욱이 이 작품은 현실인식의 치열함이나 구성의 완결성이란 측면에서 현덕(玄德, 1909~?)의 작품 「나비를 잡는 아버지」(『집을 나간 소년』, 아문각 1946)가 획득한 성취를 고스란히 계승하고 있다. 특히 현실의 갈등을 직접적으로 개입시키는 대신 원경으로 배치하고, 일상적 경험이란 매개를 통해 인물의 갈등을 구체적으로 형상화하고 있음은 주목할 만하다. 이 작품에서 단초를 열어 보이는, 어린이의 눈을 통한 현실의 긍정적인 굴절 혹은 재해석은 진정한 의미에서의 '어린이의 발견'으로 고양될 여지가 많다.

「못나도 울엄마」가 갖는 문학사적 의미 역시 이 지점에 놓여 있다. 「못나도 울엄마」는 한 아이의 꿈을 통해 소박하게 서사를 진행시킨다. 그러나 이 꿈은 교훈을 전달하기 위한 장치로 존재하는 것이 아니라, 내적 경험의 확충 혹은 심리적 갈등의 변형으로 존재한다. 그 결과 꿈속에서의 새로운 경험은 현실세계의 우위를 승인하기보다, 역설적으로 비켜서고 싶은 세계를 적극적으로 포용하는 새로운 발견으로 고양된다. 이 모든 것은 작가의 의식이 아이의 마음과 생각의 결을 한치도 놓치지 않고 어린이의 세계로 하강함으로써 가능하게 되었다.

이원수·이주홍·마해송으로 이어지는, 1970년대 후반에 나온 창비아동문고의 초기 작품집들은 민족문학의 건설이라는 거대담론 속에서 기획되고 추진되었음에도, 정작 작품의 구체적인 실제들은 기존의 이념적 도식과는 다른 자리에서 어린이문학의 성장을 도모한 것으로 평가할 수 있다. 때로는 시적 자질의 도입으로, 때로는 엄밀한 객관적인 관찰에 힘입어 마침내는 존재하는 어린이의 세계에 가깝게 다가감으로써 민족문학 자체를 새롭게 발아시킬 수 있는 가능성을 제시하고 있는 것이다.

3. 전통의 계승과 변용

창비아동문고가 어린이문학 초창기 작가들의 작품집에 이어서 출간한 것은 5인 동화집 『똘배가 보고 온 달나라』(1977)다. 초창기 작가들이 대체로 1910년을 전후한 시기에 태어난 이들이라면, 5인 동화집의 다섯 작가는 1930, 40년 즈음에 태어난 이들로, 이 땅의 어린이문학의 중심축이 새로운 세대로 이동했음을 보여준다. 한편 한편의 작품 또한 이전과는 사뭇 다른 방식으로 어린이 세계에 접근하고 있어 축적된 역사적 경험을 엿보게 해준다. 이 가운데 돋보이는 작가는 「보이나 아저씨」 「가뭄과 홍수」를 상재한 이영호(李榮浩, 1936~)와 「무명 저고리와 엄마」 「금복이네 자두나무」를 쓴 권정생(權正生, 1937~)이다.

이영호의 작품은 그동안 기이하리만큼 제대로 평가된 적이 없는데, 그러나 매우 독창적이다. 「보이나 아저씨」는 문둥병을 앓고 있는 '보이나 아저씨'와 그 가족들, 그리고 그들을 대하는 주인공 아이의 심경을 묘사한 작품이다. 작품의 구성은 보이나 아저씨에 대한 두려움에서 시작되어, 그의 두 딸아이를 매개로 한 호기심과 애정으로, 마지막에는 열차에 오르는 그들 가족의 모습을 보면서 느끼는 안타까움으로 옮겨가는 짜임새를 지니고 있다. 사건의 연결이 지극히 정교하며, 마지막 장면에서 엿보이는 가족 간의 유대는 아름답기까지 하다. 구성의 정교함, 서정적인 결말 처리, 아이의 눈과 아저씨 가족의 삶이 시종일관 서로 교호하는 가운데 정서적인 공감의 상승이 돋보이는 작품이다. 그러나 이러한 미적 장치와 함께 이영호의 작품에서 놓칠 수 없는 것은 독특한 문체다.

> 반은 외고 읽으면서 아이는 금세 천자문 한 번 읽기를 끝냈다. 잠시 숨을 돌리고 다시 시작했다. (…) 아버지의 기침 소리는 좀처럼 끝나질 않았다. 아이는 눈을 동그랗게 뜨고 아버지를 바라봤다. 아버지는 전신을 흔들며 기침을 토해 내다가 갑자기 놋재떨이에 땅땅 담뱃재를 떨었다. 담뱃대 속에서 쏟아져 나온 아직 덜 탄 담배가 살아 있는 작은 괴물처럼 하얀 연기를 스멀스멀 뿜어 올렸다. (『똘배가 보고 온 달나라』 123면)

이 인용에서 확인되듯, 이영호의 문체는 어린이문학에서 통상적으로 사용되어온 경어체가 아니다. 작품은 과거시제의 종결형으로 시종하고 있다. 이와같은 소설의 문체는 사건을 서술하는 속도감을 한층 강화한다. 그리고 서술의 초점을 분명히 아이에게 둠으로써 서사와 묘사의 관계를 더욱 긴밀하게 만들고 있다. 작가는 아주 능란하게 초점화자와 서술자를 오가며 통상적으로 어린 주인공에게서 발견되는 제한들을 말끔히 씻어내고 있다.

이와같은 문체적 특성은 「가뭄과 홍수」에서 더욱 선명하게 드러난다. 소녀를 향해 이제 막 피어오르는 애틋한 감정과 자꾸 엉켜들기만 하는 주인공의 일상이 맞물리면서 사건은 밀도를 더하게 된다. 인물의 내면 심리 또한 치밀하게 묘사됨으로써 어린이문학이 성큼 문학일반의 성취와 나란히 어깨를 겯기에 이른다. 이러한 문체적 특성에 힘입어 선명한 주제의식이나 결말의 교훈성은 전적으로 독자의 몫으로 남겨지게 된다. 이영호에 이르러 어린이문학 작품은 그 자체로 폐쇄되지 않은 채, 독자의 감상을 통해 완결되는 새로운 면모를 획득하게 되는 것이다. 작품의 결말은 이를 다시금 입증해주고 있다.

> "너 이자슥, 죽을라고 환장했나!"
>
> 큰형의 커다란 손바닥이 소년의 뺨에서 철썩 소리를 냈다.
>
> "직이삐리야 됩니더. 그 개새끼 때문이란 말입니더. 직이야 해예!"
>
> 뺨을 맞고 귀울음이 멈춰지자 잠시 멍청하게 섰던 소년이 그제야 와악 울음을 토해 내며 큰형의 그 우람한 가슴속으로 무너지듯 머리를 박았다.
>
> 소년이 떨어뜨린 몽둥이가 흙탕물에 곤두박질을 치면서 멀리멀리 떠내려 가고 있었다. (『똘배가 보고 온 달나라』 172면)

이 작품의 결말은 그전의 어린이문학에서 제시되어온 익숙한 어린이의 형상을 보여주지 않는다. 거칠게 쏟아내는 말들과 정서적인 개입을 가로막는 속도감 있는 서술 속에서 아이의 감정이 정제되지 않고 폭발하고 있다. 거듭되는 불운의 연원이 자기만 보면 짖어대는 개에게 있다고 생각하는 아이를 통해, 서사는 많은 여지들을 그대로 남겨둔 채 격정적으로 끝을 맺고 있다. 이 지점에 이르면 동화는 더이상 계몽적인 목소리를 들려주는 데에 연연해하지 않는다. 한걸음 더 나아가 사건과 사건 속에서 유발되는 인물의 정서와 행위 자체를 보여주는 것으로 자신의 소임을 다하게 된다. 거대담론과 짝을 이루던 계몽성이 새롭게 재구성되는 시점에 놓이게 된 것이다.

이영호에 견주면 오히려 권정생이 앞선 작가들과 더욱 가까운 듯이 보인다. 「무명 저고리와 엄마」「강아지똥」「똘배가 보고 온 달나라」 등은 여전히 민족사 전체와 맥락이 닿아 있다는 점에서, 또 때로는 우화의 틀을 유지한다는 점에서 그러하다. 이는 자후 우리 어린이문학의 가장 빛나는 성취라고 평가되는 『몽실 언니』(창비 1984)와 『슬픈 나막신』(우리교육, 2002)으로 연결되면서, 민족문학으로서의 어린이문학이 발전해가는 한 경로로 자리매김하게 된다.

그럼에도 불구하고 이들 작품에서 견지하고 있던 무거움을 벗어던지고 서러운 풍경 한자락을 가만가만 펼쳐 보이고 있는 「금복이네 자두나무」는 당시 어린이문학의 역사를 볼 때 값진 것이다. 적어도 계몽의 담론으로부터 한층 비켜서 있으면서, 민족문학의 내실을 더욱 풍부하게 하고 구체화하기 때문이다. 「금복이네 자두나무」에는 선하게 살아가는 가난한 이들이 있다. 또 그 가난한 이들의 아주 작고 소박한, 결코 현실 속에서 이루어지지 않는 꿈들이 있으며 그 꿈의 실현을 가로막는 척박한 현실이 있다. 인물들은 서러움과 연민을 자아내게 하며, 슬픔을 안으로 삼키고 현실 앞에서 망연자실 멈춰서 있다.

이어지는 『사과나무밭 달님』(창비 1978) 『점득이네』(창비 1990) 또한 다르지 않다. 이 작품들은 권정생 문학의 전형이며 가장 권정생다운 측면을 유감없이 보여준다. 이 작품들에서 권정생은 좁은 의미의 계몽성을 완전히 벗어나고 있다. 그는 다만 보여줄 따름이다. 풍경처럼 포착한 삶의 흔적에 대해, 펼쳐낸 서사의 의미에 대해 결코 왈가왈부하지 않는다. 그는 교훈을 언어로 제시하기보다 인물의 삶, 인물의 성격을 통해 표출하고 있다. 소재가 갖는 비극성과 현실의 고통도 이와같은 담담한 서술 속에서 정제되어 있다. 그리고 잠복해 있는 작품 속 희망의 전언 역시 결말에서 형식적으로 제시되기보다 인물의 가치 선택과 행위의 양상을 보여줌으로써, 또 그 가치 선택과 행위의 이면에 어떠한 마음의 결들이 떠올랐다가 가라앉는지 보여줌으로써 헐벗은 계몽성을 대신한다. 아니, 계몽의 의미를 한층 확장해 보이고 있다.

이와같은 서술의 방식, 다시 말해 계몽성을 인물의 행위와 심리 속에 흩뿌려놓는 방식은 박상규(朴相圭, 1937~)의 작품에서도 잘 나타난다. 『고향을 지키는 아이들』(창비 1981)의 제1부 '조그만 마음'에 실린 작품들은 어느 하나 부족하지도 넘치지도 않는 간결한 서술 속에서 뚜렷한 형상을 획득한다. 「새엄마」는 기존의 선입견을 또다른 억지스런 행위와 감상적인 과장으로 대체하지 않는다. 대신 서술자인 아이의 심리적 단층들을 면밀하게 답사하면서 마침내 반전으로 끌어간다. 「감 장사 첫날」에서도 가난한 이들의 서러운 일상이 아이의 관찰과 마음의 흐름 속에서 과장없이 포착되고 있다. 「아버지의 모습」「산골의 봄」 또한 사람 사이의 관계가 자아내는 흐뭇한 인정 속에서 인물이 새로운 경험을 하고, 그 경험으로 자신의 지각과 인식을 변전시켜나간다. 작품들이 모두 서사를 걸러내고 기술하는 주체를 언제나 어린 초점화자로 설정함으로써 독자의 적극적인 동일시를 이끌어내고 있다는 점도 주목할 만한 진전이다.

그러나 이영호·권정생·박상규 등이 일구어온 문학적 전통은 쉽게 다음 세대의 역량으로 전이되지 않는다. 꼭 10년이 지나, 작가들의 세대로 따지자면 20년 남짓한 차이를 두고서야 임길택(林吉澤, 1952~1997)의 『산골마을 아이들』(창비 1990, 원제는 '우리 동네 아이들')을 만날 수 있을 따름이다. 물론 그 이전에도 탁월한 작품이 없는 것은 아니다. 예컨대 김일광의 『아버지의 바다』(창비 1988)의 경우, 현실주의 전통 속에서 아이들 삶의 모습을 정밀하게 제시하고 있다. 그러나 여전히 견고한 계몽의 틀로부터 완전히 자유롭지 못하다. 그런데 임길택에 이르러, 비로소 우리 어린이문학은 계몽으로부터 온전히 놓여날 수 있게 된다.

그것은 무엇보다 임길택의 글쓰기 방식이 갖는 특성 때문일 것이다. 그는 무엇보다 동화와 이야기를 엄격히 구분한다. 그리고 자신의 글이 동화가 아닌 이야기로 머물러 있기를, 아니 고양되기를 바란다. 따라서 그의 글은 보고 들은 것을 자세하게 기록할 뿐, 그 체험의 가치와 의미에 대한 명시적인 언급은 피하고 있다. 더욱이 그는 자신의 이야기가 역사라고 생각한다. 사람들의 숨결과 땀과 눈물이 배어 있는 역사에 섣부른 주관적 감상을 들이밀 수 있겠는가 하는 것이 그의 입장이다. 그 결과 그의 작품에는 작가의 목소리가 엄격하게 소거되어 있다. 다만 인물들이 겪는 생각과 느낌을 곡진하게 밀고 나갈 따름이다.

『산골 마을 아이들』에 수록된 작품들은 대체로 세 가지 경향으로 구분된다. 서술자인 작가의 목소리가 뚜렷하게 부각되는 「정말 바보일까요?」「아버지, 우리 아버지」 같은 계열의 작품이 있고, 「모퉁이집 할머니」「순이 삼촌」과 같이 현실의 결핍과 그 결핍 속에서 스러져가는 인물들의 삶을 담고 있는 작품이 있다. 두번째 경향은 소재의 선택과 주제의 처리방식에서 명백하게 권정생·박상규를 잇는다고 볼 수 있다.

그러나 이보다 더욱 두드러진 임길택의 성취는 세번째 경향의 작품들이다. 「정아의 농번기」「들꽃 아이」「명자와 버스비」 등 여러 작품에는 한결같이 작가의 목소리가 배제되어 있으며, 현실의 누적되는 고통도 비극적으로 펼쳐지지 않는다. 이들 작품은 대체로 주인공이 직접 초점화자가 되어 보고 듣고 느끼고 생각한 바를 빠짐없이 기록한다.

이러한 작품의 서술특성은 새로운 유형의 인물 창조와 서로 연결되어 있다. 이야기를 서술하는 어린 인물들은 마주치는 경험 세계와 대상 세계에 언제나 깊이 공명한다. 따라서 이들은 결코 절망하지 않는다. 삶의 진정성을 나름의 제한 속에서 받아들이기 때문이다. 이들은 상황이 허락하는 작은 희망에 어기차게 매달려 자신 앞에 주어진 삶을 밀고 나아간다. 그 낙관적인 전망은 이야기의 구성이 갖는 정교함에서 나오기보다 오히려 등장한 모든 인물들, 인물들이 일구어가는 소박하고 진정한 삶, 그 삶의 의미와 가치를 놓치지 않고 포착하는 생각의 깊이와 섬세한 마음의 결들로부터 필연적으로 분비된다. 「정아의 농번기」에 나오는 다음의 인용은 그 실제를 잘 보여준다.

'괜히 들어왔구나!' 뉘우치며 병숙이 할머니를 쳐다보았다. 병숙이 할머니도 마지막 모를 꽂으며 "끙" 하고 일어났기 때문이었다. 그런데 이제 보니 할머니가 가장 늦게 일어나곤 하는 것은 할머니 옆의 성자 어머니가 한 포기라도 덜 꽂고 일어나게 하려는 것이었다. 성자 어머니는 아기를 가졌는데, 허리 숙여 모를 심고 일어난 걸 보니 길에서 볼 때보다 배가 더 볼록 나와 보였다.

정아는 더 견딜 수 없을 것 같았다. 순예도 어머니와 새참을 가지러 집으로 가고 없었다. 정아는 손에 쥐고 있는 것만 심고 나갈 참이었다. 모를 집으려면 이제는 엉금엉금 기어야 할 정도로 허리가 아팠다.

'쌀밥 먹기가 이렇게 어렵다니, 공부하는 건 아무것도 아니다.' (『산골 마을 아이들』 190~92면)

「정아의 농번기」에는 이제 4학년이며 반에서 가장 키가 작은 정아가 등장한다. 정아는 사람들의 행동에 담긴 섬세한 마음 씀씀이를 깊고 골똘한 관찰을 통해 남김없이 포착한다. 더욱이 직접 일하는 경험 속에서 소중한 깨달음을 얻기도 한다. 이렇게 형상화된 인물은 결코 계몽적인 관점에서 가르침의 대상이 되는 어린이가 아니며, 그렇다고 세상의 모순과 동떨어진 채 순수의 거푸집 속에서 칩거하는 어린이도 아니다. 관찰하고 사유하고 공명하는 새로운 어린이의 형상이 임길택의 작품 속에서 발견되는 것이다. 물론 이는 이전 단계의 미적 성취들을 온전히 자신의 글쓰기 속에 온축하였기에 가능한 일이다.

4. 어린이문학의 분화와 발전

1996년은 어린이문학의 역사에서 기념할 만한 해다. 창비가 처음으로 '좋은 어린이책' 원고 공모를 한 해이기 때문이다. 물론 공모제는 '좋은 어린이책' 이전에도 많이 있었다. 그러나 창비의 공모는 오랫동안 민족문학의 중심축을 형성해온 동력과 이념적 지향을 어린이문학에까지 확장한 것이기에 기존의 공모제와는 질적으로 다른 지평으로 평가된다. 창비는 이 공모제를 통해 창비아동문고가 갖는 재생산의 한계를 돌파할 수 있었으며, 어린이문학 작가들 역시 동심주의와 계몽주의의 틀 안에 갇힌 기존 문단과 제도적인 결별을 감행할 수 있게 되었다. 도식적인 틀을 강제하는 신춘문예나 문학잡지의 추천을 받지 않고서도 어린이문학 작가로 몸을 세울 수 있게 된 것이다.

그러나 다른 한편으로 공모제는 출판사와 작가지망생들을 직접 연결함으로써, 작가를 선별하고 작품을 출판하는 결정권을 많은 부분 출판사에 위임하는 결과를 낳기도 했다. 출판이 어린이문학의 흐름 자체를 좌우하는 단초를 열어 보인 것이다. 물론 이것이 나무랄 일만은 아니다. 그러나 공모를 통해 몇몇 뛰어난 작품을 독자에게 건네는 것보다 항상적으로 작가들이 작품을 발표할 지면을 제공하는 일이 더욱 중요하다. 또한 이미 출판된 작품에 대해 문학상을 수여함으로써 기성작가들의 창작의욕을 진작시켜나가는 방안도 모색해야 할 것이다.

이러저러한 공과에도 불구하고 '좋은 어린이책' 원고 공모가 갖는 문학사적 의미는 거듭 재평가되어야 한다. 그리고 그 평가는 수상작품들과 분리해 논의될 수 없음은 물론이다. 어쩌면 이 수상작품들이 문학사를 한결 풍성하게 이어가는 만큼, 1996년은 어린이문학의 역사에서 획기적인 분수령이 될 것이다. 그리고 기대를 저버리지 않고 창비아동문고는 첫번째 수상작인 채인선(蔡仁善)의 『전봇대 아저씨』(1997)로부터 시작해, 이어서 이가을의 『가끔씩 비 오는 날』(1998)을, 그리고 이미옥(李美玉)의 『가만 있어도 웃는 눈』(1999)과 박기범(朴起範)의 『문제아』(1999), 김중미(金重美)의 『괭이부리말 아이들』(2000) 등 아주 뛰어난 작품들을 독자들에게 건넬 수 있게 되었다.

이 가운데 민족문학사의 전통과 가장 긴밀하게 결부된 작품은 『문제아』와 『괭이부리말 아이들』이다. 두 작품은 현실인식의 치열함이나 견고한 이념적 지향이란 측면에서 기존의 현실주의적인 어린이문학 작품들과 직접적으로 맞닿아 있다. 방정환·이주홍·현덕·이원수·권정생·임길택의 연장선 위에서, 그 지평을 더욱 확장하고 심화하며 스스로의 위상을 정립하고 있는 것이다.

뿐만 아니라 이 두 작품은 이전의 작품들과 명확하게 단절되어 있기도 하다. 이전의 작품들이 고통으로 가득찬 현실에 압도되거나 현실을 인물의 자의적인 공간으로 끌어당겨서 제한된 희망에 자족하던 것과 달리, 두 작품 속의 인물들은 낙관적인 전망으로 충만해 있다. 이는 단순히 결말 처리가 희망을 암시하고 있다는 말이 아니다. 서사의 진행 속에서 인물들의 인식과 지각, 경험이 마주치는 새로운 깨달음은 현실의 결핍을 능동적으로 충족시킬 뿐만 아니라, 현실의 모순 전체를 날려버릴 정도로 희망으로 충만해 있다. 「독후감 숙제」 「전학」 「문제아」 등 박기범 작품집의 주인공들은 물론이거니와 영호, 김명희 선생님과 함께하는 『괭이부리말 아이들』의 어린이들은 희망을 소박한 바람이 아닌 현실로 치환할 충분한 동력을 자신들의 내부에 갖기에 이른다. 이 단계에 이르러 현실주의적인 어린이문학은 협소한 계몽성의 범주와 결별하고, 삶의 진정성이 불러일으키는 희망에 대한 예감으로 충만하게 된 것이다.[1]

박기범과 김중미를 비롯한 현실주의적인 전통의 심화·확장이 1990년대 후반 어린이문학의 한 축이라면, 이와 나란히 마주 세울 수 있는 또다른 경향은 단연 판타지일 것이다. 이원수의 『숲 속 나라』처럼 그동안의 어린이문학이 판타지를 전혀 도외시하지 않았음에도 불구하고 성과는 그리 크지 않았다. 작품 대부분이 우화의 수준을 벗어나지 못한 채, 판타지의 초

1 이들 두 작품에 관한 더욱 상세한 논의는 졸저 『숲에서 어린이에게 길을 묻다』(창비 2002) 참조.

기 형태인 의인화방법만을 거듭 반복해왔을 따름이다. 그러나 계몽적인 거대담론의 주술로부터 벗어날 것이 암묵적으로 요구된 1990년대 후반의 상황은 판타지라는 새로운 양식적 실험을 자연스럽게 이끌어내게 되며, 채인선의 『전봇대 아저씨』는 그러한 시도의 한 성과다.

『전봇대 아저씨』에 대한 평가는 대체로 후한 편이다. 발문이 갖는 특성을 충분히 고려하더라도 작가 박완서가 "상상력을 자유자재로 구사한 환상적인 기법과 사실성의 기막힌 조화"(4면)라고 평가한 것이나, "채인선 동화에는 '지금 여기 아이들'이라는 현재성이 생생하다. 그리고 과거 다른 작품에서 보기 힘든 발랄한 감수성과 자유분방한 상상력이 돋보인다"는 원종찬의 평가[2]가 그러하다. 두 평가 모두 공통적으로 '상상력'을 언급하고 있다. 그러나 상상력이란 '기발함'과 동일한 개념은 아니다. 판타지의 근간을 이루는 상상력이란 언제나 현실을 더욱 선명하게 투영해보기 위한 장치이지, 현실에서부터 자유분방하게 멀어져도 좋은 착상의 기발함이 아닌 것이다. 상상력의 개념을 제한적으로 사용할 때 『전봇대 아저씨』에 실린 편편들은 상상력의 분방함으로 규정하기에는 석연치 않은 점이 적지 않다. 작품들이 고른 성취를 보여주지 못하기 때문이다.

『전봇대 아저씨』에서 상상력과 관련하여 손꼽을 수 있는 작품은 「그림자는 내 친구」와 「할아버지의 조끼」가 아닐까 한다. 「그림자는 내 친구」에서 전개되는 상상력은 전적으로 놀이 공간 속에서 비롯되고 또 완결된다. 주인공이자 서술자의 놀이 공간 속에서 '그림자'라는 새로운 판타지적 요소는 그 누구의 틈입도 허용하지 않는 자기충족적인 서사 공간으로 작동한다. 그림자와 주인공의 내적 대화는 어린이들의 일상적인 세계 속에서 손쉽게 발견할 수 있는 전형적인 놀이다. 때문에 작품은 실감을 동반한 채 풍부한 울림으로 상상의 즐거움을 안겨준다.

2 원종찬 『아동문학과 비평정신』, 창비 2001, 236면.

「할아버지의 조끼」 역시 판타지 양식을 교묘하게 작품 후반부에 끼워두고 있는데, 귀신이야기와 같은 결말의 반전이 인상적이다. 그럼에도 단순한 괴기담으로 떨어지지 않은 것은 이야기의 내면에 존재하는 할아버지의 간절한 갈망 때문이다. 결코 충족될 수 없는 소망이 판타지적인 장치에 힘입어 상상의 즐거움 속에서 이루어질 수 있게 되는 것이다. 그러나 다른 작품들은 그렇지 못하다. 「학교에 간 할머니」는 웃음을 자아내기는 하지만 그로테스크하며, 「식탁 밑 이야기」는 자유분방하나 선명하지 못하다. 상상하는 즐거움이 현실과의 경계를 지워버린 채 허공 속을 부유하고 있기 때문일 것이다.

채인선의 작품이 갖는 이와같은 동요(動搖)는 서술의 방식에서도 드러난다. 그의 작품은 대체로 주인공인 어린이가 직접 서술자로 나서는 1인칭 형식을 취하고 있다. "어느 일요일 오후였어요. 나는 말했어요."(「우리 모두 다른 사람이 되었어요」 43면)와 같은 서사전개 특성은 작품집의 어디에서나 발견된다. 그러나 정작 '나는'이라고 말하는 이 1인칭의 서술자는 작품 속에서 비현실적이며 추상적이다. 이 서술자는 명료한 정체성을 갖지 않은 채 자유롭게 상상의 유영을 즐기는 서술자인 것이다. 그렇다면 채인선의 작품 속에 등장하는 '지금 여기 아이들'은 실재하는 아이들이라기보다 채인선의 주관적 관념 속에서 만들어진 아이들인 것이다.

결국 긍정적인 계기와 부정적인 계기를 동시에 안고 있는 채인선의 동요는 『내 짝꿍 최영대』(재미마주 1997)에서 발전적으로 상승하기도 하지만, 『그 도마뱀 친구가 뜨개질을 하게 된 사연』(창비 1999)에서처럼 턱없이 조락해버리기도 한다. 계몽성이 문제가 아니라 어떠한 계몽성인가가 문제이듯, 어떠한 판타지인가가 중요한 것이다.

적어도 판타지 양식의 수용이란 관점에서라면 채인선은 새로운 출발이기보다 새로운 출발의 경계에 놓인 작가라고 봄이 더욱 적절하다. 오히려 그와같은 소임은 다른 작가에게 귀속되는 듯하며, 그 가능성은 『샘마을 몽당깨비』(창비 1999)의 작가 황선미에게서 찾을 수 있다. 비록 계몽의 담론 속에 여전히 머물러 있기는 하지만, 『샘마을 몽당깨비』는 현실과의 날카로운 긴장을 한시도 늦추지 않고 있다는 점에서, 또 한국적인 판타지를 진지하게 모색하고 있다는 점에서 돋보이는 작품이다. 장편이라는 작품의 특성도 있겠지만 서사의 공간도 그저 기발한 발상에 그치지 않는 넓은 편폭을 지니고 있으며, 서사 자체도 문학사적 평가를 감당할 만큼의 밀도와 완결성을 획득하고 있다.

현실주의적 경향과 판타지적 경향이 오늘날 어린이문학의 중요한 축들이며 그 가능성이 박기범과 김중미, 황선미를 통해 분방하게 표출되고 있다고 할 때, 그 어디에도 쉽게 귀속되지 않는 경향들 또한 적지 않게 발견된다. 이미옥의 『가만 있어도 웃는 눈』이나 이가을의 『가끔씩 비 오는 날』이 이들 경향 속에 포함될 것이다. 이 작품들의 문학사적 전진은 선명하지 않으나, 미적 완결성이란 점에서 돋보인다.

특히 『가만 있어도 웃는 눈』은 근래 보기 드문 작품이다. 군더더기 하나 없는 조밀한 짜임 속에서 사건이 전개되며, '세상은 한 권의 책'이라는 은유를 시종일관 서사 전체에 변주해 넣는 통일성도 인상적이다. 그리고 서술자인 '나'의 경험과 경험에 대한 반성적인 사유는 새삼 진정한 어린이의 발견이 무엇인지 엿보게 한다.

다만 아쉬운 점은 작품에서 성취한 미적 완결성이 현실인식의 불철저함으로 훼손되고 있다는 점이다. 인물이 경험하는 '가난'이 작품 속에서와 같이 잠시 동안의 머무름일 리는 없기 때문이다. 여행자의 눈으로 가난을 보는 것은 여전히 소시민적인 발상이다. 작가는 개인적 경험 속에 칩거하기보다 오히려 서사적 경험 속에서 개인적 경험을 거꾸로 반추하는 지혜를 가져야 한다. 그것이 어린이문학 작가의 올바른 의식일 것이다.

1990년대 후반 이후 두각을 드러내고 있는 주요한 작가들은 이처럼 어느 하나의 경향으로 묶이지 않은 채 다양한 분화를 보여주고 있다. 다양한 분화에 바탕을 둔 이들 작가의 개별적인 전진도 어린이문학 전체의 발전임이 분명하다. 예컨대 어린이를 등장시키는 방법만 해도 그렇다. 이전의 어린이문학과 달리 이들은 어린이 스스로 이야기를 전개해나가도록 만든다. 어른의 관점이 아닌, 주체적인 관점으로 사물과 사람들, 그리고 세계를 경험하고 서술하도록 만든다. 박기범이 그러하며 채인선, 이미옥 등이 그러하다.

5. 새로운 공공영역과 비평의 기능

지금까지 1970년대 후반부터 최근에 이르기까지 어린이문학의 전개과정을 거칠게 답사했다. 전체를 조감하지 못한 채 특정 출판사의 작품들을 쫓아왔기에 글의 한계는 아주 명확할 것이다. 그럼에도 선택한 작품들이 그저 범상한 작품의 나열이 아니라 뚜렷한 성취를 이룬 작품들이기에 다행스러운 감 또한 없지 않다. 이원수로부터 이미옥에 이르는 역사적 과정과 이 작가들의 구체적인 작품들이 있기에 어린이문학의 역사는 쟁점을 분명히 하며 더한층 전진할 수 있는 근거를 갖게 된 것이다.

그러나 우리 어린이문학의 현실적 기반이 의외로 빈약한 것 또한 숨길 수 없는 사실이다. 예전에 비해 괄목상대할 성장을 거듭했음에도 작가층은 여전히 두텁지 못하며, 작품들 역시 많은 부분 설익은 계몽주의와 추상적인 동심주의에서 벗어나 있지 못하다. 어린이문학의 견인차 역할을 해온 독자들조차 언제까지나 든든한 후원자로 남아줄 것이라고 기대하기는 어렵다. 문화적 환경의 변화도 변화려니와 좋은 작품들이 지속적으로 또 풍성하게 창작되지 않는 한, 독자들의 관심은 점점 엷어져갈 것이 분명하다. 결국 이러저러한 정황들은 특정한 한 주체의 분발에 모든 것을 떠맡기기 어려운 상황임을 말해준다.

문학과 예술이 작가들의 분투 속에서 역사적 발전을 이루는 것과 달리 어린이문학은 예술적인 헌신만으로 완결되지 않는 복합성을 지니고 있다. 어린이문학의 주체는 작가나 연구자, 비평가로 국한되지 않고 관여하는 모든 이들이 그 주체다. 어린이문학은 문학임과 동시에 미래를 향한 윤리적·정치적 기획이기 때문이다. 또 어린이문학이야말로 희망의 문학이기 때문이다.

따라서 어린이문학의 역사는 작가와 작품의 역사만이 아니라, 작품을 둘러싼 그 모든 주체들이 함께 밀고 나아가는 희망의 역사다. 어린이문학의 발전을 위해 어린이문학 작품을 둘러싼 새로운 공공영역의 창출이 거듭 강조되어야 함도 이 때문이다. 그리고 비평이 제자리를 찾는 것이야말로 출판을 비롯한 다양한 층위의 공공영역이 제 몫을 다하는 것이며, 어린이문학의 진정한 발전을 도모하는 것이다. 우리는 이제 그 과제를 밀고 나아갈 입구에 서 있다. 나무의 생애에 견주어본다면, 어디를 향해 가지를, 또 잎을 내밀 것인가 하는 가장 중요한 시점에 놓여 있는 것이다.

_『창작과비평』 2002년 여름호

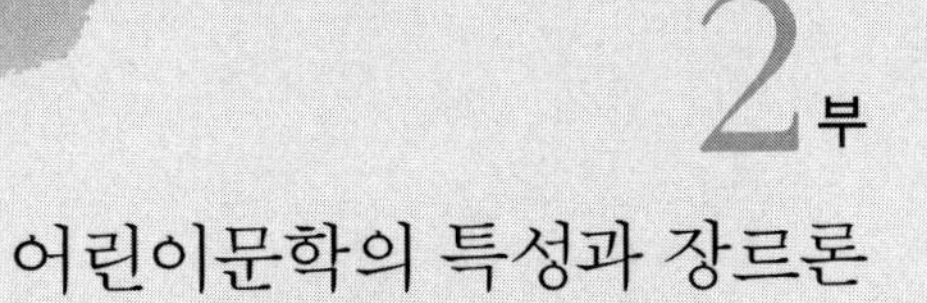

2부
어린이문학의 특성과 장르론

현실성은 과도한 계몽성을 제어하는 장치이기도 하며, 초월적인 낭만성을 걸러내는 장치이기도 하다. 현실성이야말로 계몽성과 낭만성의 적절함 여부를 평가하는 어린이문학의 역동적인 미적 범주인 것이다.

어린이문학의 장르론적 특성

1. 어린이문학의 개념

어떤 일이 되었든간에 본격적인 논의의 시작을 위해 필요한 것은 개념 규정이다. 개념이 제대로 정립되어 있지 않으면, 장님 코끼리 만지는 격으로 실체와 관계없이 저마다의 경험이나 주관을 앞세워 논의하게 된다. 물론 경험이나 주관이 대상의 특정한 속성일 수는 있다. 그러나 전모를 아우르지 못하는 한, 적어도 공적인 논의는 지속되거나 진전되기 어렵다. 어린이문학을 둘러싼 논의가 풍부하게 꽃을 피우고 열매를 맺지 못한 채 제자리걸음을 계속하고 있는 것도, 곰똘히 생각해보면 개념이 명료하지 못한 탓도 적지 않다. 개념의 내포와 외연을 명확하게 규정하지 않는 한, 비평적이거나 학문적인 논의는 한 걸음도 나아갈 수 없기 때문이다.

지금까지 어린이문학을 둘러싼 대표적인 개념 규정은 '어린이에 의한, 어린이를 위한, 어린이의 문학'이란, 어설픈 정치적 수사를 변용한 식이 대부분이다. 이는 곧 '동심의 문학'으로 이해된다. 그러나 '동심의 문학'은 개념 정의가 아니다. 어린이문학을 '동심의 문학'으로 지칭하는 것은 단지 비유일 뿐이다. 개념 정의는 비유를 통해서는 결코 도달할 수 없다. 비유는 대상의 일면적 특성만을 밝혀 보일 뿐 대상의 전체적인 면모를 조금도 표현하지 못하기 때문이다. 더욱이 동심, 곧 어린이의 마음이라는 주관적이고 자의적인 개념에 기대어 할 수 있는 일들은 그리 많지 않다.

과연 동심이란 무엇인가? '어린이의 마음'으로 이해할 수 있다고 하지만, 정작 어린이의 마음이 무엇을 뜻하는지를 규정할 수 없는 한 추상적 논의를 피하기 힘들다. 그렇다고 해서 추상적인 개념어들이 정의에 개입해 들지 못한다는 것은 아니다. 문제는 추상적이기 때문이 아니라, 동심이란 정형화할 수 없을뿐더러 그때그때의 정황에 따라 거듭 유동하는 것이며, 논의하는 주체들의 심정이나 맥락에 따라 언제든지 변화 가능한 주관적인 개념이라는 점이다.

이러한 자의적인 비유어로 어린이문학의 개념을 정의하고자 하는 것은 어린이문학을 문학일반과는 질적으로 다른 그 무엇으로 규정하게 함으로써, 문학으로서의 보편성을 고려하지 않아도 되는 것인 양 받아들이게 만든다. 그 결과 어린이문학은 교육적인 배려 속에서 교육적 기제의 일환으로 전락하고 말았다. 그러나 어린이문학 역시 문학이라는 점은 거듭 확인되어야 한다. 다만 특수한 문학일 뿐, 그 특수성이 문학일반의 보편적 자질조차 도외시할 정도는 결코 아니다. 어린이문학은 문학의 하위 양식, 곧 특수한 장르로서 존재할 뿐 문학을 벗어나 다른 위상으로 존재하는 특수한 새로운 대상이 아닌 것이다. 시와 소설이 각기 다른 장르임에도 불구하고 보편성을 갖듯, 어린이문학 역시 층위의 차이가 있을 뿐 문학이란 점에서는 공통적이다.

그렇다고 해서 어린이문학의 특수성이 무시되어서도 안될 것이다. 서정적인 소설이 존재하고 서사시가 존재하듯, 장르의 경계에 놓여 장르의 가능성을 확장하는 작품들이 존재하는 것은 사실이지만, 의연히 장르는 장르 자체의 본질에 상응하는 내용과 형식을 갖추지 않으면 안된다. 그 특수성은 더욱 엄밀히 규명되어야 할 것이나, 적어도 소통의 맥락[1] 안에서 어린이문학의 특수성은 수신자, 곧 독자가 어린이라는 점이 표나게 두드러진 장르로 논의될 수 있을 것이다. 이 특성이 여타의 특성을 압도하고 규정하면서 어린이문학은 고유한 장르로 존재한다.

예컨대 전언의 내용은 어린이의 생활과 생각, 느낌, 상상 등이며, 전언의 방식 역시 어린이가 읽고 이해할 수 있는 가능태의 표현으로 제시되어야 한다. 이에 비할 때 음성언어·문자언어로 이루어진 매체는 문학일반과 다를 바 없으며, 접속의 방식인 맥락 또한 그리 큰 유의성을 지니지는 못한다. 다만 발신자인 작가는 논란이 있을 수 있다. 작가의 경우 "전문성을 가진 성인 작가로 그 한계를 규정"[2]하고 있으나, 이 또한 어린이문학의 개념이란 측면에서 변별적인 자질로 떠오르지는 못한다. 특정한 성인 작가를 제한 규정으로 상정하는 것은 문학작품의 질적 수준에 관한 것이지, 어린이문학의 내포와 외연을 확정하는 규정적 자질일 수는 없기 때문이다.

결국 어린이문학이란 어린이를 주요한 독자로 상정하고 창자된 문학작품 전반을 지칭하는 것으로 규정되어야 한다. 물론 '주요한'이란 단서는 어린이만을 독점적인 향유주체로 한정할 필요가 없기 때문이다. 이밖의 어떠한 규정도 문학 외적인 규정일 뿐, 현단계 어린이문학의 발전에 도움이 되지는 못한다.

다만 독자인 어린이의 범위만큼은 덧붙여 논의할 필요가 있다. 물론 어린이의 출발은 세계에 대해 특정한 지각을 형성하는 시점부터 비롯될 것이다. 생물학적으로 어느 때부터라고 명확하게 규정할 수 있는 것은 아니

1 야콥슨은 언어적 소통의 양상을 '수신자, 매체, 텍스트, 맥락, 코드, 발신자'의 여섯 가지 항목으로 대별하고, 이를 통해 의사소통모형을 설계하고자 하였다. R. 야콥슨 「언어학과 시학」, 이정민 외 엮음 『언어과학이란 무엇인가』, 문학과지성사 1977, 149면.

2 박민수 『아동문학의 시학』, 춘천교육대학교출판부 1998, 11면.

지만, 어린아이가 잠결에 흘려 듣는 자장가 역시 단조로운 율격을 통해 일정한 시적 리듬을 습득하게 한다는 점에서 어린이문학의 현상에 참여하는 것이 될 것이다. 문제는 상한선이다. 오늘날 우리의 어린이문학은 초등학교 6학년까지를 어린이의 범주 속에 설정하고 있는 것이 상식이다. 그러나 적어도 문학의 경우에는 사회적으로 형성해가는 정서와 의식을 문제삼는다는 점을 고려해야 한다. 그러므로 문학일반을 받아들이기에 많은 어려움이 있고, 독자적인 문학 장르도 갖지 못한 15세 전후[3]가 적절할 것으로 보인다.

2. 어린이문학의 내적 자질

현재 어린이문학이 맞닥뜨리고 있는 가장 큰 문제점은 몇가지 그릇된 편향이 널리 퍼져 있다는 점이다. 그 다양한 형태로 나타나는 편향의 일차적인 원인 역시 어린이문학을 문학으로 보지 못한 데에서 빚어진다. 곧 어린이문학에서 '문학'이 아니라 '어린이'에 방점을 둠으로써 문학의 보편적 특성을 항용 무시해온 것이다. 어린이문학은 어린이를 위한 교육적 장치로 전락하거나, 어린이의 특성을 전면에 내세운 채 문학적 의장을 벗어던져버리고 말았다. 나아가 논의의 초점 역시 '어린이를 보는 관점'에 매달려 오래도록 논의를 거듭하기에 이른 것이다.

물론 어린이를 보는 관점이 정립되어야 한다는 것은 반드시 필요한 일이며 또한 화급한 일이기도 하다. 어린이야말로 어린이문학의 비껴날 수 없는 본질이기 때문이다. 그러나 자칫 논의의 시작이 어린이를 보는 관점

3 영국의 경우, 법률적으로 아이들이 학교를 떠날 수 있는 연령인 16세 정도를 그 상한선으로 잡아야 한다는 관점이 있다. Sally Maynard, Cliff McKnight, and Melanie Keady Tables, "Children's Classics in the Electronic Medium," *The Lion and the Unicorn*, Vol. 23, No. 2, 1999, 186면.

에 머무를 경우, 전체적인 구도를 기획해본다는 것은 애초 불가능하게 된다. 무엇보다 어린이란 유동하는 역사적 존재이지, 고정불변의 실체로 존재하지 않기 때문이다. 따라서 무엇이라고 규정하는 순간, 그 테두리를 벗어나 풍부한 속성과 실체가 규정 자체를 무력화하는 사태가 속출한다. 그러나 논의의 현실은 어린이에 대한 규정을 전면으로 내세우고자 할 뿐, 그 규정이 갖는 한계나 여타의 규정과 맺어나갈 수 있는 관계에 대한 고려는 부족한 것이 사실이다.

어린이를 보는 관점이 어린이라는 실체에 접근하는 과정이 아니라, 어린이라는 실체를 역사적·사회적 맥락에 따라 거듭 구성해나가는 것임을 강조할 필요가 있다. 근대 이래 논의된 "'어린이의 발견'이란 화두 역시 근대의 필요성에 따라 구성된 것"[4]이지, 그 자체가 존재하지 않았던 것을 찾아낸 것이 아니기 때문이다. 마치 콜럼버스가 발견한 신대륙이 사실은 신대륙이 아니라 인디언들이 거주하던 구대륙임에도 불구하고, 적어도 제국주의적 관점으로 새롭게 구성되고 발견되는 것과 같은 경우다. 비록 서구 제국주의적 관점이기는 하나 신대륙의 발견을 통해 북미대륙이 세계사 속에 편입해 들어오듯, 어린이 역시 새롭게 발견됨으로써 비로소 독자적인 문학 장르로 발을 들이밀 수 있게 된 것이다.

우리 근대 어린이문학의 경우도 이와 다르지 않다. 작품이나 비평을 통해 어린이는 거듭 새롭게 구성되어왔으며, 어린이의 실체와 일정한 관련을 맺으며 또한 일정한 왜곡을 수행하는 가운데, 지금 여기에서 요구되는 어린이를 발견해온 것이다.

이 과정에서 가장 두드러지게 형성된 어린이관은 계몽적인 관점이다. 어린이는 미성숙한 존재이며, 완전한 성인으로 자라기 위한 준비기에 놓인 존재들이기 때문에 어른은 어린이가 완전히 성숙할 때까지 후견인으로

4 카라따니 코오진(柄谷行人) 『일본근대문학의 기원』, 박유하 옮김, 민음사 1998, 154면.

서 돌보아야 한다는 관점이다. 이러한 어린이관은 어린이문학을 보는 관점에도 그대로 흘러내려와 어린이문학 역시 어린이를 계몽하는 수단으로 자신의 문학적 소임을 떠맡아야 한다고 말한다. 그러나 이러한 계몽적인 관점이 어린이를 보는 올바른 시각이 아님은 명확하다. 모든 존재하는 것들은 그 자체로 충분한 존재의 의미를 갖는 것이지, 중심과 주변으로 구획하고, 주변의 중심화 혹은 중심의 주변화란 관점으로 보아서는 안되기 때문이다.

예컨대 노년기의 삶을 '여생'이라고 표현하는 데에도 이러한 관점이 드러나고 있는데, '남은 생' '우수리로 주어진 생'은 어디에도 존재하지 않는다. 생은 어떤 생이든 그 자체로 완결되어야 하고, 그 자체로 평가되어야지 중심의 관점에서 일방적으로 재단될 수 없기 때문이다. 어린이 또한 다르지 않다. 어린 시절은 어른이 되기 위한 전 단계로서만 의미를 갖는 것이 아니라, 그 자체로 소중하고 독립적인 생의 시기들임이 명확하다.

계몽적인 어린이관으로부터 초래된 어린이문학은 자연 문학을 교육의 자료로 여겨왔다. 이는 어린이문학의 오랜 역사에서 굳어져 있는 관점이며, 우리 어린이문학 역시 다를 바 없다. 교과서에 수록된 문학작품들이 그러한 경향을 가장 잘 보여주고 있으며, 지금도 창작되고 있는 대부분의 작품들이 이 연장선 위에 놓여 있음은 물론이다. 그러나 문학의 역사에서 이와같은 계몽적 기획이 근대 들어 문학의 자율성을 논의하는 가운데 일정하게 극복되는 양상을 밟아온 것과 비교할 때, 어린이문학은 오히려 이 계몽적 기획을 더욱 정교하게 혹은 더욱 명료하게 수행해왔다는 점에서 문학 자체의 관점에서는 기형적인 발전이 아닐 수 없다.

그러나 문제는 그리 단순하지 않다. 문학의 자율성과 어린이문학의 계몽적 특성은 선택항으로 주어지거나 대립적인 양항으로 존재하는 이분법적인 구도 속에서 설정된 문제들이 아니기 때문이다. 어린이문학 또한 문학이어야 한다는 아주 당연한 주장이 때로는 문학의 미적 자율성을 옹호하는 입론으로 단순화되거나, 문학에 내재되어 있는 고유한 자질로서의 계몽적 특성 또한 전적으로 배제될 여지를 남겨두기 때문이다. 대립축의 설정 자체가 그릇되어 있을 경우, 어느 한편에서의 입론들 또한 불완전해질 것은 명확하다.[5] 문제는 계몽을 미적으로 형상화하는 수준이나 정도의 문제이지 계몽성 그 자체가 아닌 것이다.

특히 어린이문학에서 계몽성이란 단순한 외적 특성이 아니다. 어린이문학에서 계몽성은 본질적인 표지이지 결코 문학 외적으로 부과된 것이 아니기 때문이다. 따라서 문학적인 계몽성과 어린이 자체에 대한 교육을 강조하는 비문학적인 계몽성을 대립축으로 설정하는 것이 바람직하다. 단순한 계몽의 대상은 아닐지라도 "어린이들은 수없이 많은 경험을 향유"[6] 할 필요가 있다. 새로운 세계와 마주치고, 그 세계 속에서 자신을 형성해가야 하며, 세계와 마주치는 가운데 더욱 섬세하게 감정을 형식화할 필요가 있다는 것은 당연하다. 그것은 어른이 어린이에게 가르쳐야 할 것이 아니라, 한 사회가 어린이의 건강한 생물학적 성장을 보장해야 할 뿐만 아니라 사회적 성장 또한 외면해서는 안되기 때문에 그러하다.

어린이를 보는 또다른 관점인 낭만적 관점 또한 이와같은 맥락에서 살펴볼 수 있다. 낭만적인 어린이관이란 어린이를 계몽의 대상으로 보는 관점과 대척에 놓인 관점이다. 어린이를 미숙한 존재가 아니라 오히려 완전한 인간으로 보는 것이다. 어린이는 순수한 이상적인 존재로, 모든 인간존재가 규범으로 설정하고 닮아가야 할 대상으로 상정된다. 한걸음 더 나아가면 이와같은 어린이관은 문학작품 속에서 현실과 무관한 공상의 세계로 치닫거나 현실과는 절연된 채 독자적인 서사 공간을 만드는 것으로 나

5 이러한 문제설정의 결함들은 에버스에 의해 논의된 바 있다. Hans-Heino Ewers, "The Limits of Literary Criticism of Children's and Young Adult Literature," *The Lion and the Unicorn*, Vol. 19, No. 1, 1995, 77면.

6 Perry Nodelman, *The Pleasures of Children's Literature*, Longman 1996, 34면.

타난다. 동심주의로 지칭되는 이러한 관점은 계몽주의만큼이나 우리 어린이문학에 끼친 폐해가 적지 않다. 어린이를 보는 관점이나 작품 속에 형상화된 어린이의 세계를 낭만적으로 끌고 나가는 이 관점은 결국 현실성과의 날카로운 긴장을 통해 그 허약함을 드러낸다.

그러나 이 또한 현실주의적 관점으로 대체하거나 대립시켜놓는다고 해서 해결될 리 만무하다. 계몽적인 계기만큼이나 낭만적인 계기 역시 어린이문학의 내적 자질이기 때문이다. 물론 낭만주의가 갖는 다양한 층위들이 모두 내적 자질인 것은 아니다. 예컨대 부재하는 것에 대한 동경, 몽환적 사유 등등은 어린이문학의 자질일 수 없다. 다만 '낭만적'이란 형용어가 '이상적'과 마주치는 한에서 어린이문학 또한 낭만적이라는 것이다. 인간과 세계에 대한 낭만적 관점이란 곧 희망을 구체적인 텍스트 속에 표출하는 것이며, 이는 절망과 고통의 이면에 희망을 잠복시켜놓는 원래적 의미의 현실주의적 정신과 그다지 다를 바가 없다. 어린이는 삶에 내재된 비극성에 서둘러 침윤될 필요가 없으며, 그것이 어린이의 속성과 걸맞은 것도 아니다. 어린이는 작은 일에도 심각하게 고통스러워하지만 금세 또 잊고 즐거움 속에 탐닉해 들어가는 존재이기 때문이다.

그렇다고 어린이문학에서 모든 이상화가 용인되는 것은 아니다. 이상화가 허용되는 한계는, 현실성과 연관을 맺는 밀도와 깊이, 폭 등을 감안하여 명확하게 제한되어야 할 것이다. 현실성의 계기를 놓칠 경우 자칫 어린이문학의 낭만적 지향은 동심주의로 비약하거나 문학이 갖는 현실에의 총체적인 인식을 결여한 채, 바람만으로 작품의 내용을 채우기 십상이기 때문이다. 물론 여기에서 현실성이란 어린이의 경험 세계와 조응하는 현실성이다. 어린이문학에는 어린이들이 경험하는 세계가 담겨야 하며, 그 경험을 지각하는 방식이 적절하게 표현되어야 하며, 경험을 통해 밀고 나아가는 상상의 세계 또한 문학 자체가 요구하는 핍진성 속에서 개진되어야 할 것이다.

결국 계몽성, 낭만성, 현실성은 어린이문학을 어린이문학답게 만드는 세 가지 본질적인 계기다. 그러나 기존의 개념만으로 이러한 어린이문학의 미학적 범주들이 저절로 바람직한 어린이문학의 틀 속으로 개입해 들어올 수 있는 것은 아니다. 앞서 경개를 살폈듯이 이 범주들은 제한되고 변용된 채 어린이문학 속으로 습합되어 들어와야 한다. 계몽성은 기존의 교육적 의미라는 협소한 틀을 벗어나 다소 폭넓고 융통성 있는 범주로 확장되어야 하며, 낭만성은 오히려 기존의 광범위한 범주의 틀을 극복하고 다소 정교하게 제한되어야 한다. 그리고 거듭 밝혔듯이 이들 계몽성과 낭만성의 적절성 여부를 평가하게 만드는 동력이 무엇보다 현실성에 놓여 있음은 아무리 강조해도 지나침이 없다. 현실성은 과도한 계몽성을 제어하는 장치이기도 하며, 나아가 초월적인 낭만성을 걸러내는 장치이기도 한 것이다.

구체적인 작품 속에서 이 세 계기는 한데 어우러져 작품의 미적 자질들을 형성해나간다. 예컨대 삼각뿔과 마찬가지로 밑면을 형성하는 세 축이 되어 삼각뿔의 꼭짓점을 밀어올리고 있는 것이다. 아니, 정확히 말하면 밀어올리는 것이 아니라 끌어내리는 것이라고 봄이 더욱 적절하겠다. 좋은 어린이문학 작품은 이 세 계기가 조밀하게 모여 성큼 높은 삼각뿔을 형성하는 것이 아니라, 이것들이 잔뜩 자신의 최대치로 팽창하여 삼각뿔의 꼭짓점을 아주 낮은 고도로 끌어내릴 때 형성될 것이라는 말이다.

권정생이 펴낸 『또야 너구리가 기운 바지를 입었어요』(우리교육 2000)는 이 모든 실제를 선명하게 입증해 보이고 있는 작품이다. 이 작품에서 너구리 또야의 엄마는 바지를 기워 입으면 꽃이 더욱 아름다워지고 하늘이 더욱 맑아진다고 하면서, 또야의 바지를 기워 입힌다. 또야는 새 바지를 입고 싶었지만, 엄마의 말에 솔깃하여 기운 바지를 입고 유치원에 가 선생님에게 자랑한다. 한동안 갸우뚱거리던 선생님은 환하게 웃으며 엄마 말이 옳다고 맞장구를 친다.

『몽실 언니』에는 민족의 역사적 현실, 낙관적 전망, 그리고 긍정적인 인물형상이 창조되어 있다.

권정생 소년소설 『몽실 언니』.

이 작품 속에 경험으로 포착된 현실성은 환경오염이다. 그것은 엄연한 현실이며, 작품이 길어내고자 하는 주제의식은 생각보다 심오하다. 그러나 이 작품의 미덕은 주제의식의 깊이 자체에 있다기보다, 왜 기운 바지를 입는 것이 환경을 지키는 일인지 어느 누구도 명시적으로 알려주지 않는다는 점에 있다. 교육적 자질들을 최대한 은폐함으로써 헐벗은 계몽성을 극복하고 있는데, 그렇다고 계몽적인 끈 자체를 놓치고 있지도 않다.

여기에 덧붙여 '너구리'라는 알레고리적인 구도를 통해 환상성을 획득하고 있는 것도 간과할 수 없다. 우의적인 상황의 설정은 이것이 현실 속에서는 이미 잊혀진 관습들이란 점에서 오히려 현실성을 더욱 강화하는 기능을 한다. 아이들의 생활 속에서 이제는 옷을 기워 입는 것이 오히려 더욱 비현실적이기 때문이다. 낭만적인 계기와 현실성이 마주칠 수 있는 지점도 바로 이곳에 있다. 이 세 계기는 작품 속에서 서로를 깊이 끌어당기지 않고, 먼 곳에서 끌어당김으로써 팽팽한 긴장을 획득하고 있다. 곧 삼각뿔의 꼭짓점을 최대한 밑으로 당겨잡을 수 있게 된 것이다.

권정생의 『몽실 언니』(창비 1984)라는 뛰어난 작품도 정확히 이 구도에 대응한다. 『몽실 언니』에는 해방 직후와 한국전쟁을 거쳐오는 전민족의 역사적 현실성이 가감없이 표현되어 있다. 뿐만 아니라 이 작품은 극심한 생의 고통 속에서도 희망을 놓치지 않는 낙관적 전망으로 충만해 있다. 나아가 '몽실 언니'라는 인물형상을 창조함으로써 무엇이 아름다운 삶인지를 넓은 자장 속에서 펼쳐 보이고 있다.

3. 어린이문학의 형식적 특성

현실성, 계몽성, 낭만성은 어린이문학의 내적 자질들이다. 이것들은 문학일반이 결코 지닐 수 없는 자질들이다. 문학에 요구되는 자질은 단 하나뿐이다. 예술적 품격, 또는 미학적 성취 단지 그것뿐이다. 그러나 어린이문학은 미학적 성취만으로는 부족하다. 왜냐하면 어린이문학이니까. 어린이가 주된 독자이기 때문에 미학적 성취만으로는 부족하며, 현실성, 계몽성, 낭만성 어느 하나 소홀하게 다루어지지 않고 풍부하게 표현되어야 한다. 그런데 이것들이 어린이문학의 본질적인 계기이며 내적 계기인 것만은 분명하나, 형식적으로 드러나지 않는 자질임도 분명하다. 그렇다면 현상적으로 드러나는 어린이문학의 특성은 무엇인가?

페리 노들먼(Perry Nodelman)은 이에 대해 간략하게 대답하고 있다.[7]

– 단순하되 반드시 가장 단순하지는 않을 것
– 인물지향적이라기보다 행위지향적일 것
– 순수한 관점으로 제시될 것
– 낙관적이며 행복한 결말일 것

7 같은 책 190면.

— 교훈적일 것

— 서술과 구조에서 반복적일 것

이것은 분명 문학일반의 표현형식은 아니다. 이 설명이 구체적으로 지칭하는 서사 양식에 한정하더라도 이 형식적 자질들은 오히려 문학성을 현격하게 훼손시키는 장치들이지, 미적으로 고양시키는 장치들은 아닌 것이다. 일반적인 척도 안에서 소설의 경우 행위지향적이라거나 서술과 구조가 반복적이라는 것은 치명적인 결함이 아닐 수 없다. 현대소설은 성격의 창조를 핵심적인 소임으로 자처하고 있으며, 반복은 으레 개진되기보다는 특정한 미적 효과를 의도적으로 고려할 때 비로소 용인된다. 오히려 이러한 특성들은 현대소설의 특성이라기보다 서사 양식의 역사적 잔존물인 옛이야기의 특성일 따름이다. 그런데 어린이문학은 이 옛이야기의 특성을 충분히 체현해낼 경우 오히려 '전형적인'[8] 작품이 될 수 있다.

그렇다면 이 특성들을 충분히 체현할 경우 좋은 어린이문학 작품이 되는가? 이것 역시 쉽게 답할 성질의 것은 아니다. 이것들을 작품 속에 기계적으로 적용할 경우, 삼류 작품만을 양산해내게 될 것임은 자명하다. 오히려 형식적 자질들이 아니라, 이 자질들을 선택하고 배제하는 것이 중요하다. 선택과 배제 속에서 단순히 기법을 나열하는 것이 아니라 의미를 드러내도록 정당하게 다룰 때에야 비로소 풍부한 문학적 성과로 구체화될 것이다. 뿐만 아니라 이 특성들을 고정불변의 것으로 받아들이지 않는 것도 필요하다.

기실 이 특성들은 저학년동화의 특성일 뿐 어린이문학 전반을 관류하는 특성이 아니다. 오히려 어린이문학의 역사는 이러한 단순성을 극복하

8 '전형적'이란 '탁월한' 미적 평가를 염두에 둔 것이라기보다 '양식화된' 것이라는 부정적인 혐의가 짙다. 뛰어난 문학작품들은 언제나 그 경계를 허물면서 전진해왔으며, 이는 어린이문학의 역사 속에서도 관철되고 있고 또 그러해야 한다.

는 방향으로 진행되어왔다고 보는 것이 더욱 적절할 것이다. 『용의 아이들 *Children's Literature Comes of Age*』(1996; 문학과지성사 1998)로 잘 알려진 마리아 니꼴라예바(Maria Nikolajeva)의 다음과 같은 주장이 그 일단을 잘 보여준다.

> 필자〔니꼴라예바—인용자〕의 논지는 다음과 같다. 즉 오늘날 어린이문학의 점차 증대해가는 영역은 어린이문학 자체의 경계들을 벗어나는 것이며, 주류의 문학에 한층 근접해 들어가는 것이며, 또한 포스트모더니즘의 가장 두드러진 자질들, 예컨대 장르의 절충, 전통적인 서사구조의 해체, 다성성, 상호주관성, 메타픽션 등을 과시하고 있다는 점이다.[9]

이 논지를 입증하기 위해 니꼴라예바는 어린이문학의 형식이나 담론을 중심으로 풍부한 실증을 들이대고 있다. 그러나 자칫 이와같은 관점은 어린이문학의 정체성을 뒤흔들 수도 있다. 이는 니꼴라예바가 예시 작품으로 거론하는 로이스 로리(Lois Lowry)의 『잃어버린 기억 *The Giver*』(Houghton Miffin 1993; 김서정 옮김, 지경사 1994)이 유토피아 세계를 다루기보다 절망적인 디스토피아 세계를 다루는 것에서 확인된다. 이것은 명백하게 어린이문학의 형식적 자질들을 넘어설 뿐만 아니라, 어린이문학의 내적 자질들까지 위태롭게 만든다. 적극적인 희망의 철학까지 포기하도록 강요한다.

물론 그렇다고 이러한 경향의 작품들이 무의미하다는 것은 아니다. 문학사의 진전 과정은 기존의 관습적인 약호와 대결하면서 새로운 약호들을 창출하는 과정이었기 때문이다. 어린이문학에서 준용되는 약호들 또한 고정불변의 것이 아니라, 끊임없이 풍부하고 깊이있게 진척될 여지는 충분

9 Maria Nikolajeva, "Exit Children's Literature?," *The Lion and the Unicorn*, Vol. 22, No. 2, 1998, 222면.

하다. 그러나 이는 역사적 가치일 뿐 미학적 가치와 나란히 병진해가는 것으로 평가하기는 어렵다.

오히려 어린이문학의 단순성을 바라보는 노들먼의 관점이 더욱 설득력을 갖는다. 노들먼은 어린이문학의 단순성이 단지 단순하기만 한 단순성이 아니라, 더욱 심층적인 의미를 내함하고 있는 단순성이라고 주장한다.[10] 그는 가장 희망적인 작품 속에서 가장 깊은 절망을 읽어낼 수도 있다고 가정한다. 반대의 경우도 다르지 않을 것이다. 그는 이와같은 작품의 중층성을 깊은 울림을 동반하는 공명(resonation)으로 규정하고 있다. 이러한 관점은 단순성을 보는 새로운 시야를 열어준다. 어린이문학의 단순성은 적어도 뛰어난 작품의 경우 새로운 의미로 인식해야만 하는 것이다.

> 어린이문학의 특성 가운데 단순함이 있기도 하다. 그러나 그 단순함은 복잡한 현실을 단순화시켜 드러내는 것이 아니라, 그 자체로 단순한 현실이다. 마치 백제의 미륵반가사유상이 지닌 매끄러운 청동의 날렵한 형상을 단순화시켜 마애삼존석불과 같은 투박한 돌에 새겨 넣는 것이 결코 아니라는 사실이다. 서산의 마애삼존석불은 복잡한 부처의 형상을 단순화한 것이 아니라, 그 자체를 소박하게 형상화한 것일 따름이다. 어린이문학의 단순성이란 단순하게 만든 것이라기보다, 단순함 자체로부터 오는 고결함임을 잊지 말아야 할 것이다.[11]

노들먼이 제시하고 있는, 텍스트의 표면에 심층적으로 관류하는 이면의 복합성은 우리 작품 속에서도 손쉽게 찾아볼 수 있다. 예컨대 권정생의 『비나리 달이네 집』(낮은산 2001)이 단적인 예시가 된다. 이 판타지적 작품

10 Perry Nodelman, "Pleasure and Genre: Speculations on the Characterics of Children's Fiction," *Children's Literature 28*, Hollins University 2000, 4~5면.

11 졸고 「어린이문학과 현실주의 (2) — 박기범의 『문제아』」, 『어린이문학』 2000년 6월호 26~27면.

에서 권정생은 '달'이란 강아지가 환상을 통해 건강한 네 다리로 들판을 뛰어다니게 함으로써 낙관적인 결말을 맺고 있다. 그러나 낙관적 전망은 환상 속에서 가능했을 뿐, 작품의 서사 진행 그 자체는 전적으로 비관적이다. 또다른 인물인 신부님은 "사람들은 아무리 가르치고 타일러도 하나도 착해지지 않"(32면)아, 성스러운 교회조차 등지고 거짓없는 농사꾼의 삶을 선택한다. 그에 비할 때 짐승에 불과한 달이는 "마치 어느 절집 스님 같기도 하고, 옛날 옛날 훌륭한 도사님 같기도 하고, 때로는 예수님 같기도"(29면) 한 존재인 것이다. 그런 존재인 달이는 사람이 쳐둔 덫에 한쪽 다리를 잃고 만다.

그렇다면 이 작품은 희망을 전하고 있는가, 깊은 절망을 표현하고 있는가? 어느 누구도 쉽게 단정적으로 말할 수 없을 것이다. 이 작품에서 확인되듯, 다층적인 공명의 관점으로 볼 때, 어린이문학의 형식적 자질인 이 소박한 단순성들은 결코 열등한 문학 장르가 갖는 특성일 수 없다.

4. 어린이문학의 특수성

필자는 몇해 전 우리 어린이문학의 한 해를 돌아보는 자리에서 판타지가 갖는 특성을 통해 황선미의 『마당을 나온 암탉』(사계절 2000)을 평가한 바 있다. 그 부분은 다음과 같다.

> 『마당을 나온 암탉』은 완전한 형태의 판타지라고 보기조차 어렵다. 판타지의 가장 기초적인 모티프인 '인물의 확대'만을 감행하고 있을 뿐, 그밖에 다른 장치는 보이지 않는다. 더욱이 이 '인물의 확대'는 기초적일 뿐만 아니라, 아주 낮은 수준의 장치이다. 적어도 판타지의 또 다른 미적 원리, 곧 현실과의 날카로운 긴장을 촉발하는 '비끗거림'이 없기 때문이다. 현실의 세계와

판타지 세계의 공존과 그 사이를 오고가는 인물들의 머뭇거림이야말로 판타지 세계의 논리적 일관성을 가능하게 만드는 아주 유력한 장치인 것이다. 이로 미루어 볼 때, 『마당을 나온 암탉』은 '우의(寓意)'를 뜻하는 알레고리가 핵심적 장치이다.[12]

곧 또도로프(Tsvetan Todorov)가 언급한 "머뭇거림"[13]이 없기 때문에 진정한 의미의 판타지가 아니라고 평가한 것이다. 그러나 이는 명백하게 어린이문학의 관점에서 판타지를 살펴본 것이 아니라, 문학일반에서의 판타지론을 기계적으로 적용한 것일 따름이다. 정작 어린이문학에서의 판타지는 대부분 머뭇거림이 존재하지 않는다. 판타지세계를 즐겨 다루는 수많은 그림 동화들이 그러하며, 일반적인 동화들 또한 다르지 않다. 적어도 어린이문학에서의 판타지는 현실세계와 판타지세계 사이에서 인물들이 동요하거나 갈등하지 않고 곧바로 뛰어드는 경우가 허다하다. 모리스 센닥(Maurice Sendak)의 『괴물들이 사는 나라』(시공주니어 2002)에서는 맥스가 방에 갇히는 순간 어떠한 단서도 없이 판타지세계가 펼쳐지며, 현실로 귀환해오는 과정 역시 곧장 진입해 들어오는 것으로 처리된다. 이처럼 중요한 미적 범주들조차 어린이문학의 특수성 속에서 살피지 못하고, 문학이론의 척도로 재단한 것은 명백히 오류다.

그러나 다른 한편으로 어린이문학의 특수성을 규명하기 위해서는 일반문학의 이론적 척도를 통해 검증하지 않으면 안되는 것 또한 현실이다. 예컨대 톨킨(J. R. R. Tolkien)이 「옛이야기론 On Fairy Tales」(『나무와 잎새 *Tree and Leaf*』, London 1964)에서 논의하는 판타지론은 옛이야기를 중심에 둔 판타지 이론이며, 이와 달리 로즈메리 잭슨(Rosemary Jackson)의 『판타지: 전

12 졸고 「어린이문학에서 현실주의와 판타지」, 『어린이문학』 2001년 1월호 88면.

13 T. 또도로프 『환상문학 서설』, 이기우 옮김, 한국문화사 1996 참조.

복의 문학 *Fantasy: The Literature of Subversion*』(Routledge 1986)은 현실과의 접합면을 최대한 포착하고 있다는 점에서 어린이문학의 현대적인 판타지와 긴밀하게 결합되어 있다. 이렇게 논의의 근거를 구분하는 것이 반드시 필요하다. 적어도 구체적인 작품이 어떠한 역사적 전통과 결부되어 있는지를 구획해야 하며, 그에 따라 작품의 평가가 유연하게 적용되어야 한다.

이러한 이론적 논의와 함께, 어린이문학의 특수성을 규명할 때 무엇보다 현단계 우리 사회가 어떠한 어린이를 발견하고 구성하고자 하는가라는 실천적인 문제의식과 맞닿아 있지 않으면 안된다는 점을 고려해야 한다. 작가와 비평가는 글쓰기를 통해 끊임없이 어린이들을 발견하고 또 구성해내고 있다. 한편 한편의 작품은 작품 속에서 형상화하는 인물을 통해, 비평은 그 작품에 대한 이러저러한 평가에 기대어 지금 여기에서의 어린이를 구성해 보이고 있는 것이다. 그럴진대 어린이문학의 장르적 특성에 대한 논의들 또한 사실에 대한 객관적인 규명을 넘어 소담스러운 어린이의 재발견과 연결되어 있음이 뚜렷하다.

우리는 과연 어떠한 어린이를 발견하고 싶어하는가? 우리는 과연 어떠한 어린이를 새로운 시대의 인간형으로 구현하고자 하는가?

판타지, 탐구를 기다리는 장르

판타지론

1. 판타지 현상

판타지를 둘러싼 관심이 뜨겁다. '해리 포터' 씨리즈를 구입하기 위해 서점이 북적거리고, 판타지를 근간으로 하는 게임 산업은 상상도 못할 정도로 활기차게 성장하고 있다. 영화와 만화는 물론이거니와 대중과 접촉면이 넓은 상업적 문화 전반이 판타지를 생산하고 분배하며, 또 소비하는 일에 몰두하고 있다. 가히 판타지 현상[1]이라고 해도 좋을 만큼, 판타지는 문화 전반의 핵심적인 화두가 되고 있다.

그러나 판타지에 대한 뜨거운 관심을 그저 소박한 눈길로 바라보기는 쉽지 않다. 그 현상의 이면에는 언제나 상업적인 기획이 숨어 있기 때문이

1 사회문화적 관점에 바탕을 둔 옛이야기 연구로 잘 알려진 잭 자이프스(Jack Zipes)는 이러한 현상을 '상품화된 판타지주의'(commodified fantasticism)라고 지칭한 바 있다. "The Age of Commodified Fantasticism; Reflections of Children's Literature and the Fantastic," *Children's Literature Association Quarterly*, Vol. 9, No. 4, 187면.

다. 출판과 매체를 비롯한 미디어 산업 전반이 이 판타지 현상을 부추기고 있으며, 이 현상을 통해 부가가치의 생산성을 극대화함으로써 자본의 자기증식을 도모하고자 한다.

물론 거대한 물줄기로 흘러가는 판타지 현상이 유독 상업적 기획을 통해 가공된 것만은 아니다. 여기에는 견고하기 그지없는 자본의 질서에 불가피하게 편입될 수밖에 없는 개인의 무력감이 도사리고 있다. 심지어는 욕망조차 자본이 환기하는 이미지에 조작됨으로써, 현실 속에서 진정한 개인의 정체성을 확립해가는 일이 점점 더 어려워지고 있다. 남아 있는 탈출구는 현실을 등진 채 오히려 현실을 저편의 세계로 두고 새롭게 구성한 판타지적 시공간과 그 시공간이 부여하는 또다른 현실감을 향유하는 길밖에 없다. 결국 판타지는 힘겨운 현실을 떠나 잠시나마 자본이 허락한 일탈을 만끽하는 위안이자 안식의 도피처로 존재하는 것이다.

그러나 판타지는 자본이 기획하는 상품임과 동시에 자본에 정면으로 반기를 드는, 문학적 실천의 일환으로 존재할 수도 있다. 문학의 고유한 기능은 삶을, 그리고 경험을 새로운 관점, 새로운 인식으로 되돌아보게 만드는 것이다. 그렇다면 문학작품으로 존재하는 판타지 또한 현실에서는 불가능한 질서, 즉 현실을 전복시키고 획득한 새로운 질서를 통해 이미 존재하는 삶을 더욱 선명하게 밝혀 보일 수도 있을 것이다.

이러한 측면은 가능성일 뿐만 아니라 판타지에 내재된 역동성이기도 하다. 판타지가 기획하는 새로운 질서야말로 현실을 넘어서는 상상력을 바탕으로 기획되며, 이 상상력은 문학의 본질적인 동력이기도 하다. 그럼에도 여전히 일반문학에서 판타지가 상업적인 하위문화로 평가되는 것은 아이러니하게도 판타지 장르가 그 어떤 장르보다 상상력을 최대치로 밀고 나가 극대화한 장르이기 때문이다. 지금 여기에서의 경험적 현실과 가장 멀리 떨어진 채, 문학적 상상력이 그동안 획득한 그 모든 인식의 한계, 장르의 한계를 돌파하는 새로운 현실을 구성하는 것이 판타지 장르의 특성이다.

그러나 이렇게 극대화된 상상력은 언제나 경계의 끝에 날카롭게 서 있기에 자칫 상상력의 부정적 양상인 공상으로 치닫기 십상이다. 그러나 공상과 달리, 문학의 본질인 상상력은 언제나 현실을 선명하게 밝혀 보이는 한편, 현실을 역동적으로 재구성할 수 있는 동력을 제공한다. 따라서 제대로 된 상상력을 획득한 판타지라면, 현실을 넘어 현실을 되돌아보게 만드는, 삶에 대한 진지한 성찰과 삶의 억압을 돌파하는 역동적인 해방의 기능을 여지없이 수행할 수 있다.

이처럼 판타지는 현실의 도피처로서 자본의 질서를 공고화하는 후원군이기도 하며 해방의 단초로서 자본의 질서를 근저에서 뒤흔드는 유격대이기도 한, 경계에 놓인 장르라고 볼 수 있다. 그렇다면 과연 지금 우리 어린이문학의 판타지 장르는 어느 쪽으로 기울어져 있는가? 그리고 어떻게 하면 바람직한 방향으로 끌어낼 수 있을 것인가? 나아가 진정한 판타지의 씨앗을 안고 있는 작품은 무엇이며, 그 씨앗은 또 어떻게 싹을 틔우고, 나무가 되고 숲이 될 수 있을 것인가? 이들 질문이야말로 전환기에 직면한 어린이문학이 탐구해야 할 과제이며, 비평이 창작에 되돌려주어야 할 과제가 아닐 수 없다.

2. 판타지의 본질과 유형

최근 들어 『샘마을 몽당깨비』(황선미, 창비 1999) 『마당을 나온 암탉』(황선미, 사계절 2000) 『수일이와 수일이』(김우경, 우리교육 2001) 『밥데기 죽데기』(권정생, 바오로딸 1999) 『영모가 사라졌다』(공지희, 비룡소 2003) 등 다양한 형태로 독자적인 판타지 공간을 창조하고, 독특한 인물을 통해 그 공간을 풍부하게 채우는 작품들이 많이 나오고 있다. 가히 한국의 어린이문학은 판타지 장르를 현실주의 장르와 나란히 득의의 장르로 구축해가는 중이다. 그러나 정작 판타지 장르를 평가할 수 있는 비평적 논의는 풍부하지 않으며, 그나마 진전되고 있는 논의도 엇갈리고 있는 것이 현실이다. 따라서 이론과 실천이 맺고 있는 연관을 생각할 때, 작품을 평가하기에 앞서 최소한의 이론적 경개만이라도 점검하지 않을 수 없다.

판타지문학의 이론적 접근 가운데 대표적인 것으로 또도로프(Tsvetan Todorov)와 톨킨(J. R. R. Tolkien)의 논의를 들 수 있다. 이 가운데 판타지를 본격적인 이론적 대상으로 살펴본 연구자는 단연 또도로프일 것이다. 또도로프는 『환상문학 서설』에서 판타지는 독자의 측면에서 '머뭇거림'을 동반해야 한다고 주장한다.[2] 그리고 이 머뭇거림은 인물의 머뭇거림이기도 하며, 이를 통해 독자는 작중인물과 동일시를 경험하게 된다는 것이다. 그리고 이 머뭇거림을 넘어 '살아있는 인간의 세계'로 지각할 수 있어야 한다고 주장한다.

그러나 이와같은 또도로프의 규정은 판타지의 경계를 지나치게 좁게 설정한 것으로, 고작해야 판타지의 특정한 부분만을 적실하게 설명해줄 수 있을 뿐이다. 예컨대 이 범주를 통해 살펴보자면, 『마당을 나온 암탉』과 같은 알레고리적인 작품이나 『밥데기 죽데기』 『샘마을 몽당깨비』처럼 어떠한 머뭇거림도 동반하지 않으며 경험 세계와 판타지세계가 혼효되어 있는 작품들, 판타지세계로 경험적 현실세계를 거꾸로 재편해내고 있는 작품은 결핍된 판타지로 평가될 수밖에 없다.

이에 견주어볼 때, 톨킨의 판타지는 경험 세계와의 연결고리 속에서 인물이나 독자가 갖는 심리적 효과보다 작품이 창조한 '2차적인 세계' 자체가 더욱 의미있는 실체로 평가되고 있으며, 이 '2차적인 세계' 자체의 내적 논리, 곧 내적인 리얼리티를 강조하고 있다.[3] 이와같이 톨킨의 관점이 도

2 T. 또도로프 『환상문학 서설』, 이기우 옮김, 한국문화사 1996, 155면.

출된 것은 그가 무엇보다 옛이야기에 바탕을 두고 논리를 개진하기 때문이다. 그에 따르면 이야기의 구조적인 측면을 보았을 때 거의 모든 옛이야기들이 서로 유사한 나머지, 옛이야기에서 사건의 진행이란 전혀 문제될 것이 없다. 이본(異本)으로 가득찬 모든 옛이야기가 독자적인 가치를 갖는 것은, 동일한 구성에도 불구하고 창조되는 새로운 시공간의 질서, 곧 2차적 세계의 내적 논리가 오히려 더욱 중요하다고[4] 생각하는 것이다.

그리고 이 내적 논리가 극대화될 경우, 경험 세계와의 연관은 물론, 경험 세계 자체가 전적으로 배제된 2차적 세계가 여타의 판타지적 자질보다 뛰어난 것으로 평가될 것이다. 그러나 정작 톨킨의 관점에 해당하는 작품은 우리의 경우 전무한 형편이며, 알레고리적인 의인동화만이 이 범주의 판타지에 가까스로 귀속될 수 있을 따름이다.

또도로프와 톨킨은 경험적 세계가 작품 속에 존재하는지의 유무와 함께 공통적으로 '판타지세계'를 상정하고 있으며, 나아가 '판타지세계'와 '경험적 세계'를 명확하게 단절된 이질적인 세계로 인식한다. 그러나 주체가 인식하고 이해할 수 있는 세계와 주체의 인식을 넘어선 세계의 단절은 과학적 합리성에 근거한 근대 이후 서구인들의 세계인식에 바탕을 둔 것이다. 불가해한 존재를 통해 세계를 해석하는 것이 지극히 자연스러웠던 근대 이전의 세계나 자연적인 질서와 초자연적인 경이가 여전히 공존하는 비서구 문화권의 관점으로 보았을 때, 이러한 이원론적 세계는 서구적 판타지에 국한된 경계 설정일 따름이다.[5]

3 J. R. R. Tolkein, *Tree and Leaf*, Houghton Mifflin 1965 참조.

4 톨킨의 이론적인 논의가 담긴 책의 제목이 『나무와 잎새 *Tree and Leaf*』인 것은 옛이야기의 모티프와 구체적인 작품의 창조성 사이가 맺고 있는 관련을 잘 보여준다. 톨킨에게 모든 이야기는 나무라는 공통적인 자질과 함께 잎새라는 구체적인 차이를 갖는 복합적인 것으로 간주된다. 물론 톨킨에게 중요한 것은 잎새이며, 2차적 세계의 내적 리얼리티는 이 잎새 내부의 논리로 설명된다.

5 이러한 관점에서 비서구적 문화권에 속하는 한국형 판타지를 이론적으로 살펴보고자 하는 김진경의 논의는 시사하는 바가 크다. 다만 그 이론적 관점이 구체적인 작품과 충분히 밀도있게 연결될 수 있는

이들 이원론적 관점의 한계를 넘어서기 위해서는 애트베리(Brian Attebery)의 관점이 의미있다.

> 판타지 장르는 하위 장르들을 포함하여 복합적인 장치들로 존재한다. 이는 판타지 장르가 경계를 설정함으로써 규정되기보다 중심을 설정함으로써 가능하다는 것을 의미한다. (…) 〔판타지 작품은—인용자〕 누군가의 관심 여하에 따라 귀속되기도 하고 않기도 하는, 가장자리에 놓인 작품이다. (…) 더욱이 전체적인 장치를 연결하는 단일한 특성은 존재하기 어려운 것이 사실이다.[6]

'단일한 특성'이 아니라 '중심'을 통해 규정해야 한다는 것이다. 그렇다면 판타지 장르의 중심항으로 설정할 수 있는 흔들리지 않는 규정은 무엇일까? 이에 대해 캐스린 흄(Kathryn Hume)은 '현실감에서 벗어난 어떤 것'[7]이라는 폭넓은 규정을 끌어들이고 있다. 특히 그녀는 모든 문학이 현실주의적인 모방 충동과 판타지 충동, 곧 주어진 현실을 변화시키고자 하는 충동으로 이루어져 있다고 주장한다. 물론 이들 충동이 서로 대립적인 충동이 아님은 명확하다. 문학은 현실주의적인 작품이든 판타지 작품이든 이들 두 충동을 근거로, 두 충동의 관계를 설정하고자 하는 모색이기 때문이다. 두 계기는 정도의 문제이지, 본질의 차이는 아니다. 달리 말하면, 판타지는 현실 너머의 눈으로 현실을 조망하고자 하는 것이며, 현실주의는 현실의 눈으로 현실 너머의 희망을 피력하고자 하는 것이기 때문이다.

흄의 폭넓은 규정[8]을 문학의 특성과 관련시킬 때, 판타지의 본질적인 기

가 하는 점은 달리 살펴보아야 할 것이다. 김진경 「한국형 판타지, 근대주의의 큰 산을 넘어가는 유목민들의 상상력」, 『창비어린이』 창간호(2003년 여름호) 참조.

6 Brian Attebery, *Strategies of Fantasy*, Bloomington: Indiana University Press 1992, 12~13면.

7 Kathryn Hume, *Fantasy and Mimesis*, New York: Methuen 1984, 21면. 이 책은 『환상과 미메시스』(한창엽 옮김, 푸른나무 2000)라는 제목으로 번역되어 있다.

능은 한결 구체적으로 포착된다. 진정한 판타지는 단순히 상상력을 극대화한 도피와 위안의 문학이 아니라, 현실과 깊이 밀착된 가운데 "현실을 조명하는 것이다. 곧 실제 세계와는 다른 세계로 우리를 옮겨주며, 뭐든지 가능한 세계인 그곳에서조차 일관되게 존재하는 변함없는 진실을 입증하고자 하는 것이다."[9]

이처럼 현실세계와 판타지세계가 존재하는 방식에 따라 분류할 때, 판타지는 다음과 같은 유형으로 나누어볼 수 있다.

① 판타지세계
② 현실세계와 판타지세계의 분리
③ 현실세계와 판타지세계의 공존
④ 현실세계

④의 유형은 의당 현실주의적인 작품으로 현실의 법칙이 일관되게 작품 속에 구현되는 유형이다. 물론 이 현실성은 현실 너머, 저편의 희망을 역설적으로 표현한다는 점에서 판타지를 지향한다. ④의 유형과 정반대편에, 현실세계가 전적으로 배제되고 판타지세계로만 작품이 구성되는 ①의 유형이 존재한다. 그리고 이 또한 현실세계가 배제되었다고 해서 현실과의 관련이 모두 배제되는 초월적인 세계는 아니다. 이들 유형의 작품은 작품 세계 전체가 현실과 상징적인 관련을 맺고 있다. 개별적인 대상의

8 흄의 규정이 갖는 이점을 설리번 3세(C. W. Sullivan III)는 세 가지로 들고 있다. 첫째, 고급문학과 대중문학의 판타지, 성인문학과 어린이문학의 판타지를 구분하는 자의적인 경계 설정을 넘어서고 있다는 점, 둘째 배타적인 정의라기보다 포괄적인 정의이기 때문에 주어진 작품의 판타지적인 요소 모두를 고려할 수 있게 한다는 점, 셋째 구체적인 작품의 판타지적인 측면과 현실주의적인 측면을 동시에 다룰 수 있는 의미있는 방식을 제공해준다는 점 등이다. C. W. Sullivan III, "Fantasy," *Children's Literature Association Quarterly*, Vol.12, No.1, 1987, 7면.

9 Sheila Egoff et al eds., *Only Connect: Readings on Children's Literature*, Oxford Univ. Press 1969, 134면.

의미가 작품 전체의 의미를 통해 새롭게 부가되고 창조된다는 점에서 그러하다. 그러나 『마당을 나온 암탉』과 같은 알레고리적인 작품의 경우에는 2차적인 판타지세계만으로 존재하지만 경험 세계로부터 직접적으로 유추된다는 점이 특징이다.

②의 유형은 전형적인 또도로프적 관점에서 '머뭇거림'이 두드러진 작품 유형으로, 현실세계와 판타지세계가 분리된 채 작품 속에 함께 존재하는 유형이다. 이 유형은 루이스 캐럴(Lewis Carroll)의 『이상한 나라의 앨리스 *Alice's Adventures in Wonderland*』(1865)나 『영모가 사라졌다』가 대표적인 작품이다. 이들 두 세계의 관련 방식은 현실세계란 전제된 의미 체계가 2차적 세계의 대상이 갖는 의미를 제약하고 규정한다. 따라서 구체적인 존재들이 저마다 은유로 연결되어 있다. 예컨대 미하엘 엔데(Michael Ende)의 『끝없는 이야기 *Die Unendliche Geschichte*』(1979)의 경우, 인물이 갖는 결핍들과 대비되는 가운데 환상 세계의 구체적인 의미들이 소망 충족의 세계로 연결되는 것이다.

끝으로 전통적인 판타지 유형으로 간주될 수 있는 ③의 유형이 있다. 이들 유형에는 현실세계와 판타지세계가 작품 속에 공존하고 있으며, 더욱이 이들 세계는 분리된 채 존재하는 것이 아니라 뚜렷한 경계 없이 함께 결합되어 나타난다. 『샘마을 몽당깨비』를 비롯한 대부분의 한국형 판타지가 이 유형에 속하는 것으로, 옛이야기의 판타지적 요소를 현대를 배경으로 재창조한 것이다. 이들 작품에서는 현실세계와 판타지세계가 명료하게 구분되지 않은 채 서사가 진행된다는 점에서, 그 관계 양상은 서사 고유의 인접성의 원리를 중핵으로 하는 환유로 간주할 수 있다.

그러나 상징, 은유, 환유 등 두 세계가 맺고 있는 의미 관련의 방식들은 각각의 작품 유형에 따라 단일하게 대응되기보다 각각의 특성이 상대적인 우위를 점하고 있을 따름이다. 따라서 작품의 유형과 기능을 일방적으로 또 기계적으로 대응시키는 것은 뛰어난 개별 작품의 풍부함에 현저히 미치지 못한다. 오히려 이들 모두를 포괄하는 관점에서 판타지는 현실세계와 전복적인 관련[10]을 맺어나간다는 것이 거칠기는 하나 기능을 밝히는 데에는 유용한 개념일 것이다. 현실세계를 넘어 판타지세계를 구성한다는 것은 궁극적으로 현실세계의 제한과 결함을 판타지세계를 통해 투영해보고자 하는 시도로, 현실을 전복하고자 하는 적극적인 현실 연관으로 해석할 수 있기 때문이다.

현재 우리 어린이문학의 판타지는 ②의 이원적인 분리형과 ③의 일원적인 공존형이 주도적이다. 특히 현실세계와 판타지세계가 공존하고 있는 ③의 유형이 압도적이었으나, 점차 ②의 유형이 산발적으로 창작되는 중이다. ①의 유형을 찾기 힘든 것은 현실세계와 전적으로 단절될 경우, 자칫 경계를 넘어 공상으로 치닫고 말 우려 때문이며, 그 우려를 극복할 만한 창작 역량이 부족하기 때문이다. 톨킨의 『반지의 제왕 *The Lord of the Rings*』(1954~55; 씨앗을뿌리는사람 2002)이나 『호비트 *The Hobbit*』(1937; 시공주니어 1999) 같은 판타지는 상상이 극대화된 반면 현실과의 연관이 희박하며, 따라서 엄밀한 내적 정합성이 그 어떤 유형보다 절실하게 요청된다. 더욱이 상상으로 구성된 2차적인 세계가 현실세계와 폭넓은 상징적 양상으로 결합하여 현실의 경험을 풍부하게 조명해야 한다는 원칙 또한 말처럼 쉽게 획득되지 않을 것이다. 상상적 경험의 축적이 부족한 현재로서는 당분간 더 많은 노력 속에 기다려야 할 것이다.

따라서 이 글은 ②의 유형과 ③의 유형이 우리 어린이문학의 판타지 작품들에서 어떻게 구체화되는지를 살펴볼 것이다. 이를 통해 각 유형의 가

10 R. Jackson, *Fantasy: The Literature of Subversion*, Routledge 1988, 8면. 잭슨은 "판타지는 또다른 비인간적인 세계를 창안해내는 것과는 관련이 없다. 판타지는 초월적인 세계가 아니다. 판타지는 이상하고, 낯설고, 명백하게 '새로운 것', 절대적으로 '이질적'이고 다른 것을 만들어내기 위하여 새로운 관계 속에서 〔이 세계를〕 구성하고 있는 자질들을 재결합하고, 이 세계의 여러 요소들을 전복시켜내는 것과 관련이 있다"고 주장한다.

능성과 한계를 다시금 검증해보는 한편, 향후 작품의 발전 방향을 드러낼 수 있기를 기대한다.

3. 분리형 판타지의 행로

현실세계와 판타지세계의 분리형은 앞서 밝힌 대로 근대 이후에 확립된 것으로 『이상한 나라의 앨리스』 『끝없는 이야기』를 비롯한 서구 판타지의 전형적인 유형이다. 이 유형은 판타지세계와 현실세계가 중첩되면서, 한층 구체적인 상징을 창조해낼 수 있다는 점에서 당분간 지속적으로 확대되어갈 전망이다.

이러한 전망은 이원수의 『숲 속 나라』(신구문화사 1953) 같은 우리나라 초기 판타지에서도 확인되며, 현단계의 창작실천에서도 쉽게 발견된다. 또한 작품의 질적 측면에서도 괄목할 만한 성장을 보여주고 있다는 점에서 주목해보아야 할 유형이다. 특히 이 유형은 현실세계가 갖는 문제의식을 판타지세계가 전복적인 형태로 구체화한다는 점에서 도피적인 환상문학으로 전락할 위험성이 상대적으로 적은, 한결 안정적인 유형이다. 그리고 그 안정성을 유감없이 보여준 작품이 공지희의 『영모가 사라졌다』(이하 『영모』)이다.

『영모』는 아버지의 억압과 폭행을 견디다 못한 영모가 가출을 하고, 절친한 친구인 주인공 병구가 그를 찾으러 가는 이야기다. 병구는 영모와 맺어져 있던 고양이 담이를 매개로 '라온제나'라는, '즐거운 나'의 의미를 담고 있는 판타지 공간으로 영모를 찾아가며, 마침내 영모와 함께 돌아오는 과정을 다루고 있다. 전형적인 판타지 구조를 고루 갖춤으로써 구성적인 안정성을 확보한 작품으로 평가될 수 있다.

"추운 밤, 거리로 쫓겨 나온 영모는 무서운 아버지 때문에 울고, 그 옆에 있던 나는 무심한 아버지 때문에 화가 났다. (40면)는 발에서 알 수 있듯, 두

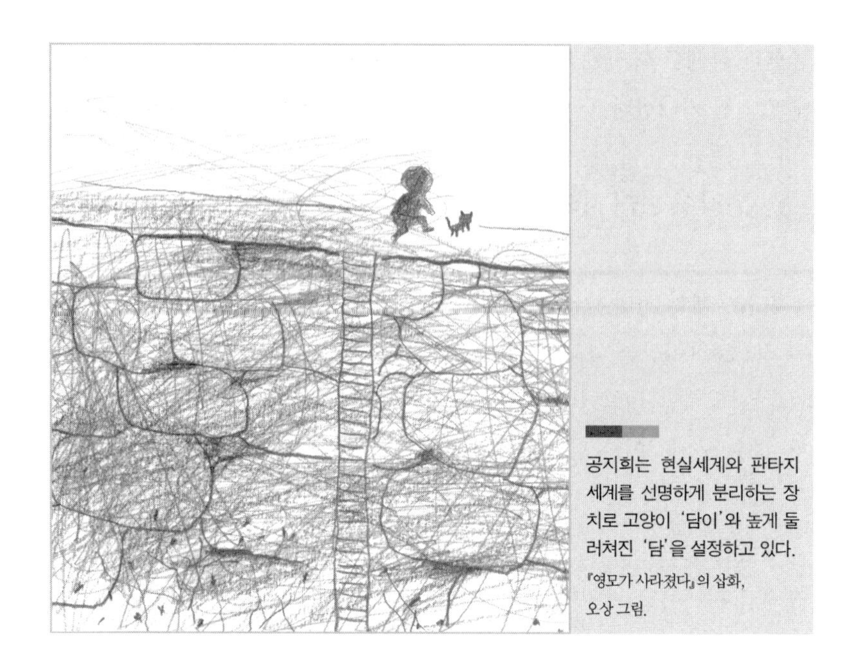

공지희는 현실세계와 판타지 세계를 선명하게 분리하는 장치로 고양이 '담이'와 높게 둘러쳐진 '담'을 설정하고 있다. 『영모가 사라졌다』의 삽화, 오상 그림.

인물은 공통적으로 왜곡된 부성과 무책임한 부성이란 가족관계의 결핍으로부터 고통받는 인물로 제시된다. 판타지세계 속의 또다른 인물인 로아 역시 희생양으로서 제물이 되어 죽음을 기다리다 달아난 존재다. 영모나 병구와 다를 바 없이 "세상 어디에나 아이들을 못살게 구는 어른들"(94면)의 희생번제로서 설정되어 있다. 곧 부성으로 상징되는 폭력적인 욕망은 자신의 안위를 위해 아이들을 희생양으로 몰아가는 어른들 전체의 극단적인 억압과 동일시되며, 어린이와 어른으로 명확하게 구분된 대립축을 구조화하고 있는 것이다. 이 폭력과 억압을 이기지 못하고 영모는 조력자인 담이의 도움을 받아 라온제나로 달아나고, 주인공이자 서술자인 병구 또한 영모를 찾기 위해 라온제나로 가는 담 위로 올라선다.

이 작품은 말을 하고 길을 알려주는 고양이 담이를 만나는 순간이나 담 위에서 라온제나 쪽을 향해 고개를 돌렸을 때의 놀라움을 여실히 보여줌으로써 판타지세계를 마주치는 인물의 머뭇거림을 정확하게 형상화하고 있다.

담을 사이에 두고 다른 한쪽은 온통 다른 세상이었다.

환한 대낮의 빛, 반짝거리는 햇살 아래에서 한창 물이 오른 연초록 나뭇잎들이 보였다. 그 나무들 사이로 새들이 조롱조롱 거리며 날아다니는 게 보였다. 봄이었다.

11월에 봄날이라니……, 도대체 어떻게 된 일이야?

(…)

망설여졌다. 어딘지도 모르는 낯선 세상으로 혼자 간다는 게 자신이 없었다.

담이는 단호한 눈빛으로 나를 올려다보고 있었다.

나는 어기적거리면서 일어섰다. 영모가 간 곳을 알았는데 더 이상 망설일 수 없었다. (60~63면)

판타지세계를 처음 마주한 낯설음과 머뭇거림이 선명하게 묘사되어 있다. 작가는 서술자에 깊이 밀착한 채, 생생하게 그 순간을 표현하고 있는 것이다.

여기서 새롭게 창조된 판타지세계는 자연환경이 주는 아름다움과 함께 모든 소망이 충족된 세계다. "세상 어디에도 숨을 만한 곳이 한 군데도 없을 때" 오게 되는 나라이며, "그런 아이들을 숨겨 주는 나라", "오고 싶은 마음이 간절한 사람들만 들어올 수 있는 곳"이다. 영모는 이 세계에서 "빨리 어른이 되고, 더 빨리 늙고 싶"은 바람 그대로 할아버지가 되어 살고 있다. 더욱이 이 소망이 충족되는 세계는 근대적 합리성이 도달하기 힘든 인식 저편의 세계임도 피력되어 있다. 라온제나는 "눈으로 확인할 수 없는 세상"이자 "아주 가까운 나라이면서도 또 아주 먼 나라"(이상 85~90면)로 설정되어 있다. 결국 판타지세계는 현실세계의 질서이 사라진 세계가 어녀

하며, 그 세계 속에서의 인간은 어떠한 관계로 서로 맺어져야 하는지를 상징적으로 비춰 보이고 있다. 이 작품에서 판타지세계는 현실세계를 전복시킨 시공간으로 존재하는 것이다.

그러나 소망 충족의 판타지세계가 단순히 현실세계의 결핍을 대체하는 곳만은 아니다. 만일 이러한 이분법적 대립으로만 시종한다면, 인물의 성장을 기대하기 어렵기 때문이다. 성장이 가능하지 않다면 인물은 굳이 원래의 현실세계로 되돌아올 필요가 없으며, 되돌아오지 못하는 세계는 진정한 판타지세계라기보다 도피와 안식으로 채워진 공상의 세계일 따름이다. 따라서 판타지세계는 대립적인 세계임과 동시에 이 대립을 극복하는 단서 또한 내부에 담고 있는 곳이어야만 한다. 정태적인 이질적 세계에 머무르지 않고, 갈등을 더 높은 차원으로 승화시켜나가는 치유의 시공간이어야 하며, 내적 성장을 가능하게 하는 발견의 시공간이어야 한다.

이 과정을 작품은 봄·여름·가을이란 계절의 순환 속에 '외로움과 슬픔' '희망과 자유' '깨달음과 그리움'으로 진전시키는 가운데, 치유와 발견을 통한 새로운 자아의 경험으로 채우고 있다. 그리고 마침내는 아버지의 억압, 어른들의 강제를 '자신에 대한 사랑', 곧 '자신을 스스로 돌보는 것'으로 해결하고자 하는 주제로 연결한다.

더욱 중요한 것은 이러한 새로운 경험을 가능하게 하는 시공간이 논리적으로 정교하게 구축되었을 뿐만 아니라, 시간의 문제를 끌어들임으로써 시적인 비약을 통해 함축적으로 제시하고 있다는 점이다. 서술자인 병구의 시선을 통해 단절적으로 파악되는 이 계기들은 서사의 속도를 빠르게 진행시켜 호기심을 유발하며, 설명을 최대한 억제하는 가운데 대화를 통해 압축적으로 제시됨으로써 은유로 풍부하게 채워진 판타지세계를 유려하게 펼쳐 보인다.

판타지세계의 정교함과 함께 이 작품이 갖는 또다른 미덕은 독특한 서술방식이다. 주인공 병구의 제한된 시야를 좇아 1인칭 시점 고유의 심리적 머뭇거림을 적절하게 표현하면서도, 또다른 인물인 영모의 내적 갈등 또한 관찰자의 입장에서 정교하게 추적해감으로써 주인공과 부차적인 인물 모두를 풍부하게 형상화하고 있다. 이중적인 서술방식의 결합, 곧 1인칭 주인공 시점과 관찰자 시점의 결합을 통해 1인칭 주인공 시점이 갖는 제한을 넘어서고 있는 것이다.

그러나 작가가 시종일관 이 복합적인 시점을 견지하고 있다고 말하기는 어렵다. 처음 라온제나를 찾아든 숲길을 묘사한 부분처럼 서술자의 시점을 넘어 작가가 개입함으로써 서술의 신빙성을 훼손하고 있는 곳도 발견되기 때문이다.

> 참나무와 산벚나무, 자작나무와 은행나무, 그밖에 여러 가지 크고 작은 나무들이 어우러져 햇빛을 받았고, 발치 옆으로 제비꽃과 민들레, 앵초 같은 들꽃들이 올망졸망 피어 있고 보송보송한 솜털을 입은 고사리 새순들이 그늘에 숨어 있었다. (64면)

이러한 상징적인 장면의 제시가 납득하기 어려운 것은 아니다. 숲의 아름다움, 판타지세계의 아름다움을 묘사하기에 서술자의 제한된 시점만으로는 부족하다고 여겼기 때문일 것이다. 그러나 서술자는 단순히 보는 존재가 아니라, 독자와 함께 머뭇거림과 모험을 감행하는 인물이다. 따라서 서술자의 눈이 아닌 작가의 목소리가 개입하는 순간 독자는 그동안 동일시해왔던 서술자를 의심하게 되며, 서술 전체의 신빙성은 현저히 떨어진다. 다행히 이러한 과잉 묘사가 자주 발견되지는 않는다.

물론 문제점이 이뿐만은 아니다. 새로운 질서로 구성된 라온제나에서 로아를 잡으러 여러 해를 헤매고 다닌 세 남자를 판타지세계의 아름다운 힘이 미치지 못한 채 죽어가게 하는 것은 선악의 이분법에 견고하게 갇혀 있다는 점에서 퇴행적이라고 평가할 수밖에 없다. 더욱이 이들을 죽음으로 몰아넣는 이가 영모라고 할 때, 이는 영모의 내면적인 성장을 무화시킬 정도로 단순하게 처리한 것이라고 보인다.

한걸음 물러나 이들 세 남자가 그릇된 어른들의 관점을 고스란히 가지고 있으며, 결핍이나 열망이 없기 때문이라고 간주할 수도 있을 것이다. 그러한 경우라도 이 어른들이 기존에 지녔던 관념이 더욱 악화되는 계기라도 명시되었어야 한다. 그러나 더 큰 문제는 영모를 찾겠다는 열망을 지니고 라온제나로 온 영모 아버지의 경우에도 판타지세계에서 어떠한 인식의 발전도 경험하지 못하기는 마찬가지라는 점이다. 아버지는 아들을 찾아 현실세계에서 헤매는 며칠 동안 이미 모든 잘못을 뉘우쳤기 때문이다.

판타지세계의 내적 논리를 인물 모두에게 적용하지 못한 이와같은 한계는 인물의 발전 여부에 그치지 않고, 가장 중핵을 이루어야 할 갈등의 해소에도 직접적인 영향을 끼친다. 아버지와의 화해를 둘의 관계 속에서 모색하기보다 일방적으로 영모의 책임으로 돌리는 것이나, 후반부에 영모와 아버지가 마주치는 장면에서 영모가 여전히 가출하기 직전의 심리적 억압을 극복하지 못하고 있는 것도 근본적으로 여기에 원인이 있다.

이런 결함들에도 불구하고 작품은 구성적 장치가 정교하고, 문체가 인물과 긴밀하게 결합된 채 유려하며, 내적 논리가 치밀하고, 인물형상 또한 풍부한 현실성을 갖추고 있다. 그러나 이러한 긍정적인 평가를 모두 덮을 만한 아쉬움은, 작품이 지나치게 틀에 박혀 있다는 점이다. 너무 딱 맞는 나머지 몸에 조금 죄는 옷을 입은 듯하게, 이 모든 장점들이 마치 잘 짜여진 서구의 판타지론을 그대로 적용함으로써 획득하게 된 성취가 아닌가 여겨진다. 소설과 마찬가지로 동화, 특히 장편동화는 일직선으로 목표를 향해 치닫는 긴장과 함께 긴장을 이완시키는 서사의 진행 역시 필요하다. 긴장으로부터 상대적으로 자유로운 서사야말로 계몽적인 기획으로부터 어느정도 벗어날 수 있는 여지를 부여하며, 그만큼 독자에게 읽는 즐거움을 배가시킨다는 점을 잊지 말아야 할 것이다.

그러나 이러한 평가는 어디까지나 개인적인 불평일 따름이다. 정작 같은 시기에 창작된 비슷한 유형의 작품들과 비교해보면, 그 성취가 쉽게 확인되기 때문이다. 현실세계와 판타지세계가 분리된 유형에 속하는 또다른 작품으로 『황금박쥐 형제의 모험』(창비 2003)을 들 수 있다. 『똥이 어디로 갔을까』(창비 2000)에서 구수한 해학과 함께 작품 전반을 일관되게 조율하는 생태적 인식, 생동하는 에피쏘드의 결합 등으로 주목을 받은 이상권의 작품이다. 그러나 판타지라는 새로운 장르의 모색에서 작품은 많은 한계를 드러내고 있다.

먼저, 이 작품의 인물들은 판타지의 주인공이 되기에는 내면적인 고통이 절박하지 않다. 홀로 남은 어머니와 그 어머니의 억압은 주인공 시우를 판타지세계로 내몰기에 부족하며, 길우의 자라지 않는 키와 절뚝거리는 다리 또한 다르지 않다. 이들 조건이 충분히 서사를 필연적으로 진행시켜갈 조건이라고 할지라도, 이 인물들은 내면적인 고통이 충분히 성숙되지 못한 채 판타지적 세계로 끌려들어간다. 그리고 고통을 드러내는 방식도 부차적인 인물의 간접적인 대화를 통해 어렴풋이 드러날 뿐이다.

그리하여 이들이 판타지세계로 가는 것은 "만보산 숲으로 놀러 가자!"(『황금박쥐 형제의 모험 1』 21면)에서처럼 놀이이며 모험이지 절박한 여행일 수는 없는 것이다. 이는 수직으로 뚫린 판타지세계의 입구에서 느끼는 이들의 심리가 '두려움과 호기심'이란, 모험에 뒤따르는 상투적인 느낌과 다르지 않다는 점에서 다시금 확인된다. 이렇게 된 까닭은 두 인물이 동시에 판타지세계로 뛰어들기 때문에 심리적인 성찰을 할 여지가 없는 탓으로 해석된다. 스스로의 처지와 욕망을 되돌아보는 탈주가 되지 못하고 모험만이 유일한 서사의 축이 되고 있다.

판타지세계인 '소란토' 또한 허술하다. '작고 푸른 영혼들의 나라'라는 뜻의 소란토에 사는 존재는 그저 선과 악으로 나뉘어 있을 뿐, 선명한 상징성을 갖고 있지 않다. 심지어 이들 판타지세계에 사는 존재들이 현실세계로 넘어와 일본 제국주의와 투쟁을 벌여나가기도 한다. 그러나 그 계기 또한 "바깥 세상이지만 어쨌든 우리가 살고 있는 땅이나 다름없으니까."(2권 60면)라는 단순한 논리다. 이는 정신대 할머니를 작품 속으로 끌어들이기 위한 의도적 장치이며, 단순한 모험담에 역사적 의미를 덧붙이기 위한 강박에서 비롯된 것이다.

그렇지만 판타지세계와 현실세계가 구체적인 사건이나 인물을 통해 연결되는 것이 반드시 바람직한 것은 아니다. 판타지세계와 현실세계가 직접적인 욕구에 의해 연결된다면, 이는 분리형보다 공존형이 훨씬 더 효과적인 장치이기 때문이다. 결국 두 세계가 갖는 이원론적인 단절의 사회역사적 의미가 상징을 통해 매개되기보다 자의적으로 결합되고 있는 것이다.

따라서 이들 두 인물이 판타지세계를 경험하고서도 진정한 내적 성장을 체험하지 못하는 것은 필연적인 귀결이 아닐 수 없다. 판타지가 허락하는 시공간의 경험을 경유했음에도 불구하고 시우의 문제는 어느 것 하나 해결되지 않은 채 텍스트 안으로 잠복하고 만다. 더욱이 내적 정황이 존재론적인 고통에 훨씬 근접해 있는 길우 역시 성장을 가능하게 하는 내적 논리가 결핍되어 있다. '제비꽃반지'의 성장은 서사가 만들어낸 공간을 통한 성장이지만, 길우의 성장은 '푸른 불빛'이 떡갈나무를 성장하게 했듯이 그저 주어진 성장일 뿐, 내적으로 획득한 성장이라고 말하기에는 미약하다.

내적 논리의 불철저함, 상징의 부재, 현실세계와 판타지세계의 자의적인 관계 등 『황금박쥐 형제의 모험』이 지닌 문제점들을 생각할 때, 『영모』가 갖는 뛰어남은 쉽게 확인할 수 있다. 그리고 뛰어남의 근저에 이원적 분리형 판타지의 장르적 본질에 대한 인식이 놓여 있다. 이론이 작가를 옥죄는 쓸모없는 현학이 아니라, 적어도 최소한의 조건을 충족시켜나가기 위한 필요조건임을 새삼 깨닫게 해준다. 이론은 관념 속의 사유가 아니라 경험의 논리적 일반화이기 때문이다.

4. 공존형 판타지의 과제

『영모』는 현실세계와 판타지세계를 분리, 대응함으로써 안정적인 구조 속에 어린이문학의 판타지 유형을 심화시킨 작품이다. 이에 비할 때 판타지세계와 현실세계가 일원적인 형태로 공존하는 유형의 경우 오히려 평가가 쉽지 않다. 이 유형의 작품들은 그 편차가 두드러지며, 판타지세계와 현실세계의 연관이 불규칙적이기에 선명하게 평가할 척도를 지니기 힘들다. 다만 이들 판타지와 현실의 일원적인 공존이 은유와 상징이 아닌 환유로 이루어져 있음은 이들 유형이 시적 자질보다는 서사적 자질에 더욱 충실함을 예견하게 한다.

공존형 판타지의 이러한 서사적 특성은 필연적으로 전통적 서사인 옛이야기와 연결된다. 옛이야기처럼 현실과 판타지가 서사 속에서 자연스럽게 뒤얽히면서 욕망의 최대치를 표현할 수 있는 미덕을 가지는 것이다. 그리고 현실과 판타지의 관련 방식뿐만 아니라 내적 형식 또한, 전형적인 옛이야기의 특성인 결핍된 인물, 여행이나 탐색, 소망 충족 등과 엄밀히 대응된다. 그러나 이와같은 안정적인 구조는 자칫 서사의 내적 논리나 상상력의 밀도를 무시하고, 구조만 뼈대처럼 앙상하게 남은 작품으로 전락할 위험을 지니고 있다. 상상력이 시적 응결로 정교화되지 않아도 된다는 것이 상상력 자체의 결핍으로 드러나거나 무분별한 서사의 연결을 의미하는 것이 아님은 물론이다. 이 날카로운 긴장을 작품 속에 적절히 녹여내는 것이야말로 이들 공존형 작품들이 직면한 과제다.

권정생의 『밥데기 죽데기』, 황선미의 『샘마을 몽당깨비』는 공존형 판타지의 현재성을 여실히 보여준다. 이들 작품은 공통적으로 한국형 판타지에 걸맞은 '늑대 할머니'와 '몽당깨비'란 도깨비를 이야기의 중심에 놓고 있다. 서술의 시야 역시 이들 인물에 밀착되어 있으며, 독자가 동일시하게 되는 어린 주인공들을 부차적인 인물로 설정함으로써 이야기성을 극대화하고 있다. 제한된 서술자로 존재하는 어린 주인공들의 경험은 서사의 진폭을 현저히 제한하기 때문이다.

특히 『밥데기 죽데기』는 풍부한 서사적 가능성이 시간과 공간의 자유분방함과 함께 다채로운 인물의 배치를 통해 강화, 확장되고 있다. 그러나 자유분방한 상상력에도 불구하고, 작품의 완결성이란 측면에서는 많은 흠을 지니고 있다. 원폭피해자인 인숙이나 정신대 할머니의 이야기가 필연적인 내적 연관을 맺지 못한 채, 에피쏘드로 전락하는 점을 들 수 있다. 현실에 미만한 폭력을 비판한다는 작품 전반의 주제를 전달하기 위해 설정된 것이 분명하나, 분단 문제에 판타지적인 접근을 시도하는 결말과 비교해볼 때, 상대적으로 방치되는 것으로 보인다. 이는 작품이 기대고 있는 파노라마적인 구성 자체가 갖는 사건의 자의적인 선택과 배치에 기인한다. 엄밀한 내적 연관을 갖지 않은 채, 인물들은 작품 속으로 들어왔다가 자신에게 맡겨진 역할을 수행하고 퇴장할 따름이다. 황새 아저씨와 사마귀 할아버지를 제외한 부차적인 인물들은 작가의 말을 들려주기 위한 방편으로 소환되는 것이다.

작품 전반의 해학적인 측면도 작품을 풍부하게 만들지 못하며, 권정생 특유의 정겨운 해학이라 보기도 어렵다. 비록 작가가 재미를 위해 의도적으로 '익살'을 부렸다고는 하지만, 자연스럽게 여겨지지 않는다.

> "이렇게 생긴 놈 못 보았소?"
>
> "할머니, 제가 봤어요."
>
> 어떤 사내아이 하나가 지나가다가 멈추었습니다.
>
> "정말이냐?"
>
> 늑대 할머니는 반가워서 활짝 얼굴이 밝아졌습니다.
>
> "박수동 아저씨 만화책에 이렇게 생긴 사람 많아요."

"떼끼! 누가 만화책에 나오는 사람을 찾는다더냐?"

할머니는 꽥 소리를 질렀습니다. (50면)

이 장면은 늑대 할머니의 절박한 심정을 강화하지 못한 채 오히려 적극적으로 희화화함으로써 서사적 긴장을 약화시키고 있다. 사실 인물의 희화화는 작품 전편에 걸쳐 반복적으로 나타나며, 정서적인 효과의 강화라는 측면에서 살펴볼 때 방해가 된다. 물론 이 한없이 낮고 어리석은 인물이 행하는 결말의 희생이 오히려 주제를 더욱 증폭시키는 측면 또한 무시할 수 없다. 그러나 인물 자신이 사유하는 인물이 아닌 행동하는 인물이기에 역동적인 전환을 충분히 형상화하고 있지 못하다.

이뿐만이 아니다. 작품의 곳곳에 드러나는 회고적인 서술도 계몽적인 계기를 직접적으로 드러낸다는 점에서 적절한 서술방식이라고 보기 어렵다. 『사과나무밭 달님』(창비 1978)이나 『슬픈 나막신』(우리교육 2002)에서 볼 수 있는, 곡진한 애틋함을 정교하게 표현하던 권정생이 득의의 영역을 떠나 이루어낸 판타지세계는 이야기성의 확장과 강화라는 미덕과 작품의 불철저한 내적 논리라는 한계를 동시에 노정하고 있는 것이다.

이에 견줄 때 『샘마을 몽당깨비』는 '천수동 기와집'이란 한정된 공간을 중심으로 서사가 진행되기 때문에 훨씬 조밀한 세계를 펼쳐 보여준다. 비록 김노인의 등장을 비롯한 우연적인 계기가 적지 않게 발견되며, 마지막 장면에서 도시 전체가 흥분에 사로잡히는 부분 또한 지나치게 극적인 나머지 현실성을 놓치고 있지만, 기존의 일원적 판타지에서 찾아보기 힘든 밀도를 갖춘 작품이다. 이 서사의 밀도는 판타지적 과거와 현실적인 현재가 엄밀하게 중층적으로 연결됨으로써 획득된 것이다. 한정된 공간이 갖는 밀도가 장구한 시간성과 결합되고, 이 결합이 단순한 나열이 아닌 현재성에 집중됨으로써 서사의 확대와 응축을 동시에 유감없이 펼쳐내고 있는 것이다.

전체적인 구도의 안정감에 덧붙여 이 작품의 간과할 수 없는 미덕은 인물의 진정성이다. 등장하는 주요인물은 너나 할 것 없이 소중한 한 세계를 깊숙이 내면화하고 있다. 몽당깨비는 버들이를 사랑하고 샘을 기와집 뒤란으로 옮긴 죄로 천년 동안 은행나무 뿌리에 얽매여 있어야 하는 벌을 받는다. 그러나 풀려나온 은행나무로 다시금 돌아가 칠백년이나 살아야 함에도 두려움 속에서 그 일을 선택한다. 아름이 또한 다르지 않다. "죽이가는 생명을 위하여 저를 희생하는 자"(172면)이기를 기꺼이 자처한다. "심장이 나빠 걷는 것조차 힘"(137면)든 작은 아이임에도 불구하고 결코 희망을 버리지 않고 하루도 빠짐없이 은행나무에 물을 주는 일을 마다하지 않는다. 김노인이나 보름이, 심지어 인형인 미미까지, 등장하는 모든 인물들이 삶에서 소중한 그 무엇을 힘껏 부여잡고 있다.

물론 이들 인물이 낭만적으로 윤색되어 있다고 평가할 수도 있다. 그러나 애초 판타지세계는 이상적인 세계이며, 비속하고 남루한 일상의 현실세계와 이상화된 판타지세계를 매개 없이 동시에 펼쳐내게 마련이다. 낭만적 계기를 통해 현실을 전복적으로 되비추는 기능을 적극적으로 수용하는 것은 작품의 미덕이지 한계라고 말하기는 어렵다. 다만 이 낭만적 계기가 현실의 문제들과 유리됨으로써 어설픈 영웅담으로 전락하거나 도달하지 못할 이상으로 성큼 추상화될 때 문제가 야기되는 것이다. 그러나 이 작품의 이상화된 면모는 주제와 튼실하게 결합되어 있다는 점에서 긍정적인 계기라고 평가할 수 있다.

> "나는 사람을 사랑해. 그래서 사람들에게 두려움을 가르치고 싶단다. 세상에는 사람들이 두려워해야 할 것들이 너무나 많은데, 사람들은 아무것도 겁내지 않아. 그게 슬퍼." (173면)

이 동화의 주제가 가장 선명하게 언표된 부분이다. 버들이로 표상되는 욕망, 욕망으로 인한 두려움의 상실, 그럼에도 사람을 향한 사랑을 거두지 않도록 만드는 구체적인 인물과의 조우 등이 엄밀하게 조응하고 있는 것이다. 따라서 몽당깨비가 사람에 대한 노여움이 아닌 연민이란 일관된 정서적 기조를 유지할 수 있는 것도 이와같은 서사의 진행 때문일 것이다. 이러한 명료한 주제의식이 "사랑과 용서"(174면)라는 극히 평범한 주제를 통해 시간의 아득한 거리를 관통하면서 현실세계와 판타지세계를 잇대고 있다.

그렇다고 이 작품의 주제가 단지 이것이라고 분명하게 말하기는 어렵다. 작품은 한 층위 더 추상화할 경우, 보편적인 생명의식과 연결되기도 하고, 희망 혹은 기다림을 중심적인 담론으로 엮을 수도 있으며, 눈물이나 영혼과 같은 정신적 지향과 마주치기도 한다. 비록 선언적인 언술로 제시되어 상투적임을 떠올리게 하는 표현 또한 적지 않으나, 적어도 동화가 지녀야 할 시적 계기들을 풍부한 잠언 속에서 적실하게 표현하고 있는 것도 이러한 주제의 중층성을 구축하는 데 도움을 주고 있다.

이밖에도 『샘마을 몽당깨비』에는 묘사의 아름다움이나 생동하는 시적 대화, 긴 시간의 흐름을 간략하게 압축한 절제된 설명 등 황선미 특유의 문체적 특성이 돋보인다. 그럼에도 판타지와 현실이 맺고 있는 직접적인 연관을 생각할 때, 서사의 내적 밀도야말로 공존형 판타지의 가장 긴요한 자질이며, 『샘마을 몽당깨비』는 그 반열에 올릴 만한 작품이라고 평가할 수 있을 것이다. 그리고 이 미덕은 권정생이 보여준 서사적 가능성의 무한한 확장을 온당하게 비춰볼 수 있게 하는 지점이기도 하다. 다만 황선미의 최근작들이 이와같은 긴장을 여전히 온축하고 진전시켜내고 있는가 하는 점에서는 의문을 지울 수 없음을 부기해둔다.

5. 판타지, 도약을 위하여

지금 현재 창작되고 있는 판타지의 두 유형은 모두 최대치로 진전되어야 한다. 그것이 자유로운 상상력을 통한 일원적인 판타지세계이든 논리적인 상상력을 통한 이원적인 판타지세계이든, 중요한 것은 유형이 아닌 예술적 완결성이다. 그리고 그 예술적 완결성은 서사의 폭과 서사의 밀도라는 서로 다른 두 방향을 일치시키는 것과 관련되어 있다. 그나마 이러한 성취의 면모를 몇몇 작품에서 확인할 수 있다는 것은 우리 어린이문학으로서는 소망스러운 일이 아닐 수 없다. 좋은 이야기가 많아지면 독자인 어린이들의 세계 또한 그만큼 풍부하고 깊어지기 때문이다. 무릇 문학이란 작품이 새롭게 전진하는 그만큼 독자의 경험을 확대하고, 또 치밀하게 만드는 법이다.

그러나 문학사의 발전은 결코 특정한 몇몇 작품만으로 성큼성큼 건너뛰어 획득되는 것이 아니다. 특히 어린이문학의 역사적 발전은 꼭짓점을 이어가는 역사일 수 없다. 몇몇 두드러진 성취를 통해 기술되는 영웅들의 역사가 아니기 때문이다. 어린이들의 삶 속에 문학이 존재하며, 그 문학은 동시대의 문학 전체가 관여하는 것이다. 개별 작품들이 어린이들의 삶에 폭넓게 스며들고 있으며, 또 그 어린이들과 소통하고 있는 것이 현실이다. 따라서 소중한 것은 몇몇 꼭짓점이 아닌 꼭짓점 아래 펼쳐지고 드리워지는, 수많은 점들로 이루어지는 넓고 풍부한 면들이며 공간들이다. 따라서 어린이와 대면하고 있는 한 작품 한 작품 모두가 의미있고 소중하다.

그러나 지금 우리의 어린이문학은 전체를 두고 볼 때, 펼친 면과 공간이 소망스럽다고 말하기 어렵다. 좋은 작품이 없다는 것이 아니라, 전반적으로 좋지 않은 작품들이 너무 많기 때문이다. 판타지는 이제 막 출발선에 놓여 있는 듯이 모색을 거듭하고 있으며, 현실주의는 현실주의대로 기존의 편협한 틀을 벗어나지 못한 채 동일한 형식들을 구태의연하게 답습하고 있다. 답답한 순환이 뚜렷한 융기 없이 고만고만하게 이어지고 있는 것이다.

이를 돌파하기 위해 어린이문학은 판타지와 현실주의라는 두 날개를 활짝 펼치고 균형있게 날아올라야 한다. 어느 한편의 편벽된 강조는 또다른 장르간의 불균등한 발전을 초래하게 될 것이다. 우리 어린이문학의 전반적인 발전을 위해서는 어느 하나 소홀하게 방치해둘 수 없는 형편이다. 현실주의는 현실의 고통과 희망, 그리고 희망의 계기들을 풍부한 서사 속에 펼쳐내는 한편, 일상을 넘어서는 새로운 서사적 공간의 확보를 통해 더 넓은 시야를 가져야 한다.

판타지는 판타지대로 자신의 내적 논리에 더욱 충실해야 할 것이며, 특히 새로운 양식적 실험을 거듭해가야 한다. 현실세계가 생략된 판타지세계를 통해 '무민(Moomin)'이나 '호비트(Hobbit)' 같은 캐릭터를 창조하는 것도 그 한 과제일 것이다. 새로운 판타지세계로 자유롭게 상상력을 펼쳐냄으로써 현실세계의 결핍을 선명하게 밝혀 보이고 전적으로 새로운 삶의 철학, 새로운 삶의 자리를 모색할 필요가 있기 때문이다. 공존형이나 분리형의 판타지도 저마다의 특성을 최대한 체현하는 방향으로 진전되어야 한다.

무엇보다 특정한 장르의 내적 유형들을 구분하는 것은 단순한 분류적 관심이 아니다. 그것은 특정한 세계의 양상에 접근하고 도달하는 독특한 방법을 앞질러 획득하는 것이다. 그러나 다른 한편으로 창작실천은 언제나 이론을 앞선다. 이론은 애초 탁월한 창작실천을 뒤쫓아갈 뿐, 앞질러서 존재하지 않는 작품을 구상해 보일 수는 없기 때문이다. 이론은 고작 그 단초만을 흘끗 엿볼 수 있게 할 따름이다. 오직 작가만이 작품으로 현재의 과제를 힘차게 헤쳐나갈 수 있다.

그런데도 정작 대부분의 작가는 기존의 방법에 안주할 뿐 새로운 실험에 인색하다. 물론 이러한 현상의 이면에는 지금의 어린이문학을 주도하고 있는 상업화된 출판의 논리가 개재되어 있다. 출판은 애초 개별 작품의 성취를 문제삼기보다 자사 상품 전체의 매출을 중시하기 때문이다. 그러나 작가가 똑바로 응시해야 할 것은 결코 시장의 동향이 아니다. 작가가 응시해야 할 것은 바로 자신의 작품이며, 자신의 작품과 행복하게 만나게 될 어린 독자들이다. 그래야 한다는 작가들의 결의 수준을 높이는 것이야말로 이 지지부진한 현상을 타개하는 가장 명료한 축이라는 것이 헛바람이 잔뜩 든 필자의 생각이다.

_『창비어린이』 2003년 가을호

현실주의 동화, 선 자리와 갈 길

현실주의론

1. 전진과 퇴행의 갈림길에서

새로운 세기, 어린이문학의 지형은 놀라울 정도로 변모를 거듭하고 있다. 특히 외적 환경의 변모, 그 가운데 출판 환경의 변모를 가장 두드러진 것으로 꼽을 수 있을 것이다. 이전 세기의 끝자락에 우후죽순처럼 고개를 내민 어린이문학 출판은 새로운 세기에도 여전히 전성기를 맞고 있다. 그 결과 어린이문학 작품은 이전과 비교할 수 없을 만큼 양적으로 확대되었다. 장르에 관계없이 뛰어난 외국 작품이 속속들이 번역되고 있으며, 이미 고전의 반열에 오른 예전의 좋은 작품들 또한 새로운 모습으로 재출간되고 있다. 그러나 가장 주목할 만한 출판의 경향은 단연, 쏟아져나오는 창작동화들일 것이다. 적어도 양적 확대라는 측면에서 어린이문학은 가장 풍요로운 시대를 구가하고 있는 듯이 보인다.

그리고 쉽게 믿기 어려운, 어린이문학의 융성은 다행스럽게도 당분간 지속될 전망이다. 이러한 전망이 그저 소박한 바람으로 그치지 않으리라는 것의 이유는 어린이문학의 인프라라고 할 수 있는 도서관의 변모에서 찾을 수 있다. 근래 '기적의 도서관'으로 지칭되는 어린이전용 도서관이 전국에 걸쳐 건립되고 있으며, 학교도서관의 내실화를 위한 기구가 조만간 발족할 예정이다. 뿐만 아니라 기왕의 자치단체가 운영해오던 도서관도 어린이 열람실을 전면적으로 확장, 재편하고 있는 즈음이다. 이와같은 어린이전용 도서관의 확장은 어린이문학을 포함한 어린이책의 지속적이고 안정적인 수요를 창출한다는 점에서, 나아가 직접 책을 구매하기 어려운 소외된 아이들에게 책과 조우할 수 있는 기회를 제공한다는 점에서 획기적인 변화가 아닐 수 없다.

그리고 문학을 아이들에게 중개하는 핵심적인 장인 학교교육 역시 변화의 가능성을 풍부하게 안고 있다는 점에서 주목할 만한 고리가 아닐 수 없다. 한국사회 전반의 역동적인 변화는 지속될 것이며, 따라서 학교교육 역시 기왕의 분절적인 기능과 파편화된 지식을 벗어나, 궁극적으로는 통합적인 인격과 창조적인 능력을 중시하는 방향으로 진전되어갈 것이다.

그렇다면 문학교육은 지금과 같이 기능에 따라 작품을 취사선택하고 재단하기보다 현재 출판, 유통되고 있는 작품을 교실로 끌어들이는 방향으로 변화되어갈 것이다. 동시대의 문학작품이야말로 살아있는 구체적이고 직접적인 경험을 다룬다는 점에서, 삶에서 부딪히는 실제의 문제를 폭넓고 깊이있게 성찰할 수 있는 기회를 아이들에게 제공하기 때문이다. 머지않아 문학작품은 문학교육의 자료에 그치지 않고, 삶의 문제를 다루는 여타의 교과나 통합적인 교과 운영에도 유용한 자료로 새롭게 자리매김될 것이다.

그러나 이들 다양한 외적 환경의 변화가 그저 낙관적인 것만은 아니다. 시야를 돌려 어린이문학 내부의 관점에서 조망할 경우, 외적 환경의 변화로 인한 수요의 증대가 자연스럽게 문학 내부의 역량을 숙성시키는 방향으로 연결되지 않는다. 공급자인 출판의 입장에서는 수요의 증대가 작품의 질에 대한 평가 자체를 경시하거나 유보하게 만들 것이기 때문이다. 더욱이 끝없이 돌고 있는 작업대는 작가들이 멈추어 서서 깊이 숙고할 시간을 기다려주지 않는 법이다. 어느정도의 수준만 유지된다면, 탁월한 예술작품과 외양만 그럴듯한 이류 작품을 굳이 구분하려 들지도 않는다. 셈에 골몰한 나머지 촘촘한 잣대 대신 성근 잣대를 들이대기 때문이다. 결국 어린이문학은 '상업주의'라는 또다른 장벽과 심각하게 대면하지 않으면 안 될 시점에 이른 것이다. 내적 성숙을 미처 이루어내기도 전에 찾아온 풍요, 그것이 우리 어린이문학이 직면한 가장 큰 위기의 실체다.

이미 상업주의는 유령처럼 작가와 독자들의 머리 위를 배회하고 있으며, 그 누구도 온전히 그 그늘에서 벗어날 수 없는 지경에 이르렀다. 근래 들어 작가들은 입도선매 형태로 줄기차게 작품을 만들어내고 있으나, 문학사를 밀고 나갈 정도의 선명한 이정표를 세우지는 못하고 있는 실정이다. 이러한 경향이 지속될 경우, 독자들은 머지않아 쏟아지는 작품의 더미에 묻혀 길을 잃고, 감동적인 작품을 대면할 기회조차 갖지 못한 채 어린이문학으로부터 등을 돌리고 말 것이다. 적어도 이러한 사태를 막기 위해서라도, 상업주의와 맞서는 작가들의 치열한 각성은 물론이거니와 비평의 기능을 회복하는 것이 급선무다. 작가와 비평가, 독자가 견고하게 연대하여 이루어내는 어린이문학의 자생력이야말로 출판의 공공성을 비롯해 외적 환경의 온당한 변화를 견인할 수 있는 토대다.

이 글은 이러한 문제의식을 바탕으로 최근의 창작동화들을 조망해보고자 한다. 물론 수많은 작품을 모두 문학사적 시야로 검토하는 것은 불가능하기도 하려니와 애당초 이 글의 취지도 아니다. 대상의 제한이 불가피한 것이다. 이에 이 글은 근래에 창작된 현실주의적인 작품, 그 가운데에서도 일정한 성취를 이루었다고 평가되는 작품을 대상으로, 그 작품에 경향적으로 나타나는 문제점을 분석하고자 한다. 현실주의적인 작품만을 거론하는 것은 무엇보다 이들 경향이 우리 어린이문학의 흐름에서 가장 두드러진 역사적 성취로 자리매김되어왔으며, 지금도 가장 왕성하게 창작되고 있는 주류의 양식이기 때문이다. 상대적으로 한층 두드러진 이들 작품이 지닌 한계를 규명함으로써, 어린이문학 전반이 지향해가야 할 지점을 앞질러 거칠게나마 답사해볼 수 있게 되기를 바란다.

2. 현실성의 결여와 희망의 형상화

무릇 모든 문학은 현실을 반영한다. 이는 현실주의의 가장 기초적인 명제다. 그러나 곰곰이 들여다보면 이조차 그리 단순하지 않다. 무엇보다 '되비춘다'는 의미의 '반영'이 마치 '투명하게 비춰 보인다'는 뜻으로 왜곡될 여지를 안고 있기 때문이다. 기실 특정한 현실이 문학작품 속에 드러나는 것은 생각만큼 단순하지 않다. 적어도 작품의 경우, 현실은 투명하게 반영되기보다 특정한 프리즘을 투과하여 반영된다. 작가라는 주체를 통해 걸러진 반영인 것이다. 모든 문학은, 또 문학 속에 재현되는 현실, 나아가 예술 속에 형상화되는 현실은 '작가'라는 오목하거나 볼록한 거울로 비춰 보인 현실이다. 존재하는 그대로의 현실이 문학 속에 고스란히 나타나야 한다는 발상은 경험적 현실과 예술적 현실, 곧 현실과 현실성을 혼동한 것에 불과하다. 문학 속에 재현된 현실성은 결코 날것 그대로의 현실 그 자체가 아니기 때문이다.

현실을 현실성과 등치시키는 것은 현실주의의 결여태인 자연주의의 전형적인 특성일 따름이다. 더욱이 그것은 현실적으로 가능하지도 적절하지도 않다. 졸라(Émile Zola)가 세계문학사에 남은 것은 자연주의라는 그의 방법이 아니라, 자연주의를 넘어선 예술적 실천 때문이다. 자연주의는 예술이기를 멈추고 다만 기록이기를 기꺼이 자처한다.

이러한 의미에서 반영은 거울의 이미지와 함께 등불의 이미지를 동시에 안고 있다. 세상이 문학 속에 비칠 뿐만 아니라, 문학으로 포착한 현실이 다시금 현실 속에서 작동하는 구체적인 힘으로 존재하기 때문이다. 그러므로 현실주의는 단순한 반영이 아닌 현실의 적극적인 형성, 변형, 재구조화를 동반하는 예술적 재현으로 규정되어야 한다.

현실성을 존재하는 현실과 명확하게 구분되는 재현된 현실성으로 규정한다고 해서, 그것이 현실과 무관한 채 자의적으로 설정될 수 있는 것은 아니다. 진정한 의미의 현실성이란 작품 내부에서 형상화된 현실이 실제의 구체적인 현실과 맺고 있는 정합성을 의미하기 때문이다. 엄밀히 말하자면, 현실성이란 예술적인 의장(意匠) 속에 존재하는 허구화된 현실이 실제의 현실과 맺고 있는 긴밀함의 정도를 지칭한다. 그리고 이 긴밀한 정합성은 존재하는 현실과 존재해야 하는 현실의 날카로운 변증 속에서 획득되며, 이렇게 고양된 현실성이야말로 어린이문학의 그릇된 편향을 교정하는 내적 계기로 작동할 것이다.

아직껏 우리 어린이문학은 과도한 계몽성과 소박한 낭만성으로부터 완전히 자유롭지 못한 것이 사실이다. 다만 예전과 같이 생경하게 드러나기보다 양자가 긴밀하게 결합한 채 예술적 한계를 노정하는 것이 차이일 뿐이다. 채인선의 『내 짝꿍 최영대』(재미마주 1997)나 고정욱의 『가방 들어 주는 아이』(사계절 2002)와 같은 작품이 여기에 해당할 것이다.

채인선의 작품은 최영대라는 인물의 현실적인 고통을 중심으로 그 고통이 누적되는 과정과 해소되는 과정을 섬세하게 다루고 있다. 그러나 울음을 통한 고통의 폭발을 효과적으로 제시하였으나, 이후의 서사 진행을 인물의 현실적인 관계 속에서 직조해가는 대신 작가의 낭만적 의식을 그대로 노정시키고 말아 자칫 현실의 고통을 호도해버릴 여지를 남기고 있다. 고통의 형상화에는 성공했으나 그 고통을 해소하는 과정이 지나치게 이상화되어 있는 것이다. 이는 현실의 역동성을 작가의 희망으로 단순하게 대체한 것이다. 그 결과 작품의 결말은 사족이 되고 말아 예술적 완결

『내 짝꿍 최영대』와 『가방 들어 주는 아이』는 현실에 바탕을 두고 있지만, 계몽적인 기획으로 말미암아 인물형상과 사건 전개가 지나치게 낭만적으로 경도되고 있다.

채인선의 『내 짝꿍 최영대』▲와
고정욱의 『가방 들어 주는 아이』▼

성을 저해하는 것으로 드러난다. 이는 명확히 현실과 현실성의 연관을 낭만적으로 이상화한 때문이다.

반면 고정욱의 작품은 이와는 또다른 편향을 보여준다. 『가방 들어 주는 아이』는 장애라는 현실적인 고통을 문제삼고 있으나, 정작 장애를 곁에서 지켜보는 한 아이의 마음결을 충분히 뒤쫓지 못하고 있다. 외부에서 주어지는 사건과 그 사건에 대한 내적 성찰을 통해 장애를 자기 삶의 한 부분으로 인식하는 데까지는 미치지 못하는 것이다. 오히려 외부에서 주어지는 보상을 통해 내적 갈등을 거듭해가는 것이 서사의 중심에 놓일 지경이다. 그럼에도 이야기의 결말은 충분한 계기의 진전도 없이 '더불어 함께 살아야 하는 삶'을 자각하는 것으로 끝맺고 있다. 주제를 표나게 드러내는 데에 집착한 나머지, 인물의 자연스러운 내면적 성숙을 무시하고 서둘러 서사를 종결짓는 것으로 끝나고 만다. 결국 작품 전반을 장악한 계몽적 기획이 인물들의 생생한 발전을 가로막은 것이다.

그런데 두 작품에서 나타나는 두 가지 상반된 편향들이 결코 엄격하게 분리된 것이 아님은 분명하다. 『내 짝꿍 최영대』의 낭만적 양상은 궁극적으로 계몽적인 주제의 기획으로 말미암아 강제된 것이며, 『가방 들어 주는 아이』의 계몽적 기획은 거꾸로 인물을 낭만적으로 이상화하는 것으로 종결된다. 인물의 이상화는 지나친 계몽성에서 초래한 것이며, 앞질러 존재하는 주제가 거꾸로 인물의 현실적인 작동을 가로막게 된다. 계몽적 계기와 낭만적 특성은 분리되어 존재하기보다 서로 긴밀하게 결합된 채 총체로서 한 작품을 형성하는 것이다. 물론 이 두 부정적 계기가 서로 결합하여 드러나는 작품의 경향은 분명 어린이문학의 역사적 발전이라고 평가할 수 있다. 분리된 채 극단적인 형태로 존재하던 이전 시대의 작품들과 비교할 때, 명확한 성취임은 부정할 수 없다.

그럼에도 이들 두 경향이 혼효된 작품이 끊임없이 창작되는 현재의 상태는 극복되어야 한다. 작품의 미적 완결성은 이들 두 경향을 온전히 극복했을 때 비로소 획득되는 것이며, 어린이문학이라고 해서 미적 완결성의 척도가 달리 적용되어야 하는 것은 결코 아니다. 그리고 이들 그릇된 편향을 극복할 계기는 의당 현실성 속에 내재되어 있음을 놓치지 말아야 할 것이다. 『내 짝꿍 최영대』의 경우 버스 안에서 모든 아이들이 우르르 일어서서 배지와 사탕을 건네주는 장면과, 그 사건 후 보는 것이 일시에 달라진 듯한 환상을 심어주는 내용은 비현실적이다. 또 『가방 들어 주는 아이』에서는 주어진 역할이라고 해서 자잘한 심리적 갈등에도 불구하고 한눈팔지 않고 묵묵히 수행하는 주인공의 수동적인 태도와, 뚜렷한 계기가 주어지지 않았음에도 자신의 역할을 긍정적으로 평가하고 또 내면화하는 과정 역시 비현실적이다. 결국 인물과 서사의 현실성을 강화하는 것이야말로 낭만적이고 계몽적인 계기들을 불식할 수 있는 유일한 내적 근거가 되는 것이다.

그런데 이들 만만치 않은 두 작품의 불철저한 현실성이 도대체 어디에서 연유하는 것인지 묻지 않을 수 없다. 이들 두 작품이 공통적으로 현실성을 이상화된 인물(들)로 압도해버린 것은 무엇보다 동화의 결말을 편협하게 이해했기 때문인 듯하다. 두 작품 모두 서사의 정점을 지나 종결 부분에서 동요하고 있다. 이는 인물들이 서사의 경험 속에서 성장하고, 마침내는 조화롭고 안정적인 화해가 이루어지는 것으로 종결되어야 한다는 강박관념에 사로잡혀 있기 때문이 아닌가 한다. 그것이 동화라는 독특한 장르가 지닌 요건에 부응한다고 생각한 것이다.

그러나 어린이문학 작품 속에서 형상화되어야 하는 현실주의적 계기로서의 희망은 낭만적 이상화와 다르다. 주관적인 열망으로 덧씌워지거나, 작가가 설정한 당위에 헌신하는 것은 희망이 아닌 또다른 억압일 따름이다. 진정한 희망이란 인물과 사건을 통해 한 사회가 어떻게 경향적으로 발전해가야 할 것인지가 포착되어야 한다. 사건에 직면한 인물이, 인물의 행위, 인식, 지각, 정서 등이 사건 속에서 어떻게 구체화되고 변모되는지에 따라 희망의 형상화, 곧 전망의 형상화가 풍부해질 수도 빈약해질 수도 있다. 자칫 현실성과 결부된 전망의 문제를 결말의 처리로 단순화시켜 이해할 경우 서사는 인물들 스스로의 내적 추동력을 잃어버리게 된다. 문제는 행복한 결말이 아니라 사건 속에서 확보된 인물의, 그리고 삶의 진정성인 것이다. 마치 시인 바이런(George Gordon Byron)이 언급한 대로 '질 것이

뻔한데도 사람은 싸워야 할 때가 있는 법'이듯, 문제는 이기는 것이 아니라 싸움의 과정에 놓여 있다.

이처럼 낭만적으로 윤색되지도, 계몽적으로 왜곡되지도 않은 희망의 현실성을 우리는 박기범의 「독후감 숙제」(『문제아』, 창비 1999)를 통해 확인할 수 있다. 이 작품의 결말은 가난이 부과하는 현실의 고통을 결코 왜곡하거나 은폐하지 않는다. 인물들이 처한 사회적 현실은 서사의 행정 속에서 더욱 실감있게 포착될 뿐, 어디에서도 극복의 단서를 찾아내기 힘들다. 그럼에도 이 작품이 아름다운 이유는, 또 이 작품이 희망의 담론을 강렬하게 온축하고 있는 이유는 인물의 내면에 건강하게 자리잡고 있는 진정성 때문이다. 서술자이며 주인공인 '나'는 자신의 삶을 왜곡하거나 과장하지 않고 깊이 응시하고 있다. 더욱이 자신의 삶을 폭넓은 사회적 연관 속에서 타자의 삶과 견고하게 연결하고 있으며, 이해라는 넓은 의미의 사회적 연대를 바탕으로 자신과 인간에 대한 희망의 끈을 놓치지 않고 있다. 현실성을 담지하면서도 낭만적 계기와 계몽적 계기 어느 하나도 일그러뜨리지 않은 채 형상화하고 있는 것이다.

3. 현실주의의 양식화와 일상성

지금 여기, 우리의 어린이문학은 거듭 제자리를 맴돌고 있다. 괄목할 만한 외적 성장에도 불구하고 근래에 들어 주춤거리는 것은 무엇보다 축적된 창작 역량이 그리 두텁지 못한 역사적 한계에서 기인할 것이다. 물론 전 시대에 오래도록 작가들의 발목을 잡고 있던 그릇된 아동관, 곧 낭만적 경향과 계몽적 경향은 현실의 변화를 읽지 못한 채 맹목에 사로잡힌 몇몇 구태의연한 작가의 전유물이 되었을 뿐이다. 그러한 작품이 여전히 양적으로 많은 편이며, 문단의 안팎에서 득세하고 있는 것도 사실이다. 그러니이는 이미 현실적인 동력을 상실한 전 시대의 잔존물일 따름이며, 자연히 실질적인 영향력 역시 그리 크지 않다고 할 수 있다.

문제는 전 시대의 경향이 아니라, 또다른 질곡으로 작용하는 현재의 창작실천이다. 그 가운데 하나는 분명 앞서 살펴본 낭만적 혹은 계몽적 양상을 여전히 탈각하지 못한 두 작품일 것이다. 그래도 전대의 작품에 비할 때 이들 작품은 두 경향을 발전적으로 해소하지 못하였음에도 불구하고, 적어도 과도하게 주관적인 결말의 구성을 제외하고는 흠잡을 데 없이 서사의 본질에 충실한 편이다. 다만 현실성에 바탕을 두고 서사의 행정을 추스르지 못한 것이 흠결일 뿐이며, 따라서 문학사적인 시야에서 견주어볼 때 결코 소홀하게 다룰 수 없는 작품들이다.

정작 현재의 창작실천에서 주요한 문제는 현실성을 전면에 내세운 작품들이 안고 있는 결함이다. 이 작품들은 현실의 법칙을 작품의 내적 현실 속에 충실히 반영하고 있음에도, 현실주의의 역동성을 체현하지 못한 채 그 언저리에서 고만고만하게 맴돌고 있다. 이러한 경향은 현실주의의 양식화라고 지칭해도 좋을 만큼 결정적인 한계를 노정하고 있다.

'생활동화'라는 협소한 양식적 명칭으로 지칭되는 이 작품들은 저마다 어린이들이 현실에서 겪는 어려움을 형상화하고 있다. 그러나 문제는 그것을 다루는 방식이다. 물론 고통 자체를 형상화하는 것만으로도 충분하던 역사적 시기가 있었다. 그러나 현실을 다루었다는 것만으로 높이 평가받던 시대는 이미 지났다. 현실을 다루었다는 것으로 면죄부를 받는 시기를 지나, 현실주의에 더욱 밀착되었는가, 현실을 제대로 다루었는가로 평가받는 시점에 돌입한 것이다. 그러나 현재의 창작 경향은 결코 그렇지 못하다. 무엇보다 우려스러운 것은 현실주의 동화들이, 판에 박힌 서사적 문법을 반복하는 장르영화와 마찬가지로 양식화되고 있다는 것이다. 그 대표적인 경향의 일단은 어린이문학의 대표 작가라고 평가받는 황선미의 작품에서 확인된다.

황선미의 『초대받은 아이들』(웅진닷컴 2001), 『들키고 싶은 비밀』(창비 2001), 『일기 감추는 날』(웅진닷컴 2003) 등은 우리 현실주의 동화의 현주소를 선명하게 밝혀 보이고 있다. 오승희의 『그림 도둑 준모』(낮은산 2003)를 비롯한 수많은 방계의 작품들도 다르지 않다. 거의 모든 현실주의 동화가 작가 혹은 작품에 따라 미세한 차이가 있기는 하지만 전체적으로 동일한 경향으로 귀착된다는 점에서 다를 바가 없다. 현실주의 동화의 양식화라고 명명할 수 있는 이들 특성과 진지하게 대면하지 않는 한, 우리 어린이문학의 현실주의는 당분간 답보할 수밖에 없을 것이다.

무엇보다 이들 작품의 가장 두드러진 특성은 '일상성'에 있다. 작품의 시작은 한결같이 주인공인 어린이가 겪고 있는 일상의 문제로부터 비롯된다. 물론 이 일상성에도 차이가 있다. 『초대받은 아이들』은 사회적인 쟁점으로 부상한 제재가 개인에게 투영되는 양상과 차이를 통한 극복의 가능성을 구체화하고 있다. 『들키고 싶은 비밀』의 경우는 특정한 시대적 국면에서 부상한 문제라기보다 보편적으로 경험할 수 있는 문제를 욕망과 관련시켜 개연성 있는 개인의 체험으로 상승시키고 있다는 점이 서로 다르다. 반면 『일기 감추는 날』은 개인의 내밀한 욕망과 사회적 관계 사이에서 제도적 장치가 맞서는 가운데, 사회적 자아와 개별적 자아가 서서히 대립해가는 양상을 탐구하고 있다.

그러나 문제는 이들 작품이 일상에서 한치도 비켜서지 못하고 있다는 점이다. 일상적인 삶의 경험으로부터 시작될 뿐만 아니라, 일상 속에서 사건을 경험하며, 다시금 일상에서 완결되고 있다. 물론 이러한 측면은 작품의 완결성이란 관점에서는 더할 나위 없는 단단함을 보증하는 것이기도 하다. 그러나 그 단단함이 현실주의의 역동성과 맞바꾼 것이라는 점에서 바람직한 성취라고 평가하기는 어렵다. 일상성으로 작품 전체를 일관할 경우, 작품은 자칫 도식화를 면하기 어렵다. 갈등을 해결하는 과정 역시 일상적 삶의 결 안에서 이루어질 것이며, 자연 시야가 협소해서 가정과 학교를 비롯한 일상이 펼쳐지는 시공간을 벗어나기 힘들다.

예컨대 『일기 감추는 날』의 동민은 그저 평범한 아이이다. 아니, 오히려 평범한 아이들보다 훨씬 더 "착한 애"였고, "아무 문제도 일으키지 않았고, 언제나 반듯했"(79면)던 아이이다. 그러나 고자질을 했다는 오해로 힘이 센 경수에게 따돌림을 당하고, 그와 동시에 아버지의 실직으로 문제가 불거지기 시작한다. 결국 동민은 경수의 폭력이나 집안의 분란 등 쓰고 싶은 것을 쓰지 못하는 일기를 더이상 제출하지 않는다. 그 벌로 청소와 마지막으로 교실 문을 잠그는 벌을 받지만, 마침내는 선생님의 배려와 경수의 인정으로 갈등이 해소된다.

이 작품은 '울타리' '열쇠' '비밀' 등의 주도면밀한 상징으로 연결되는 장치들이 사회적인 관습에 묻히지 않고, 스스로의 정체성을 모색해가는 징검다리 구실을 해낸다는 점에서 전반적으로 잘 짜여진 작품으로 평가된다. 그러나 갈등이 증폭되지 못한 채 서사 진행 속에서 주저앉고, 해결과정 역시 너무나 쉽게 처리되고 만다. 이는 갈등이 초래되는 시원에 대한 깊은 탐구 없이, 일상의 시야 속에 갇힌 채 개인과 개인의 협소한 관계로 단순화되어 있기 때문이다.

『들키고 싶은 비밀』 또한 다르지 않다. 주인공이자 초점화자인 은결이는 엄마 몰래 지갑에서 돈을 훔친다. 나쁘다는 것은 알지만, 자신만의 것을 갖고 싶고 친구들에게 되돌려주어야 하는 것도 있기에 매번 돈을 집어낸다. 그러다 결국 들통이 나고 혼나게 되는 이야기다. 그런데 작품에는 번연한 결론에도 불구하고 어떠한 계몽적인 목소리도 틈입할 여지가 없다. 인물들은 저마다 섭섭함과 미안함을 동시에 끌어안은 채, 어느 한편으로 쉽게 이끌리지 않는다. 미묘한 경계들이 날카롭게 맞선 채, 심리적인 부침을 거듭하고 있다.

"(…) 그래도 그렇지, 이게 뭐야! 돈이 필요하면 말을 하지……"

엄마 목소리가 떨렸다.

은결이는 고개를 더 수그렸다. 엄마가 울까 봐 걱정되고 미안했다. 그러면서도 엉뚱한 생각이 들었다.

'말했어도 안 줬을 거면서……'

순간 머리를 쥐어박고 싶었다. 이럴 때 그따위 생각밖에 못하다니. (110면)

이러한 중층적인 심리묘사는 작품의 곳곳에서 섬세하게 펼쳐지고 있다. 그러나 이 결 고운 작품 또한 일상성의 테두리를 어느 하나 벗어나지 못한 채 고착되어 있다. 주인공, 주인공의 형, 엄마, 아빠, 그리고 친구 경석과 그의 어머니, 잠깐 얼굴을 들이미는 선생님 등 일상의 테두리 안에서 인물들이 배치된다. 사건 또한 엄마의 지갑에서 돈을 훔치고, 형이 태권도 시합에서 0:6으로 지고, 엄마가 은결이의 잘못을 알게 되고, 아빠는 치주염으로 어금니가 빠지는 등의 자잘한 일상들이 조밀하게 배열되어 있다. 그러나 복잡다단한 심리와 미묘한 갈등 역시 형의 손으로 상징되는 "크고 단단"한, 그리고 "따뜻"(121면)하기도 한 가족의 울타리 속에서 해소되며, 상처도 치유되기에 이른다. 매끄럽게 설정된 가족은 고만고만한 일상적 문제를 겪으며 웃고 울며, 화를 내고 슬퍼하며 마침내는 행복하게 일상을 꾸려가는 것이다.

일상성 속에 깊이 침윤된 작품들이 갖는 두드러진 한계는 무엇보다 이들 작품이 모두 인물의 창조에 실패하고 있다는 점이다. 은결이나 한결이, 동민이와 민서는 그저 평범한 인물일 따름이다. 거칠게 서사를 밀어가는 인물도 아니며, 주어진 서사적 상황 속에서 독특한 자신만의 빛과 향기로 상황을 새롭게 변전시켜내는 인물도 아니다. 우리가 일상에서 언제 어디서나 마주칠 수 있는 이웃집의 아이들이며, 곧 우리 자신의 아이들이기도 하다.

그러나 현실 속에서 발견할 수 있는 아이들이 어떠한 매개도 없이 이야기 속으로 걸어들어와 작품 속의 인물이 되는 것은 아니다. 이야기 속의 인물이 되고자 한다면 여느 아이들과 같으면서 동시에 달라야 한다. 남과는 다른, 자신만의 독특함이 없다면 서사는 일상의 테두리를 결코 벗어나지 못한다. 인물을 둘러싸고 있는 상황이 한결같은데, 그 속에서 선택하고 고민하며 마침내 성장하는 인물의 독특함이 없다면 과연 그 작품이 독자적인 자신만의 미적 자질을 어디에서 확보할 수 있을 것인가. 치밀한 심리묘사만으로 감당하기에는 턱없이 부족할 것이다.

현실주의의 기율은 현실주의의 본질에 부합하는 이들 인물을 '전형적 인물'이라고 명명한 바 있다. 겉으로는 동일하면서도 비동일성을 자신의 내부에 담지한 인물인 것이다. 작품은 이 전형적이고 문제적인 인물의 창조, 성격의 창조를 통해 비로소 온당한 현실성, 역동적으로 변화하고 발전해가는 현실성을 확보할 수 있게 된다. 그렇지 못할 경우 자칫 자연주의적인 작품으로 전락하거나, 고작해야 삶의 일상을 고스란히 반추해 보이는 가운데 현실을 일정 정도 낭만적으로 윤색하거나 계몽적으로 억압하는 수밖에 없게 된다.

『몽실 언니』(권정생, 창비 1984)나 「나비를 잡는 아버지」(현덕, 1946)가 동시대의 고전으로 손색이 없는 것은 한없이 내어주기만 하는 희생의 모티프를 견결하게 붙잡고 있는 몽실이가 있기 때문이며, 또 한치도 물러섬 없이 자신의 인식을 감당하는 바우가 버팅기고 있기 때문이다. 물론 이들 인물은 현실의 척도로는 결코 쉽게 발견되는 인물이 아니다. 그렇다고 비현실적인 것이 아님도 분명하다. 우리는 언제, 어느 때든 이들 인물의 성정이 바로 우리 자신의 내부에 웅크리고 있음을 발견할 수 있다. 그 현실성을 우리는 우리 아이들에게서 소망스럽게 발견하고자 하며, 문학은 이를 앞질러 형상화함으로써 현실화한다. 문학과 예술이 지닌 본원적인 교육적 기능은 바로 이와같은 현실성의 완미한 성취를 통해 획득, 달성되는 것이다.

전형적인 인물형상의 부재는 필연적으로 주인공을 둘러싼 다른 부차적

인물들의 성격 창조를 저해하는 요인으로 작동한다. 주인공의 비동일성, 전형성이 확보되지 않는 바에야 부차적 인물의 특성이 살뜰하게 조명을 받을 가능성은 희박하다. 그 결과 작품의 인물 배치는 주인공과 부차적 인물로 명확하게 분리되어 드러난다. 차이와 동일성을 함께 나누어 가지며 다양한 목소리로 존재하는 대등한 인물이 아니라, 단일한 반응을 강요하는 일상의 틀 안에서, 조금도 다를 바 없는 인물로 평면화된 기능들만 나누어 가질 뿐이다.

이로 말미암아 부차적 인물의 기능이 지극히 협소해진 나머지, 관계의 역동성을 반영하지 못한 채 주인공의 깨달음을 위한 소도구로 존재하게 되는 것이다. 황선미의 작품에서 예외적인 인물은 고작해야 『초대받은 아이들』의 종결 부분에 등장하는 '기영'뿐이다. 그러나 이 또한 생동하는 개성으로 작동하기보다 갈등 해소를 위한 대안으로 제시될 뿐 의미기능이 협소하기는 마찬가지다. 결국 이들 부차적 인물의 몰개성적인 특성은 작품 속에서 담아내고 있는 서사적 경험의 진폭을 더욱더 협소하게 만들며, 인물들은 서사의 경험 속에서 내적 성숙을 이루어내기보다 특정한 문제상황에서 특정한 해법 하나를 거머쥘 수 있을 따름이다.

경험 내용의 일상성, 인물의 일상성과 나란히 현단계 어린이문학이 직면한 더욱 큰 문제는 이들 일상성이 중산층의 일상성이라는 점이다. 중산층의 일상성은 작가가 몸담고 있는 일상일 뿐, 아이들 모두를 감싸안을 수 있는 일상이 아니다. 오히려 이 중산층의 일상을 서사를 통해 확인하는 것조차 많은 아이들에게는 고통스러운 상실이거나 부러움을 자아내는 비현실적인 시공간으로 느껴질 것이다. 과제는 작가의 경험 세계, 아이들의 경험 세계를 밀도있게 재현하는 것을 넘어, 자유로운 현실주의적인 상상력을 적극적으로 끌어들여야 한다는 것이다. 이를 통해 경험의 내용을 확충하고 서사의 시공간을 확장하는 한편, 경험을 보는 시야 또한 다른 입각점에서 더욱 풍부해질 수 있는 장치를 확보해야 할 것이다.

이러한 필요성은 서술방식을 통해서도 다시금 확인된다. 이들 작품은 공통적으로 1인칭 서술자를 통해 이야기하거나, 3인칭일지라도 초점화자를 명확하게 어린이에게 고정시켜 현실을 포착하고 있다. 이러한 제한적인 서술자의 존재는 자연 경험을 더욱 실감있게 표현하는 효과를 갖는다. 어른의 관점으로 윤색된 경험이 아니라 아이들 자신의 경험을 있는 그대로 표출할 수 있는 것이다. 물론 이러한 관점은 계몽적인 기획을 덜이내고 현실의 경험을 섬세하게 드러낸다는 점에서 문학적인 진전으로 평가할 수 있다. 그러나 이 또한 어느 틈에 양식화되어 '제한된 서술자'의 제한성 속에 갇혀버리고 있다. 더욱이 이들 주인공은 대부분 저학년으로 설정되어, 폭넓은 서술의 시야를 획득할 개연성조차 놓치고 있다.

> 선생님이 내 어깨를 툭툭 쳐 주셨다. 나는 가슴이 콱 막히는 기분으로 돌아섰다. 눈물이 쏟아지려는 걸 간신히 참았다. 내가 억울한 걸 선생님은 알려고도 안 하셨다.
>
> (…)
>
> 진실을 밝혔는데 고자질한 것이 되어 버렸다. 도대체 일기를 왜 써야 하는지 모르겠다. 일기를 훔쳐보는 엄마도 밉고 검사하는 선생님도 싫다. 정말로 중요한 일이라면 머리에 담아 두는 게 낫겠다. (『일기 감추는 날』 52~53면)

인용된 부분은 아주 짧은 단문으로 이루어져 있다. 그리고 묘사된 행동에 뒤따르는 감정 언어들이 지속적으로 이어지고 있다. "가슴이 콱 막히는 기분" "밉고" "싫다" 등등 직설적인 감정 언어들이 주도적으로 배열되어 있다. 그로부터 다채로운 감정들이 섬세하게 걸러질 여지는 애초에 차단되고, 정서적 동일시라는 특정한 효과를 이끌어내려는 경쾌한 변주들만 거듭 강화되고 있을 뿐이다. 사려깊은 분별의 언어와 직설적인 감정의 언어들이 적절하게 융합되지 못하고 있는 이유는 애초 제한된 서술자가 갖는 한계를 자각하지 못하는, 작가들의 양식화된 서술방식 때문이다.

4. 역사의 현실주의적 전유와 계몽성

일상성을 중핵으로 하는 현실주의 동화의 양식화는 어린이문학의 지평을 거듭 폐쇄적으로 응축시키는 결과를 빚어내고 있다. 인물들의 심리를 어느정도 정치하게 묘사함으로써 실감을 더하고 있을 뿐, 독자의 정서·지각·인식을 낯설게 하고 요동치게 하는 이야기 자체의 힘은 잃어가고 있는 것이다. 지금으로서는 그나마 몇몇 판타지 작품이 이 결핍된 문학사를 메워나가고 있는 것이 위안이 될 따름이다. 그리고 우리는 이 판타지의 가능성이 상상력에 바탕을 둔 서사의 힘에 있음을 익히 알고 있다.

그렇다면 현실주의 동화 역시 일상을 넘어서는 상상력이 긴요하다. 물론 현실을 일상 속에 가둠으로써 조밀하게 응시하는 것 또한 현실주의적인 상상력인 것만은 분명하다. 문제는 그와같은 경향이 현실주의의 한 양상이 아니라, 전부이자 본질인 양 현재 활개를 치고 있다는 사실이다. 그것이 결코 바람직한 현상일 리 없다. 진정한 현실주의적 상상력은 일상에서 비롯되나 일상을 넘어서며, 일상을 넘어서나 다시금 일상으로 회귀하는 상상력이기 때문이다.

다행스럽게도 지금 여기에서 창작되고 있는 모든 현실주의적인 작품들이 일상에 갇혀 있지만은 않다. 주로 장편으로 창작된 이 작품들은 역사와 현실을 의식적으로 전면에 포진시킴으로써 일상성을 극복하고자 한다. 김옥의 『손바닥에 쓴 글씨』(창비 2002), 김우경의 『선들내는 아직도 흐르네』(문지아이들 2004), 장주식의 『그리운 매화 향기』(한겨레아이들 2001) 등의 작품이 그것이다. 이들 작품은 각기 다른 역사적 시기와 사건을 다룬다는 차이가 있다. 김옥은 1980년 광주민중항쟁을, 김우경은 식민지시대의 종군위안부

문제를, 장주식은 한국전쟁 이후 현재까지 영속되고 있는 미국의 침탈을 그려 보이고 있다. 그러나 이들 상이한 역사적 사건은 공통적으로 앞 세대의 기억 속에 깊이 각인된 경험이라는 점에서 현실적 삶의 일부를 구성하는 역사다.

무엇보다 작가들은 이들 사건의 현실성이 역사 저편으로 가뭇없이 사라지기 전에 역사적 경험과 그 경험의 의미를 다음 세대의 아이들에게 선수하고자 한다. 역사의 현실주의적 전유(專有)로 명명할 수 있는 이들 작품은 한결같이 고통의 역사를 탐구한다. 고통이야말로 현실주의가 전유의 대상으로 포착하는 중심적인 제재이기 때문이다. 따라서 이들 작품은 역사적 고통이 개인의 삶에 각인되는 과정을 담아야만 한다. 문학은 역사를 사건으로서가 아니라 개인의 삶에 종횡으로 얽혀든 구체적 세부로 드러내야 한다. 이 과정에서 작품은 개인의 삶을 매개로 과거의 역사적 사건과 현재의 역사적 의미를 중층적으로 형상화해야 하는 쉽지 않은 지점에 봉착하게 된다.

이뿐만이 아니다. 어린이문학의 자장 속에 구체화되는 역사의 현실주의적 전유는, 지나온 삶 전체를 경험하는 또다른 어린 주인공을 항상적으로 전면에 배치해야 하는 어려움이 부가적으로 존재한다. 따라서 개인의 삶과 역사적 사건은 현실주의 자체의 역사적 원근법을 도외시한 채, 현재적 의미에 압도되어 정당한 현실주의적 접근이 어려워질 여지를 언제나 남겨두고 있다. 이는 곧 작가의 열망으로 존재하는 계몽의 서사가 여타의 문학적 세부를 왜곡하고 단순화할 가능성과 대면하게 된다는 말이다. 그렇다면 과연 현재의 작품들은 이러한 제한을 어느정도 극복하고 있는지 묻지 않을 수 없다.

이러한 경향의 작품 가운데 특히 주목할 만한 작품은 김옥의 『손바닥에 쓴 글씨』다. 그런데 작품집 전반이 고른 성취를 보여주고 있는 데 반해 진지한 평가는 찾아보기 힘들었다. 현단계 비평의 부재를 단적으로 입증하는 사례가 아닐 수 없다. 이 작품집에서 역사를 현실주의적으로 다룬 작품은 표제작인 「손바닥에 쓴 글씨」다.

상수의 어머니인 숙희는 광주민중항쟁 당시 쌍둥이 오빠를 잃게 된다. 오빠는 동생의 생일선물을 사러 나간 끝에 시내에서 죽고, 그 주검을 발견한 숙희는 죄책감 때문에 부모에게조차 오빠의 주검을 감추기에 이른다. 결국 아들을 찾지 못한 어머니가 정신을 놓아버리고, 마침내는 숙희의 고백으로 어머니마저 숨을 거둔다. 자책을 견디지 못한 숙희는 제 스스로 집을 떠나 섬으로 흘러들어오고, 봄이면 견딜 수 없는 고통으로 미친듯이 방황한다. 마침내 상수의 아버지조차 아내인 숙희를 버리고, 어린 상수는 어머니를 외면할 수 없어 같이 살던 차에 어머니의 고통의 근원을 알게 되는 것으로 이야기는 끝을 맺는다.

아직껏 현재의 역사로 작동중인 광주민중항쟁을 어린이문학 속에 형상화하는 것이 쉬운 일만은 아니었을 것이다. 그럼에도 작가는 항쟁의 경과와 의미를 비롯한 일체의 가치평가를 배제한 채, 항쟁이 개인에게 전가한 내상에 집중함으로써 비극적 면모를 여실히 표현한다.

이 작품에서 역사적 사건이 초점화자인 어린이와 마주치는 방식은 서사의 진행을 좌우한다는 점에서 주목에 값한다. "이 꽃씨에는 기막힌 사연이 들어 있단다. 한번 들어 볼래?"(78면)로 시작되는 십여년 전의 이야기는 전적으로 어머니인 숙희의 설명을 통해 제시된다. 이 설명으로 비로소 또다른 주인공인 상수는 어머니의 마음을 옥죄어온 고통의 근원을 이해하게 된다.

이와같은 서사 진행은 『선들내는 아직도 흐르네』에서도 동일한 방식으로 제시된다. 농촌활동차 들른 채영은 식민지시대 종군위안부의 고통을 내면 깊이 안고 살아가던 무동 할배를 만나면서 역사의 현재성을 깨닫고, 이를 다시금 어린 주인공인 선재에게 들려준다. ""우리가 일본한테 나라를 빼앗겨서 꼬박 35년 동안 짓눌려 지낸 것은 알지!" 재영이 누나는 이렇

게 무동 할배와 임점남 할매 이야기를 시작했다."(78~79면)

두 작품은 동일하게 이미 사태의 전모를 알고 있는 인물을 통해 역사적 사건이 주인공에게 전수되고 있다. 물론 정보의 형태로 제시되기보다 주인공이 지니고 있었던 의문을 풀어가는 과정으로 제시된다는 점에서 진일보한 형식이라고 평가할 수 있다. 상수는 어머니의 이해하기 힘든 변화를, 선재는 무동 할배가 오랜 세월을 기다림 속에서 살아가는 이유를 이해하게 되는 것이다. 풍부한 구술을 통해, 혹은 당대의 정황 속에서 또 하나의 이야기로 서술되는 과거의 역사적 경험은 이야기 속의 이야기로 서사의 풍부함을 더하고 있다.

그러나 문제는 액자처럼 존재하는 이야기 속의 이야기와 현재의 이야기가 맺고 있는 관계다. 단적으로 두 이야기는 엄밀히 보아 서로 긴밀하게 연결되지 못하고 있는 것으로 보인다. 일상의 서사는 과거를 복원하기 위한 단서를 제공하는 것에 그칠 뿐 그 자체의 생동감을 지니지 못한다. 「손바닥에 쓴 글씨」는 설명을 위한 전제를 마련하는 것으로 현재가 표현되며, 『선들내는 아직도 흐르네』는 장편의 특성으로 인해 선재 또래 아이들의 놀이와 '혜림'을 대상으로 하는 미묘한 심리의 결들이 드러나기는 하나, 중심이 되는 서사는 여전히 무동 할배의 과거에 집중되고 있다. 결국 이 작품들에서 역사의 현실주의적 전유는 역사의 현재적 의미를 드러내기보다 거꾸로 과거의 의미를 복원하는 것에 치중하고 있는 것이다. 이는 양식화된 현실주의와 달리 오히려 일상을 왜소하게 만들며, 분명 또다른 편향이 아닐 수 없다. 결과적으로 현재의 어린이문학이 아닌 왜곡된 형태로, 역사를 제재로 택했을 뿐인 역사소설로 퇴행하고 있다는 느낌을 지울 수가 없다.

과거의 역사가 압도적인 우위로 서사를 장악함으로써 초래되는 결과는 어린이문학의 규율과 정면으로 배치되는 양상으로 펼쳐진다. 그 으뜸가는 양상은 어린이의 시각, 어린이의 경험으로 서사가 포착되어야 한다는 당연한 전제가 실종되고 마는 것이다. 이 지점에서 어린이문학의 현실주의는 현실주의 일반에 묻혀버리고, 어린이문학의 장르적 본질은 어디에서도 찾을 수 없게 된다. 이러한 특성은 과거로 단정짓기 어려운 현재의 역사를 다루는 『그리운 매화 향기』에서도 다르지 않다. 어린이의 시각으로 보아야 한다는 전제는 오십년 이상 진행되는 역사의 전개과정과 서로 조응하지 않으며, 결국 작품은 인물을 중심에 두고 사건과 나란히 성장하는 것으로 그려내기에 이른다. 이는 명확히 현실주의적인 작품은 될 수 있을지언정 어린이문학의 범주 속에 온당하게 자리잡기에는 한계를 드러내게 마련이다. 그 결과 『그리운 매화 향기』는 문제의식의 적실성에도 불구하고, 사건의 개요를 추적하는 일지 형식에서 그리 멀리 떨어져 있지 않은 것으로 평가된다.

이로부터 빚어지는 또다른 양상은 주인공 역시 어린이가 아닌 역사 자체가 되어버린다는 점이다. 종군위안부의 실상을 알리고, 광주민중항쟁에 관해 의문을 제기하는 단초를 제공하는 것이 서사의 본질일 뿐, 그 사건들을 바라보고 경험하고 느끼는 주인공의 인식·지각·감성이 중심이 되지 못하고 있는 것이다. 역사적 서사 또한 어린이가 이해할 수 있는 것으로 제시되는 데에 그치지 않고, 어린이가 느낄 수 있는 지점으로까지 고양되어야 한다.

물론 역사적 사건은 그 특성상 어린이의 시각과 경험의 틀을 벗어나는 것임에 분명하다. 그러나 작가가 알아야 할 것은 사건의 전개과정과 작품 속의 담론 구성이 결코 동일하지 않다는 점이다. 이 두 층위를 동일시함으로써 어린이문학을 예술의 범주가 아닌 기록의 범주로 폄하하는 오류가 초래되고 있는 것이다. 이들 작품이 적어도 기록과 설명으로 전락하지는 않았다고 할지라도, 서사가 어린이의 경험에 계몽의 언어로 수직 하강하고 있다는 것만은 부인하기 어렵다. 결국 주제의식을 얻는 대신 어린이문학의 장르적 본질은 홀대받고 있는 것이다.

끝으로 적시되어야 할 이들 작품의 특성은 당연하게도 서사의 중핵을 이루는 인물의 성격 창조에 실패하고 있다는 사실이다. 살아 꿈틀거리는 개성적 인물은 창조되지 못한 채, 이들 작품의 인물들은 역사의 부침 속에 잠복되어 있다. 이야기 속의 이야기에 등장하는 인물들은 「손바닥에 쓴 글씨」의 숙희나 『선들내는 아직도 흐르네』의 임점남 할매, 무동 할배처럼 역사의 피해자로 존재하거나, 이야기 밖의 이야기에 등장하는 상수나 신재처럼 소박한 개성만을 가진 박제된 인물로 형상화되는 것에 그치고 만다. 인물의 성격을 뚜렷하게 창조하지 못한 동화가 독자에게 오래도록 기억되기를 바라는 것은 아무래도 무리가 아닐 수 없다.

그러나 이런 다양한 문제에도 불구하고, 이미 밝혔듯이 이들 작품이 저마다의 장점을 지닌 채 전진을 거듭하고 있음은 물론이다. 「손바닥에 쓴 글씨」는 소재의 제한을 넘어서고 있으며, 『선들내는 아직도 흐르네』는 정교한 묘사를 통해 풍경의 이미지를 풍부하게 형상화하고 있다. 『그리운 매화 향기』는 역사의 진행과정과 성장해가는 인물을 중첩시킴으로써 역사의 현재적 의미를 충실하게 재현하고 있다. 따라서 이들 작품보다 더욱 심각하게 거론해야 하는 작품은 문학의 의장조차 제대로 걸치지 못한 채, 역사를 소재로 선택하고 있는 소재주의적 작품일 것이다. 김정희의 『야시골 미륵이』(사계절 2003)는 이 현단계의 수준을 여실히 입증하고 있다.

『야시골 미륵이』는 해방 직후의 좌우대립을 소재로 다루고 있다. 물론 소재를 다루는 관점은 '빨치산'에 기울어 있다. 주인공 소년 미륵이의 아버지를 통해 이 관점은 거듭 드러난다. 더러 다른 관점이 함께 제시되기는 하나, 미륵이 아버지의 이데올로기적 평가를 넘어설 정도는 아니며, 다만 삽화에 머무를 뿐이다. 적어도 소재와 관점이라는 측면에서 『야시골 미륵이』는 어린이문학의 새로운 영역에 해당하며, 비평은 적극적으로 그 공과를 검토해야 할 것이다.

그러나 이 작품은 오래도록 생각해온 것을 쓰고 싶다는 글쓴이의 절박한 열망에는 아랑곳없이 문학의 결여태로 독자 앞에 제출되었을 뿐이다. 우선 눈에 띄는 결함은 서술의 진행이 지극히 단조롭다는 사실이다. 예컨대 다음 인용을 보면 서술의 특성을 알 수 있다.

> 미륵이는 할아버지 눈치를 살폈다. 어머니는 벌써 저만치 밭이 있는 산쪽으로 걸어갔다.
>
> (…)
>
> 할아버지는 허락해 주지 않았다. 그러나 미륵이는 난리가 났다는 아랫마을이 궁금해서 할아버지를 따라가고 싶지 않았다. (11면)

인용된 부분은 『야시골 미륵이』가 서사를 진행하는 전형적인 방식을 보여준다. 간략한 인물의 심리묘사와 함께 설명을 통한 사건의 진행이 그것이다. 물론 이와같은 방식이 서술의 속도감을 높이는 방식이기는 하다. 그러나 전편이 이와같이 채워질 경우 문학작품에 최소한으로 요구되는 서술의 밀도는 실종되고 만다. 이러한 서술방식은 어린이문학의 장치로서의 단순성이라기보다 글쓰기 훈련이 부족한 아마추어의 소박한 글쓰기 방식일 따름이다.

서사를 진행하는 서술방식뿐만 아니라 "1945년 8월 15일, 일본 식민지에서 36년 만에 해방이 되었다고 태극기를 흔들면서 마을 잔치를 벌이던 게 사흘 전이었다"(16면)에서처럼, 최소한의 설명으로 제시되는 부분 역시 작가가 맨얼굴을 드러낸 채 직접적으로 설명함으로써 서술의 밀도를 한층 더 끌어내리는 데 일익을 담당하고 있다. 동화 역시 집중과 생략이라는 고유의 예술방법을 통해 빚어져야 한다는 원칙은 사라지고 설명과 대화, 단조로운 서술로 시종일관하고 있는 것이다.

더욱이 『야시골 미륵이』의 더 큰 결함은 어떠한 희망도 제시하지 못한 채, 역사의 희생번제로서의 삶을 전면에 노출하고 있다는 점이다. 비록 구인공 미륵이의 품성이 그 희망을 엿보게 하기도 하나, 역사의 거친 질주에 비할 때 지극히 왜소하거나 장식으로 존재할 따름이다. 그저 자연의 재해 앞에 무력한 존재들처럼, 인물들이 역사의 격랑에 이리저리 떠밀려다니는 것으로 시종하며, 결국 이야기는 가족사의 자연주의적인 기록으로 전락해 버리고 마는 것이다. 이들 자연주의적인 양상은 서사적 기능이 협소한 장면을 여과없이 보여주는 미니멀리즘으로 드러나기도 한다.

이밖에도 이 작품이 앞서 지적한 작품들의 한계 역시 고스란히 떠안고 있음은 물론이다. 그런데도 출판사는 작품에 대한 자각적인 평가는 건너뛴 채, 독후감 공모의 대상 작품으로 버젓이 등재함으로써 상업주의적 기획을 여실히 입증해 보이고 있다.

거칠게 살펴보았지만, 지금·여기 어린이문학에서 이루어진 역사의 현실주의적 전유를 평가하는 것은 쉽지 않은 작업이었다. 무엇보다 작품들의 면면이 어린이문학의 경계를 넓히는 것인지 아니면 어린이문학을 넘어 문학일반으로, 동화이기를 넘어 소설로 기운 것은 아닌지를 평가하는 것이 쟁점일 터이다. 역사와 현실이 마주치는 접점, 역사와 어린 주인공이 마주치는 접점을 넓혀가야 하는 한편, 역사의 이름으로 이루어지고 있는 상업주의와도 엄정하게 대결해야 하는 지점에 우리 어린이문학이 직면해 있다.

5. 현실주의의 진전을 위하여

지금까지 현실주의에 대한 우리 동화의 양상을 세 가지 경향으로 파악했다. 첫번째는 낭만적 이상화와 계몽적 이상화가 결합되어 나타나는 작품들이었다. 『내 짝꿍 최영대』와 『가방 들어 주는 아이』로 대변되는 이들 경향은 미적인 감동이라는 점에서 전대의 문학과 비교할 바 없이 진전했으나, 전망의 문제를 지나치게 단순화해 이해한 것으로 평가하였다. 두번째 경향은 일상을 중심에 두고 서사를 기획하고 있는 작품들로서, 황선미의 근작들이 대표적이었다. 이들 작품은 인물의 심리를 여실하게 드러내고 있다는 장점에도 불구하고, 전형의 창조에 실패하고 있다고 피력하였다. 끝으로 역사를 현실주의적으로 전유하고 있는 작품들을 또다른 양상으로 파악하였으며, 역사가 압도적인 우위로 서사를 장악함으로써 개성적인 현재의 인물들과 접점이 풍부하지 못하다는 결론을 끌어내었다.

그러나 현재의 창작 현실이 그저 답답한 것만은 아니다. 역동적인 상상력에 바탕을 두고 현실성을 밀도있게 진전시켜내고 있는 작품들이 전혀 없지는 않기 때문이다. 겉으로 보아 비슷한 경향인 듯하나, 다행스럽게도 새로운 가능성을 열어나가는 작품 또한 적잖게 발견할 수 있다. 작은 차이에 불과한 것처럼 보이기도 하지만, 이들 모색이 있기에 우리 어린이문학에 질정의 목소리와 함께 격려 또한 나란히 내비칠 수 있는 것이다.

일상성을 넘어서는 현실주의적 작품으로는 김중미의 『종이밥』(낮은산 2002), 『우리 동네에는 아파트가 없다』(도깨비 2002) 등을 들 수 있다. 현실주의적 기율에 가장 적합하다고 평가할 수 있는 김중미의 작품은 『종이밥』일 것이다. 이는 무엇보다 중산층의 삶이 갖는 안정적인 일상성을 전복시키는 가운데, 풍부한 서사적인 힘을 획득한 것으로 보인다. 특히 김중미의 작품 속에 담긴, 소외된 어린이에 대한 애정과 그로부터 획득된 건강한 전망은 소중한 것이 아닐 수 없다. 철이와 송이가 갖는 가족간의 강건한 유대야말로 이들 가족이 겪고 있는 비극적인 현실로부터 획득할 수 있는 가장 종요로운 것이기 때문이다.

『우리 동네에는 아파트가 없다』 역시 새로운 서사기법의 도입으로 긴 시간에 걸친 삶의 변화 혹은 삶의 고착을 탐구함으로써 현실주의 동화의 한 지향을 여실히 입증해 보인 것으로 평가할 수 있다. 비록 일기가 갖는 직접성으로 말미암아 서사 자체가 흐릿해져 있으며, 사건보다 서술사의

『종이밥』과 『우리 동네에는 아파트가 없다』는 일상성을 넘어 새로운 전망을 제시하는 한편, 독특한 서술방식을 실험하고 있다.

김중미의 『종이밥』▲과 『우리 동네에는 아파트가 없다』▼

의식에 초점을 두고 있는 것이 아쉽기는 하나, 이는 어디까지나 적극적으로 배제한 것이지 부각시키지 못한 것은 아니다.

공통적으로 이들 작품의 서술방식이 기존의 양식화된 그것과 판이하게 다르다는 것도 눈여겨보아야 한다. 철이의 관점에 기초한 『종이밥』의 서술방식이나 서술자를 변전시켜내면서도 주제의 밀도를 놓치지 않고 있는

『우리 동네에는 아파트가 없다』의 서술방식은 여타의 작품들과 다르다. 양식화된 작품들이 단일한 서술시점, 단일한 사건, 단일한 인물 들로 고착된 반면, 새로운 유형의 이 작품들은 자유롭게 각각의 내용에 적합한 독자적인 형식을 취하고 있다. 무릇 모든 문학작품은 저마다 독자적인 형식 탐구의 결과물로 존재한다. 개별적인 작품들은 저마다 독자적인 서술방식을 택하고 있으며, 그 진폭 또한 소설과 다르지 않은 건조한 방식에서부터 시적인 정갈함에 이르기까지 다양하게 펼쳐져 있는 것이다.

중산층의 관점을 쇄신하는 김중미의 세계인식과 그에 상응하는 서술방식의 새로움에 덧붙여, 우리 어린이문학은 한층 소재를 심화하고 확장해야 할 시점에 놓여 있다. 우리의 현실주의적 전통이 그러했듯 고통에 찬 아이들의 현실이 존재하는 곳이라면 어디든 작품은 섬세한 촉수를 들이밀어야 한다. 그렇다고 궁핍한 경제적 고통만이 아이들이 겪는 고통의 전부는 분명 아닐 것이다. 모든 현실이 전면적으로 어린이문학 속으로 삼투해 들어와야 하는 시점, 동심주의의 왜곡된 현실인식을 말끔히 불식해나가야 하는 시점에 우리 어린이문학이 당도해 있음을 깨달아야 한다. 그것이 『딱친구 강만기』(문선이, 푸른숲 2003)와 같이 탈북 어린이의 적응 과정이든, 성적 폭력이든 약물중독이든 모든 소재의 제한을 과감하게 넘어서야만 한다. 이를 위해 작가들은 근거없는 자기검열 대신 현실주의적인 상상력으로 현실의 모순과 고통을 포착해야 하며, 나아가 이를 넘어서는 희망까지 함께 그려 보여야 한다. 다만 어린이문학의 본질이 무엇인지 되묻는 회귀의 과정은 거듭 필요하다.

덧붙여 소재의 확장이 모든 것을 일거에 해결해주는 것이 아니라는 자각도 있어야 할 것이다. 소재의 확대와 함께 무엇보다 서사 자체를 강화하는 것이 긴요하다. 단순히 일상에서 손쉽게 발견할 수 있는 에피쏘드만으로는 풍부하고 밀도있는 서사를 창출하는 것이 애초 불가능하다. 일상을 넘어 동화 본연의 풍부하고 놀라운 상상력에 바탕을 두고 이야기성을 회복해야 한다. 더욱이 기존의 이데올로기를 온존 강화하는 소시민적인 상상력이 아니라, 전복적인 상상력으로 미래 세대들에 걸맞은 새로운 입각점에서 새로운 가치들을 창출하도록 진력해야 할 것이다. 현실성의 정당한 이해, 독자적인 서술방식, 소재의 확장, 서사성의 회복, 전복적인 상상력 복원 등등의 요건들이 충족되는 것이 곧 제대로 된 현실주의를 진전시키는 첩경인 것이다.

_『창비어린이』 2004년 여름호

3부
동화와 정치적 상상력

식민지시대 우리의 어린이문학사는 아직도 미답지와 다를 바 없이, 연구자의 손길을 마냥 기다리고 있다. 마해송과 이주홍은 상대적으로 많은 조명을 받았음에도 여전히 그 문학사적 의미가 온전히 복원된 것은 아니다. 비평적 관심이 절실하다.

어린이문학의 이데올로기적 가능성

마해송 작가론

1. 어린이문학과 이데올로기적 상상력

모든 예술은 이데올로기와 뗄 수 없이 관련되어 있다. 예술은 세계에 대한 예술가의 인식을 드러냄과 동시에 세계에 대한 일정한 가치평가들을 개진하고 있기 때문이다. 인식적 계기와 이데올로기적 계기로 지칭될 수 있는 이들 예술의 두 계기는, 서로 소통하고 작용하면서 예술작품의 미적 자질을 강화하기도 하고 훼손하기도 한다. 그리고 의당 아름다움과 추함을 평가하기 위해서는 평가의 준거가 마련되어야 하며, 그 준거를 이데올로기로 규정할 수 있다. 그러나 저마다의 예술 장르가 동일한 비중으로 이데올로기적 계기들을 실현하는 것은 아니다. 예컨대 음악과 건축은 문학에 비할 때 한층 추상적인 형식으로 이데올로기를 표출하며, 시는 소설에 비할 때 이데올로기적 추상성이 높은 편이다.

그렇다면 어린이문학이 이데올로기를 표현하는 방식은 어떠한가? 결론부터 밝히자면 어린이문학의 대표적 하위 장르인 동화의 경우 [illegible]

고 지칭되는 소설보다 더욱 직접적으로 이데올로기를 표현한다고 할 수 있다. 물론 이러한 판단의 근거를 정치하게 밝히는 것은 쉽지 않다. 여기에서는 다만 어린이문학이 갖는 본질적인 속성을 다시 한번 확인하는 것으로 논증을 대신하려고 한다.

어린이문학이 여타의 예술에 비할 때 상대적으로 이데올로기적 명징함을 갖는 근거는 두 가지 측면에서 찾을 수 있다. 하나는 어린이문학의 계몽적인 본질 때문이다. 계몽적인 속성이 어린이문학의 피할 수 없는 계기임은 누누이 강조해온 그대로다. 문학으로서의 어린이문학은 그 계몽성을 최대한 누그러뜨려야 마땅하나, 어린 독자를 전제로 한다는 점에서 계몽성을 전적으로 도외시하기도 힘들다.

교육의 기능은 궁극적으로 나는 누구이며, 내가 살아가는 세계는 어떠하며, 그 세계 속에서 함께 살아가야 하는 다른 사람들은 누구인지를 배우는 것이라고 요약할 수 있다. 이러한 기능은 어린이문학의 역할과 조금도 다를 바가 없다. 어린이문학 역시 어린 독자들에게 동일한 질문과 대답을 들려주고자 하며, 들려주어야 하기 때문이다. 작품을 읽으며 어린 독자들은 질문하는 방법과 대답을 모색하는 경로를 스스로 배워가야 하는 것이다.

물론 문학에 내재된 계몽의 계기들이 교육으로 혹은 교훈으로 대체되어도 좋다는 것은 아니다. 어린이문학의 계몽적 계기들은 교훈주의의 교훈과 달리 작품의 현실 속에서 탐구되어야 하는 것이지, 작품의 외부에 앞질러 존재하는 것이 아니기 때문이다. 적어도 작품 속에서 현실성 있게 표현된 계몽성은 어린이문학의 소중한 자산으로 평가되어야 하며, 파기되고 청산되어야 할 유제는 아니다. 문제는 계몽적인가 아닌가가 아니라, 어떤 계몽성인가에 달려 있다. 어린이문학이 이데올로기와 밀착되어 있는 것 역시 무조건 폄하할 일만은 아니다. 오히려 이러한 부정과 거부가 어린이문학을 오래도록 동심주의에 묶어두게 만든 족쇄가 되었음을 어린이문학의 역사적 전개 속에서 안타깝게 확인할 수 있다.

어린이문학이 이데올로기와 밀접한 또다른 까닭은 장르문학으로서의 속성 때문이다. 여기서 장르문학이란 특정한 구조가 내용과 형식에 걸쳐 반복적으로 표현됨으로써 작품의 개별적인 특성보다 일반적인 성격이 상대적으로 두드러지게 드러나는 문학작품을 뜻한다. 옛이야기가 어린이문학의 하위 장르로 안착할 수 있었던 것도 그 구조적 동질성 때문이며, 이는 창작동화라고 해서 다르지 않다. 비록 주제의 밀도나 제재의 편폭이 서로 다르기는 할지라도, 작품의 구조적 특성은 전반적으로 동일하게 변주되고 있는 것이 창작동화의 현실이며 나아가 특성이다. 이 또한 어린이문학의 독자가 어린이이기에 초래된 결과다.

어린이가 독자인 문학은 불가피하게 대중적인 예술형식일 수밖에 없다. 여기에서 고급문학과 대중문학의 질적 구분은 무의미하다. 다만 더 좋은 동화와 더 나쁜 동화가 있을 따름이다. 그리고 좋은 동화와 그렇지 못한 동화의 차이는 정도의 차이일 뿐, 종류가 서로 다른 질적 차이는 아니다. 어린이문학은 어린이 전체를 향해 열려 있는 예술이며, 따라서 그만큼 보편적인 지향이 강할 수밖에 없다. 언제나 한쪽 발은 실재하는 어린이들의 인식과 지각, 감정과 논리 속에 담그고 있을 수밖에 없는 것이다. 이처럼 불특정한 다수의 독자와 대면해야 하는 장르문학의 성격이 어린이문학의 본질적 특성이라는 진단이 맞다면, 장르문학으로서의 동화가 소설보다 이데올로기가 더욱 분명한 형태로 개진될 것임은 명확하다.

이처럼 동화와 이데올로기의 연관은 중층적이며 또 필연적이다. 따라서 동화를 이데올로기와 무관한 진공 속에 묶어두려고 해서는 안된다. 동화를 이데올로기와 분리해서 생각할수록 동화는 비현실적인 문학이 되며, 도피와 위안을 제공하는 오락물이거나 기존의 이데올로기를 재생산하는 순응주의적인 장치로 전락해버리게 될 것이다. 이를 막기 위해서는 오히려 동화에 개진된 이데올로기를 적극적으로 규명하고, 그 이데올로기가 기능했던 양상들을 공공연하게 평가하는 것이 바람직하다.

이에 이 글은 근대 어린이문학을 대표하는 작가의 한 사람인 마해송(馬海松, 1905~66)의 작품들을 통해 이데올로기가 작품 속에 드러나는 양상을 규명하고, 나아가 그 가능성과 한계를 살펴보고자 한다. 마해송의 작품들을 시금석으로 설정한 것은, 마해송이 우회하거나 은폐하지 않은 채 이데올로기를 담아내고자 의식적으로 노력한 작가라는 점 때문이다. 그는 최초의 작품인 「바위나리와 아기 별」에서부터 마지막 작품인 「그때까지는」에 이르기까지 수미일관 정치적 이데올로기를 형상화하고자 하였으며, 마해송의 어린이문학은 '저항'의 문학이라고 지칭될 만큼 정치적 현실에 대한 적극적인 대응을 창작활동의 중심으로 삼았다. 더욱이 올해는 그의 탄생 100주년이며, 이를 기념함과 동시에 이를 계기로 어린이문학의 역사에 미친 공과를 엄정하게 평가하고자 하는 기획 또한 더해져 있음을 밝힌다.

2. 마해송 동화의 쟁점

마해송은 1905년 1월 8일 개성에서 태어나 1966년 11월 6일 서울에서 작고했다.[1] 마해송은 「바위나리와 아기 별」을 비롯해 근대 어린이문학 형성기와 광복 이후 1950년대에 가장 왕성하게 활동한 동화작가로, 또 깊이 있는 문제의식으로 당대 사회를 날카롭게 비판한 수필가로 널리 알려져 있다. 특히 근대 어린이문학 형성기에 「바위나리와 아기 별」이라는 최초의 창작동화이자 판타지 동화를 창작하였으며, 1934년 최초의 창작동화집

1 마해송의 연보는 신수진의 「마해송 동화의 현실인식 연구」(단국대 대학원 1997)를 참조하였다. 이보다 포괄적인 연구 논문으로 한연의 「마해송 동화 연구」(전남대 대학원 1999)를 들 수 있으나, 인용된 내용이나 분석의 시각이 대체로 신수진의 연구에 기대고 있어 독창적이지 못하다. 그러나 한연의 「한·중 동화문학 비교 연구」(전남대 대학원 2002)는 주목할 만한 성과다.

인 『해송동화집』(개벽사)을 출간하였다. 이와같은 역사적 의미뿐만 아니라, 그의 동화는 "익살과 해학"은 물론 "삶의 모순을 드러내는 치열한 풍자정신"[2]을 담고 있는 작품으로 고평되고 있다.

특히 마해송은 1959년 『모래알 고금』(경향잡지사 1958)으로 '자유문학상'을, 64년 「떡배 단배」로 '제1회 한국문학상'을 수상했고, 이에 근거하여 "아동문학의 가치를 외부에 인식시켰을 뿐만 아니라 성인문학과 동등한 지위로 끌어올려 그 지위를 사회적으로 크게 향상시키는 데 공헌"[3]한 것으로 평가된다.

물론 그에 대한 부정적인 평가 또한 없지 않다. 드물기는 하지만 마해송의 어린이문학은 "아동 세계와 성인 세계의 중간에 위치"하고 있으며, "성인이 보는 아동 세계에 머무르고 마는 것"[4]이라는 지적은 마해송의 작품을 평가하는 또다른 관점으로 자리잡고 있다.

그런데 이 두 가지 상반된 평가는 기실 공존하기 어려운 것이다. 엄밀히 따지자면 "삶의 모순을 드러내는 치열한 풍자"라는 마해송 동화의 창작방법은 다른 한편으로 '성인의 관점'에서 벗어나지 않았기에 가능한 것이다. 풍자는 해학과 달리 현실의 심층에 존재하는 구조적 모순에 대한 명료한 인식과, 모순을 타개해나갈 현실적 방도가 차단된 상황에 대한 치열한 전망을 전제하기 때문이다. 따라서 풍자는 비판의 날카로움과 함께 요설로 전락할 우려를 항상 담고 있을 수밖에 없다. 풍자는 때로는 사회변혁의 무기로, 때로는 현실의 문제를 언어 속에서 해소하고 마는 지리멸렬한 자기만족으로 전락할 수 있는, 양날의 칼과 다름없는 것이다.

쎄르반떼스(Miguel de Cervantes)의 『돈 끼호떼 *Don Quixote*』(1605, 1615)나 스위프트(Jonathan Swift)의 『걸리버 여행기 *Gulliver's Travels*』

2 이재복 『우리 동화 이야기』, 우리교육 2004, 136면.
3 신수진, 앞의 논문 15면.
4 이재철 『한국아동문학작가론』, 개문사 1983, 43면.

(1726)는 어린이문학에서 제대로 된 풍자의 가능성을 단적으로 입증해준다. 이들 작품을 어린이들이 자신의 읽을거리로 끌어온 이유는 필연적으로 몰락해가는 전근대적인 허위의식에 대한 신랄한 풍자가 아니라, 상황이 촉발한 웃음과 환상이었을 뿐이다. 따라서 어린이문학의 풍자는 중층적이고 다의적인 해석을 가능하게 하는 한층 두터운 풍자여야 한다. 그렇지 못할 경우 풍자는 어린이문학의 독자적인 미적 질을 확보하지 못한 채, '성인의 관점'에서 날것 그대로의 교훈을 전달하는 시끄러운 확성기로 전락하고 마는 것이다.

마해송의 동화 또한 이 시험대를 통과해야만 한다. 과연 동화가 개척할 수 있는 풍자의 가능성을 확장한 것인지, 아니면 계몽적인 어린이관을 조금도 벗어나지 못한 구태의연한 교훈주의에 그치고 마는 것인지 재평가되어야 하는 것이다. 마해송 탄생 100주년과 사후 40년이란 시간적 거리는 그를 재평가하기 위한 새로운 출발점이 되기에 오히려 뒤늦은 시점이 아닐 수 없다. 다만 염려되는 것은 거의 40여년에 걸쳐 이루어진 마해송의 동화 세계를 지나치게 무딘 칼로 함부로 재단하는 일이다. 마해송의 작품들은 개별적으로 저마다 독특한 상황의 산물이며, 그 문학적 성취 또한 균질적이지 않다는 점에서 한층 섬세하게 접근해 들어가야 한다. 전체에 대한 평가가 아니라 개별 작품의 가능성과 한계에 대한 정밀한 탐사가 필요하다.

다만 본격적인 논의에 앞서 마해송의 문학사적 평가의 앞자리에서 거듭 거론되는 언급을 소략하게 검토하지 않을 수 없다. 그것은 마해송이 최초의 창작동화 혹은 창작동화집을 상재한 작가라는 평가다. 그러나 정작 '최초'라는 논의는 문학사의 시대 구분에서나 필요한 것이다. 더욱이 이 시대 구분이 본질 개념과 관련되지 않은 채 단순히 순서를 결정하는 것이라면 그다지 의미있는 논의는 아니다. 예컨대 이광수의 『무정』(1917)이 최초의 근대소설이란 규정은 시대 구분의 본질과 관련할 때 최후의 계몽기

마해송은 자전적 에세이 『아름다운 새벽』을 통해 작품 창작을 둘러싼 자신의 내면 풍경을 상세하게 보여주고 있다.
마해송의 『아름다운 새벽』(1961).

작품으로 평가될 수도 있기 때문이다. 문제는 작품이 당대의 독자들에게 끼친 미적, 이데올로기적 영향인 것이다.

더욱이 이들 역사적 의미로 자리매김된 「바위나리와 아기 별」 혹은 「어머님의 선물」이 1923년에 창작되고 발표된 것이라는 구체적인 근거가 없다면, 한층 신중하게 접근할 필요가 있다. 이와 관련된 마해송 자신의 언급은 자전적인 소회를 에쎄이 형식으로 풀어낸 『아름다운 새벽』(민중서관 1961)에 비교적 가감없이 나타나 있다.

> 고장 청년회의 간부가 되어서 큰 수해가 났을 때에는 수해 구제를 위한 연극을 하기도 하였고 기생 연주회를 열어서 걷힌 돈을 가지고 이웃 지방으로 출장을 가기도 했고 나의 슬픈 사정을 동화로 엮어서(강조—인용자) 어린이들을 모아 놓고 들려주기도 했고 그런 것을 노래극으로 꾸며서 어린이들에게 가르쳐 가까운 지방으로 돌아다니며 공연을 하기도 했었다. (35면)

이 인용에서 강조된 "슬픈 사정을 동화로 엮은 것"이 바로 「바위나리와 아기 별」이다. 이 시기가 대략 1923년이다. 마해송은 그전 1921년 토오꾜오에서 '일본유학생동우회' 극단의 일원으로 일본 각지를 순회공연했고, 귀국한 직후 고한승, 진장섭 등과 함께 문학클럽 '녹파회(綠波會)'를 조직하여 본격적인 문학 활동을 시작하게 된다.[5] 그리고 인용된 글에서처럼 '송도소녀가극단'을 도와 지방 순회공연을 하면서 동화를 구연했던 것으로 보인다. 이로 미루어볼 때, 「바위나리와 아기 별」이니 「이미님의 신물」을 앞질러 발표하였다는 『샛별』은 공적으로 간행된 잡지라고 단정짓기 어렵다. 또한 1926년 『어린이』지에 발표된 것과 동일한 완결성을 갖추고 있었을지도 의문이다. 실증적인 자료를 바탕으로 마해송의 작가연보가 완성되기를 기다릴 수밖에 없을 것이다.

3. 민족주의 이데올로기의 알레고리적 형상화

마해송의 작품은 크게 세 가지 유형으로 대별된다. 첫번째는 옛이야기를 재창작한 작품으로 「호랑이와 곶감」 「신기한 옥퉁소」 등이 있다. 이들 작품은 옛이야기를 근간으로 삼아 재화하거나 재창작한 것이다. 두번째는 비현실적인 상상력을 근간으로 창작한 판타지 작품들이다. 이들 작품은 다시 「토끼와 원숭이」 「사슴과 사냥개」처럼 알레고리에 기댄 작품들과 「물고기 세상」 「바위나리와 아기 별」 「떡배 단배」와 같이 독창적인 판타지 공간을 창조한 작품들로 구분할 수 있다. 세번째는 판타지가 아닌 현실을 바탕으로 구성한 작품들이다. 이들 작품도 『앙그리께』(경향잡지사 1959)와 같이 시종일관 현실을 포착하고 있는 작품들과, 『모래알 고금』처럼 서술의 장치를 판타지로 이끌어가고 있으나 정작 서사의 중심에는 일상의

5 마해송 「인생 노우트」, 『오후의 좌석』, 어문각 1962, 179면.

다단한 삶이 포착되어 있는 작품들로 나눌 수 있다.

이들 다양한 유형 가운데 문제적인 것은 두번째 경향과 세번째 경향이다. 첫번째 경향의 작품들 역시 마해송은 단순히 옛이야기를 재화하기보다 자신만의 독특한 이데올로기를 덧붙임으로써 재창작하고 있다. 예컨대 「호랑이와 곶감」이 전형적인 사례일 것이다. 작품에서 마해송은 우스운 이야기 혹은 어리석은 이야기인 원작을 토대로 여우와 호랑이의 갈등을 새롭게 창조함으로써 대립각을 날카롭게 세우고 있다. 여우는 호랑이가 곶감을 제일 무서워한다는 사실을 알고, 괴상망측한 탈을 쓰고는 곶감이라고 속여 호랑이들을 농락한다. 오랜 세월 고통을 겪던 호랑이들 가운데 젊은 호랑이 한 마리가 숙고 끝에 합심하여 곶감 굴을 치러 가면 될 것이라고 제안하기에 이르고, 마침내 짓쳐들어가 곶감이 소의 탈을 쓴 여우임을 밝혀낸다는 줄거리다.

이 이야기를 통해 마해송은 식민지시대 제국주의의 압제와 이를 극복하기 위한 전제들을 원작에 덧붙인다. 그리고 사려깊은 성찰과 힘을 모아 싸워나가는 것을 역설한다. 이와같은 방책이 당대 주도적인 어린이문화운동의 방향과 사뭇 달랐음은 특기할 만하다. 당시 마해송은 방정환과 함께 '색동회'를 조직했으며 『어린이』지를 작품 발표의 주요한 매체로 삼았으나, 방정환과 명확하게 구분되는 관점을 지녔음이 이 작품에서 드러난다. 방정환이 천도교소년운동의 맥락 속에서 발견한 어린이는 분명히 낭만적이고 순진무구한 어린이이자 민족적 현실을 타개해나갈 "공리적이고 성취지향적인 어린이"[6]라는 이중적인 가치를 담고 있었다. 그리고 이와같은 관점이 1930년대의 치열한 좌우파 대립 속에서 낭만적인 어린이관으로 기울게 된다. 그러나 마해송은 이와같은 관점과 단호하게 결별하고 있다. 「호랑이와 곶감」의 어디에도 낭만적인 흔적을 찾아볼 수 없다.

6 이기훈 「1920년대 어린이의 형성과 동화」, 『역사문제연구』 제8호, 역사비평사 2002, 27면.

방군과 우리들은 근년에 와서 오히려 상반하는 사이에 있었다. 우의는 여전 두터우면서도 방군의 『어린이』지 편집 방침과 아동 지도 방침에 대하여는 우리는 오히려 대립적 태도를 가지고 있었던 것이다. 말하자면 군의 영웅주의와 눈물주의를 극력 배척한 것이다.[7]

물론 이와같은 평가는 지나치게 단정적이며, 방정환 문학의 실상과는 다를 수 있다. 그러나 마해송이 방정환의 낭만주의적 어린이관과 단절하고자 한 것은 분명하다. 이와 함께 마해송의 관점은 "소년층의 계급적 각성과 이에 입각한 실천"[8]을 강조한 계급주의적인 어린이문학과도 구분된다. 마해송의 「호랑이와 곶감」에서 문제를 해결하는 주체는 계급적 주체라기보다, '젊은 호랑이'라는 새로운 세대의 새로운 의식이라는 일반적인 민족 주체로 봄이 타당하다. 이는 '신간회(新幹會)'를 중심으로 하는 좌우합작론과 일맥상통하며, 작품이 발표된 1933년은 신간회가 해소된 1931년 직후로 해소의 원인이 좌파의 적극적인 개입에 있었음을 고려할 때, 명확하게 좌파의 실천과 경계를 긋고 있는 것이기도 하다.

이 시기는 마해송이 일본에서 『모던 일본』지의 사장으로 활동하던 시기이며, 따라서 전적으로 일본에서 체류하던 시기다. 이는 곧 멀리 떨어져 있으면서 얻게 되는 객관적인 시야와 함께 제국주의 본국에 있음으로써 갖게 되는 일정한 편향이 민족주의 이데올로기를 확고히 하는 계기가 되었음을 뜻한다. 결국 「호랑이와 곶감」은 옛이야기를 저본으로 하고 있으나 작품의 주요한 내용은 알레고리의 형식 속에서 재창조된 것이며, 민족주의적인 이데올로기를 공고화하고 있음을 알 수 있다.

7 마해송 「방정환군」, 『사회와 인생』, 세문사 1953, 90~91면.

8 이기훈, 앞의 논문 21면.

이러한 알레고리적인 형식은 이보다 앞서 발표한 「토끼와 원숭이」라는 두번째 유형의 작품에서 이미 실험된 적이 있다. 1931년 『어린이』지에 처음 일부가 발표되고, 1933년 제목만 실린 채 내용은 검열로 삭제된 작품이다. “원숭이는 영악하고 싸움 싸우기를 좋아하고, 토끼는 노래하고 춤추며 즐겁게 살기를 좋아하였다.”로 시작되는 작품은 식민지시대와 해방 직후 미·소의 쟁탈전, 그리고 그 속에서 끝나지 않을 싸움을 계속하다가 마침내 모두 죽음에 이르는 이야기로 끝맺고 있다. 그리고 죽음 이후 새롭게 펼쳐지는 토끼들의 생명을 판타지적인 결말로 마무리하고 있다.

이 작품에서 두드러지는 것은 『어린이』지에 게재된 내용이 해방 이후 보완되면서, ‘뚱쇠’와 ‘센이리’란 외세를 상징하는 동물들이 새롭게 등장한다는 점이다. 애초 작품이 갖는 주제가 현실의 변화에 따라 확장된 것이다. 토끼와 원숭이의 대립으로 시작된 이야기가 제국주의적인 침탈에 제대로 대응하지 못한 채 광복을 맞기에 이르고, 그 결과 다시금 외세의 분쟁에 휩쓸리게 되는 과정이 누구나 알 수 있을 만큼의 명료한 알레고리로 연결되어 있다. 이로 미루어볼 때, 마해송은 이야기의 완결성보다 이데올로기적인 현실에의 개입을 더욱 중시하였음을 알 수 있다. 서사의 통일성이 현실적 요구의 화급함에 떠밀려 표류하고 있기 때문이다. 이 또한 철저한 민족주의적인 인식이 빚어낸 귀결임은 물론이다.

그러나 마해송의 치열한 이데올로기가 미적 성취와 나란히 진전되었다고 평가하기는 어렵다. 앞서 살펴본 대로 이데올로기적 개입이 서사의 통일성을 훼손하고 있을 뿐 아니라, 양식의 통일성 또한 현저하게 왜곡하고 있기 때문이다. 예컨대 「토끼와 원숭이」의 마지막 장면은 알레고리에 기초한 작품이 좁은 의미의 판타지와 뒤섞이면서 작품의 완결성을 무너뜨리고 있다.

맨 나중에 남은 놈끼리도 싸워서 다 죽어 버렸다. 까마득한 허허벌판에 뚱쇠와 센이리와 토끼들의 주검이 산더미같이 끝없이 누워 있었다.

하늘은 이것을 지저분하다는 듯이 여러 날 동안 눈을 내려서 하얗게 덮어 버렸다.

땅을 하얗게 덮어 버린 다음날이었다.

여러 날 동안 흐렸던 하늘에 달님이 뚜렷이 둥실 떠올랐다.

달빛에 비친 땅 위는 끝없는 눈벌판이었다.

달 속에서 떡절구를 찧던 토끼는 땅을 내려다보았다.

문득 절굿공이를 내려놓고 땅으로 뛰어내리는 것 같았다.

그때다.

눈벌판 눈더미 위에서 조그만 토끼 한 마리가 두 귀를 쭉 뻗치고 툭 튀어 나왔다.

저기서 또 한 마리가 툭 튀어나왔다.[9]

참혹한 죽음과 새로운 시작을 예감하게 하는 이 마지막 장면은 충분히 시적이다. 그러나 이는 한편으로 알레고리가 갖추어야 할 현실과의 엄밀한 상징적 조응을 포기한 것이며, 알레고리가 허락한 내적인 현실성을 방기한 것이다. 비록 비약을 통한 시적 종결로 작품의 이미지를 선명하게 마감했음은 분명하나, 이는 양식적 통일성과 장치로서의 알레고리가 갖는 일관성을 저당잡힌 결과 얻을 수 있었던 임기응변일 따름이다.

이러한 작품의 결함은 현실에 대한 정치적, 이데올로기적 개입과 다소 거리를 둔 채 창작된 또다른 알레고리적 작품 「사슴과 사냥개」에서도 동일하게 변주되어 나타난다. 현실에의 직접적인 개입 대신 자연과 인간, 생명과 죽음이라는 대립축으로 구성된 「사슴과 사냥개」는 전반부와 후반부로 나뉘어 있다. 전반부는 사냥개 '비호'가 사슴의 도움으로 덫에서 놓여

9 마해송 「토끼와 원숭이」, 『사슴과 사냥개』, 창비 1977, 128~29면.

「사슴과 사냥개」는 속도감 있는 서술방식, 반복과 누적을 통한 시적 리듬감을 잘 표현한 대신 현실성을 놓치고 있다.
마해송의 『사슴과 사냥개』 개정판(창비 2006).

나 치료를 받고 마을로 찾아드는 부분이며, 후반부는 학생을 만나고 또 염소를 구하기 위해 날카롭게 짖으며 사람에게 달려들다 마침내 죽기에 이르는 부분이다. 이 두 부분은 알레고리적 양식과 현실주의적 양식이 서로 단절된 채 결합되어 있다. 시점 또한 사슴을 초점화하는 장면과 비호를 초점화하는 장면이 선명한 내적 계기 없이 연결되고, 후반부에서는 통상적인 전지적 시점으로 시종하고 있다. 이와같은 시점의 무분별한 혼용과 이질적인 양식들의 자의적인 결합은 어린이문학의 단순성을 지나치게 안이하게 생각한 결과라고 볼 수밖에 없다.

그렇다고 「사슴과 사냥개」가 마해송의 어린이문학에서 차지하는 중요성을 전적으로 평가절하하는 것은 아니다. 속도감 있는 서술방식, 반복과 누적을 통한 시적 리듬감의 획득 등은 이전의 어린이문학이 쉽게 도달하기 힘든 측면임이 명확하다. 결국 마해송의 알레고리적인 장치를 바탕에 둔 작품들은 동화가 마땅히 가져야 하는 서사적 힘, 시적 리듬감을 획득했으나, 그 성취는 근대적인 이야기 장르에 요구되는 현실성을 희생번제로 삼은 성취였다고 평가할 수 있다. 그 이면에 작품의 현실성을 이데올로기적 요구와 맞바꾼 의식의 과잉이 개재되어 있음은 지금껏 살펴본 그대로다.

4. 파노라마적 구성과 이데올로기로서의 민주주의

마해송의 작품들 중 또다른 유형은 판타지적인 작품들이다 현실의 질서를 의식적으로 위반하고, 그 빈틈에 새로운 판타지적인 시공간을 창조함으로써 한층 자유롭고 심도 깊은 현실성을 얻어내고 있다. 「물고기 세상」은 꿈을 매개로 하여, 어린 소녀 영애와 물고기 똘똘이가 물속 세상을 여행하고 돌아오는 줄거리다. 또 「떡배 단배」는 주인공 갑동과 돌쇠가 현실을 떠나 섬이란 공간을 발견하고, 그 섬에서 두 주인공과 마을 사람들, '떡배·단배 사람들' 사이에 벌어지는 갈등과 대립을 다루고 있다. 그리고 모래알 '고금'의 눈에 비친 세상을 표현함으로써 기법의 측면에서 판타지적 장치를 활용하고 있는 『모래알 고금』은 고금의 시간적, 공간적 이동을 따라 세태를 묘사한 작품이다.

이들 작품에서 판타지적 측면이 작동하는 양상은 한결같지 않다. 「물고기 세상」이 도입과 종결을 제외하고는 여전히 알레고리적인 기법에 기대고 있다면, 「떡배 단배」는 전형적인 판타지로서 손색이 없다. 반면 『모래알 고금』은 판타지가 서술의 장치로 작용할 뿐, 서술자인 고금의 서사적 기능이 전혀 없다는 점에서 전체적으로 현실주의 작품이라고 보아도 무방한 수준이다.

앞서 마해송의 알레고리적인 작품들이 이데올로기의 과잉으로 말미암아 다채로운 의미의 중층성을 놓치고 있으며, 서사의 통일성과 양식의 일관성 또한 자의적으로 훼손하고 있다고 지적한 바 있다. 이는 「물고기 세상」에서도 동일하게 반복된다. 「물고기 세상」은 도입 부분에서는 물고기 똘똘이가 중심인물로 설정된다. 그러나 이 어린 물고기가 물고기 세상의 전모를 파악할 뚜렷한 계기를 제공하지 못한다는 현실적 이유로 작가는 영애라는 새로운 인물을 끌어들인다. 그로 말미암아 애초 알레고리로 시작한 작품이 현실주의로 전면적으로 탈바꿈하고, 다시금 판타지 공간인 물속 세상으로 들어가게 된다. 이제 영애는 '영애 아가씨'가 되어 서술의 중심적인 위치에 놓이고, 똘똘이는 영애와 물속 세상을 연결하는 기능만을 감당하고는 서사의 뒷전으로 완전히 밀려나게 된다. 그리고 영애가 꿈을 깨는 종결 부분은 다시금 완벽한 현실로 되돌아오는 구조를 갖추고 있다.

일단 판타지적인 구도 속으로 들어간 다음의 서사구조가 갖는 특성은 마해송의 동화에서 빈번하게 나타나는 파노라마적 구성이다. 단일한 서술 초점을 매개로 물속 세상의 이모저모가 차례로 펼쳐지고 있는 것이다. 이러한 파노라마적 서사구조는 그 특성상 서술 초점으로 설정되는 인물이 서사의 내부 속으로 파고들 여지가 많지 않다. 「물고기 세상」에서도 이러한 한계는 전면에 노출된다. 주인공인 영애 아가씨는 전적으로 피동적인 존재로 서사의 연결만을 담당할 뿐, 서사 진행에 어떠한 능동적인 관여도 하지 못한다. 그 결과 인물은 성장하지 못한 채, 넘쳐나는 서사를 수용하기에 급급하다. 이는 동화로서는 심각한 결격사유가 아닐 수 없다. 인물의 내적, 외적 성장이 경험 속에서 이루어지지 않는다는 것은 서사적 경험이 아닌 교술적 경험, 곧 주체가 소거된, 정보의 수용으로 그치게 됨을 의미한다. 영애의 초점에 눈을 맞추고 있는 독자 또한 「물고기 세상」에서 정보를 습득하는 것이지, 서사적 경험을 체득하는 것이 아니다.

비록 '어린 주인공'을 교육의 대상으로 설정하고 있기는 하지만, 작품을 통해 제시되는 이데올로기는 치열하고 또 현실의 모순에 대한 날카로운 통찰이 유감없이 나타난다는 점에서 이 작품 역시 마해송 동화의 특장을 잘 보여준다. 특히 이 작품이 발표된 1956년 즈음은 독재정권이 광포하게 민주주의를 유린하던 때였다. 어쩌면 마해송이야말로 동화의 의식적 사유로움을 빌려 현실의 모순과 정면으로 맞선 거의 유일한 작가일 것이다.[10] 작품 속의 '수상 거북'은 철저하게 희화화되고, 권력에 빌붙은 모리배들 역시 다채롭게 조롱당한다. 심지어는 물에 빠져 죽는 아주머니를 통해 작가는 '정치의 빈곤'을 제시하기도 한다. 그리고 이러한 비판은 궁극적으로 독재권력을 향하고 있으며, 민주주의를 역설하는 것으로 다음과 같이 명료한 표현을 얻고 있다.

> "바다 나라는 민주주의가 아닌가요? 우리 나라는 민주주의인데……"
>
> 영애가 물으니, 시장 위어는 어깨를 한 번 으쓱하며 말했다.
>
> "핫 민주주의죠. 원래 민주주의란 것이 바다 나라의 것인데, 하하, 거북이가 그것도 늙어빠진 것이, 하도 오랫 동안 그 자리에 앉아서 내놓지를 않으니까, 아랫도리들도 한패가 되어 그 자리에 오래 있으려면 거북이를 떠받들어야겠고, 아무리 잘나도 혼자서 오랫 동안 하면 민주주의 아닌 데로 가게 되는 거죠. 늙으면 욕심 밖에 없는 모양이어요. 저 밖에 없는 것 같고, 저 아니면 아무것도 안 된다는 생각이어요. 못나서 그래요."[11]

민주주의와 반민주적 세력이라는 이분법 속에서 마해송은 독재권력에 대한 신랄한 풍자를 구사하고 있는 것이다. 그리고 「물고기 세상」은 비판의 치열성과 함께 핵무기 개발이 야기하는 인류의 위태로운 운명을 생태주의적 시각으로 앞질러 실현해 보이고 있다는 점도 주요한 성취로 평가된다. 작가는 미·소 양국이 동서냉전체제를 유지·확장하기 위해 끊임없

10 「물고기 세상」의 발표연도는 명확하지 않다. 필자가 확인한 판본은 『마해송 아동문학 독본』으로 이는 1962년 을유문화사에서 출간된 것이다. 그런데 이 책에 수록된 「물고기 세상」은 작품의 말미에 1956년으로 그 발표연도가 적시되어 있다. 작품의 발표연도는 현실상황과 관련해 마해송 비판정신의 치열함을 알 수 있는 것이므로 이데올로기적 평가의 적실성을 위해서는 반드시 고증되어야 할 것이다.

11 『마해송 아동문학 독본』 97면.

이 군비경쟁을 자행하고, 그 단적인 표현으로 핵무기를 개발·실험해온 것을 생태론적 인식 속에서 엄정하게 비판한다. 예컨대 진보를 보는 다음과 같은 풍자적인 조롱도 마해송의 사회적 인식의 높이를 가늠하게 한다.

> "진보하고 문명한 인간일수록 손도 팔도 쓸데가 없지 않아요. 단추만 누르면 무엇이든지 할 수 있으니까. 모두 기계가 일을 해 주지요. (…) 발명은 필요의 어머니니까요."[12]

여기에 이르면 가히 마해송의 현실인식은 표피에 머무르지 않고, 본질에 깊숙이 육박해간 것으로 보인다. "발명은 필요의 어머니"라고 순서를 뒤바꿈으로써, 내용을 채우지 못하고 외형만 허겁지겁 추종하는 문명화의 허구성을 폭로한다. 마해송은 새로운 문명을 받아들이는 것만이 능사이거나 진보가 아니라는 것과 아울러 인간의 노동이 갖는 의미를 충분히 자각하고 있으며, 이를 폭넓은 생태적 인식 속에 온당하게 배치하고 있다.

노동이라는 인간의 실천에 대한 강조는 「물고기 세상」보다 앞선 1948년에 발표한 「떡배 단배」에서 가장 잘 드러난다. 「떡배 단배」의 두 주인공 돌쇠와 갑동은 밀려드는 외세와 서구문명에 대한 사람들의 수용 태도를 잘 보여준다. 갑동이 눈앞에 펼쳐지는 문명의 이기들과 현란함을 어떤 저항감도 없이 수용하는 데 반해, 돌쇠는 "나는 바닷가에 가서 고기를 잡고 싶어! 오막살이에서 짚신을 삼고 싶어! 수수깡 농사도 하고 싶고…… 나는 광을 지키고 있기는 싫어."[13]라고 외침으로써 노동하는 일, 생산하는 일의 소중함을 부르짖고 있다. 그러나 서사 진행에서 돌쇠와 갑동의 역할이 미미하고, 전쟁을 일으키는 동기나 전쟁 이후의 사건 역시 초현실적인 힘에

12 같은 책 107면.

13 마해송 「떡배 단배」, 『사슴과 사냥개』, 창비 1977, 74면.

의해 전개되고 만다. 「물고기 세상」의 영애와 다를 바 없이 인물들은 외세로 표상되는 '떡배' '단배'의 농간에 휩쓸려다니다 팽개쳐지고 마는 것이다. 인물의 성장이 없으며, 이데올로기가 압도하고 있다는 점에서 앞의 작품들과 다를 바가 없다.

판타지적인 장치를 활용하는 마해송의 작품 가운데 무엇보다 문제적인 작품은 『모래알 고금』이다. 자유분방한 상상력을 통해 이끌어낸 모래알 고금의 눈으로 과거와 현재는 물론이거니와 공간 또한 자유자재로 옮겨다니며, 당대 사회의 현실을 폭넓게 조망하고 있다는 점에서 탄탄한 판타지의 질서를 갖추고 있기 때문이다. 이러한 장점으로 말미암아 작품은 3부작[14]으로 완성될 만큼의 폭넓은 서사를 포괄하고 있다. 이 모든 것이 고금을 통해 파노라마적으로 서사를 구성할 수 있었기 때문이다.

그러나 『모래알 고금』이 갖는 서사적 장치의 진전에도 불구하고 정작 작품의 내용을 살펴보면 앞선 작품들에서 드러난 문제점들이 반복되어 나타나고 있다. 물론 양식적 혼용은 말끔히 가시었으나, 어린이문학의 독자적 질이라고 할 수 있는 인물의 창조가 균일하게 실현되지 못하고 있다. 예컨대 1부의 경우 작품 구조의 대부분은 김금순과 임영수의 연애담으로 채워져 있다. 비록 임이식이란 인물을 통해 서사가 비롯되고, 선희와 임이식이 서로 이복형제임을 알고 해후하여 새로운 가족을 이루면서 끝나고 있기는 하다. 그러나 엄연히 서사의 중심에는 두 남녀의 만남과 헤어짐, 그리고 서로 헤어져 보내며 그리워하는 장구한 시간들이 가로놓여 있다. 이와같은 서사의 중심축은 과연 이 작품이 동화 장르에 적합한지 의심하

14 『모래알 고금』 3부작은 『경향신문』을 주요한 발표지로 활용하고 있다. 1부가 1957년 9월 10일부터 58년 1월 22일까지이며, 2부는 59년 1월 7일부터 4월 30일까지, 또 연이어 60년 4월 27일부터 6월 17일까지 연재함으로써 완성된다. 3부는 다시 같은 해 6월 18일부터 61년 2월 1일까지 연재되었다. 이들은 1958년 『모래알 고금』(경향잡지사)으로 1권이 출판되었으며, 3권은 『비둘기가 돌아오면』이란 제목으로 학원사에서 1962년 출간되었다. 2권의 경우, 어른들이 주요한 인물로 등장함으로써 어린 독자들과 일정 부분 유리되었으며, 그 결과 출간되지 않은 것으로 보인다.

게 만든다. 이는 무엇보다 신문 연재소설이 갖는 특성에 기인하는 바가 클 것이다. 『경향신문』은 어린이용 신문이 아니며, 그곳에 지속적으로 연재하기 위해서는 독자인 어른들의 취향에 맞추어나갈 수밖에 없었을 터이기 때문이다.

그러나 이러한 문제점은 2부와 3부에서 어느정도 극복되고 있다. 이는 구체적인 '갑성'과 '을성'이란 인물을 창조할 수 있었기 때문이다.[15] 2부에서 특히 을성은 다소 어리석은 구석이 없지 않으나, 듬직하며 순수한 어린이의 형상을 지니고 있다. '식모아주머니'의 딸 명옥이 보낸 편지를 보고는 눈물을 흘리고, 불에 타들어가는 집에서 어머니 버선을 꼭 그러쥐고 나오는 아이이다. 도둑질을 강요받는 자리에서도 '도둑질을 해서는 안된다'는 마음의 소리에 귀 기울이며, 마침내 탈출해 나오기에 이른다. 그리고 전작과 달리 치밀한 서사전개 또한 돋보인다. 작가는 '도둑 신사'를 진작에 작품 속으로 끌어들이며, 화재 사건 역시 다각도로 복선을 제시함으로써 사건의 필연성을 마련해두고 있다. 이는 작가가 연재의 제한을 넘어 총체적인 시야 속에서 작품을 구성했기 때문에 가능했으리라고 본다.

그리고 다행스럽게도 이러한 가능성들이 3부에서도 지속적으로 이어진다. 더욱이 3부는 다양한 인물의 독특한 성격을 놓치지 않으면서 1960년대의 세태를 풍부하게 복원하고 있다. 그리고 독재권력에 대한 비판도 심심치 않게 작품의 전면에 포진하고 있다.

> 국민 누구든지 제 힘껏 일을 하면 먹고 살 수 있도록 마련하는 것이 나랏일인데 국민들이야 먹고 살 수 있건 말건 아랑곳이 없었습니다. 가난한 사람들이 굶어 죽어도 눈도 깜짝하지 않는 것들이 나랏일을 맡고 있었기 때문입

15 갑성과 을성은 작가의 다른 작품에서 이미 그 대체적인 얼개가 제시된 바 있다. 『마해송 아동문학 독본』에 수록된 「형제」라는 작품이 그것이다. 두 아이 중 한 아이만을 편애하던 아버지가 마침내 두 아이 모두가 소중하다는 점을 깨닫게 되는 이야기다.

니다. (『비둘기가 돌아오면』 30~31면)

현실정치에 대한 비판적인 평가와 함께, 3부에서는 4·19혁명 당시 데모대에 뛰어드는 사람들과 구두닦이 소년들이 서사의 주요한 비중을 차지하고 있다.

한편 마해송이 천주교에 입교함으로써 작품에 천주교 교리가 심심치 않게, 또 두드러지게 등장하고 있다.[16] 2부에서 을성이를 아껴주는 식모아주머니는 독실한 천주교 신자로 등장해 '하느님의 사랑'을 역설한다. 을성이 도둑의 무리에서 달아나 처음 가는 곳도 성당이며, 이곳에서 신부의 도움으로 아버지를 만나게 된다. 3부 또한 남의 집 고용살이를 하는 정남과 수남 자매의 대화 속에서 '하느님의 사랑'이 거듭 강조되고 있다.

천주교에 대한 일방적인 편향과 대조적으로 『모래알 고금』 1부에서는 식민지시대 공산주의운동에 대한 평가가 서사의 전체적인 맥락 속에서 하나의 에피쏘드로 등장하고 있다. 1부의 주요인물인 임영수 씨가 잘못된 결혼으로 방황하면서 (틈틈이) 가난한 이를 돕는 장면이다. 이를 위해 창수라는 가난한 인물이 전면에 부각되며, 그 가난의 이유가 다름 아닌 공산주의를 신봉하는 형 때문에 집안이 몰락한 것으로 간단하게 처리되고 있다.

창수 형님은 일본 유학을 가서 대학을 졸업하고 돌아왔었지만 만주로 중국으로 돌아다니고 집에 붙어 있지 않았습니다.

여기저기서 되는 대로 빚을 얻어서 돈을 많이 썼습니다. 빚쟁이는 창수 아버지에게 여러 사람이 찾아왔습니다.

김창덕이란 형님의 도장이 찍혀 있으니 아버지는 돈을 갚아주어야 했습니

16 마해송이 천주교에 입교하는 과정은 『아름다운 새벽』의 후반부에 상세하게 표현되어 있다. 그리고 『앙그리께』에도 작품의 주요한 모티프로 제시된다.

다. 빚을 갚아 주고 빚을 갚아 주고 땅을 팔고 또 땅을 팔고 했습니다.

해방이 되는 〔해〕 형은 새빨갱이가 되어서 나타났습니다.

형은 땅이고 집이고 모두 팔아버리고 어디론지 또 가버렸습니다. (183면)

마해송은 이 인용에서처럼 식민지시대 독립운동의 일환으로 이루어진 공산주의운동을 치지도외하고 있다. 간략하게 서술한 이 장면에서 돈의 사용처는 엄격하게 함구되고 있으며, 형은 집안을 몰락시키는 역할만을 충실히 수행하고는 작품 밖으로 밀려난다. 이와같은 이데올로기적 편향은 『앙그리께』에 더한층 뚜렷한 형상으로 표현되며,[17] 마해송의 이데올로기적 편견을 가감없이 보여주는 것이기도 하다.

5. 동화와 이데올로기의 통합을 위하여

지금까지 살펴보았듯 마해송 동화의 두드러진 특질은 치열한 현실인식과 그 현실을 타개해나가고자 하는 근본주의적인 창작실천이다. 그리고 이러한 인식과 실천을 근저에서 가능하게 만든 것이 마해송의 민족주의적·민주주의적 이데올로기다. 그러나 전반적으로 이들 이데올로기는 마해송 문학의 특질이기도 하지만 그다지 바람직한 양상으로 개화되었다고 보기는 어렵다. 적어도 동화 역시 예술의 일종이란 점에서 그러하다. 예술은 직접적인 가르침이라기보다 구체적인 삶의 세부를 보여줌으로써 독자가 스스로 가치를 형성하도록 만드는 것이다. 더욱이 예술은 뚜렷한 목적을 가지지 않음으로써 오히려 삶 자체를 깊이 응시할 수 있다는 것을 상기

17 졸고 「이데올로기적 편견과 현실주의적 방법의 충돌—마해송의 '앙그리께'를 중심으로」, 『어린이와 문학』 2004년 6월호 참조.(이 책 179~98면 참조)

할 때, 마해송 동화 속에 표현된 이데올로기적 실천은 문학적인 자질들을 약화시키는 방향으로 진척되었다.

그러나 마해송의 명료한 이데올로기가 전적으로 폄하되어야 하는 것은 아니다. 마해송의 문학적 실천은 식민지와 해방 직후의 혼란상, 한국전쟁과 이어지는 제1공화국의 파행적인 독재정치 등 어지러운 정치현실에 대한 명확한 태도 표명이었으며, 그는 이를 동화 속에 구현하고자 했다. 문학과 삶, 문학과 정치를 이질적인 것이 아니라 상동성 속에서 인식해야 마땅하듯, 마해송은 어린이문학과 삶, 어린이문학과 정치 또한 상동성 속에서 정당하게 자리매김하고자 했다.

더욱이 우리 어린이문학의 전통은 마해송의 이데올로기적 실천을 통해 더욱 분명하게 현실주의적 전통을 마련하기에 이르렀으며, 이 전통 속에서 오늘날의 어린이문학이 한층 더 풍요롭고 비옥해질 수 있었음은 물론이다. 따라서 마해송의 동화가 갖는 한계로 말미암아 동화와 이데올로기가 맺고 있는 불가분의 관련성조차 부정한다면, 이는 목욕물과 함께 아이까지 버리는 오류를 범하는 것일 터이다.

마해송 동화의 두드러진 문제점은 이데올로기 자체에 있다기보다 이데올로기를 드러내는 방식에 있다. 이데올로기를 설교나 교훈의 형태로 수직적으로 건네고 있다. 더욱이 「토끼와 원숭이」의 토끼, 「물고기 세상」의 영애, 「떡배 단배」의 돌쇠 등에서 알 수 있듯, 설교나 교훈을 받아들이는 인물을 피동적이고 무기력한 존재로 상정하고, 사태의 추이를 수용할 수밖에 없는 인물로 만들고 있다는 점도 간과할 수 없다. 이와같은 인물의 창조는 궁극적으로 어린이를 계몽의 대상으로 한정시켜 바라보게 만든다.

물론 마해송이 해방 이후 주로 일간신문을 발표 매체로 선택한 것에서 알 수 있듯, 계몽의 대상을 어린이에 국한하지 않고 당대 사회의 민중 전체를 향해 열어두고 있었음은 분명하다. 그런데 이 또한 동화의 본질을 흐리게 만든 원인으로 들 수 있을 것이다. 동화는 제대로 된 어린이의 눈으로 현실을 경험하게 될 때 비로소 어른들의 마음속에 감동을 불러일으킬 수 있다. 어른과 어린이의 경계에서 양자 모두를 만족시킬 수 있는 방도는 없다. 동화는 어린이문학의 본질이며, 어린이문학의 독자인 어린이에게 한층 더 밀착되어야 함을 배워야 한다.

덧붙여 마해송 동화의 이데올로기와 표리를 이루고 있는 '날카로운 풍자와 비판정신'에 관해 생각해볼 여지 또한 있다. 무엇보다 풍자와 비판정신은 지배적인 이데올로기와 날카로운 긴장을 이루어야 빛을 발한다. 지배적인 이데올로기가 목전에 존재하는 압도적인 현실 속에서 풍자와 비판이 제 기능을 다할 수 있는 것이다. 아버지의 존재를 앞에 두고 가부장제의 폭력성을 풍자할 수 있을 때, 식민지의 지배적인 권력을 눈앞에 두고 제국주의의 본질을 비판할 수 있을 때, 반민주적 독재권력의 치하에서 민주주의와 자유를 노래할 수 있을 때 동화의 정치적 실천은 예언자적인 울림으로 독자들의 공명을 이끌어낼 수 있다. 그렇다고 할 때, 과연 마해송의 동화가 치열한 현장성을 지니고 있었는지는 지속적으로 탐구해야 할 과제가 아닐 수 없다.

다만 한가지 분명한 것은, 마해송이 우리에게 건네준 「바위나리와 아기 별」 「꽃씨와 눈사람」이 이 질문에 대한 답이 될 수 있으리라는 점이다. 이 두 편의 탁월한 작품이 있기에 우리 어린이문학의 역사에서 이데올로기는 고형화된 이념이 아닌 풍부한 예술을 일구어내는 역동적인 원천으로 인식될 수 있다. 두 작품은 공통적으로 현실의 모순에 대한 치열한 인식으로부터 비롯된다. 전근대적인 조혼제도로 인한 개인적인 고통, 현실의 변화를 인지하지 못한 채 허위의식에 사로잡힌 권력에 대한 냉소와 조롱이 두 작품 속에는 각기 존재한다. 그리고 이들 고통의 현실이 타파되어야 하며, 또 반드시 극복될 수 있을 것이라는 희망이 작품 속에 존재하고 있다.

더욱이 이들 이데올로기를 표현하는 방식은 사회적·정치적 폭력성 앞에서 우회적인 방식으로 피력된다. 「바위나리와 아기 별」은 판타지의 형식 속에서, 「꽃씨와 눈사람」은 알레고리의 형식 속에서 미적 완결성을 유감없이 펼쳐 보이고 있다. 두 작품은 공통적으로 형식을 매개로 정치적 이데올로기를 표현하고 있는 것이다. 그 결과 서사의 통일성과 양식의 일관성 등을 획득하고 있으며, 어린 독자들에게 정치적 현실의 역사성을 뛰어넘어 여전히 깊은 공명을 건네며 읽힐 수 있게 되었다. 이 두 작품에서처럼 예술과 이데올로기, 동화와 이데올로기가 둘이 아니라 하나가 될 때, 우리 어린이문학은 바람직한 어린이의 발견에 한층 가깝게 다가서게 될 것이다.

_『창비어린이』 2005년 봄호

이데올로기적 편견과 현실주의적 방법의 충돌

마해송 작품론—마해송의 『앙그리께』를 중심으로

1. 동화와 정치적 상상력

마해송의 동화는 독특하다. 「바위나리와 아기 별」에서부터 『비둘기가 돌아오면』(학원사 1962)에 이르기까지 전편을 공통적으로 장악하고 있는 것은 정치적 상상력이다. 그의 동화에는 마치 배경음악과도 같이 정치와의 관련이 끊임없이 변주되고 있다. 「바위나리와 아기 별」이 자유연애와 가부장제의 권위에 대한 항변이라면, 『비둘기가 돌아오면』은 독재정권에 대한 혹독한 부정과 비판이다. 이는 『모래알 고금』(경향신문사 1958)에서도 다르지 않다. 주인공 을성의 아버지 '씰룩이 영감'은 명확하게 독재자의 형상이며, 이것은 4·19혁명 이후 쓰인 후반부에서 명료하게 실체와 연결된다. 「떡배 단배」는 미군정기의 상황을 풍자한 작품이며, 「물고기 세상」 역시 정치권력의 탐욕스러움을 곳곳에서 고발하고 있다. 거의 정치의 과잉이라고 불러도 좋을 만큼, 마해송의 동화는 현실정치에 대한 비판의 예봉을 날카롭게 벼리고 있는 것이다.

이와같은 양상은 동심주의에 깊이 침윤된 작가들에게서는 찾아보기 힘들며, 심지어 식민지시대 카프 작가들에게서도 쉽사리 발견되지 않는다. 다만 이원수(李元壽, 1911~81)의 『숲 속 나라』(신구문화사 1953)만이 이 도저한 정치적 상상력과 견줄 수 있을 따름이다. 그러나 이원수의 정치적 상상력은 적어도 『숲 속 나라』의 경우 예술적 상상력을 마모시킨 것으로 평가된다.[1] 판타지의 견고함에도 불구하고 현실과 맺고 있는 관련이 은유적으로 연결되지 못한 채, 직접적인 대응을 이루고 말아 현실이 기계적으로 유추되는 문제를 안고 있는 것이다. 이원수의 『숲 속 나라』에 비할 때, 오히려 마해송의 정치적 동화가 한결 서사의 본질에 가깝게 육박한 것으로 보인다. 현실이 전면적으로 형상화되는 가운데 정치가 서사 진행과 연결되어 표출되며, 사건의 진행을 촉발시키는 매개로 작동하고 있기 때문이다.

그러나 어린이문학에서 정치적 이념의 공공연한 표명은 평가하기가 쉽지 않다. 어린이의 눈으로 보자면, 정치적 이념은 자못 선악의 이분법으로 단순화될 수 있기 때문이다. 이같은 단순성으로는 정치적 차이가 선명하게 표현되지도 않을뿐더러, 어느 한편의 관점에서 다른 편을 재단하는 일방적인 양상으로 치닫고 말 우려가 있다. 물론 그렇다고 해서 정치와 삶의 관련 양상을 전적으로 배제하는 것도 역시 불가능하다. 정치를 단순히 현실정치로 협소하게 이해하는 경우는 물론이거니와 이데올로기적인 가치 평가까지 포괄하는 광범위한 개념으로 이해한다면, 작품의 정치적 인식은 동화 속에서 제시되는 삶의 세부와 불가피하게 관련될 수밖에 없다. 자칫 이를 무시할 경우 작품이 현실과 절연된 진공 속의 동심주의로 전락할 우려가 있다. 결국 정치와 어린이문학의 관련 양상은 '획일적인 정치적 평가'와 '비현실적 동심주의'라는 두 편향을 작품 속에서 극복해야 하는 것이 관건인 것이다.

---

1 졸고 「정치적 상상력과 예술적 상상력」, 『어린이문학』 2001년 9월호 참조.

그렇다면 과연 마해송은 온당한 정치적 상상력으로 작품을 조율하고 있는지 묻지 않을 수 없다. 일반적으로 마해송의 작품은 '날카로운 풍자정신'으로 잘 알려져 있다. 마해송의 작품이 현실의 정치적·사회적 상황을 우회적으로 작품 속에서 형상화하고 있으며, 그 형상화가 현실의 본질을 깊이있게 천착하고 있음을 평가하는 말이다. 그러나 우의에 기댄 작품이 아닌 경우 풍자는 뒷전으로 밀려나며, 오히려 현실인식이 더한층 선명하게 전경화된다. 더욱이 방법으로서의 풍자라는 잣대가 마해송 문학의 풍부함을 일률적으로 재단하고 말 우려 또한 떨치기 힘들다. 정작 그의 문학사적 의미는 정치적 상상력에 그치지 않고, 작품 속에 형상화되고 있는 다양한 층위를 통해 평가되어야 할 것이다.

이에 이 글은 마해송의 현실주의적인 작품 『앙그리께』를 통해 그의 정치적 상상력을 비롯한 이데올로기적 지향과, 그와 팽팽한 대립각을 세우며 펼쳐지는 현실성, 그 두 지향이 맺고 있는 연관을 규명하고자 한다. 이를 통해 마해송 문학의 본질적인 양상이 포착될 수 있기를 기대하는 것이 그저 지나친 욕심만은 아닐 것이다.

2. 시공간으로서의 한국전쟁

『앙그리께』는 작가가 밝힌 대로, 1955년 봄 『소년세계』에 두 차례에 걸쳐 연재를 시작하였으며, "그 해 8월 21일부터 10월 26일까지 『한국일보』에 60회를 연재하여 전편을 발표했고 1956년 6월 29일부터 9월 19일까지 『경향신문』에 82회를 연재하여 끝을 맺은"[2] 작품이다. 마해송은 이 책의 「끝에」에서 작품 창작의 동기까지 명시적으로 밝혀두고 있다.

2 마해송 「끝에」, 『앙그리께』, 경향잡지사 1959, 263면. 이후 이 작품의 인용은 면수만 밝힘.

1950년의 6·25사변과 1951년의 1·4후퇴라는 사건은 세상에 드믄 큰 비극이었다. 그 고비를 우리나라 어린이들은 어떻게 겪었나? 그 한 모를 엮어 본 것이다.

돌아가신 스승의 영전에 드리고 싶고 우리들이 환도하기 전에 텅 빈 서울을 내 집에서 돌아가신 최 마리아 마산 할머니와 어디로 끌려 갔는지 모르는 영애에게도 바친다. (263면)

여기에는 명확하게 '어린이들'의 관점에서 '어린이들'의 경험을 드러내고자 하는, 동화라는 장르에 관한 명료한 작가의식이 피력되어 있다. 뿐만 아니라 민족사의 가장 고통스러운 상처를 직접적으로 배경에 둠으로써 현실을 가감없이 표현하고자 하는 의도도 드러나 있다. 작품의 창작을 둘러싼 배경은 한층 상세하게 마해송의 자전적 에쎄이 『아름다운 새벽』에 기술되어 있다.

그 즈음 나는 6·25 사변과 1·4 후퇴를 돌이켜 생각하며 동화 한편을 쓸 계획을 세웠다.

내 아들 딸도 그렇지만 우리 나라 어린이들이 그 고난을 어떻게 겪었던가 한번 새겨보고 싶기 때문이었다. 간절하게 생각 나는 일이 있었다.

서울 집에는 대구 할머니와 함께 영애라는 열살짜리 계집아이가 남아 있었는데 공산군에게 납치되어가고 만것이었다.

피난 내려가서 살 때에도 아내나 아이들이 영애 이야기를 안하는 날이 없었고 환도 후에도 그러했다.

—영애가 잘 있을까?

—많이 컸을 거다!

—잘 있어야 할 텐데!

(…)

—아이참! 같이 올 걸 그랬어!

막내 딸의 말이었지만 다섯 식구 모두 똑같은 마음이었다. 가까운 아무도 없는 말하자면 고아였고 어떻게 어떻게 굴러 들어와서 같이 살게 된 아이였다.

환도 후 3, 4년이 지나도 밥상에 모이면 영애 이야기가 노상 나왔다.

나는 첫째 대구 할머니의 명복을 빌고 공산군에게 끌려 갔을망정 영애에게 복이 있기를 비는 마음으로 동화 한 편을 엮을 생각이 버쩍 치올랐다.[3]

결국 작품은 전란 속에 돌아가신 대구 할머니와 공산군에게 끌려간 영애를 위한 진혼곡인 셈이다. 그러나 마해송은 이 경험을 고스란히 작품 속에 되살리고 있지만은 않다. "동화 속에서 영애를 행복스럽게 해 주기는 쉬웠다"(『아름다운 새벽』 217면)라고 밝히고 있듯이, 이야기의 의장 속에서 인물이 새롭게 창조되고 있는 것이다. 영애는 실제의 경험에서처럼 공산군에게 끌려가고 남은 가족들에게 그리움으로 남겨지는 인물이 아니라, 작품 속에서 독자적인 자신의 삶을 어기차게 열어나가는 아이로 새롭게 형상화되고 있다.

그럼에도 작품은 여전히 진혼의 의미를 담고 있기에 현실의 경험을 단순한 모티프로 활용하는 선에서 머무르지 않는다. 인물들의 현실적 경험 자체를 왜곡하는 것은 진혼의 본래적 의미와 동떨어지기 때문이다. 살아 있었던 인물을 기리는 한편, 작가의 소망스러운 삶의 여정 역시 담아야 한다는 중층적인 요구가 작품의 실제를 조율하고 있는 것이다. 그 결과 경험적 현실과 상상적인 허구가 어느 한편으로 기울지 않고 팽팽하게 맞섬으로써 작품의 형성이 가능해졌다.

3 마해송 『아름다운 새벽』, 민중서관 1961, 216~17면.

무릇 격동기에는 역사와 개인의 관계가 확연하게 드러난다. 『앙그리께』는 이 흔치 않은 격동의 현실을 형상화함으로써 어린이문학의 지평을 확장하고 있다.

마해송의 『앙그리께』(1959), 장욱진 그림.

경험을 축으로 형상화된 작품의 시간은 엄밀하게 한국전쟁과 대응한다. 1950년 여름에서부터 1953년 휴전협정이 이루어지기까지를 시간적인 배경으로 설정하고 있다. 이 시기 전쟁과 관련되는 남한의 가족사는 자연 피란을 통한 이산을 중심으로 펼쳐지고 있다. 이산과 해후가 작품의 중심적인 축을 구성하는 것이다. 당연히 한국전쟁을 배면에 두고 있는 이산은 단순한 가족의 헤어짐과는 다르다. 현대사의 중심적인 결절점이 가족사 속에 편입될 뿐만 아니라, 동서의 이데올로기적인 갈등이 비롯되는 세계사 전반의 움직임과도 연관되어 있다.

무릇 격동기에는 역사와 개인이 이전의 느슨한 관련을 넘어 긴밀한 결합으로 고양되는 법이다. 세계사와 한국사, 또 개인의 가정사는 동일한 축선 위에 나란히 도열하기에 이른다. 이 흔치 않은 시기를 어린이문학이 형상화한다는 것은 그 자체만으로도 충분히 의미있는 작업이며, 어린이문학의 지평을 한껏 확장해내는 작업이 아닐 수 없다. 『앙그리께』를 통해 어린이문학은 조밀한 경험의 공간을 넘어, 또 비현실적인 우화의 공간을 넘어 전면적으로 역사적 현실과 대면하기에 이른다.

한국전쟁이란 시간적 배경은 자연스럽게 내적으로 공간적 배경을 규정한다. 그것은 곧 전선의 이동을 따라 삶의 배경들이 강제적으로 압출되는 형태로 드러난다. 시간과 공간은 분리된 채 존재하는 것이 아니라 '시공성'[4]이란 밀도 있는 서술의 장으로 결합되어 드러나게 된다. 『앙그리께』는 전선의 이동을 따라 남으로 또 북으로 인물들이 제각각 흩어져가는 것으로 서술의 공간을 확장하고 또다시 모이는 가운데 수렴해 들어간다. 더욱이 동일한 인물들로 하여금 이들 시공을 모두 체험하게 하는 대신, 인물들을 분리시킴으로써 각기 다른 운명으로, 다른 서사를 경험하게 만들고 있다. 주인공인 영애는 공산군에게 붙잡혀 북으로 올라갔다 내려오며, 민수를 비롯한 가족 전체는 남으로 내려갔다 올라오는 구도를 취하고 있다. 물론 이는 작가의 현실적인 경험으로부터 비롯되는 것이지만, 그럼에도 이와같은 안정된 구도를 통해 시공성이 한결 풍부해질 수 있었다.

이밖에도 마해송은 시공간의 확대와 나란히 애초 출발점이자 종착점을 이루는 '집' 또한 그곳에 마산 할머니를 남겨둠으로써 이산의 중심축들이 다시금 모여들 가능성을 언제나 마련해두고 있다는 점도 주목할 만하다. 개별적인 인물들의 동선을 좇아갈 뿐만 아니라 다시금 회귀할 수 있는 지점을 마련해둠으로써, 이 중심을 내면 속에 언제나 간직하는 가운데 남북으로 공간을 옮겨갈 수 있게 되는 것이다. 궁극적으로 고무줄을 늘이는 것과 다를 바 없이, 다시금 더욱 탄력적으로 원점으로 회귀하게 만드는 구성적 장치를 확보한 것이다. 물론 이는 한국전쟁의 돌발성이 갖는 특성이기도 하다. 소나기를 피하듯 모두가 잠시 피하는 것으로 생각했으며, 하여 가족 중 누군가를 남겨두거나 예기치 않은 또다른 이산을 경험하기도 했던 것이다.

4 시공성(chronotope)은 애초 바흐찐(Mikhail Bakhtin)의 개념이었으며, 이후 마리아 니꼴라예바(Maria Nicolajeva)가 어린이문학 속으로 도입하여 '시간 관계와 공간 관계의 본질적 연결'이란 의미로 소개한 바 있다. 마리아 니꼴라예바 『용의 아이들』, 김서정 옮김, 문학과지성사 1998, 183면.

이들 두 공간의 확장과 응축은 자연스럽게 여타 인물들이 가족 구성원을 넘어 서사 속에 개입해 들어올 개연적인 장치를 마련한다. 영애는 자신을 끌고 간 김동무를 만나고, 달아나는 길에서 죽어가고 있던 이상호를 만나며, 국군의 진격과 함께 구태식 중위를, 다시 양공주인 한순이를 만난다. 반면 민수는 트럭 위에서 차가운 눈을 맞다가 감기에 걸리고, 감기약을 건네준 계기로 고수경을 만난다. 또 잠시 정착한 대구의 살림집에서 옥순을 만나고, 그녀를 통해 구태식의 헤어진 동생인 구정숙을 만난다. 집에 홀로 남은 마산 할머니도 다르지 않다. 끌려가는 영애로 인한 충격으로 쓰러진 할머니는 뒷집 할머니와 교유하게 되며, 마침내는 천주님을 만나는 것으로 작품의 또다른 이데올로기를 전면에 드러내는 기능을 감당한다.

전쟁이 형성하는 시공성은 무엇보다 인물들로 하여금 기존의 일상적인 현실을 넘어서게 만들며, 일상 속에서는 결코 경험할 수 없는 다채로운 사건을 가능하게 한다. 시간과 공간의 확장으로 귀결되는, 이 풍부하고 다채로운 열린 가능성이야말로 서사의 역동성을 보장하는 것이며, 『앙그리께』를 독특한 어린이문학 작품으로 자리매김하게 하는 근원적 동력인 것이다. 그러나 이 풍부한 가능성을 어떻게 작품 속에서 구체화하고, 또 장점을 충분히 살리고 있는가 하는 점은 여전히 검토해보아야 할 문제가 아닐 수 없다.

3. 동심주의와 현실성의 공존

인물이 처한 배경의 압도적인 현실성과 함께 『앙그리께』에서 가장 돋보이는 것은 등장인물들이 살아있다는 점이다. 특히 영애가 돋보인다. 영애는 식민지시대 말기 일본에서 태어나, 해방과 함께 귀국하나 아버지는 돌아가시고 어머니조차 개가하는 바람에 홀로 버려진다. 그리고 걸식으로 동리를 떠돌다가 비로소 민수네 가족과 함께 살기에 이른다. 민수네 가족은 어머니와 아버지 그리고 세 아이들이 있으며, 여기에 영애와 마찬가지로 오갈 데 없는 마산 할머니가 있다. 이 집에서 영애는 집안일을 맡아하는 식모가 된다.

영애는 열살이다. "엉큼"하기도 하고, "똑똑"하기도 하다. 그러나 할머니와 함께 남겨진 영애는 공산군에게 끌려가고 만다. "보급투쟁"에 따라나서 양민을 학살하는 것을 지켜보다 마침내는 공산군이 "나쁜 사람들"임을 깨닫고 탈출을 결심한다. 탈출하면서 죽어가는 사람을 만나 가족들에게 소식을 전하고, 국군을 따라다니며 취사를 돕는다. 언제나 주눅들지 않고, 자신의 생각을 그대로 전하는 당찬 아이로 형상화되어 있다. 공산군인 김동무와 나누는 대화는 순수하면서도 당찬 영애의 내면을 잘 표현하고 있다.

"밤 마다 나와서 어두운 데서 무얼 하는 거야?"

영애는 대답을 하지 않았다.

그리고 혼잣말 같이 중얼거렸다.

"저 별은 우리 아버지, 저 별은 우리 어머니, 저 별은 나……"

"무엇이? 별이 영애야? 하하하…… 큰 일 났군!"

"왜?"

"별 같은 걸 보고 꿈을 꾸고 허튼 생각을 하고 시간을 보내는 것은 죄악야! 사람은 그저 일을 해야만 하는 거야!"

"일 다 하지 않았어!"

"또 일을 해야지! 그런 생각이 떠 오르지 않도록 일을 해야지. 그런 생각은 사상이 건전하지 못한 증거야!"

"사상이 건전이 무어야? 나는 이러고 있는 때가 제일 좋은데."

"큰 일 났군! 말하자면 총살감이란 말야!"

"무시라! 별하고 이야기 하는 것도 총살감야! 망할 놈의……"

"무어!"

김 동무는 벌떡 일어섰다. 그 눈은 총살할 때의 눈과 같이 매섭게 번뜩이었다. 영애는 기겁을 했다.

"앙그리께!" (76~78면)

"망할 놈의……"로 피력되는 영애의 감정적인 언사는 자못 진지하며, 공산주의 전반을 보는 어린이의 관점을 압축적으로 제시하고 있다. 자신의 생각을 거침없이 표현하는 어린아이의 눈을 통해 날카롭고 비판적인 관점이 획득되고 있는 것이다. 이 본원적인 시선, 순결한 시선은 자연 잔혹한 공산군조차 인간의 본성으로 기울게 만든다. 김동무는 얼마 지나지 않아, 오히려 영애에게 고마움을 표현하기에 이른다.

"…… 영애는 참 좋은 걸 가르쳐 주었어. 별을 가만히 바라보고 있으니 나도 어머니 생각이 나는구나! 나는 어머니를 아주 잊어버리고 있었어. 아니 잊어버린 게 아니지. 생각해서는 안 된다는 생각이지. 그런데 저 별은 정말 우리 어머니 별인지도 몰라……" (79면)

이처럼 순수한 영혼의 울림으로 존재하는 영애는 전쟁으로 왜곡되고 뒤틀린 모든 부정적인 현상들이 스스로의 본질을 비추어보는 거울처럼 작용한다. 양공주가 되어 아이들에게서 돌팔매질을 당하는 한순이 또한 영애를 매개로 진정한 자신의 삶을 찾아가기에 이른다. 마해송이 발견하고자 하는 어린이는 이처럼 인간의 본질을 고스란히 담지하고 있는 존재이며, 그 본질은 인간성과 가장 동떨어진 전쟁이란 상황 속에서 빛을 발하고, 세상을 비추는 것이다.

이와같은 어린이의 형상은 영애에만 국한되지 않는다. 고아원을 운영하면서 사리사욕을 채우기에 급급한 부모를 두고 있는 고수경은 제 부모이기는 하지만 어른들의 탐욕에 더욱 분명하게 쐐기를 박는다. 그리고 "미국에 가려면 딸라가 있어야 하고 땐쓰를 해야 한대. 엄마는 땐쓰 아주 선수다. 그렇지만 난 아버지 어머니 생각이 나쁘다고 생각해……"(56면)라고 말하며 명확하게 자신의 판단을 표현한다. 수경은 "정직한 사람"이 되고자 하며, "씩씩하고 참된 사람"이 되어야겠다고 민일이와 함께 다짐하기도 한다.

『앙그리께』에 등장하는 어린 벗들은 한결같이 현실의 모순과 위선을 말끔히 불식시키는 존재다. 이러한 점에서 마해송의 동화는 압도적인 현실성에도 불구하고, 동심주의에서 온전히 벗어나지 못한 것으로 보인다. 그러나 여타의 동심주의와 다른 점은, 그 동심이 역사적이고 사회적인 현실 속에서 형성된 동심이란 것이다. 현실을 초월한 동심이 아니라 현실 속에 뿌리내리고 있는 동심인 것이다.

구체적인 역사적 현실은 자연 주인공을 존재하는 인물이 아니라 작품 속에서 형성되는 인물이 되게끔 만든다. 영애가 그러하며 민수, 민일을 비롯하여 고수경 등도 다르지 않다. 이미 이러저러한 인물이 작가의 관념 속에 존재하는 인물이 아니라, 구체적인 현실과의 교섭 중에서 서서히 형성되어가는 인물인 것이다. 따라서 마해송의 동심주의는 전체적인 지향에도 불구하고 개별적인 인물의 행위와 인식이 자율적으로 작동해나감으로써 현실과 견고하게 밀착될 수 있는 여지를 얻게 된다. 이는 마해송 동화가 갖는 한계인 동시에 가능성이기도 한 지점이다. 동심주의에 바탕을 둔 현실성 혹은 현실성에 바탕을 둔 동심주의가 마해송 동화의 본질인 것이다.

그러나 어린 주인공들을 벗어나 인물이 어른들로 확장될 경우, 현실성은 더이상 생동하는 방향으로 작용하지 못한다. 어른들은 이미 고착된 관념으로 존재하기 때문이다. 서사의 행정 속에서 성장하는 존재가 아니라, 이미 자신의 관념 속에 집거하는 존재로 드러나고 만다. 공산군은 공산군으로서의 역할만을 수행하며, 국군은 국군으로 이상화되어 있다. 영애를 돌보는 어른 가족들 역시 이상화되어 있으며, 현실에 따른 삶의 깨달음이 결핍되어 있다. 그나마 변화의 계기들이 없는 것은 아니다. 공산군인 김동무만이 영애와의 만남을 통해 다른 면모를 드러내나, 그 또한 지속되지 못한 채 머물고 만다. 마산 할머니 역시 변화하는 인물로 그려지고 있다. 죽음을 문턱에 둔 마산 할머니는 뒷집 할머니에게 감화를 받아 천주교에 입교하는 것으로 묘사된다. 작가가 힘써 묘사한, 다시 서울을 수복한 이후의 첫번째 새벽 종소리는 이 변화를 상징적으로 표현하고 있다.

> 다음 다음 날 새벽이었다.
> 마산 할머니는 이상한 소리를 들었다.
> "뎅뎅그렁 뎅뎅그렁……"
> 눈을 비볏다. 캄캄하다. 내가 꿈을 꾸고 있는 것인가? 전에는 무심하던 이게 바로 성당 종소리가 아닌가? 뒷집 할머니가 두 달 동안이나 못 들었다던 그 종 소리가 아닌가?
> 소름이 끼쳐졌다.
> "뎅 뎅그렁 뎅 뎅그렁……"
> 종소리는 자꾸 더 크게 들려 온다. 마산 할머니는 몸을 일으켰다. 꿈은 아니다. 성당의 종소리가 분명하다. 뒷집 할머니에게 알려 주어야겠다. 얼마나 좋아할까. (110~11면)

이 장면은 속도감 있고 간결한 서술을 통해 할머니의 의식을 면밀하게 묘사하고 있다. 토속적인 신앙에 잠겨 있던 마산 할머니는 전쟁 체험과 홀로 남겨진 고립감에 시달리다 뒷집 할머니를 통해 기도와 신앙의 세계로 편입되어간다. 종교적 체험의 과정을 작가는 지나치다 싶을 정도로 상세하게 묘사하고 있으며, 교회의 풍속과 함께 의식의 변화과정 또한 정밀하게 표현하고 있다.

그러나 김동무의 파편적인 변모나 마산 할머니의 계획된 종교 체험 역시 넓은 의미의 관념적 형상임은 말할 것도 없다. 김동무의 경우 인간의 본성과 왜곡된 공산주의 의식을 대비시키기 위한 에피쏘드로 등장할 뿐이며, 마산 할머니의 경우는 전반부에서 형상화되었던 완고하고 단순한 성격과 뚜렷한 연관이 없어, 서사의 전체적인 진행에 견줄 때 일탈된 것으로 평가할 수밖에 없을 정도로 독립적으로 존재한다. 작가의 관념이 인물의 현실 탐구를 가로막고 있는 것이다.

도식적인 인물과 나란히 인물의 이상화도 서사의 현실성을 방해한다. 마해송의 자전적인 경험이 투영된, 영애와 마산 할머니를 돌봐주는 가족의 이미지는 전적으로 이상화되어 있다. 현실의 의미는 소거된 채, 오갈 데 없는 마산 할머니와 영애를 가족과 다를 바 없는 살가운 따스함으로 감싸안는다. 옥순 아버지와 어머니 역시 어떠한 이해관계도 없이 민애 어머니에게 장사를 주선해주며, 등장하는 국군들은 모두 영애를 보살피는 일에 적극적이다. 전쟁의 와중에도 불구하고, 사람들은 오히려 기품을 잃지 않고 이상적인 인간의 면모를 마음껏 발산하고 있는 것이다.

이들 이상화된 인물들은 인물과 인물이 맺어나가는 관계 자체를 단순화시킨다. 곧 주인공인 어린아이들이 필요로 하는 요구만을 충족시켜주는 것으로 자신의 기능을 수행한다. 영애를 도와주고 서울로 데려다주는 등의 역할만을 각기 수행한다. 민애와 친하게 되는 옥순 역시 구정숙을 만나게 하는 매개로 작동하며, 마침내 구태식 중위를 통해 민애의 가족과 영애가 동일한 서사 공간 속에서 연결될 수 있는 계기를 마련해준다. 결국 인물은 그 자체의 성격 창조에 이르지 못한 채 서사의 기능만을 수행하기에 이르며, 결과적으로 인물과 인물의 관계 역시 추상화되고 말아 서사의 우연성을 무한정으로 확대재생산하고 말았다.

4. 이데올로기적 단순성과 이분법적 인식

비극적인 한국전쟁 속에서 동심이야말로 참다운 인간의 본성이며, 전쟁을 획책하고 주도하는 인간의 면모는 모두 본원적인 것이 아니라는 인식이 마해송의 『앙그리께』를 관통하고 있는 기본적인 인식이다. 따라서 전쟁을 피해 뿔뿔이 흩어지는 사람들은 몇몇 특권층을 제외하고는 저마다 선량하기 이를 데 없는 것으로 낭만적으로 묘사되고 있다. 다만 공산주의자들만이 잔혹한 인간군상으로 명확한 가치평가 속에 표현되고 있다. 물론 김동무에게서처럼 아주 짧은 순간 본연의 모습을 되찾기도 하나, 그것은 서사의 진행과 어떠한 연관조차 맺지 못한 채 파편화된 경험으로 존재할 뿐이다.

적어도 한국전쟁은 2차대전 이후 새롭게 형성되기 시작한 동서냉전체제가 불러일으킨 것이며, 이 거대한 이데올로기적 쟁투가 한반도에서 비극적으로 투영된 것이란 인식을 마해송에게서 찾아보기는 힘들다. 마해송은 서울 수복 이후 직접 정훈관으로 전장에 참여하고, 이데올로기적 선전을 주도하였음에도 불구하고, 전쟁의 원인에 대한 통찰은 미흡한 편이다. 그 결과 전쟁을 구체적인 배경으로 한 채 인물들이 서사를 진행하고 있으나, 전쟁은 사건의 단서만을 열어 보일 뿐 인물의 삶에 적극적으로 개입하지 못한 채 배경으로 남고 만다. 오히려 인물의 삶을 규정하는 것은 현실을 넘어서는 관념 속에 형성된 인간의 본성이다. 이와같은 인식은 『아름다운 새벽』에서도 명확하게 표출되고 있다.

김소월의 영변까지 밀고 올라갔다가 난데없는 중공군의 징 소리를 듣고 도로 내려오면서 수긍되는 바가 있었다.

'그러면 그렇지!'

공산군이 저지른 잔인성이란 우리 민족성에 없는 일이라고 생각했던 내 생각이 들어맞았다는 생각이었다.

공산군이 쫓기게 되자 중공군을 디밀듯이 공산군이 저지른 잔악상의 가지가지도 모두 뒤에서 가르친 바가 있었기 때문이었으리라고 확신할 수가 있었다. (『아름다운 새벽』 173~74면)

이 인용에서 알 수 있는 바와 같이, 마해송은 전쟁의 이면에 외세가 개입되어 있다고 생각한다. "뒤에서 가르친 바" 잔혹한 살상은 외래적인 것이 민족성 안으로 파고들었기 때문이라는 것이다. 이를 막기 위해 마해송은 한층 적극적으로 민족에 내재된 정체성을 찾아나가고자 한다. 『앙그리께』는 그 일환으로 형상화된 작품이며, 곧 전쟁을 보는 마해송의 관점이 명료하게 표출된 작품이다.

이러한 이데올로기적 명료함은 작품 전반에 걸쳐 뚜렷한 계기로 존재하는 현실성을 현저하게 가로막는다. 단순한 인물의 도식화와 이상화는 이데올로기가 작품 구조에 가하는 억압에 견줄 때, 오히려 소박한 결함인 편이다. 마해송의 반(反)공산주의 이데올로기는 전형적인 관점에서 공산주의 이데올로기를 희화화한다. 날품팔이 짱구 아버지와 영애의 다음 대화는 이를 잘 보여주고 있다.

"우리두 피난을 가야겠는데…… 짱구 아버지는 안 가우?"

그러니까 짱구 아버지는 비슬비슬 뒤로 물러 서면서 이렇게 말했다.

"영애가 피난을 왜 가? 영애는 가만히 있으면 인제 집 주인이 될걸……"

"…그리고 민애네는 아랫방으로 내려가서 살고 영애 심부름 해 줄걸……"

그리고 싱글 싱글 웃었다. (18~19면)

그러나 정작 공산치하가 되자 짱구 아버지는 의용군으로 붙잡혀가고, 아이러니하게도 도망나와 숨어 지내는 신세가 된다. 공산주의는 날품팔이에게조차 적합하지 않은 체제로 전락하고 만다. 이후 이어지는 인민재판에 관한 묘사도 다를 바가 없다. 더욱이 영애의 시선으로 경험하게 함으로써 인민재판은 이해할 수 없는 죽임으로 제시된다. "동회 앞에서 인민 재판을 했어! 동회장하고 청년단장야! 새끼줄로 묶어놓고 '반동으로 규정한다!' 그리고 반대하는 사람은 나오라구래! 눈을 부릅뜨고…… 반대하면 반대하는 사람도 반동으로 규정한대…… 아무도 말이 없으니까 '그럼 총살!' 하고 드르륵 했어! 무섭드라!"(23면) 이와같은 난폭한 폭력은 영애를 끌어간 김동무의 보급투쟁에서도 거듭 반복되어 나타난다. 이들 경험 속에서 영애는 당연하게도 공산군을 "사람 같아 보이지 않는" 사람들로 규정하기에 이른다.

편협한 작가의 이데올로기적 시야는 영애라는 제한된 서술자와 등치됨으로써 더욱 단순화되어 나타난다. 영애가 공산군을 나쁜 사람들로 규정하는 것은 다름 아닌 공산군들이 "새벽녘이 되면 아무데나 빈 집에 들어가서 밥을 짓고 그집 장독에서 된장 간장 고추장 장아찌를 되는대로 끄집어내서 먹"(72면)기 때문이다. "영애는 속으로 그렇게 생각했다. 피난간 이 집 사람들이 돌아오면 얼마나 놀라고 슬퍼할까 생각했다. 서울집에 있는 된장 간장도 이렇게 다 쑤셔서 먹어버리지 않았을까 하고 생각하는 것이었다."(72면) 이와같은 제한된 서술자의 관점은 사태의 본질을 현격하게 호도할 여지를 갖는다. 원인은 저만치 밀쳐두고 현상으로 드러나는 사태만을 감정적인 불쾌함 속에 기술하는 것은 보수적인 작가의 이데올로기와 다를 바 없는 것이다.

결국 서사의 갈등을 유발하는 이데올로기 자체는 짱구 아버지와 김동무 등 이념의 내적 계기와 전혀 관련이 없는, 피상적인 인물들을 통해 제시된다는 점에서 제한적일 수밖에 없다. 그러나 작가의 관점과 가장 밀착되어 있는 구태식 중위를 통해 피력되는 공산주의 이데올로기 역시 '이론'과 '실상'을 구분하여 이해하려 든다는 점에서 전형적인 반공주의의 외피를 빌리고 있다.

"(…) 말이 그렇지 실상은 그렇지 않단다. 노동자나 농민은 더 못살게 되었고 장사도 할수 없고 똑 공산당원 놈들만 잘 사는 세상이란다. 그래서 사상이 좋은 사람이나 공부가 있는 사람은 모두 죽여 버려야만 다시 고개를 들 사람이 없고, 노동자 농민들을 마음대로 소 부리듯 부려 먹을 수 있다는 것이란다. 그래서 전에 우리 민족을 위해서 좋은 일을 한 사람이나 재산이 있어서 잘 살던 사람이나 공부를 많이 한 사람은 그놈들의 말을 고분 고분 듣더라도 얼마 안 가서는 결국 무슨 트집을 잡든 트집을 잡아서는 죽여 버리는 거야……"

"아유 망할 자식들! 맘뽀가 아주 나쁜 놈들야! 어쩐지 나도 그놈들을 보기만 해도 징그러워. 사람이 아니고 마귀지."

영애는 공산군 김 동무를 생각하는 것이었다. 생각만 해도 소름이 끼쳐졌다. (103~104면)

공산주의에 대한 정서적인 반감이 국군에 관한 전폭적인 애정으로 이어짐은 자연스럽다. 극단적으로 선택된 마해송의 이데올로기적 기저는 죽어가기 직전의 인물이 국군의 진격을 맞아 만세를 부르는 다음 장면에서 더한층 증폭되어 나타난다.

우루루루 산이 무너지는 것같은 소리가 났다.

"잉! 탱크다! 국군일게다! 보아라! 국군이지……"

영애는 발딱 일어섰다. 산더미같은 시꺼먼 것이 우루루루 달려오고 있었다. 태극기가 보였다. 탱크 위에 꽂은 태극기가 펄 펄 날리고 있었다.

"국군이야요! 국군 탱크야요!"

영애는 소리 지르고 뛰어 나갔다.

"국군이지…… 국군 만세……"

그 사람이 국군 만세를 부르는 소리를 뒤로 듣고 영애도 따라 만세를 불렀다. (88~89면)

"공산군에게 붙들려서 북으로 끌려가다가" 빠져나온 사람이기는 하지만, "국군 만세"라고 되뇌며 마지막 숨을 거두는 장면은 아무리 보아도 비현실적이다. 그러나 마해송에게 작품은 두 인물에 관한 진혼임과 동시에 한국전쟁에 대한 명료한 이데올로기적 평가이기에, 현실성은 점차 작품을 견사하는 중추로 작동하지 못한 채 뒷전으로 밀려나기에 이른다. 이와같은 일방적인 이데올로기적 평가가 기독교적인 이데올로기와 결합되어, 모든 것을 '천주의 뜻'으로 돌리는 것은 한편으로 당연한 귀결이기도 하다. 애초 보수주의적인 이데올로기는 종교적인 이데올로기와 마찬가지로 현실을 승인하는 관점에 터하고 있기 때문이다.

5. 문학사적 평가를 위하여

마해송은 근대의 어린이문학, 특히 동화에서 결코 잊어서는 안될 주요한 작가 중 한 사람이다. 최근 그의 이름을 내건 문학상이 제정되었다는 반가운 소식을 들었는데, 일견 뒤늦은 감이 없지 않다. 그러나 그의 문학상뿐만 아니라 문학적 업적의 평가는 당연히 한국의 근대 어린이문학에 끼친 그의 공과를 정당하게 평가하는 바탕 위에서 이루어져야 함은 물론이다.

무엇보다 두드러진 마해송 문학의 특장은 그의 작품 속에 내재된 정치적 상상력일 것이다. 그는 줄곧 산문정신에 걸맞은 정치적 태도를 바탕으로 작품을 창작하였다. 비록 비판의 대상이 가부장제에 있거나 공산주의나 외세 혹은 독재권력 등으로 시시각각 변화하였음이 사실이나, 그 어떤 대상이든 그의 비판은 날카로웠으며, 현실의 모순을 직접적으로 고발하는 것에 시종해왔다. 그의 작품 속에 등장하는 어린이는 우화의 공간이든 현실적인 시공간이든 명확하게 현실과 관련을 맺으면서, 자신을 발견하고 형성하는 어린이였다. 비판적인 태도에 기반한 창작방법과 현실적인 배경을 통해 확보된 인물의 현실성이야말로 그의 작품이 획득한 성과인 것이다.

그러나 명확한 현실성에도 불구하고 그의 창작 역시 동요하는 지점들이 존재함은 물론이다. 무엇보다 현실에 바탕을 두고 있음에도 불구하고 주요한 인물인 어린이는 전적으로 이상적인 동심주의와 직결되어 있다. 희망과 계몽의 목소리를 드러내면서 어린이는 혼탁한 현실의 어른과 달리 인간 본연의 동심을 견지하고 있는 인물로 표현된다. 다만 마해송의 동심주의는 현실과 역사와 결합되는 가운데 획득된 것이라는 점에서 조금은 달리 평가되어야 할 것이다. 그러나 작품 속에 등장하는 어른 역시 일정한 속성으로 미리 규정된 채, 작품의 시공간이 부과하는 현실성과 부응하지 못하고 관념화되어 있다. 이 또한 현실성을 인물과 연관된 현실성으로서가 아닌, 소극적인 배경으로만 배치함으로써 비롯된 한계일 것이다.

마해송 동화의 또다른 결함은 도저한 정치적 상상력으로 말미암아 생기에 가득차야 할 현실의 역동성들이 자칫 도식화된 형태로 전락하고 있다는 점이다. 풍자라는 방법을 통해서는 정치적 상상력이 유려하게 작동한 반면, 현실을 있는 그대로 재현한 작품들에서는 비판정신 본연의 빛을 잃고 단순화되고 말았다. 예컨대 독재권력은 정형화된 묘사로 시종일관 표현되며, 공산주의 이데올로기는 비현실적이며 허구적인 정치적 허위의식일 따름이라고 구상된다. 따라서 치열하게 비판될 수 있었던 반면, 마해송의 정치의식은 전적으로 국외자의 의식으로 관념 속에 규정된 것일 뿐, 구체적인 실체에 대한 섬세한 탐구에는 실패한 듯이 보인다. 견고한 관념이 현실의 탐구를 방해했기 때문일 것이다. 그의 작품 속에 풍부하고 다채로운 인간의 탐구가 부족한 것도 여기에 기인한다. 마해송의 이데올로기적인 편견이 그러하듯, 이미 설정된 사회적 관계에 따라 인물은 양식화되며 서사의 진행 역시 주어진 결론을 따라 일직선으로 연결되고 만다.

물론 이와같은 결함에도 불구하고 마해송의 동화는 그나마 근대 어린이문학이 이루어낸 소중한 성과가 아닐 수 없다. 『모래알 고금』이나 『앙그리께』를 위시한 여러 작품들처럼 풍부한 상상력에 바탕을 둔 서사 진행은 지금의 시야로도 여전히 놀라운 것이다. 또한 무엇보다 잊지 못할 주인공을 창조한 것도 놓칠 수 없는 미덕이다. 이야기는 무릇 주인공으로 우리의 기억 속에 남게 되며, 인물의 성격 창조야말로 이야기의 힘이기 때문이다. 마해송의 중심인물들은 작품 속에 편입되는 순간 생생한 인간형으로 거듭 발견되고 재창조됨으로써 동화의 인물이 모름지기 어떠해야 하는지를 여실히 증명해 보이고 있다. 그가 있었기에 우리의 동화가 한결 풍성해지고 또 비옥해질 수 있었다. 그를 통해 우리는 새삼 동화의 바탕이 무엇이며 어떠해야 하는지 자문해야 할 것이다.

_『어린이와 문학』 2004년 6월호

인물의 현실성과 전통의 재창조

이주홍 작가론

1. 시대의 변화와 이주홍의 재평가

이주홍(李周洪)은 1906년 경남 합천에서 태어나 1987년 작고했다. 처음 1928년 『신소년(新少年)』에 「배암색기의 무도(舞蹈)」를 발표한 이래, 이주홍은 동화 장르를 단 한순간도 손에서 놓지 않았다. 어린이문학의 황폐한 밭을 이만큼이나 일구어온 그가 있어 일제강점기와 해방 이후 어린이문학이 그나마 수확할 과실과 곡식을 갖게 된 것이다. 그가 있어 우리 동화의 전통은 동심주의와 교훈주의라는 양극단을 넘어 생동하는 인물의 현실성을 논의할 수 있게 되었으며, 바람직한 '어린이의 발견'을 전통과 결부된 가운데 진지하게 탐구할 수 있게 되었다. 그는 동화뿐만 아니라 동극과 동요, 옛이야기 재화에 이르기까지, 어린이문학의 전 장르를 포괄하는 왕성한 활동으로 어린이문학의 역사를 풍성하게 채워주었다.

물론 그의 성취는 포괄하는 장르의 범위와 산출된 작품의 양적 풍부함에만 그치지 않는다. 다양한 장르가 동시에 게재되어 있는 『섬에서 온 아이』(태화출판사 1968)를 살펴보아도 이는 쉽게 확인된다. 이주홍은 옛이야기를 재화하는 가운데에서도 서술의 전후 장치 속에서 현재성을 풍부하게 살리며 재화를 액자로 끼워넣는 기발함을 보여주는가 하면(「이상한 고조할머니」), 사물을 인격화하는 알레고리적인 작품에서조차 인물의 어린이다운 면모를 정확하게 형상화(「곰보바위」)한다. 한편 동시에서도 현실주의적인 작품(「반회비」)과 낭만적인 작품(「연밭」)을 나란히 선보임으로써 초창기의 다채로운 지향을 여실히 보여준다.

이와 함께 「피리 부는 아이」의 모티프를 활용하고 있는 「섬에서 온 아이」는 향후 전개될 장편동화의 양상을 앞질러 제시하고 있으며, 다채로운 서사의 곡절 속에서 이야기의 진폭을 확장하는 가운데 인물의 섬세한 정서 또한 놓치지 않고 표현한다. 그의 작품들은 그저 치레로 늘어놓는 수사가 아니라, 근대 어린이문학의 역사가 사실의 기록이 아니라 일정한 방향성을 갖춘 뜨거운 노작들의 역정이었음을 확인하게 하는 것이다.

그러나 정작 지금까지 이루어진 그에 대한 연구는 그리 만족스럽지 못하다. 그나마 '이주홍아동문학상'이 제정되고, 이주홍문학관과 재단 건립 등 다채로운 노력들이 조금씩 결실을 맺고 있으며, 그에 힘입어 본격적인 연구들이 비로소 개화하고 있음은 다행스러운 일이다. 그러나 이와같은 연구의 방향은 대체로 외적 조건이 연구를 끌어가고 있는 양상이지, 이주홍 문학 자체의 성취로 말미암아 내적으로 분출되는 양상까지는 이르지 못하고 있다. 물론 이같은 연구의 부진은 많은 부분 어린이문학 연구의 일천한 역사와 비평적 성찰을 감행할 만한 인적 토대가 충분하지 못하다는 현실에 기인하는 바가 크다.

이러한 어린이문학을 둘러싼 보편적인 문제상황에 덧붙여, 이주홍의 활동이 주로 지역을 중심으로 이루어져왔기에 중앙문단을 중심으로 진행된 논의의 관심권에서 벗어나 있었다는 점도 연구가 소루하게 진행되어온 까닭 중 하나일 것이다. 그러나 그보다 더욱 중요한 이유는 이주홍의 문학적 지향을 1960, 70년대 어린이문학이 의도적으로 홀대하였다는 점이다. 당시 중앙문단의 이데올로기적 지향이 현실주의적 관점에 튼튼하게 뿌리내리고 선 이주홍의 작품을 외면하였음은 자연스러운 귀결이기도 하다. 당대의 문단은 이주홍을 '지역문학의 대부'라는 협소한 틀 속에 묶어둠으로써, 완고하게 자신의 기득권을 지켜낼 수 있었던 것이다.

그러나 1980년대 들어 상황은 전적으로 재편되었다. 창비의 '창비아동문고' 발간(1977)을 필두로 하여, 신생출판사인 웅진의 『이원수아동문학전집』(1984) 등이 잇따라 출판됨으로써 어린이문학의 전통을 새롭게 재창조하고자 하는 노력들이 경주되었다. 그리고 그 연장선 위에서 이주홍 문학의 제대로 된 자리매김이 비롯되었다. 이는 가히 이주홍의 복권이라고 평가될 수 있으며, 민족문학으로서의 어린이문학이 비로소 문학사의 주류로 성장하는 계기가 되었다. 이후 이어져온 20년 남짓의 역사적 전개과정은 우리 사회 전반에 걸쳐 진행된 민족적 의식의 성장, 민주적 역량의 성숙에 힘입어 어린이문학 또한 괄목할 만한 진전을 거듭해온 과정이었다. 이 역동적인 과정에서 이주홍의 문학적 성취가 주요한 디딤돌로 작동하였음은 물론이다.

그러나 이주홍의 문학은 그저 한 시대의 진전을 위해 필요한 소임을 다하고 기꺼이 역사 속에 묻혀버리는 작품일 수 없다. 이주홍의 문학은 거듭 혼돈과 모색의 시기마다 새롭게 평가됨으로써 오늘의 어린이문학에 풍부한 자양분을 제공하는 원천이 되기에 부족함이 없기 때문이다. 그만큼 그의 문학은 풍부하고 또 웅숭깊다. 이에 이 글은 오늘의 어린이문학, 특히 동화는 이주홍으로부터 무엇을 배울 것인지를 거칠게 살펴보고자 한다. 이를 위해 먼저 이주홍 연구의 바탕을 이루는 자료의 오류를 바로잡고, 그 다음 창작동화에 한정하여 그 현재적 의의를 검토하려고 한다.

2. 이주홍 동화 연구의 편향과 자료의 복원

이주홍의 동화에 관한 연구는 이재철에 의해 처음 그 경개를 보여주었다.[1] 이재철은 주요한 작품의 목록을 제시하였으며, 해학·기지·풍자가 돋보이는 문장과 함께 사실적 경향을 주요한 특징으로 포착하였다. 이와같은 연구는 정춘자, 박경희, 손수자 등의 연구로 고스란히 이어졌으며, 이주홍 문학의 특장으로 지속적으로 거론되고 있다. 이와 나란히 이주홍 동화의 한계에 주로 착목한 연구는 이재복의 연구를 들 수 있다. 이재복은 카프 동화의 연장선 위에서 초기 이주홍의 동화를 평가하는 한편, 후기에 들어 윤리의식에 압도된 나머지 교훈을 전달하는 이야기로 도피하고 있다고 평가한다. 이재철의 연구에서 지적된 것보다 한결 심층적인 분석을 더하여 작가정신을 정면으로 문제삼고 있으나, 이 또한 일정한 도식을 바탕으로 이주홍 작품의 전기, 후기를 구획하고 있다는 점에서 한계가 있다.

이들 차이에도 불구하고 두 연구는 공통적으로 이주홍 창작방법의 핵심인 현실주의를 보는 방법에 한계를 드러내고 있다. 이재철의 경우 현실주의는 현실 묘사의 방법으로 국한되며, 그 결과 해학, 풍자 등의 문체적 특성들이 표나게 제시된다. 반면 이재복의 평가는 현실주의를 의식의 면에서 적용하고 있다. 창작의 과정 전반을 통어하는 원리로서의 현실주의가 아니라, 이데올로기와 형식의 매개 없는 직접적 연결을 통해 이주홍 동화가 갖는 특성들을 중화시키고 있는 것이다. 현실주의를 묘사의 수준으로 보는 협소한 관점과 현실주의를 이념도식과 대응시키는 단견이 공통적으로 이주홍의 특장들을 충실하게 탐구하는 것을 방해하고 있는 것이다.

그러나 어린이문학 연구 전반이 그러하듯 이주홍 연구 역시 아직 초창

1 이재철 『아동문학개론』, 서문당 2003.

기에 놓여 있다고 보아야 한다. 제대로 된 작품연보조차 명확하게 제시되고 있지 않은 것이 실상이기 때문이다. 이는 이주홍의 처녀작에 대한 논란에서도 확인된다. 이주홍의 초기작이 「배암색기의 무도」라는 데에는 이의가 없는 듯이 보인다. 그러나 게재지였던 『신소년』에 대한 정밀한 탐사 없이 이루어진 나머지, 1924년 혹은 1925년으로 근거없이 연도가 제시[2]되었다가, 최근 나까무라 오사무에 의해 비로소 『신소년』 1928년 5월호(통권 6권 5호)에 「배암색기의 무도」가 게재되었음이 밝혀졌다.[3]

이 작품뿐만 아니라 문예지에 게재된 적이 있는 이주홍의 모든 어린이문학 작품들이 한시바삐 정리되어야 할 것이다. 그 연후에야 비로소 작품에 대한 정밀한 해석과 평가가 이어질 수 있게 될 것이다. 덧붙여 과연 이주홍의 처녀작이 「배암색기의 무도」인지에 대해서도 논란의 여지가 있다. 정작 이주홍은 자신이 발표한 처녀작이 동화가 아니라, 동요 「잠자는 동생」임을 밝히고 있다.

> 아버님을 속여 서울로 주문을 해 내려온 것을 보니 국판으로 된 다색도표지의 미려 황홀한 소년잡지였다. 김석진씨가 표지와 삽화를 그리고 정열모씨가 동요를 싣고 그외 소설 동화 웃음거리들이 있는데 신명균 이성호 이병화 맹주천 이런 선생님들의 이름이 나열되어 있었다. 독자투고의 규정에 따라 나도 대담하게 「잠자는 동생」이라는 4·4조의 동요 한수를 지어 他名으로 보냈다. 웬 일일까! 다음 달호에 선평과 아울러서 이 동요가 버젓이 발표되었다. 雀躍 顚沛! 이것이 나의 활자라는 괴물로 변형된 생후 최초 작품의 등장이었다.[4]

2 『이주홍문학제 기념자료집』의 말미에 수록된 연보는 1925년으로 발표연도를 기록하고 있다. 『이주홍문학제 기념자료집』, 이주홍문학재단 2002, 227면.

3 나까무라 오사무(仲村修) 「새로 발굴된 신소년지」, 『이주홍문학제 기념자료집』, 이주홍문학재단 2002, 124~28면.

그런데도 이주홍 연구들은 대부분 이 '최초 작품'에 대해 약속이나 한 듯, 무관심을 견지해왔다.[5] 이는 독자투고가 갖는 아마추어적 형식에 기인하는 바가 클 것이다. 그러나 정작 이 시기의 문학 활동들 대부분이 그러하듯, 전문창작과 소인창작 사이의 구분 자체가 그리 중요한 것은 아니다. 소인창작의 질이 높아서가 아니라, 전문창작으로 입문하는 과정 자체가 명확하지 않기 때문이다. 「배암색기의 무도」가 활자화되는 과정 역시, 실제로는 「잠자는 동생」이 활자화된 과정과 그리 달라 보이지 않는다. 더욱이 '최초의 작품'에 부여하는 의미가 작가의 창작 경향 전반을 예감하게 하는 작품으로 작가연구의 거멀못이 되지 않는 다음에야, 실증적인 자료의 복원은 문학사적 발견이라기보다 말 그대로 자료의 복원에 그친다고 할 때, 「잠자는 동생」이 처녀작이 아니라고 할 근거는 없는 것이다.

「잠자는 동생」은 적어도 이주홍 문학 연구의 기초자료로서 손색이 없다. 이주홍이 밝힌 대로 이 동요는 『신소년』 1924년 3월호(통권 2권 3호)에 '他名'으로, 곧 '이성홍(李聖洪)'이란 이름으로 수록되었다. 다른 사람의 동요 작품 네 편과 나란히 게재되었으며, '선외가작'으로 이름만 제시된 작품이 83편이나 된다는 점으로 미루어볼 때, 실제 투고된 작품의 수는 이보다 더욱 많았음을 짐작하게 한다. 따라서 독자투고로 수록되기는 했으나 "활자라는 괴물로 변형된 생후 최초 작품"이 되기에 충분한 것이다. 작품의 전문과 함께 선후평을 소개하면 다음과 같다.

깜을깜을 등색아래　아버지는 책을보고

4 이주홍 『예술과 인생』, 세기문화사 1957, 219면.

5 이주홍의 동시에 관해 가장 정밀하게 연구한 박경수의 연구조차 이 작품에 관해서는 무관심하다. 박경수 「일제강점기 이주홍의 동시 연구」, 류종렬 엮음 『이주홍의 일제강점기 문학 연구』, 국학자료원 2004.

『신소년』은 초기 어린이문학의 역사를 복원하는 데에 없어서는 안될 잡지다. 이주홍은 이후 이 잡지의 편집에 적극적으로 관여함으로써 어린이문학의 역사와 견고하게 결합된다.

『신소년』 1924년 3월호(통권 2권 3호).

어머니는 옷슬짓고　小岳이는 잠을잔다
적은눈을 살금깜고　곱게곱게 자는양은
어엽부기 天使갓다　나는나는 바라보다
참다참다 못하여서　이쪽저쪽 양쪽볼에
가만가만 입맛첫다　잠을자든 小岳이가
이리굼실 저리굼실　쌰두둑이 이러나며
눈을썩썩 부비면서.　나를보고 하는말이
오라버니 오라버니　누가내게 입맛첫소.
오냐야야 내동생아　내가네게 입맛첫다

평, 말이곱고 자미잇다. 그러나 너모 설명이만타. 좀더 간싼이 짓기 바란다.[6]

6 『신소년』 1924년 3월호(통권 2권 3호), 43면.

평자가 지적한 대로, 이 작품은 "말이 곱고 자미잇"다. 율격을 맞추고자 한 것이겠지만, 반복적인 표현과 의태어를 풍부하게 활용함으로써 내적인 리듬감을 획득하고 있으며, 상황 제시에 이은 인물 묘사, 행위 묘사, 그리고 주고받는 문답 속에서 사랑하는 오누이의 정이 살갑게 표현되어 있다. 그러나 "어엽부기 天使갓다"에서 보이듯 판에 박힌 표현이나, 창가가사의 양식들을 고스란히 보여준다는 점에서 독창성은 부족해 보인다. 그래도 볼이 부은 어린아이의 모습이 생생하게 표현됨으로써 묘사의 힘을 갖추고 있음은 평가되어야 한다.

3. 장르에 따른 이주홍 동화의 의의

이주홍 문학의 실상을 꼼꼼하게 정리, 분석할 필요성과 함께 요청되는 작업은 대표적인 작품에 대한 관심이다. 의당 대표작은 영향사를 거론하지 않더라도 시기에 따라, 연구자에 따라 관점을 달리하여 부각될 것이다. 그러나 다양한 연구자들이 각자의 관점에 터해 살펴봄으로써 쉽게 지나쳤던 작품들이 새롭게 조명을 받아야 하는 한편, 기왕의 평가가 이루어진 작품들도 다시금 새로운 맥락에서 재평가되어야 한다. 과거의 실증적인 자료의 복원에 매몰되지 않고, 현재적 관심에 따라 그저 자의적으로 평가되지 않는, 연구자의 역사적 원근법이 새삼 절실한 시점이다.

이 연구가 작품을 평가하는 기준은 현실주의의 기본 개념인 현실성이다. 동화, 특히 현실주의 동화를 지향하는 작품의 경우 현실성은 놓칠 수 없는 평가의 준거가 되며, 이주홍의 동화 또한 현실성의 척도로 가늠해볼 수 있다. 그러나 동화의 현실성은 일반문학의 현실성과 동일한 미적 기능을 수행하지 않는다. 동화의 현실성은 동화가 함몰되기 쉬운 지나친 교훈주의와 어설픈 동심주의를 올바르게 견인하는 속성으로 작동한다. 현실성은 작품의 세부가 현실과 조응하는 정도임과 동시에 작품의 내적 실감을 가능하게 하는 척도이기도 하다. 이 실감이 떨어진다는 것은 곧 작품의 창작이 현실의 어린이와 동떨어진 채 작가의 관념 속에서 구성된다는 것이며, 그것은 곧 교훈주의나 동심주의로 드러나게 된다.

일반문학에서 교훈주의나 낭만주의가 더이상 운위되지 않는 데 반해, 어린이문학이 여전히 이들 낡은 질곡들과 끊임없이 대면해야 하는 것이야말로 어린이문학의 특성이랄 수 있다. 왜냐하면 어린이문학은 교훈을 떠나 존재하기 어려우며, 현실에 대한 낙관도 쉽게 저버릴 수 없기 때문이다. 이 두 가지 계기를 작품의 내부에서 철저하게 통어하는 것이야말로 현실성이며, 현실성에 바탕을 둔 계몽, 그리고 현실성에 바탕을 둔 희망이야말로 어린이문학이 궁극적으로 지향해가야 할 이념이라고 볼 수 있다.

그러나 현실성의 관점에서 이주홍의 동화가 지나치게 단순화된 교훈주의나 현실과 동떨어진 낭만주의를 전적으로 극복하였으리라고는 기대하기 어렵다. 이주홍의 동화 역시 어린이문학의 역사적 발전과정 속에 존재하기 때문이다. 문학사를 성큼 뛰어넘어 하늘에서 뚝 떨어진 듯한 걸출한 작품이 창조되는 것은 가능하지 않으며, 이주홍의 동화 역시 당대의 한계를 고스란히 노정하고 있다. 옛이야기의 재화는 대부분 교훈으로 가득차 있으며, 창작동화는 우연한 계기들이 미만하며, 터무니없는 희망으로 현실을 날카롭게 드러내는 데에 실패한 작품도 적지 않다.

그럼에도 이주홍의 작품들이 소중한 것은 동화의 현실성을 여지없이 획득하고 있는 작품들이 존재하며, 오늘의 동화가 지향해 나아갈 방향을 앞질러 선취하고 있는 작품들이 의연히 존재하기 때문이다.

판타지와 어린이의 발견

일상적 감각으로 보아, 일어날 수 없는 일이 일어나는 작품을 판타지라고 한다. 더러 또도로프(T. Todorov)를 떠올리며 '머뭇거림'을 판타지의 주요한 지표로 간주하나, 이 또한 서구의 근대 판타지에 국한된 규정이다. 최근 들어 장르론적 탐구는 경계를 엄격하게 설정하는 것보다, 중심을 명확하게 제시하는 것이 더욱 일반적인 접근방식이다. 이에 기댈 때, 비현실적인 계기들이 작품 속에 포함되어 있으면 판타지가 되기에 충분하다. 이에 따르면 현실세계와 판타지세계가 명확한 경계로 구분되어 있는 작품뿐만 아니라, 알레고리적인 작품도 판타지의 틀 안에서 논의할 수 있게 된다. 곧 사물이나 동물을 인격화하여 표현한 작품도 판타지의 범주 속에 설정되는 것이다.

알레고리적인 동화가 어린이문학의 주요한 하위 장르인 것만은 분명하다. 그러나 전반적으로 이러한 작품들은 이솝의 우화가 그러하듯, 지나치게 교훈적임으로 말미암아 문학적 가치가 현저히 떨어지는 것이 사실이다. 이주홍의 동화 「배암색기의 무도」「가자미와 복장이」「못난 돼지」 등의 작품이 이에 해당한다. 그러나 이주홍의 알레고리적 동화에는 교훈성을 의식적으로 덜어냄으로써 일정한 성취를 보여주는 작품들이 존재한다. 대표적인 작품은 「멸치」와 「곰보바위」다. 「멸치」는 1939년 『동아일보』에 처음 게재된 작품[7]이며, 「곰보바위」는 1968년 발간된 작품집 『섬에서 온 아이』에 수록되어 있다.

이 두 작품의 공통점은 무엇보다 명시적인 주제를 발견하기가 쉽지 않다는 점이다. '부모의 말을 잘 들어야 한다'라거나, '제 본분을 지켜야 한다'라는 교훈이 작품의 주제가 아님은 물론이다. 그것은 작품의 앞부분이나 뒷부분에 잠시 제시될 뿐, 작품 전반은 거듭되는 상황의 변전에 따른 인물의 의식을 좇고 있거나, 활달한 행위의 묘사로 시종하고 있다. 교훈이 작품의 전체를 장악하기보다 서사의 발전 자체가 더한층 중요한 작품의 내적 계기로 작동하고 있는 것이다.

7 이주홍 『청어 뼉다귀』, 우리교육 1996.

「멸치」는 바다 속에 살던 새끼 멸치가 그물에 잡혀 뭍으로 나오고, 다시 마른멸치가 되어 어물전으로, 작은 가게로, 국거리와 함께 냄비 속으로, 마침내 '사람 목구멍'까지 이르게 되는 과정이 풍자적으로 표현되어 있다. 특히 이 작품은 살아있는 물고기인 멸치와 죽어 말라비틀어진 마른멸치를 동일한 서사의 축 위에 올려둠으로써 알레고리적인 판타지의 외연을 확장하고 있다. 그리고 고향 바다로 돌아가고 싶다는 갈망에도 불구하고 정반대 방향으로 치닫는 이야기는, 식민지시대 말기의 민족적 상황을 유추하게 한다는 점에서 알레고리 득의의 상징성을 풍부하게 재현하고 있다.

이러한 점에서 「멸치」는 충분히 주목에 값하는 작품이다. 인물인 멸치와 서술자를 엄격하게 분리시켜 시종일관 풍자의 방법을 견지함으로써 어린이를 형상화하고 있는 새끼 멸치에 대한 독자의 감정이입을 적극적으로 가로막고 있다는 점도 이주홍의 작품 속에서만 발견할 수 있는 실험이 아닐 수 없다.

그러나 이 냉혹한 풍자는 다른 한편으로 동화가 지녀야 할 낙관적 전망을 이반한다는 점에서, 또 현실성이 압도적으로 주체를 강제한다는 점에서 동화의 특성을 충분히 살리지 못한 것으로 보인다. 이는 「청어 뼈다귀」 같은 이주홍의 초기작과 직결되어 있는 것이다. 그럼에도 「청어 뼈다귀」의 세계가 현실과 엄밀하게 조응함으로써 분노를 촉발시키고자 하며, 궁극적으로 변혁에의 의지를 내면화하고 있는 데 반해 「멸치」는 도저한 풍자로 말미암아 환멸로 치닫고 만 한계를 갖는다.

「멸치」가 풍부한 서사에도 불구하고 작품 속에서 발견한 어린이의 형상이 지나치게 극단적으로 표현된 반면, 「곰보바위」는 서사의 풍부함과 인격화된 대상이 지닌 어린이다운 면모가 돋보이는 수작이다. '곰보바위'는 학교 정문 앞에 놓인 커다란 바위다. 바위에 옴팍옴팍 난 구멍으로 말미암아 아이들의 사랑을 받으며, 아이들의 좋은 친구가 되기 위해 애쓰는 바위다. 그 바위가 운동회가 있기 전날 놀고 싶다는 바람에 뒤척거리다 '임징

나게 대담한 생각'을 하게 된다. 처음으로 텅 빈 운동장 안에 들어가 놀아 보겠다는 것이다.

곰보바위는 운동장을 휘휘 둘러보며 조회대에 올라가 교장선생님 흉내도 내보고, 교실에 들어가 분필로 낙서를 하기도 한다. 그리고 다시 운동장으로 나와 철봉을 하다 떨어지기도 한다. 마침내는 운동장으로 산보를 나온 학교 뒤켠의 장군바위와 함께 달리기 경주를 하기로 한다.

"자 그럼 신호한다? 하나… 두울… 셋!"

"셋!" 소리가 떨어지니까 두 바위는 마구 들고 뛰었습니다. 서로가 져선 안될세라 장군바위가 앞섰다가 곰보바위가 앞섰다가 어깨로 치기도 하고 발로 걷어 넘기기도 하더니만, 이거 큰일이 생기게 되었습니다. 세 바퀴째를 돌다가 정신을 차려보니 그 반반하던 운동장이 패여서 엉망진창이 되어 있는 것입니다.

곰보바위가 겁이 덜커덩 나서 걸음을 멈추었을 땐 장군바위는 이미 흔적을 감추고 난 뒤였습니다. 그렇게 되니까 곰보바위는 혼자서 더욱 겁이 나 자기도 살금살금 정문 밖으로 나왔습니다. 그리고는 가만히 본시대로 고개를 숙이고 앉았습니다.

그러나 가슴은 두근두근 뛰어 꼭 누구가 뒤에서 쫓고 있는 것만 같았습니다.

"내가 왜 그런 장난을 했을까?"

후회를 해 봤지만 일이 이쯤 되고 보면 후회도 소용이 없는 것입니다. 다음날 아침에 머리에 햇빛을 인 아이들이 여늬 때대로 지껄대고 들어왔지만, 죄를 짓고 난 뒤라 곰보바위는 반길 수도 없고, 얼굴을 들 수도 없었습니다. 운동장 안으로 들어서던 아이들은 모두 걸음을 딱 멈추면서 크게 놀랐습니다.

"아앗? 운동장을 누가 이 모양으로 해 놓았어?"

"야아 야아! 정말 이거 이상하다. 밤 사이에 뭐가 우리 운동장을 이 모양으로 망가뜨려 놨을까?"

등너머로 들려오는 이 소리에 곰보바위는 더 듣고 있을 수가 없어서 빨개진 얼굴을 두 팔 새에다가 포옥 파묻고 말았습니다. (『섬에서 온 아이』 232~34면)

이주홍이 해학의 작가라고 할 때, 이 작품이야말로 가장 이주홍다운 작품이라고 평가할 수 있다. 놀이에 심취한 사이에 자기도 모르게 운동회를 위해 잘 다듬어둔 운동장을 망쳐버린 곰보바위, 먼저 이 사실을 알고 달아나버린 장군바위, 홀로 남아 겁이 덜컥 나버린 곰보바위, 후회하고 후회해도 어쩔 수 없어 고민하는 곰보바위, 등교하는 아이들에게 얼굴도 들지 못하는 곰보바위, 아이들의 놀라움에 그만 얼굴이 빨개진 채 고개를 묻고 마는 곰보바위. 작품 전편에 걸쳐 시시각각 변전을 거듭하는 이 모든 심리의 진전 과정이 인물의 실감을 생생하게 표현하고 있다.

나아가 그 인물이 전형적인 어린이의 문학적 발견임을 짐작할 수 있다. 이주홍은 교훈을 전달할 목적으로 있어야 할 어린이를 재현하는 대신, 있는 그대로의 어린이를 섬세하고 깊이있게 형상화하고 있다. 「멸치」에서 보이는 환멸을 말끔히 걷어내고 어린이 자체에 깊이 천착함으로써 낭만적으로 윤색되지도, 계몽적으로 억압되지도 않은 채 생동하는 어린이의 형상을 발견하고 있는 것이다.

현실주의와 고통의 형상화

「곰보바위」 등의 판타지 작품을 통해 이주홍은 어린이의 내면을 정확하게 포착함으로써 바람직한 어린이의 형상을 창조하고 있다. 그러나 이주홍의 문학적 중핵은 이들 판타지 작품보다는 현실주의적인 작품들이다. 『신소년』의 편집을 맡고 지속적으로 선보인 「눈물의 치맛감」(1929년 2월호), 「아버지와 어머니」(1930년 1·2월호), 「북행열차」(1930년 3월호), 「청어 뼈다귀」(1930

년 4월호) 등의 작품은 한결같이 현실성 짙은 작품들이다. 비록 '향파'라는 필명으로 발표한 소품들[8]이 있기는 하나 이는 말 그대로 소품일 따름이다.

물론 이 현실주의적인 작품들 가운데 가장 선명한 경향을 보이는 작품은 「청어 뼈다귀」다. 소작인과 지주의 갈등이 전면에 등장하며, 청어의 뼈를 삼키다 목에 걸리는 비극적인 정황, 그에 가중되는 순덕의 어깨 위에 난 종기 등이 더한층 가혹하게 표현되어 있다. 그럼에도 이주홍의 작품 속에서 드러나는 것은 "고맙고 따습고 거룩하고 사랑스러"운 가족을 향한 동질감과 연대, "주먹이 쥐어지고 이가 갈리고 살이 벌벌 떨"(171면)리는 유산계급을 향한 증오와 적대감이고, 이것이 작품을 구성하는 두 축이다. 그러나 이 작품의 어린 인물이 "어머니…… 아버지…… 모두 올해에 청어 맛조차 못 본 불행한 사람들……"(169면)[9]이라고 읊조리는 한, 인물의 현실성은 현저히 떨어진 채 작가의 계몽적 기획이 현실성을 압도하고 있는 것으로 평가된다.

이와같은 계몽성이 소거된 작품은 오랜 시간이 경과한 다음에야 나타난다. 「미옥이」가 그것이다. 이재복이 이미 평가한 대로 작품은 군더더기 없이 한 아이의 형상을 여실히 보여주고 있다. 아이가 겪고 있는 고통이 남김없이 펼쳐지고, 고통만이 아니라 비록 새롭게 편입된 가정에서나마 서로 나누는 온정이 따스하게 다가온다. 그러나 이 작품의 가장 큰 미덕은 상황을 낭만적으로 끌고 가지 않는다는 점이다. 술에 전 미옥의 아버지는 다시 미옥을 팔아넘기고, 결국 미옥은 아버지를 따라 낯선 아줌마네 집으로 옮겨가는 것으로 끝맺고 있다.

---

8 「천당」(『신소년』 1933년 5월호), 「군밤」(『신소년』 1934년 2월호) 등이 '향파'란 필명으로 발표된 작품들이다.

9 1996년 우리교육에서 출간한 『청어 뻑다귀』에서 인용하였다. 책의 초입에 원제는 '청어 뼉다귀'이나 말맛을 살리기 위해 '청어 뻑다귀'로 했다는 설명이 있다.

미옥이는 할머니 방에 벗어서 걸어 놓은 헌 셔츠 두 장을 꺼내 돌돌 말아 쥐고 절뚝절뚝하면서 뜰 아래로 내려섰다.

(…)

미옥이가 살며시 대문을 닫자 어느새 검둥이가 먼저 나와 있다가 미옥이를 쳐다보며 꼬리를 살래살래 흔들었다. 미옥이는 다시 대문을 열어 검둥이를 집 안으로 밀어 넣었다.

그러는데도 검둥이는 기어코 말을 듣지 않고 도로 나와 어디까지 오려는 건지 미옥이를 쳐다보아 가면서 그냥 미옥이 뒤를 따라오고 있었다.[10]

슬픔이 잔뜩 배어나와야 할 이 장면에서 이주홍은 엄격하게 서술자의 감정적 개입을 억제하고 있다. 형용사와 부사 등 감정의 언어는 고작해야 강아지 검둥이의 행동을 묘사하기 위해 사용된 "살래살래"와 "기어코"라는 상투적인 표현만이 덧붙여져 있을 따름이다. 이 억제된 감정이 오히려 현실성을 강화하는 작용을 함은 물론이다. 서술의 방식과 함께 인물의 형상도 돋보인다. 미옥은 아버지의 처지를 충분히 공감하며, 깊은 연민으로 마주한다. 그럼에도 여전히 아버지가 다시는 자기를 찾지 말아주었으면 하는 바람도 솔직하게 표출한다. 아버지를 향한 연민과 아버지로부터 벗어나고자 하는 갈망이 서로 맞물린 채, 인물이 더욱 선명하게 현실성을 획득할 수 있게 되는 것이다.

현실성이란 작가의 주관적인 바람이 아닌, 현실에서 가능한 일들만을 있는 그대로 보여줌으로써 획득되는 것이다. 물론 한계가 없는 것은 아니다. 미옥은 여전히 소극적이고 수동적으로 세상을 마주하며, 수난받는 여성상을 보여주고 있다. 이는 「섬에서 온 아이」에서도 다르지 않게 나타나며, 넓게 보아 이 또한 여성을 보는 남성중심적인 관점이 피력된 것이다.

10 이주홍 「미옥이」, 『사랑하는 악마』, 창비 1983, 169~70면.

역사적 상상력과 민족의식

이주홍의 작품 속에서 뛰어난 현실성으로 어린이가 맞닥뜨린 현실의 고통을 적실하게 형상화한 작품으로는 「못나도 울엄마」나 「미옥이」를 대표적으로 들 수 있다. 그러나 이 작품들은 단편이 갖는 제한으로 말미암아 역사적, 사회적 상황을 폭넓게 조망하지 못하고 있다. 묘사의 중심도 현실과 주체의 길항에 놓여 있다기보다, 압도적인 현실에 맞서는 서정적인 내면이 시적으로 표현되어 있을 따름이다. 정작 역사와 현실의 폭넓은 묘사와 그에 맞서는 주체의 성장은 장편동화에서 찾을 수밖에 없다.

이주홍의 장편동화는 『아름다운 고향』(남향문화사 1953)과 『피리 부는 소년』(세기문화사 1959)을 들 수 있다. 이들 두 작품은 고른 수준을 보여주고 있으며, 일제강점기와 한국전쟁 직후의 사회적 상황 속에서 성장하는 소년을 그리고 있다. 두 작품의 주인공은 비록 상황이 다르고 인물이 다르나, 성격은 흡사하다. 이주홍의 마음속에 담긴 인물이 표출된 결과일 것이다. 그러나 『피리 부는 소년』은 여전히 우연에 기대고 있는 바가 크고, 헤어짐과 만남을 그려내는 방식들이 상투적이다. 반면 『아름다운 고향』은 서술방식의 특성과 함께 구체적인 인물의 일대기를 그려내는 방식으로 짜여져 있기에 서술의 시공간이 갖는 장대함과 함께 인물들의 다채로운 개성 또한 적실하게 창출되었다는 점에서 이주홍의 대표적인 장편동화로 꼽을 수 있다.

『아름다운 고향』은 영재란 소년이 다락방에서 아버지의 일기를 발견하는 것으로 시작된다. 그리고 액자형식 속에 일기를 다시 서술하는 방식을 선택하고 있으며, 인물의 성장에 따라 식민지시대의 전 기간들을 인물의 개인사와 함께 가감없이 직조시켜내고 있다. 도망쳐나온 노비인 삼월이와 김동이의 출분으로 시작되는 작품 속 액자는 이들의 아이 현우를 중심에 두고 다채롭게 펼쳐지고 있다. 특히 불의를 참지 못하는 아버지 김동이의 성격적 특성은 죽당선생의 실천과 어우러져 현우에게 깊은 영향을 미치고, 현우가 민족의식이 충만한 인물로 점차 성장해가는 과정이 실감있게 제시된다.

비록 여전히 도처에 우연이 노정되나, 이는 인물들이 서로 결합됨으로써 서사를 진행하기 위한 최소한의 장치로 여겨질 만큼 서사 자체의 진행이 충분히 역동적이다. 더욱이 전쟁이 진행되고 있던 1952년 즈음에 작품이 발표되었다는 것도 주목할 만하다. 이주홍은 머리말을 통해 다음과 같이 작품의 지향을 밝혀두고 있다.

> "고향! 고향! 얼마나 나를 싸안아주고 얼마나 나의 혼을 따뜻하게 잠재워주는 이름입니까. 오늘의 이날이 있게하고 오늘의 이 조국이 반석 위에 올려지게 된 것도 다 이 고향이란 보금자리가 있기 때문입니다. 괴롭더라도 참으십시오. 쓸쓸하더라도 즐거운 앞날을 생각하여 아무러한 박해와 유혹에도 결코 바르게 살아나가려는 맘이 꺾여지는 비굴하고 어리석은 소년이 되지는 마십시오." (3면)

이 머리말과 다를 바 없이 소년 현우는 아버지와 어머니, 죽당선생을 비롯한 고향 사람들에 대한 애정을 바탕으로 모든 괴로움을 너끈히 이겨내며 마침내 희망을 성취하기에 이른다. 이와같은 소년의 형상이 진정 이주홍이 발견하고자 한 어린이의 형상임은 물론이다.

4. 남은 문제들

이주홍 동화에 대한 진정한 평가는 당대의 작품들과 나란히 견주어봄으로써 더욱 분명해질 것이다. 그러나 여기에서는 어린이문학의 문학사적 연관을 살펴보지는 못했다. 이는 이주홍 동화의 전모가 규명되고 난 다음에 서둘러도 늦지는 않을 것이다. 여기에서는 다만 이주홍 문학의 가장 두드러진 성취를 구체적인 작품 몇편을 통해 살펴보았다. 연보의 확정과 함께 구체적인 작품의 세밀한 평가가 이어져야 할 것이다.

나아가 이주홍이 다루고 있는 수많은 동화 장르들이 갖는 장르론적 탐구도 필수적이다. 예컨대 이주홍의 옛이야기 재화가 갖는 특성이 규명되어야 할 것이다. 『톡톡 할아버지』(세기문화사 1961)에서처럼 이주홍은 구비적 전통의 핵심이라고 할 수 있는 구어적인 문체와 상황을 독특한 장치로 해결하고 있다. 인물이 직접 등장해 마치 독자를 앞에 두고 있는 듯이 생생한 구어로 표현하고 있는 것이다. 이러한 획기적인 방식은 1961년 처음 책이 엮여 나오고도 한참이나 지난 최근에서야 재화와 재창작, 구비적 형식의 재현 등등으로 불거져나오고 있음[11]을 생각할 때 선구적인 업적이라고 평가할 수 있다.

그러나 무엇보다 이주홍 연구를 위한 가장 화급한 과제는 이주홍의 친일문학에 대한 논의일 것이다. 몇해 전 이원수의 친일시 몇편이 발표[12]됨으로써 어린이문학계가 발칵 뒤집힌 적이 있다. 이주홍 또한 이로부터 완전히 자유로울 수 없음은 물론이다. 임종국의 연구[13]로부터 촉발된 이주홍의 친일문학은 현재 박태일, 류종열[14] 등의 연구로 지속되고 있다. 그러나 그 정도가 어떠했는지는 더한층 실증적인 착근이 필요할 터이며, 신중하

11 이오덕 『어린이를 지키는 문학』, 백산서당 1984, 35~52면.

12 박태일 「이원수의 부왜문학 연구」, 『경남·부산 지역문학 연구 1』, 청동거울 2002.

13 임종국 『친일문학론』, 평화출판사 1966. 임종국은 본문이 아닌 부록에서 『東洋之光(동양지광)』에 발표된 몇편의 시와 수필을 제시하면서 이주홍의 친일을 문제삼고 있으며, 이재복은 그 논의를 고스란히 『우리 동화 바로 읽기』(한길사 1995)에서 이어받고 있다. 그러나 박태일은 비록 친일을 표방하는 잡지였음에도 정작 이주홍의 시와 수필은 작품 자체가 친일적인 성격을 지니고 있지는 않음을 연구에서 밝히고 있다. 박태일 「경남지역 문학과 부왜활동」, 『한국문학논총』 제30집, 한국문학회 2002.

14 류종렬 엮음 『이주홍의 일제강점기 문학 연구』, 국학자료원 2004.

게 접근해야 할 것이다. 이주홍이 어린이문학에서 갖는 역사적 의미가 소홀하지 않기에 더욱 그러하다. 동시인인 김영일의 친일은 그리 문제되지 않는 반면 이원수의 친일이 놀라운 것도 이 때문이다. 이원수와 이주홍을 폄훼하기 위한 것이 아니라 진정 그들을 아끼고 그들의 문학을 소중히 여기기 때문에, 친일적인 시와 수필들이 그만큼 뼈아픈 것이다.

분명한 것은 친일의 여부와 그 정도가 어떠하든지 관계없이 이주홍의 동화가 갖는 문학사적 의미는 결코 평가절하될 수 없다는 사실이다. 『톡톡 할아버지』 『아름다운 고향』 「미옥이」 「곰보바위」 등 걸출한 작품들은 여전히 어린이문학의 역사를 잇는 징검돌로 손색이 없기 때문이다.

_『작가와 사회』 2005년 겨울호

'재미'와 장편동화의 가능성

이주홍 작품론

1. 탄생 100주년을 맞이하여

근대문학 100년으로 떠들썩했던 한 해가 지나갔다. 그리고 근대문학을 떠받쳐왔던 주요 작가들의 탄생 100주년이 이어지고 있다. 어린이문학에서는 윤극영과 마해송에 이어, 2006년이 이주홍의 100주년이다. 물론 시간의 지속적인 흐름 속에서 100년의 단위는 그다지 긴 시간이 아닐 수도 있다. 더욱이 100년이란 시간 단위 자체가 저절로 의미를 담보해주지 못한다는 것도 분명하다.

그런데 문제는 이주홍의 경우처럼, 한 개인의 문학적 역정이 근대문학 100년의 역사와 엄밀하게 조응하면서, 부분과 전체의 변증법으로 존재하는 경우다. 이 경우 개인의 100년사는 단순히 기념할 만한 연속선상의 한 지점을 넘어, 무엇이 근대문학 100년이란 전체의 발전에 기여하였으며, 또 무엇이 아직껏 미해결의 과제로 남아 있는지를 규명하는 시금석이 될 것이다. 그리고 이주홍의 문학, 특히 이주홍의 어린이문학은 근대 어린이문학을 조망하는 시금석이 되기에 부족함이 없다.

이주홍은 1924년 3월 「잠자는 동생」이란 시를 통해 문단에 모습을 보인 이래, 1928년 『신소년』지에 「배암색기의 무도」를 발표하면서 본격적인 문학 활동을 시작했다. 이즈음은 근대 어린이문학의 출발선으로, 1923년 3월 방정환의 주관으로 잡지 『어린이』가 창간되었으며, 이 잡지에 이원수가 1925년 「고향의 봄」을, 마해송이 1926년 「바위나리와 아기 별」을 게재했으니, 이주홍이 처음 활동을 한 시기가 곧 근대 어린이문학의 태동기인 셈이다. 더욱이 그는 『신소년』의 편집을 맡은 이래, 1930년대에 「청어 뼈다귀」 「윤첨지와 잉어」 등 카프 이념의 연장선 위에서 사회의식이 뚜렷하고, 민중연대성이 돋보이는 작품들로 한 시대의 경향을 대표했다.

이어서 해방 직후에는 조선문학가동맹의 아동문학분과위원으로 활동했으며, 1950년대 이후 『아름다운 고향』(남향문화사 1953) 『피리 부는 소년』(세기문화사 1959) 『섬에서 온 아이』(태화출판사 1968) 등의 장편동화를 통해 어린이들의 삶을 섬세하게 어루만지면서 새로운 희망을 심어주기에 여념이 없었다. 그리고 1958년 '부산아동문학회'를 창립, 후원하면서 지역문학의 가능성에도 적지 않은 기여를 했다. 뿐만 아니라, 1980년대 이후 현재에 이르기까지 이주홍의 동화는 거의 모든 작품이 재발간되어 지금·여기의 어린 독자들과 쉼없이 만나고 있는 중이다. 탄생 100주년을 맞이하였음에도 그의 어린이문학은 지나온 문학사의 흔적이 아니라 현재의 문학으로 여전히 살아 꿈틀거리고 있는 것이다.

그러나 정작 그의 문학 활동의 전모는 아직도 명확하게 정리되어 있지 못하다. 작품연보는 아직도 수정 보완을 기다리고 있으며, 그의 문학적 성취에 관한 평가조차 많은 미답지를 남겨둔 채 여전히 진행중이다. '이주홍문학재단'의 설립과 잇단 연구자료집의 출간으로 속도를 빨리하고 있으나, 그가 근대문학 100년에 남긴 궤적을 충분히 복원하고 그 의미를 명료하게 자리매김하기에는 아직도 더 많은 연구가 집적되어야 한다.

이 글은 이주홍의 탄생 100주년을 기념하기 위해 그가 어린이문학에 남긴 가장 뚜렷한 성취인 장편동화 3부작, 곧 『아름다운 고향』 『피리 부는 소년』 『섬에서 온 아이』를 통해 이주홍의 작가의식과 서술방식의 특성들을 함께 규명하고자 한다. 이주홍의 장편동화를 분석함으로써 오늘날의 어린이문학은 그로부터 무엇을 배워야 하며, 또 무엇을 넘어서야 할 것인지를 전향적으로 가늠해보고자 한다. 그리고 이에 앞서 동화 장르에 대한 이주홍의 인식을 살펴봄으로써 그의 창작의 실제와 이론적 통찰 사이가 어떠한 연관 속에서 서로 견인하고 있었는지도 가늠해볼 것이다.

2. 동화 장르의 특성과 하위 장르 인식

이주홍이 본격적으로 동화를 창작한 것은 1930년대를 전후한 시기였다. 그리고 이 시기에 동화 창작과 나란히 「가난과 사랑」(조선일보 1929)을 비롯한 소설 창작에도 심혈을 기울여, 적지 않은 성과를 얻었다. 그러나 이주홍 문학은 동일한 서사 장르임에도 불구하고 동화와 소설이 명확하게 구분되어 있지는 않은 듯하다. 물론 이 혼란이 이주홍 자신의 장르 인식에 내재된 혼란인지 혹은 이후 연구자들의 분류상의 오류인지는 확인하기 어렵다. 다만 전문적인 어린이문학 매체가 부족한 가운데, 그의 창작이 『현대문학』을 비롯한 일반문학의 매체를 빌어 발표되었다는 것이 장르 혼란을 부추긴 측면도 있을 것이다. 「미옥이」(『현대문학』 1981년 10월호), 「아름다운 악마」(『현대문학』 1982년 8월호) 등과 같은 작품이 더러 소설로 분류되는 것도 이 때문일 것이다.

그러나 동화와 소설이란 장르가 애초 텍스트의 내적 자질로 명확하게 구분되는 것은 아니다. 텍스트의 내적 자질로 구분할 수 있는 것은 고작해야 서술자나 서술의 초점화자가 어린이인가 아닌가에 따라, 혹은 인물이 겪는 경험 내용과 경험으로부터 이끌어내는 주제의식들이 어린이의 경험 세계와 그 가치에 조응하는 정도에 따라 구분될 따름이다. 그리고 이와같은 경계는 언제나 자로 잰 듯 명확하지 않다. 얼마든지 그러한 특성을 갖추었음에도 불구하고, 동화가 아닌 소설로 분류할 수 있는 작품이 존재하기 때문이다. 그런데도 서술자나 서술의 초점화자, 경험 내용과 주제의식 등이 동화의 장르적 특성을 가늠하는 내적 기준이 되기에 부족함이 없는 까닭은, 이들 형상화의 과정에서 작가가 어떠한 독자를 발견하고자 하는지가 명확하게 드러나기 때문이다. 동화는 무엇보다 독자에 따라 구분되는 문학의 장르인 것이다.

이에 근거할 때, 이주홍의 동화 장르에 대한 인식은 그 어떤 작가들보다 선명하다. 비록 작품이 수록된 매체가 다를지라도, 이주홍의 동화는 동화의 장르적 특성에 엄밀하게 조응한다. 예컨대 『현대문학』에 발표되었던 「미옥이」를 들 수 있다.

> 열두 살 나는 이 집 식모아이 미옥이는 들을 때마다 할머니의 그 말이 옳은 말이라고 생각했다. 옛날 일을 잘 모르지만 지금은 참 좋은 세상인 걸 거라고 미옥이도 그렇게 생각했다. 텔레비전에서는 언제나 재미난 만화와 연속극들이 나온다. 냉장고에는 항상 차고 신선한 것이 들어차 있다.[1]

이 작품에 등장하는 주인공은 "열두 살 나는 이 집 식모아이 미옥이"다. 중심인물이 어린이인 것이다. 물론 어린이의 범위가 나라마다 또 시대마다 동일한 것은 아니다. 우리의 경우 식민지시대에는 다소 넓은 편폭을 가졌으나, 최근 들어 초등학교에 다니는 아이로 주인공 어린이의 연령이 명확하게 제한되고 있다. 이는 동화의 가능성을 현저하게 제한하는 그릇된 인

1 이주홍 「미옥이」, 『사랑하는 악마』, 창비 1983, 136~37면.

소설과 동화의 내적 특성은 서술의 초점화자, 경험 내용과 주제의식에 따라 구분된다. 「미옥이」는 동화의 문법을 충분히 자각하고 창작된 작품이다.
『사랑하는 악마』의 삽화, 홍황기 그림.

식이지만, 넓게 잡아도 주인공의 나이가 열다섯 이상을 넘어설 수는 없다.

이 작품의 서술자는 당연히 3인칭이다. 그런데도 작품의 서술을 장악하고 있는 보는이, 듣는이는 어린이임이 분명하다. '생각했다'는 행위의 주체는 미옥이이며, "텔레비전에서는 언제나 재미난 만화와 연속극들이 나온다." "냉장고에는 항상 차고 신선한 것이 들어차 있다." 등과 같은 서술자의 판단 역시 어린이의 판단이기 때문이다. 작품 전반이 담고 있는 경험 내용도 식모아이 미옥이가 주인집 사람들과 맺고 있는 유대와 아버지의 횡포 등이며, 그 경험을 받아들이는 관점 역시 미옥의 간난신고(艱難辛苦)를 벗어나고자 하는 소박한 바람과 주인집 가족들의 따스한 연민에 바탕을 두고 있다. 매체 속에 명시된 장르 규정이 어떠하든, 이주홍은 동화에 대한 자각을 바탕으로 창작을 한 것이다.

어린이문학에 관한 이주홍의 인식은 단순히 장르의 특성에 대한 인식에 그치지 않는다. 장르의 발전을 위해 동화에 무엇이 필요한지를 명확하게 인식하고 있다. 「나의 동화·소년소설관」[2]에서 이주홍은 어린이문학이 무엇보다 어린이를 향해 정확하게 방향설정이 되어 있어야 함을 지적한다. 어린이를 현실적인 독자로 하지 않고 작가들끼리 서로 작품을 돌려 읽는 한, 어린이문학의 발전은 무망하다는 것이다. 이를 타개하기 위해 작가들은 한층 어린이에 밀착해서 작품을 창작해야 함을 주창한다. 나아가 당시 동화들이 지닌 문제점을 조목조목 들고 있다.

그의 진단에 따르면, 어린이문학의 발전을 저해하고 있는 요소들은 '작가적 수업의 부족' '서양 동화의 범람' '상업주의 잡지들의 횡포' '비평의 부재' '재미의 결여' 등이다. 이 요소들은 사실상 오늘날의 동화에서도 완전히 극복되지 못한 채 오히려 확대되어 나타나고 있다. 단 한 가지, 작가들의 층이 더욱 두터워지고 작가적 역량 또한 전례없이 고양되었다는 점만이 달라졌을 뿐이다. 그러나 이 또한 그 저변에는 동화의 상업적인 성공이 자리잡고 있다. 그런데도 창작동화의 질을 높이려는 노력보다 손쉽게 서양 동화를 번역하고, 상업적인 군소잡지들은 군소작가들을 양산하며, 출판사는 출판사대로 일시적인 호황에 힘입어 부실한 작품에 일러스트레이션을 비롯한 외적인 장식을 덧붙이는 일에만 골몰하고 있는 중이다. 더욱이 동화 작품의 질적 성취를 평가할 비평은 다소 상황이 호전되었다고는 하나 여전히 전문적인 평론가를 양성할 여하한 제도적인 장치도 확보하지 못하고 있다. 20여년 전의 지적 가운데 어느 것 하나 시원스레 해결하지 못하고 있으니, 그만큼 이주홍의 진단은 날카롭고 정확한 것이 아닐 수 없다.

특히 그가 지속적으로 '동화의 독자성'을 강조하면서 그 중심에 '동화의 재미'를 설정하고 있음은 주목할 만하다. 더욱이 그가 재미를 '줄거리의 중요성'과 연결시켜, 구성적 특성에 주목하고 있음은 동화의 장르적 특성

2 이주홍 「나의 동화·소년소설관」, 이주홍 아동문학상 운영위원회 『이주홍 문학연구 1』, 대산 2000.

을 정확하게 간취한 것이라고 할 수 있다.

> 요즘의 동화에는 일반적으로 줄거리의 중요성에 관심을 덜 돌리고 있는 것 같이 보인다. (…) 물론 상황이 부연적 설명을 아주 부정하는 것은 아니지만, 지루하도록 너무 깊이 성인취미에 집착하고 있었다가는 송아지인 아동은 언제 내뺐는지 모르는 대신에 빈손엔 고삐만 쥐어져 있는 격을 당할 때가 있지 않겠느냐 하는 것이다. 수필동화란 이름을 지어 불러도 좋을만큼, 줄거리 아닌 한 단면을 그려보인데에 그친 단편동화를 종종 만날 땐 더욱이 그러한 생각이 간절해지는 것이다. 이런 점에 있어선 다양한 변화의 첩출(疊出)로 아동의 흥미를 사로잡는 만화의 수법이 우리에겐 타산지석(他山之石)이 되어도 그렇게 불명예스러울 것은 없을 것 같다. 아울러서 창작동화보다는 전래동화에, 우리 동화보다는 서양명작동화에 더 흥미와 친근감을 갖는 아동들을 야속하게 생각하기 전에, 일보를 후퇴해서라도 우리 동화작가는 구성미(構成美)의 기본이 되는 웅경(雄勁)한 줄거리의 중요성에 대해서 새로 한번 관심을 모아봐야 하지않을까 생각해보는 것이다. (『이주홍 문학연구 1』 21~22면)

다행스럽게도 이주홍은 동화의 핵심적인 장치로 "줄거리"를 들고 있다. 인생의 단면을 풍부하게 묘사하는 것과 대척에 놓이는 줄거리는 "다양한 변화의 첩출" "구성미" 등의 평가적 용어로 포착되며, 이를 통해 "아동의 흥미"[3]를 붙잡아야만 한다는 것이다. 이것이 곧 '동화의 독자성'과 직결된다는 주장이다. 이는 지금 돌이켜 생각해보아도 탁견이 아닐 수 없다. 동화야말로 배경이나 인물보다 사건 자체를 더한층 주요하게 설정하는 장

3 이주홍이 '재미'를 작품의 가장 주요한 덕목으로 삼고 있는 것은 그의 언술 곳곳에서 발견된다. 예컨대 『글짓기 선생』에서 그는 "무슨 글이나 노래나 할 것 없이 그것이 많이 읽혀지고, 오래 읽혀질 수 있는 큰 원인의 하나는 '재미'라는 것입니다."라고 밝히고 있다.(『글짓기 선생』, 창조사 1963, 27면) 또 만화와 비교하는 가운데 "재미라는 것에 자신을 잃은 우리의 문학이 스스로 독자를 만화의 편에다 넘겨

르이며, 사건을 중심에 둔 서사의 발전이 동화의 바람직한 방향성이기 때문이다. 또한 동화는 독자인 어린이를 떠나서는 존립할 수 없는 장르이기 때문이다.

동화의 독자성을 명료하게 인식하고 있었던 이주홍은 동화의 하위 장르에 관해서도 독특한 의견을 피력하고 있다. 그는 동화를 다시 독자의 연령에 따라 '동화'와 '소년소설'로 구분하고 있으며, 여기에 덧붙여 독특하게 '소녀소설'을 설정하고 있기도 하다. 또 '유모어소설'과 '소년역사소설'이란 하위 장르 명칭을 사용함으로써 동화의 다채로운 양상을 남김없이 포괄하고자 했다.[4]

먼저 이주홍은 동화와 소년소설을 구분한다. 명시적으로 밝히고 있지는 않지만 대강 설명하면 다음과 같다. 동화는 "아름다운 인정으로만 짜여진" 세계며, "생각하고 있는 일이 전부 만족하게 이루어져 있"는 세계며, "짐승이나 나무나, 돌 같은 것들이 주인이 되어서 재미나는 이야기를 꾸며"주는 세계다. 그렇다고 동화에 "반드시 짐승만 나와야 한다는 법은 없"다. 사람이 주인공일 여지는 충분히 존재한다. 그럼에도 동화는 "이야기의 줄거리로만 엮어진 먼 이야기"인 것이 사실이다.

반면 소년소설은 "소년들에게 읽히기 위해서 소년들이 잘 아는 말로, 소년들이 겪을 수 있음직한 이야기"라고 설명한다. 그뿐만이 아니다. 소년소설은 "사람의 바깥 움직임과 속 움직임" 등등을 "훨씬 자세하게 그리는 이야기"라고 덧붙임으로써 독자와 독자의 이해, 경험과 나란히 서술의 방식을 확장하여 제시한다. 또 '재미'와 '구성'을 빠지지 않고 덧붙이고 있다.

이주홍은 소년소설과 대척에 놓이는 '소녀소설' 또한 하위 장르로 설정

준 것"이며, "아이들을 붙드는 길은 그들에게 환상이 풍부한 문학을 보장한다는 책임있는 약속을 해 주는 일"이라고 주장함으로써 '재미'를 거듭 강조하고 있다.(이주홍 「아동문학은 전진하고 있는가」, 『아동문학』 제6집, 1963, 56~58면)

4 이상의 구분에 따른 다음 설명은 『글짓기 선생』에 실려 있다. 211~19면 참조.

하고 있다. 소녀소설은 "여자아이들의 취미를 만족시켜 주려는" 소설이며, 이들 작품은 "남자아이들이 웃음에서 얻는 즐거움보다 여자아이들은 눈물에서 더 아름다움을 느끼는 까닭"에 주요한 경험 내용이 서로 다르며, 따라서 독자적인 장르를 구분하는 것이 필요하다고 한다. 물론 지금의 관점에서 보자면 해묵은 성차별적인 인식일 것이며, 일고의 가치가 없는 주장일 것이다. 그러나 문제는 이주홍이 이들 하위 장르들을 구분하고 있었으며, 이러한 인식이 자신의 창작실천에 삼투되었을 것이라는 점이다.

소녀소설과 함께 이주홍의 하위 장르 구분에서 또 독특한 것은 '소년역사소설'[5]이란 명칭이다. 물론 역사소설이란 "지나간 시대의 인물이나 사건"을 담고 있는 소설이며, 소년역사소설은 "소년소녀들에게 읽힐 역사소설"이다. 이주홍은 장르의 필요성을 "눈에 보이듯 자세한 이야기"를 들려줌으로써 감동을 자아내기 위함이라고 말하며, 가능한 한 객관적인 지식의 중요성을 피력하고 있다.

이처럼 이주홍은 동화와 소년소설, 소녀소설, 소년역사소설을 각각 구분함으로써 동화의 하위 장르들 각각이 지닌 특성을 살리고자 하였으며, 그 모든 하위 장르들의 근저에 '재미'를 두어 어린이문학 장르로서 동화의 본질적인 표지로 삼고 있다.

3. 장편동화 3부작의 특성

이주홍의 동화는 단편이 주조를 이루고 있다. 그의 하위 장르 구분에 따르면 이른바 '동화'의 창작에 주력하였다. 그러나 초기 1930년대 그의 동

5 "나는 오래 전에 「이 순신 장군」이란 소년역사소설을 쓴 적이 있고, 또 이 밖에도 「어사 박문수」 「사명당」 같은 역사소설을 썼읍니다만, 앞으로 이 방면에 힘을 써 볼 예정입니다." 『글짓기 선생』 219면.

화는 결코 "아름다운 인정으로만 짜여진" 세계는 아니었다. 이러한 인식의 변화는 식민지시대와 해방공간, 한국전쟁을 거치며, 지배이데올로기에 맞서 더이상 작품 속에 자신의 정항을 고수할 수 없었기 때문이다. 결국 그는 유연하게 현실을 수용하고, 하위 장르에 대한 인식 역시 그에 맞추어 나갈 수밖에 없었을 것이다. 물론 그와같은 선택이 우리 동화의 발전이란 측면에서 부정적인 것만은 아니다. 「곰보바위」와 같은 작품을 통해 동화의 진면목을 발견할 수 있는 계기 또한 마련해주었기 때문이다.

그러나 「곰보바위」의 성취에도 불구하고, 이주홍 동화 득의의 영역은 단연 소년소설 혹은 소녀소설로 지칭되는 현실주의적인 작품들이며, 한국전쟁이 휴전으로 잠정 종결된 이후 이주홍은 적극적으로 소년소설의 창작에 몰두하기에 이른다. 그 결과 창작된 작품들이 장편동화 3부작이라고 일컬을 수 있는 『아름다운 고향』 『피리 부는 소년』 『섬에서 온 아이』다. 이 가운데 『섬에서 온 아이』는 장편이라고 보기에는 분량이 짧은 편이다. 그러나 서사의 구조나 탐구하고자 하는 주제의 편폭으로 미루어볼 때, 장편동화와 같은 구조적 특성을 지니고 있다는 점에서 단순히 분량으로 치지도외할 수는 없다.

이들 이주홍의 장편동화 3부작이 지닌 가장 큰 특성은 현실주의에 튼실하게 착근하고 있다는 점이다. 현실주의가 현실에서 소재를 취하는 단순한 양식으로 존재하는 것이 아니라 창작의 전과정을 조율하는 방법을 지칭하는 가치평가적인 범주라고 한다면, 이들 3부작은 모두 현실주의적이다. 『아름다운 고향』은 액자 안에서 식민지시대를 주요한 공간으로 설정하고 있으며, 다른 두 작품은 각각 1950년대와 60년대의 현실을 재현하고 있다는 차이가 있지만, 세 작품 모두 구체적 현실을 인물과 사건이 직조되는 배경으로 삼고 있다.

그리고 그 배경을 종횡하는 인물들은 한결같이 고통받는 인물들이다. 이주홍은 현실 속에서 겪는 인물의 고통을 가감없이 포착하고, 또 서사의 진행 속에서 현실적 고통을 극복하는 모습을 보여주고자 한다. 『아름다운 고향』의 현실은 식민지시대의 고통과 함께, 머슴을 살았던 현우의 부모로 대변되는 하층민의 고통, 그리고 경제적 고통에 직면하고 있는 현실이다. 『피리 부는 소년』의 영구 또한 다르지 않다. 전쟁을 배경으로 가족들과 뿔뿔이 흩어져 낯선 곳에 떨어져서 홀로 남의집살이를 하는 영구의 고통은 전쟁의 고통과 함께 이산의 고통이 중첩되어 나타난다. 『섬에서 온 아이』는 1960년대의 척박한 현실에서 여자아이 남조가 겪는 가난의 고통[6]과 악착스러운 세태로 인한 삶의 고통을 그리고 있다. 세 작품 모두 고통과 직면함으로써 서사의 기반을 마련하고 있는 것이다.

그러나 이 작품들이 고통에 함몰되어 있는 것은 아니다. 세 작품 모두 현실의 고통에도 불구하고 이에 맞서는 인물형상들을 통해 현실주의에 잠복된 희망 또한 적극적으로 형상화하고 있다. 비록 인물들은 한결같이 '결핍된 인물'들이지만, 이들은 서사 속에서 현실적 억압에 맞서 쟁투하는 정신의 견결함을 유감없이 보여주거나, 착하고 선한 마음가짐을 잃지 않고 소극적으로나마 현실과 힘겹게 맞서고 있다.

『아름다운 고향』에 등장하는 김서방이나 죽당선생, 어머니, 현우 등은 결핍 속에서도 어느 것 하나 부족함 없이 순정한 인물로 등장한다. 이는 이들 인물이 현실과 직접적으로 대면하는 인물이라기보다 액자소설의 형식에서 확인되듯, 현재의 관점으로 걸러진 과거의 인물이기 때문이다.

반면 동시대를 다루는 두 작품은 명확한 전망을 갖지 못하고 있다. 비록 낭만적인 계기들이 곳곳에 산재하기는 『아름다운 고향』과 다를 바 없으나, 『피리 부는 소년』은 예정된 결말인 듯 가족들과 해후함으로써 악착한 현실로부터 벗어난다. 반면 『섬에서 온 아이』는 새로운 희망조차 인물에

6 "떡은커녕 밥으로도 처녀가 시집갈 때까지 한 말 쌀을 먹고 가면 좋은 편이라는 그런 남조의 고향실정인 것이었다."라는 문장은 남조의 경제적 궁핍, 특히 여자아이들이 겪는 궁핍을 요약적으로 진술해 보이고 있다. 『섬에서 온 아이』 263면.

게 안겨주지 못한 채 원래의 자리로 단순히 회귀하고 마는 짜임으로 이루어져 있다. 그러나 이들 차이에도 불구하고 이 두 작품 역시 인물들이 순정한 존재로 표현되기는 다를 바가 없다.

이 3부작의 공통점은 단지 인물이나 현실주의적 방법에만 국한된 것이 아니다. 이 작품들은 모두 탈향과 귀향의 서사구조를 갖추고 있다. 더욱이 소설이 특정한 시점에서의 귀향을 다루는 것과 달리, 이 작품들은 동화의 특성에 맞게 처음, 중간, 끝이 모두 하나의 서사적 구조 속에 제시되어 있다. 『아름다운 고향』의 현우는 아버지의 죽음 이후 고향을 떠나 서울로, 다시 부산으로, 일본으로, 다시 고향으로 돌아온다. 『피리 부는 소년』은 서울에서 대전으로, 다시 직접적인 배경이 되는 부산 인근의 농촌마을에서, 부산으로, 서울로의 이동을 그려 보이고 있다. 물론 서울에서 마을로의 이동은 텍스트 외부의 공간으로 존재한다. 또한 『섬에서 온 아이』는 고향인 국섬에서 욕지섬을 거쳐 부산으로, 그리고 다시 배를 타고 고향으로 돌아가는 장면으로 끝을 맺고 있다.

이러한 탈향과 귀향의 구조는 '여행'을 주요한 모티프로 삼고 있는 옛이야기의 구조와 흡사하다. 옛이야기에서 여행은 사건을 촉발하는 배경을 이루는 한편, 인물의 성장을 가능하게 하는 계기로 작동한다. 마찬가지로 이 3부작의 세 주인공은 각기 귀향에 이르는 과정 속에서 예외적인 사건을 경험하고, 그 사건 속에서 성장해가는 것이다.

그러나 한층 깊이 살펴보면, 서사구조의 측면에서 이 작품들이 동일한 것만은 아니다. 『아름다운 고향』의 경우 서사구조는 현우의 서사와 함께 현우 가족의 서사 또한 엄연히 존재한다. 따라서 아버지의 죽음을 정점으로 하는 고향에서의 다채로운 이야기와 탈향 이후의 고전적인 귀향형의 서사가 이중적으로 존재한다. 물론 식민지시대라는 배경은 이 서사의 중심축을 3·1독립운동을 중심에 설정하도록 강제하며, 현우의 상경은 그에 비할 때 부차적이다. 그러나 양자를 동시에 아우르는 전체적인 서사의 구조는 단연 액자 속에 존재하는 현우의 일대기형식으로 기술되어 있음이 특징이다. 이는 서술의 시점이 갖는 특성에 기인하는 것으로, 식민지시대의 삶을 적극적으로 평가하고자 하는 이주홍 자신의 현재적 관심이 투영된 것이기도 하다.

이중의 서사구조가 존재하기는 『피리 부는 소년』도 다를 바가 없다. 특히 『피리 부는 소년』에서 탈향 이전의 구성은 명확하게 파노라마적인 풍속의 묘사, 시골을 배경으로 하는 소년들의 일상생활을 재현하는 데에 진력하고 있다. 이는 작가 자신의 서술로부터도 거듭 확인된다.

> 여기에는 '딱지치기' '담배 피우기 흉내' '고기 잡이' '소 먹이기' '참외 도둑질' '멱감기' '청개구리 잡기' '교회에 가서 그림 얻기' '호박에 말뚝 박기' '벌집 쑤시기' '나무에 올라가기' '쪽제비 잡기' '돈 훔치기' '꾸중 맞기' '곡마단 구경' '경주 놀이' '신문팔기' '피리 불기' 등 되도록이면 많은 생활의 토막들을 짜넣어 보았읍니다.[7]

그러나 영구의 가출 이후 서사는 모험담과도 같은 다채로운 사건 속에서 가족과의 해후라는 종결을 향해 치닫는다. 물론 그 속에서도 전쟁 직후의 세태들이 풍부하게 포착되고 있다.

반면 『섬에서 온 아이』는 『아름다운 고향』의 금의환향이나 『피리 부는 소년』의 고진감래의 가족 상봉이 없다. 탈향과 귀향의 원환적 구성 속에 인물은 칩거하고 있으며, 따라서 이어지는 수난담 후에 어떠한 희망도 명시적으로 드러냄 없이 끝나고 만다. 파노라마적인 구성이나 일대기적 구성을 취할 수 없었던 까닭은 분량의 제한이 주는 서사의 편폭 때문이기도 하지만, 1950, 60년대를 살았던 여자아이들의 전망이 결코 주관적인 열망

7 이주홍 외 『한국아동문학전집』 3권, 민중서관 1962, 348면.

으로 환치될 수 없는 엄혹한 시대상 때문이기도 할 것이다. 인물은 다만 혹독한 수난의 경험과 그로부터 스스로의 분복을 수용하는 소극적이고 수동적인 태도를 견지한 채, 다시금 고향으로 되돌아오고 마는 것이다. 물론 이 과정에서 인물의 순정함이 다행히 훼손되지 않았다는 것만으로 희망은 내재되어 있다고 보아야 한다.

이주홍의 장편동화 3부작은 이처럼 공통적인 자질과 함께 작품마다의 독특한 미적 자질을 지니고 있음이 분명하다. 그러나 이들 3부작이 지닌 또다른 놓칠 수 없는 공통점은 서사 자체의 다채로움이다. 앞서 이주홍 스스로가 동화가 지녀야 할 '독자성'이라고 언급했던, 어린이들의 흥미를 끌어야 하고 그러기 위해서는 줄거리에 치중해야 한다는 관점이 창작실천 속에 잘 반영되고 있는 것이다.

『아름다운 고향』은 영재가 다락방에서 아버지 현우가 남긴 기록을 발견하는 데에서부터 시작된다. 영재는 그 기록 속에 감춰졌던 아버지의 일대기를 바탕으로, 조선말기에서부터 식민지시대 전기간에 걸친 장구한 시간을 재구성하고 있다. 그 속에 할머니와 할아버지의 탈향, 현우의 탄생, 죽당선생과의 조우, 줄다리기, 3·1독립운동, 할아버지의 죽음, 현우의 탈향, 부산에서 일본으로의 이동, 일본에서의 고학과 음악 공부, 귀향, 그리고 서술자인 영재의 다짐 등으로 이어지는 과정은 장편동화라고 해도 결코 쉽게 담아내기 힘든 벅찬 내용이 아닐 수 없다. 그럼에도 작가는 능란하게 이 사건들을 효율적으로 묘사함으로써, 출렁거리는 서사의 박진감을 충분히 전달하고 있다. 가히 '구성미'가 돋보이는 작품이라 하겠다.

『피리 부는 소년』 또한 다르지 않다. 비록 제한된 시기를 묘사하고 있지만, 그 속에서 일어나는 사건들은 풍속의 재현과 함께 영구의 탈향 이후 영구가 도둑질을 일삼는 조직에서 벗어나고자 함에 따라 펼쳐지는 쫓고 쫓기는 양상들과, 다양한 인물들을 통해 조금씩 해후의 가능성을 획득하는 구성의 짜임이 비교하게 신선되고 있다.

『섬에서 온 아이』 또한 서사의 구성이 역동적이며, 풍부한 사건들이 직조되어 있음은 물론이다. 두 아이의 탈향, 할머니의 꼼에 빠짐, 두 아이의 헤어짐, 식모살이로 팔려감, 아주머니의 구박, 할아버지와의 만남, 할아버지의 이야기와 죽음, 소매치기를 당함, 인자와의 해후, 귀향 등으로 이어지는 사건의 연속은 짧은 분량에도 불구하고 풍부하고 다채롭다.

이와같은 줄거리, 곧 서사의 풍부함은 동화의 독자성을 분명하게 제시한 이주홍의 특장이며, 현재에 이르기까지 줄곧 이주홍의 작품들이 어린이와 만나는 행운을 누리는 이유이기도 하다. 계몽의 열망을 풍부한 서사 속에 녹여내는 작가의 창작 역량이 유감없이 발휘된 귀결일 것이다.

4. 장편동화 3부작의 '재미'

이주홍 동화가 어린이문학의 방향성인 '어린이'를 정확히 지향하고 있음은 명확하다. 그리고 이러한 방향성은 유독 서사의 풍부함에만 국한되지 않는다. 그는 독자의 '흥미'를 끄는 것이 진정한 어린이문학의 방향성이라고 생각하며, 이를 위해 다양한 장치들을 구사한다.

먼저 이주홍은 묘사를 최대한 억제한다. 인물을 제시하는 데 있어서도 요구되는 최소한의 설명조차 건너뛰고자 한다. 『피리 부는 소년』에서 인물을 제시하는 방식은 명쾌할 정도다.

> 골목대장 형태는 키가 멀쑥한 녀석이 올해 열네 살.
>
> 술장사를 하고 있는 늙은 할머니가 근근이 돈을 들여 중학교엘 넣어 주었지만 공부하기가 싫어서 학교 든지 한 달이 못 가 그만 집어 치웠다.
>
> 동식이도 술집 아이인데 역시 공부에 취미가 없어서 입학시험조차 치르지 않았다.

나이는 같은 열넷, 집안 식구라고는 술 파는 어머니 한 분밖에 없다. (198면)

작품의 도입에서 두 인물을 소개하는 대목이다. 이 부분은 계속 이와같은 방식으로 주요한 등장인물들을 일거에 제시한다. 이러한 성격적 특성들은 이어지는 서사의 근거를 마련하며, 이후 인물들은 행동만으로 충분히 서사적 기능을 감당해낸다.

이주홍은 중심인물을 제외하고는 내면의 심리를 드러내는 데에도 상대적으로 인색하다. 곧장 행동의 설명과 대화만으로 서사를 채운다. 따라서 망설임없이 사건 자체로 육박해 들어간다. 이와같은 속도감 있는 문체는 자연 서사의 긴박감을 더하며, 독자의 흥미를 이끌어간다. 그리고 이러한 문체적 특성은 초점화된 주인공의 감정을 직설적으로 서술 속에 표현함으로써 서술자와 서술대상 사이의 거리를 최대한 줄여나간다. 자연 독자는 서술자를 매개로 인물의 감정과 생각을 추체험하는 것이 아니라, 인물의 감정을 직접적으로 체험한다.

투당투당 소리가 나기로 쳐다보니 기어코 형태자식들이 온다.

망할 새끼들이 고기 담긴 샘을 보더니만 모두들 "야아" "야아" 하고는 소리를 내어 놀랐다.

영구는 아가리를 쥐어박아주고 싶도록 그 "야아" "야아" 하는 소리까지가 미워서 못 견디었다. (206~7면)

이 부분에서 서술자의 서술 시야는 오간데 없다. 다만 인물의 평가적 언술들이 여과없이 노출된다. 마치 1인칭시점처럼 서술의 지점 역시 인물에게로 완전히 귀속되어 있다. "기어코" "망할 새끼" "아가리를 쥐어박아주고 싶도록" "미워서 못 견디었다" 등의 격렬한 감정 표현들이 내면심리의 묘사가 아니라 서술로 표출된다. 그런데 이러한 서술방식이 웃음을 사아내는 것은 정작 여타의 인물들은 이 초점화자의 내면을 굳이 들여다보려고 하지 않는다는 점이다. 그저 행동을 이어갈 뿐이다.

이 장면에서도 주인공 영구가 물막이를 하고, 물을 모두 퍼낼 즈음에 형태를 비롯한 아이들이 나타나 힘없는 영구를 밀치고 함께 고기를 잡는다. 그리고 고기를 모두 잡고는 당연하다는 듯이 다음과 같이 말한다.

> 잡은 고기는 모두 두어 사발이나 되었다.
>
> "꼭 같이 가르자 엥이?"
>
> 형태는 여섯 몫으로 나누었다.
>
> 자기 몫에는 큰 것만 골라 놓고, 메기와 발 떨어진 게 한 마리까지 혼자 차지했다.
>
> 노상 기운이 모자라니까 하는 수는 없지만 영구는 배알이 틀려서 그냥 엉엉 울고만 싶었다. (207면)

주인공인 영구의 처지에서는 울고 싶은 상황이다. 그러나 인물들은 애써 영구의 내면을 들여다보지 않는다. 이는 이주홍이 전형적으로 웃음을 유발하는 방식이다. 그는 인물들을 희화화하거나 언어적인 놀이로 웃음을 유발하지 않는다. 이러지도 저러지도 못하는 상황을 창출하고, 그 상황 속에 피할 수 없이 몰입해 있는 인물들의 행위를 통해 웃음을 벙글게 만든다.

이러한 상황이 유발하는 웃음은 이 작품의 도처에 드러난다. 비가 쏟아지는 와중에도 참외를 서리당한 밭주인이 옷을 감추고, 결국 알몸이라 집으로 가지 못한 아이들은 모두 강 저편에 남는다. 물이 붇고, 마을 사람들 모두가 아이들을 찾아 나오고, 아이들은 결국 줄줄이 벗은 그대로 늘어서서 마을로 돌아온다. 그러나 이 상황 속에서 인물들은 누구도 웃지 않는다. 간신히 물살에 휩쓸려갈 위험을 넘어선 비장감이 오히려 인물들이 모두 겪고 있는 정서적 풍경이다. 그러나 한걸음만 비껴선다면 이 장면이 자아내는 웃음은 거의 폭발적이다. 작가 또한 슬쩍 인물의 행위를 삽입함으로써 의도적으로 웃음을 유발한다.

> 간신히 저쪽 둑에 닿았다.
>
> 골칵 하고 입 안에서 신물이 뿜겨 나왔다. 갑자기 한기가 들어서 아이들은 오들오들 떨었다. 입이 달달거려서 말이 옳게 나오질 않았다.
>
> 어머니들은 제각기 아이들을 안고 울었다.
>
> (…)
>
> 날이 아주 어두워졌다.
>
> 사람들은 발가숭이 여섯 놈을 일렬로 앞세우고서 마을로 들어갔다. 그래도 얼마쯤은 남이 부끄러운지 형태, 동식이, 장수는 골목에 들어서부터 두 손으로 아랫도리를 가리웠다. (215~16면)

이처럼 이주홍 동화의 해학은 문체적 자질과 나란히 상황이 주는 해학과 인물이 그 상황에 피할 수 없이 침잠할 수밖에 없음으로 더욱 증폭되는 해학의 양상을 띠고 있다. 그리고 이는 이주홍이 스스로 자각하는 방식이기도 하다.

> 대체로 우리를 웃기는 일이란 두 가지 종류가 있다고 생각합니다. 하나는 사람이 잘못해서 실패를 하거나 천치바보여서 모자라는 짓을 할 때이고, 하나는 몸짓·말소리·걸음걸이 같은 것을 이상스레 동작할 때입니다. 몸짓을 이상하게 하거나, 말소리를 얄궂게 내거나, 걸음거리를 익살맞게 할 때도 우습기는 하지만, 정말로 두고두고 우스운 것은 무어니 해도 해 나가는 일 그것이 우스울 때입니다. (『글짓기 선생』 217~18면)

당연히 이주홍이 주목하는 웃음의 방식은 후자다. 행위 그 자체가 웃음을 유발하는 것. 그렇다고 이주홍의 웃음이 그저 흥미 그 자체만을 위한 웃음은 아니다. 그는 웃음의 이면에 "함축된 교훈과 매운 비판 의식이 응결"[8]되어 있음을 알고 있다. 앞의 장면에서도 이주홍은 단순히 희화적인 상황 제시에만 그치기보다 영구를 둘러싼 다른 인물들의 위악을 드러내기 위해 상황을 축조한다. 그리고 그 위악이 사건을 추동하는 한 축으로 작동함으로써 현실성을 놓치지 않고 서사를 이어가는 역할을 수행하는 것이다.

『피리 부는 소년』이 소년들의 생활에 흩어져 있는 희화적인 상황을 드러냄으로써 흥미를 유발하는 것과 달리, 전반적으로 비극적인 정황 속에 잠겨 있는 『섬에서 온 아이』는 옛이야기를 직접적으로 끌어들임으로써 웃음을 유발한다. 이주홍에게 내재된 풍부한 옛이야기의 전통이 구체적인 작품 속에서 살아나는 것이다. 그리고 할아버지가 들려주는 옛이야기는 그저 서사를 늘이기 위한 장치가 아니라, 인물과 인물들을 서로 결속시키는 수단이자, 서사를 진행하는 장치로 막중한 역할을 수행한다. 이야기로 말미암아 인물들은 서로 교감을 나누고, 그 교감으로 말미암아 서사는 할아버지의 죽음이라는 새로운 국면을 맞기 때문이다.

5. 바람직한 동화의 방향성을 위하여

이주홍의 장편동화 3부작은 다채로운 공통적 자질을 지님과 동시에, 그만큼 상이한 개별 작품의 특성 또한 풍부하게 담고 있다. 그러나 이들 작품을 관통하는 중심에는 의연히 배경과 인물의 현실성이 존재한다. 더욱이 이주홍 동화의 현실성은 근대문학 100년의 역사를 함께 일구어온 살아

8 「책 머리에」, 이주홍 역편 『중국풍류골계담』, 정음사 1975, 3면.

있는 기록이다. 초기의 프롤레타리아적인 관점에 바탕을 둔 현실성이, 이 3부작에 이르러 세태의 현실성으로 바뀌는 것은 이주홍 작품에서 발견되는 것만은 아니다. 예컨대 김남천(金南天)을 비롯한 대부분의 카프 작가들이 걸어온 길이기도 하다. 다만 이주홍은 이 경로를 동화를 통해 구체화하고 있는 것이다. 그러나 이주홍이 남다른 것은 현실성과 함께 어린이를 향한 대중적 지향을 한 번도 창작실천 속에서 내던지지 않았다는 사실이다. 다양한 방식으로 드러나는 이 3부작의 재미는 그 단적인 노력의 결과인 것이다.

풍부한 서사, 상황이 유발하는 해학, 속도감 있는 문체, 묘사를 배제하고 인물의 직접적인 내면을 서술 속에 표출함으로써 독자와 갖는 공감의 밀도 등이 이주홍 동화의 특성이며, 이는 거듭 밝히건대 이주홍 동화만이 갖는 어린이를 향한 온당한 방향성이다. 그렇다고 이주홍의 동화가 완벽한 전범이 되는 것은 아니다. 인물의 운명을 희망으로 전화시키기 위해 우연성을 남발하는 것은 동화의 현실성을 심각하게 훼손하고 있다. 그러나 이는 어디까지나 그의 시대가 직면한 한계이지, 그의 창작실천이 갖는 불철저함에 기인하는 것은 아니다.

오늘의 동화는 더한층 어린이에게 가깝게 다가서고자 하는 그의 열정을 기꺼이 배워야만 한다. 사실 우리 동화에는 웃음이, 해학이, 출렁이는 서사의 풍부함이 지극히 부족하다. 진지한 현실성조차 이들 '재미'와 흔쾌히 마주치지 못한다면, 그것 또한 작가의 관념일 뿐이다. 계몽적 열정만으로 동화의 독자성이 충족되는 것은 아니다. 과연 개별적인 작품이 독자를 정확하게 향하고 있는지 오늘날의 작가들은 거듭 되물어야 한다. 그 점에서 이주홍은 역사가 아니라 여전히 현재형이다.

_『이주홍 문학저널』 제4호(세종출판사 2006. 5)

4부
동시 속의 현실주의

현재 우리의 동시는 동화에 비할 때 홀대받고 있는 것이 사실이다. 그러나 어린이문학 전반은 오히려 산문적인 세계보다 시적 상상력과 정서에 깊이 맞닿아 있다. 그림책이나 판타지, 유년동화 등의 산문적 장르들도 그 바탕은 시와 연관이 깊다. 동시의 부흥은 그 자체의 발전뿐만 아니라 어린이문학 전반의 발전을 위해서도 반드시 필요하다.

노래가 길이 되어

윤극영론

1. 동요, 겨레의 노래

"모든 예술은 음악의 상태를 동경한다."고 월터 페이터(Walter Pater, 1839~94)가 말한 적이 있다. 음악이야말로 완벽한 예술이라는 것이다. 무엇보다 음악에는 내용과 형식 사이에 어떠한 균열도 존재하지 않는다. 내용이 곧 형식이고, 형식이 곧 내용이다. 더욱이 음악의 형식인 화성과 리듬은 오직 음악만을 위해 존재한다.

회화의 경우 형식에 해당하는 이미지와 색채는 회화만을 위해 존재하지 않는다. 이미지는 삶 속에서 끊임없이 마주치는 것들이며, 색채 또한 일상적인 색과 분리해 생각하기 힘들다. 심지어 추상적인 표현조차 색과 형상에는 이미 존재하는 사물들의 색에 따라 정형화된 이미지와 구체적인 형상이 깊이 각인되어 있다.

문학의 매개가 되는 언어 또한 다르지 않다. 가장 비일상적인 언어의 용법인 시적 언어조차 일상어의 의미를 전제로 소통하고자 한다. 초현실주의적인 이상(李箱)의 시조차 무의미를 드러내는 의미로 작동하는 것이다. 그러나 음악은 그 어떤 의미와도 명료하게 단절되어 있다. 다만 모호하고 불투명한 정서만이 작동할 따름이다. 음악은 예술적 완벽함을 얻는 대신 의미를 잃어버린 것이다.

음악과 시로 이루어진 노래는 의미를 전달하지 못하는 최상의 예술형식이 고안해낸 대체물일 터이다. 예술이란 측면에서 가장 완벽한 음악과 가장 남루한 문학이 결합함으로써 노래는 정서와 의미, 모두를 하나의 예술로 아우르는 새로운 장르가 될 수 있었다. 그러나 자칫 노래는 음악이 갖는 감각적 쾌락과 시가 갖는 의미의 명료함으로 말미암아, 대중적인 장르로 전락할 위험을 언제나 안고 있다. 대중가요가 갖는 의미의 직접성과 단순화된 멜로디의 반복은 노래로서는 피하기 어려운 유혹이기도 한 것이다. 그렇지만 노래가 어린이와 만날 경우, 대중성으로 치닫는 데에 최소한의 방패막이가 형성된다. 어린이가 감각적으로 왜곡되지 않은 아름다움을 좋아하기 때문이기도 하려니와, 어린이가 대중성 자체를 긍정적인 관점에서 새롭게 의미를 부여해주기 때문이다.

애초 동요를 비롯한 어린이문학과 문화는 대중성을 본질적인 한 표지로 삼는다. 그러나 이 대중성은 열등한 하위문화에 부과하는 속성이 아니라, 문화적 차이로 뚜렷하게 부각된다. 무엇보다 어린이문학과 문화 전반은 대중적인 수용을 떠나서는 존립하기 어렵기 때문이다. 수용의 주체인 어린이가 적극적으로 향유하고 즐기지 않는다면, 어린이문학과 문화는 대중적일 수 없으며 나아가 문학이자 문화로 귀속되기도 힘들 것이다. 대중가요가 대중문화의 일환으로 다루어지는 데 반해, 동요는 그 자체로 어린이문학의 주요한 한 영역으로 자리매김되는 것도 이 때문이다.

그러나 어린이문학의 놓칠 수 없는 영역인 동요에 관한 논의는 아직껏 풍부하게 이루어지지 못하고 있다. 근대적인 창작동요는 더욱 그러하다. 기초적인 자료조차 정리되어 있지 않으며, 동요의 미적 자질에 대한 평가 역시 전무한 형편이다. 동요는 어린이문학에서 탐구를 기다리는 또다른 장르인 것이다. 그런데 최근 들어 동요에 관한 관심이 새롭게 일고 있다. 이원수의 동시를 다시금 노래로 되살리는 백창우의 작업이 그러하며, 윤극영의 전집을 출간하고자 하는 기획도 여기에 맞닿아 있다. 동요는 어린이의 노래일 뿐 아니라, 한때 어린이였던 어른들의 심성에 내재한 노래이기도 하며, 궁극적으로는 겨레의 노래인 것이다.

2. 초창기 동요의 한 표정

윤극영(尹克榮)은 1903년에 태어나 1988년에 작고했고, 몇년 전 탄생 100주년을 맞았다. 그나마 근대를 살았던 다른 아동문학가들과 달리, 그에 대해서는 가족들의 남다른 노력으로 상세한 연보와 작품들의 목록이 제대로 정리되어 있다. 뿐만 아니라 스스로 자전적인 기록들[1]을 남겨둠으로써 근대 어린이문학의 면모를 살필 수 있게 해주고 있다.

윤극영은 스스로 곡을 붙인 동요를 비롯하여 110편 남짓 되는 동시와 121편의 시, 산문과 중편소설, 동화, 미완의 씨나리오 등 다양한 장르를 넘나들며 창작활동을 했다. 활동의 영역도 넓어서 동시를 쓰는 동시인이자 동요에 곡을 붙인 작곡가로 활동하기도 했으며, 문화예술단체를 운영하기도 했고, '색동회'와 '새싹회'에 지속적으로 참여하는 등 어린이문화운동가로도 활약했다. 이들 다채로운 장르와 활동 가운데 윤극영을 돋을새김하는 것이 단연 동요에 있음은 두말할 나위 없다. 그는 황현산(黃鉉産)의 평가대로 "한국 최초의 전문적 동요작가로 우리 아동문학에 대한 하나

1 1973년 5월 8일부터 6월 10일까지 26회에 걸쳐 『한국일보』에 「나의 이력서」란 제목으로, 1981년 10월호부터 1984년 10월호까지 33회에 걸쳐 『소년』지에 「내 노래의 발자국」이란 제목으로 연재된 바 있다. 『한국일보』에 연재된 글은 근대 어린이문학 형성기의 다양한 표정들을 엿볼 수 있어 자료적 가치가 높다.

의 기원이자 전범"이었으며, "한국현대문학에 대한 그의 기여"[2]도 동요에 있다.

윤극영이 처음 동요에 눈을 뜬 것은 소파(小波) 방정환(方定煥)으로부터였다. 근대문학 형성기의 선구적인 인물들이 어떻게 어린이문화운동 속에서 서로를 세워나갔는지 윤극영의 자전 속에 감동적으로 그려지고 있다. 둘의 관계는 윤극영이 동경에서 음악 공부를 하고 있음을 알고 방정환이 동경의 하숙집으로 찾아와 인사를 나누고 노래를 하는 것으로 시작된다.

> 우리는 밤이 이슥한 줄도 모르고 노래를 불렀다. 나는 열심히 피아노를 쳤다. 그러다 갑자기 소파는 "왜 우리가 일본 노래를 부르지?" 하고 물어왔다.
>
> (…)
>
> "우리 고유한 노래가 없잖아?"
>
> "그래, 노래가 없다. 그것이 문제야. 3·1운동으로 뭔가 되는 줄 알았다. 그러나 아무 것도 못 하고 실패만 했지. 실패만 했어. 우리는 그래도 괜찮다. 그래도 우리는 알고 있어. 문제는 어린아이들이야. 그들에게는 우리의 노래도 없다. 윤극영, 어린이에게 줄 노래를 지어라. 그들은 10년, 20년이 흐르면 바로 우리나라를 지고 갈 역군이다."
>
> 나는 처음 묵묵히 듣고만 있었다. 소파는 예의 그 곁눈질로 천장을 쳐다보며 혼잣소리하듯 말을 했다. 입도 실그러져 있었다.
>
> "윤극영, 자네 혼자 음악공부를 해서 출세하면 뭣하나. 어린이에 대해 무심하면 안된다."
>
> "알겠다. 나도 어린이를 위해 힘쓰겠다. 지금 공부하는 것을 기초로 어린이 노래를 짓겠다."

---

2 황현산 「어린이들과 어린이」, 탄생 100주년 문학인 기념문학제 발표자료집 『논쟁, 이야기, 그리고 노래』, 대산문화재단 2003 참조.

소파는 기뻐했다. 우리는 서로 손을 잡고 눈물을 글썽였다.[3]

다소 긴 이 인용은, 이후의 관점으로 윤색된 측면 또한 없지 않아 있겠지만, 3·1운동 직후의 문화적 분위기를 물씬 담고 있다. 독립을 이룰 수 있으리라는 희망이 좌절되고, 다음 세대의 각성을 위해 어린이문화 건설에 함께 힘을 모으자는 소파의 간곡한 당부에 윤극영 또한 서둘러 화답한다. 스무살을 갓 넘긴 청년들의 포부와 기개를 거듭 확인할 수 있는 장면이다. 이 회합을 계기로 윤극영은 그해 1923년 5월 1일 어린이문화운동의 시원이 되는 '색동회'를 방정환, 진장섭, 조재호, 손진태, 정병기, 정순철, 마해송, 이헌구 등과 함께 결성하였다. 그리고 관동대진재로 급히 귀국하여, 1924년 부친이 마련해준 집 뒤뜰에 일성당(一聲堂)을 짓고, 그곳에서 아이들과 함께 「설날」이란 노래를 처음 짓는 것으로 근대 창작동요의 기원을 세워나간다.

「설날」은 일본의 새해맞이 노래가 아닌, 우리 정서와 삶이 깃든 노래를 짓고자 하는 열망에서 비롯되었다. 작품 또한 빠르고 경쾌한 곡을 통해 홍겨움을 적실하게 표현하고 있으며, 노랫말 역시 7·5조의 규칙적인 율격을 바탕으로 민족적 풍속과 인정을 가감없이 드러내고 있다. 다만 지나치게 풍족한 삶의 모습을 그려내고 있어, 윤극영의 개인적인 감회가 시대적인 현실과 중층적으로 결합되지 못한 채 동심주의로 이우는 한계를 보이고 있다. 이는 윤극영의 시세계가 갖는 특성이기도 하려니와 동요가 갖는 장르적 본질로 말미암아 삶의 현실을 폭넓게 반영하지 못하는 한계에도 기인할 것이다.

그러나 이 한 편의 노래로 윤극영의 문학 전반을 이중의 단절, 곧 과거로부터의 단절이자 현실로부터의 단절이라고 규정하는 것은 적절치 못하

3 윤극영 「나의 이력서」, 『한국일보』 1973년 5월 16일자.

다. 시와 음악의 경계에서 노래는 음악보다 현실과 훨씬 더 깊이 밀착되는 한편, 항용 시보다는 현실과 일정한 거리를 갖기 때문이다. 또 윤극영의 노래는 동요라는 장르의 특성 속에서 규명되어야지, 음악과 분리된 채 동시만이 독자적으로 평가되기 어려운 총체로 존재하기 때문이다.

「설날」의 경우, 민속의 복원과 함께 우리의 노래를 읊조릴 수 있게 된 것만으로도 폭넓은 현실 연관을 지닐 여지가 있으며, 이전의 창가와는 다른 리듬감과 격조를 갖춘 채 새로운 시대의 호흡과 조응하는 측면을 지녔다는 점도 높이 평가되어야 할 것이다. 특히 4/4박자 속에서 마디의 첫번째 음들이 밝고 경쾌한 모음들과 명료한 음절들로 이루어짐으로써 정서를 통일적으로 구조화하고 있으며, 나아가 서양악곡의 진행방식을 통해 그 정서를 뒷받침함으로써 새로운 활기를 느끼게 해준다. 다만 윤극영의 동요에 등장하는 현실 연관이 구체적인 식민지현실의 고통과 직접적으로 연결되지 못함으로써, 자칫 관념의 형식화로 기울 우려가 이미 이 최초의 동요 속에 깊이 뿌리내리고 있음은 간과하기 어렵다.

정작 윤극영 동요의 정점은 「설날」에 이어 만든 「반달」일 것이다.

푸른 하늘 은하수 하얀 쪽배엔
계수나무 한 나무 토끼 한 마리
돛대도 아니 달고 삿대도 없이
가기도 잘도 간다 서쪽 나라로

은하수를 건너서 구름 나라로
구름 나라 지나서 어디로 가나
멀리서 반짝반짝 비추이는 건
샛별 등대란다 길을 찾아라

—「반달」(1924)

이 동요가 갖는 진전은 방정환이 번안[4]한 아래의 노래와 비교하면 더한층 선명하게 확인할 수 있다.

> 날 저무는 하늘에 별이 삼형제
> 반짝반짝 정답게 지내더니
> 웬일인지 별 하나 보이지 않고
> 남은 별이 둘이서 눈물흘린다
>
> —방정환 「형제별」, 『어린이』 1923년 9월호(1권 8호)

방정환의 동요가 그 원전인 일본 동요의 직접적인 번역인지 혹은 자신의 정서를 투영한 번안인지는 실증적으로 밝혀야 할 과제이겠지만, 방정환이 일본문학을 수용해온 일반적인 관행을 염두에 둘 때, 직역인 것만은 아닐 것이다. 노래의 정서적 울림 또한 1920년대의 낭만적 정서와 조응하고 있다. 음악적 양상을 확인할 수 없는 것 또한 아쉽기는 하나, 감상적인 정조와 서사적 이야기를 짧은 시편에 담아내는 특성을 보이고 있음은 쉽게 확인할 수 있다. 전반적으로 서술적인 양상으로 진행되며, 엄격한 율격 속에 리듬감을 형성하고 있다.

그러나 이 작품에 비할 때, 윤극영의 동요는 시적 응축이 두드러진다. 더욱이 리듬감을 음률에만 기대지 않고, 대구와 병렬적인 구조를 통해 의미론적인 리듬을 풍부하게 살리고 있다. 뿐만 아니라 1연은 전반부가 확장된 대상에서부터 마침내 "토끼 한 마리"에 이르기까지 응축되어가는 양상으로 전개되며, 다시금 전체적인 움직임을 포착함으로써 배경 전반으로

4 방정환의 동요라고 알려져 있는 이 노래는 기실 나까가와(中川)라는 일본 사람이 작곡한 일본 동요이며, 이를 방정환이 번안한 것임을 윤극영의 자전에서 확인할 수 있다. 윤극영 「소파 방정환」, 『한국일보』 1973년 5월 16일자.

확대된다. 그러나 2연에서는 1연의 "서쪽 나라로"를 이어받아 시간의 축선 속에 행들이 배열되고, "샛별 등대"를 상징으로 삼아 "길을 찾아라"란 요청으로 끝맺고 있다. 윤극영 스스로 민족적인 음률이라고 간주해온 세 박자의 리듬 속에서 옛이야기의 서정을 고스란히 압축시키는 가운데, 민족의 암담한 현실 저편에 존재하는 빛을 향해 길을 모색해야 한다는 당위를 요청하고 있는 것이다.

윤극영은 이 동요에 대해 겉으로는 다음과 같은 서술로 심회를 피력한 바 있다.

> 현대적 생리나 그 감각에 비추어 이 노래는 반 세기 전 사회적 시름을 구가했던 낭만풍의 퇴역병사 같기도 하고 글자 맞추기 7·5조의 굴레를 벗지 못한 채 늙어버린 콩껍질에도 방불하달까.[5]

그러나 뒤이어 그는 "「반달」 노래는 2절로 되어 있는데 흔히들 둘째 절은 까먹고 1절만을 반복하고 만다. 차라리 1절은 그만두더라도 2절만은 빼놓지 말았으면 한다."(같은 글 181면)고 함으로써 은밀하게 배인 자부심을 피력하고 있다. 민족적인 지향이 명확하게 잠복되어 있음을 놓치지 말아달라는 작가 자신의 항변인 셈이다. 작가의 요청 여부는 차치하고, 무엇보다 한국의 어린이문학 역사는 이 동요를 초창기에 가짐으로써 시와 노래가 마주쳐 이루어내는 아름다움을 앞질러 경험하게 되었음은 물론이다.

5 윤극영 「나의 노래비」, 『윤극영전집 2』, 현대문학 2004, 180면.

3. 동시에 단 날개

윤극영이 기초를 다진 우리 동요의 초창기 면모는 시와 노래가 만나 길을 열어나가는 양상을 선명하게 포착하고 있는 것으로 평가된다. 그러나 그 행복한 결합은 더욱 고양된 형태로 개진되지 못했다. 그 까닭은 윤극영 스스로도 언급했듯이 "동심적 낭만"[6]이 동시적 세계 자체를 밀도있게 형상화하는 것을 가로막았기 때문으로 여겨진다.

「반달」 이후 비록 개인사와 함께 민족사적인 격변으로 인해 시기적인 단절이 없지 않았으나, 생애 전반에 걸쳐 그는 동요 창작을 손에서 놓은 적이 없는 것으로 보인다. 그러나 이후의 작업들은 동요의 역사에 선명한 이정표를 남길 정도는 아니었다. 다만 동시만으로 보았을 때는, 좋은 작품들이 거듭 창작되고 있는 것이 인상적이다.

털끝을 세우고 밤송이가
샛가지의 다람쥐를 흘키고 있다

빠끔히 내다보는 알밤 삼형제
입맛을 다시는 아기 다람쥐

회오리 바람손에 문이 열렸나
하나하나 밤톨들이 뛰어내렸다

어뿔싸 놓쳤구나 달아났구나

6 윤극영 「그 시절의 인정, 풍정」, 『윤극영전집 2』 187면.

텅 빈 방안이 아쉽기만 한데

히히 헤헤 밤송이 웃지나 말지
화가 나서 다람쥐 쌔근 발딱거린다

—「밤송이」, 『윤극영 전집 1』 111면

시인의 정서를 대상 속에 깊이 투영시켜줌으로써 다람쥐와 밤송이 사이의 인격화된 사건을 재미있게 표현한 이 시는 우리 동시의 성취로 손색이 없다. 그러나 전반적으로 여전히 동심주의에 잠긴 채 시적 대상을 귀엽게만 묘사할 뿐, 새로운 발견이나 인식의 날카로움이 부족하다. 자족적인 공간 속에서 이루어지고 있는 아름다움이기에 더 넓은 영역으로 파장을 일으키지 못한 채 머물러 있다. 윤극영의 동시가 갖는 아름다운, 그러나 폐쇄적인 성격은 「초가을」 「알밤송이」 등 다른 동시에서도 동일하게 변주되어 나타난다.

이와같은 폐쇄성은 소재의 선택이나 시상의 전개에서도 쉽게 확인된다. 「밤송이」에서와 같이 윤극영이 즐겨 소재로 선택한 것은 자연이다. '꽃'과 '달' '귀뚜라미' '봄눈' 등등 작고 여린 것들이 주로 소재가 된다. 이 소재를 두고 진행되는 시적 사유도 아름다움, 쓸쓸함과 함께 재롱을 확인함으로써 끝맺고 있다. 이는 윤극영뿐만 아니라, 해방 이후 윤극영과 가장 가깝게 활동해온 윤석중(尹石重)에게서도 드러나며, 우리 동시의 일정한 양식화된 틀로 존재한다. 동심주의는 윤극영이 실천해온 창작의 전부를 휘감고 도는 것이다.

그러나 윤극영의 문학사적 의미가 「반달」을 비롯한 초기 동요와 몇몇 동시에 국한된 것은 아니다. 무엇보다 윤극영의 동요는 자신의 동시를 뛰어넘어 다른 작가들의 작품을 적극적으로 노래로 만듦으로써 우리 동요문학을 풍부하게 채우는 데에 가장 주요한 역할을 했다는 점에서 잊을 수 없는 업적이다. 서덕출의 「봄편지」를 비롯하여 한정동의 「따오기」, 유지영의 「고드름」, 윤석중의 「어린이날 노래」, 권태응의 「감자꽃」 등은 우리 동요문학의 가장 아름다운 표정들이다. 이 다채로운 시인들의 시는 윤극영이 없었더라면 그렇게 많이 불려지지 않았을 것이며, 사람들의 내면 속에 깊이 닻을 내리지도 못했을 것이다. 그러나 동시만을, 그것도 피상적으로 볼 수밖에 없는 필자의 과문함은 다만 마음과 경험으로 그 소중함을 느낄 뿐, 어떻게 악곡이 동시를 더욱 풍부하고 깊이있게 만들었는지를 설명하지는 못한다. 음악을 제대로 이해할 수 있는 이들의 평가를 기다릴 뿐이다.

또한 윤극영의 동시에서 동심주의를 넘어, 동심이 갖는 보편적인 아름다움을 여실히 그려 보인 작품들도 발견할 수 있음은 다행이 아닐 수 없다. 특히 「자장가」는 그의 동요로서의 성취가 초기의 「반달」에 국한된 것이 아니며, 작곡가로서의 재능에 국한된 것도 아님을 여실히 입증해주는 좋은 작품이다.

> 두 입술 방실대며 아기가 잔다
> 고사리손 놀리며 아기가 잔다
> 잠인지 꿈인지 알 수가 없는
> 그러면서 아가는 자라난다 커간다
>
> 잠자는 아기 옆에 누나가 있다
> 책보는 누나 옆에 엄마가 있다
> 달랑대던 고양이 먼 데서 졸고
> 벽시계가 딩동댕 소리들을 낮춘다
>
> —「자장가」, 『윤극영 전집 1』 47면

아기를 중심에 두고 풍경을 묘사하고, 이어서 아기가 잠드는 모습을 소담스럽게 그려내고 있는 이 작품은, 동심주의를 넘어 보편적인 아름다움으로 성큼 상승해 보인 작품이다. 규칙적인 율격을 자유롭게 변형하고, 담담한 서술형의 종결어미를 통해 감정을 최대한 억제한 이 작품에는 아기가 무럭무럭 자라주기를 바라는 어른의 마음이 고스란히 응축되어 있다. 이는 '자장가'가 아이들의 노래가 아니라 어른들이 아이들에게 불러주는 노래라는 점에서 동요를 넘어서는 것이기도 하다. 그러나 그의 시적 성취는 다른 자리에서 다시금 살펴보아야 할 과제일 것이다.

4. 위안이자 희망의 노래

더러 질문을 받을 때가 있다. "문학이 세상을 바꿀 수 있느냐?"고. 그때마다 한소끔쯤 뜸을 들인 다음 고개를 갸우뚱거리며 대답한다. "글쎄."라고. 문학작품을 읽는 대다수의 독자들은 이미 머리도 마음도 굳어져 있기 때문이다. 따라서 아주 뛰어난 작품이 아니라면, 쉽사리 바뀌기는 어려울 것이다. 그러나 "어린이문학이 아이의 삶을 바꿀 수 있느냐?"는 질문에는 망설임없이 대답할 수 있다. "당연하다. 어린이문학은 바꿀 수 있다."라고. 물론 좋은 동화 한 편, 아름다운 동시 한 편이 아이를 전적으로 돌려세울 수는 없을 것이다. 그러나 조금, 아주 조금은 바꾸어놓을 수 있다. 그럼에도 그 작은 차이야말로 삶을 규정하는 작은 차이며, 사람과 사람을 서로 달리 살아가게 만드는 작은 차이다.

동화와 동시만이 그런 것은 아니다. 동요도 다르지 않을 터이다. 좋은 동요는 우리 아이들의 삶을 바꾸어나갈 것이다. 그런데도 오늘날 우리 어린이들은 노래를 잊고 이야기를 잊고 산다. 그러나 우리는 모두 알고 있다. 마음으로 불러보았던 노래는 결코 잊혀지지 않는다는 사실을. 노래는 불현듯 마음 깊은 곳에서 떠올라 위안이자 희망으로 우리의 등을 밀어줄 것이다. 윤극영의 「반달」과 「설날」이 그러하며, 그가 기꺼이 곡을 붙인 「감자꽃」과 「따오기」가 그러하다. 노래가 길이 되어 우리를 일어서게 만들 것이다.

_『현대문학』 2004년 5월호

겨울 들판이 부르는 봄의 노래

이원수 초기동시론

나의 살던 고향은 꽃피는 산골
복숭아꽃 살구꽃 아기 진달래.
울긋불긋 꽃대궐 차린 동네
그 속에서 놀던 때가 그립습니다.

꽃동네 새 동네 나의 옛고향
파란 들 남쪽에서 바람이 불면
냇가의 수양버들 춤추는 동네
그 속에서 살던 때가 그립습니다.

—「고향의 봄」, 『너를 부른다』, 창비 1979, 214면

1. 시인으로서의 이원수

동원(冬原) 이원수(李元壽, 1911~81)는 시인이다. 거의 모든 어린이문학 장르를 두루 거치며 왕성한 창작활동을 전개했지만, 어디까지나 그는 시인이었다. 다른 장르에서의 성취가 미미했기 때문이 결코 아니다. 전집으로 묶여 있는 수많은 작품들 가운데 『아동문학원론』(『이원수아동문학전집 28』, 웅진출판 1984)이 갖춘 이론적 탐구의 수준은 지금에 견주어보아도 손색이 없으며, 「꼬마 옥이」를 비롯한 현실을 탐구하는 동화나 『숲 속 나라』(신구

문화사 1953)와 같은 판타지 동화에서도 그는 큰 발자취를 남기고 있다. 오랜 수고를 거쳐 정리해낸 전래동화 역시 그의 필치에 힘입어 새롭게 단장을 한 작품들이 적지 않다. 그럼에도 이원수를 시인으로 명명하는 것에 어떤 망설임조차 없는 것은, 적어도 그의 문학 활동 전반을 꿰뚫는 정신이 시적 상상력에 뿌리를 두고 있기 때문이다.

시적 상상력은 산문적 정신과 다르다. 하이데거(Martin Heidegger, 1889~1976)가 말한 대로 산문적 정신이 외부 세계를 있는 그대로 드러내는 방식이라면, 시적 세계는 '대지의 은폐'라고 지칭되듯이 외부 세계를 자신의 내면 풍경 안으로 끌어당긴다. 객관적인 세계를 상상력에 힘입어 주관의 세계로 끌어당겨 새로운 눈·새로운 관점으로 들여다보는 것이 시가 갖는 고유한 특성인 것이다.

이원수의 창작활동은 전반적으로 존재하는 현실세계의 탐구에 치중하기보다 현실에는 존재하지 않는 것들에 대한 갈망에 바탕을 두고 있다. 심지어 가장 현실적인 동화들조차 소망이 충족된 공간이라기보다 결핍을 주로 그려냄으로써 유토피아적인 바람을 담고 있다. '지금 여기'에서 존재하는 것으로부터 때로는 '지금'이라는 시간의 틀, '여기'라는 공간적인 제한을 넘어서서 의당 삶에 있어야 할 것, 소망이 충족된 상태를 희구하는 것이야말로 시적 상상력의 본질이다.

물론 이원수가 시인으로 살고 또 창작활동을 지속한 것은 그가 살았던 시대에 기인하는 바도 크다. 그가 태어난 1911년은 일본제국주의의 강점으로 식민지시대가 막 시작된 즈음이었으며, 세상을 떠난 1981년 역시 여전히 비민주적이며 반민중적인 독재정권이 사람들의 삶을 왜곡, 마모시키던 시절이었다. 이러한 억압적인 상황이 그의 생애의 처음과 끝에만 국한된 것도 아니었다. 그가 살았던 근현대사 전체가 모든 살아있는 정신들에게는 엄혹한 고통이었을 것이다. 고작해야 '풍자냐 자살이냐'라는 아주 극단적인 문학적 대응만이 가능한 시대였다. 그러나 어린이문학의 어디에도 풍자나 자살이 비집고 들어올 틈은 없다. 그것은 출구가 막혀버린 시대가 강요하는, 절망의 서로 다른 두 얼굴이기 때문이다. 그런데 어린이문학은 그 어떤 상황에서라도 희망과 맞닿아 있지 않으면 안된다. 희망의 문학, 그것이야말로 포기할 수 없는 어린이문학의 존재 이유니까. 따라서 삶 전체를 어린이문학과 함께 시종한 이원수에게 허락된 유일한 출구는 시적 상상력을 통해, 그리고 시적 은유에 힘입어 상황을 우회적으로 돌파하는 것밖에 없었을 것이다.

그가 어디까지나 시인인 까닭도 여기에 있다. 어린이문학의 고유한 특성, 문학 활동의 현실적인 제약, 쉽게 획득하기 힘든 바람을 작품 안에 형상화한 그의 지향이 그로 하여금 시인으로 이 황량한 겨울 들판에 서서 봄의 노래를 부르게 만든 것이다. 기실 그는 열다섯 어린 나이에 「고향의 봄」(1926)으로 등단한 이래, 시쓰기를 멈추지 않았다.[1] 시인이기를 멈추지 않았던 것이다. 더욱이 그는 초기나 후기 할 것 없이 시종일관 빼어난 작품들을 발표함으로써 어두운 시대 어린이문학의 역사를 풍성하게 채웠으며, 앞으로도 어린이문학의 미래를 환하게 밝혀줄 결코 꺼지지 않는 등불로 남을 것이다.

이 글은 시인 이원수의 동시 작품들, 특히 초기작품들의 상상력을 되짚어보고자 한다. 그것은 곧 그가 무엇을 즐겨 동시로 표현하고자 했으며, 대상을 어떻게 밀고 나아가 형상화했는지를 밝히는 작업이 될 것이다. 그나마 어린이문학에서 이원수는 상대적으로 풍부하게 논의된[2] 시인에 해

1 이오덕은 이원수의 시작(詩作)이 정지된 것은 1933~34년, 44년, 51년, 81년뿐이었음을 피력한 바 있다. 이들 시기는 근현대사나 개인사로 미루어 도무지 시를 쓸 수 없었던 시점들이었으며, 거꾸로 왕성한 시창작이 이루어진 시기는 그의 개인사나 근현대사에서 빛나는 표정에 해당되는 시기였음을 추정하고 있다. 이오덕 「자랑스런 우리의 고전이 된 수많은 명편들」, 『이원수아동문학전집 1』, 웅진출판 1984, 414~16면.

2 김용순 「이원수 시연구」, 성신여대 교육대학원 석사논문(1988); 공재동 「이원수 동시연구」, 동아대 교육대학원 석사논문(1990); 김성규 「이원수 동시에 나타난 공간구조 연구」, 한국교원대 석사논문(1995).

당한다. 그러나 정밀한 분석이라기보다 인상에 치우친 평가가 대부분이며, 시적 상상력의 구조를 해명하는 것에까지 미치지 못한 것이 사실이다. 하여 가능한 한 그의 시적 작업에 내재된 원리를 재구함으로써 그의 문학 활동에 내재된 동력을 규명하고, 나아가 지금 여기에서의 어린이문학이 그에게서 무엇을 배워야 할 것인지를 더듬어보고자 한다.

2. 어두운 시대의 단절과 파탄

이원수의 작품활동은 1926년에 시작되어 1980년까지 이어지고 있다. 그 가운데 시집의 형태로는 『종달새』(새동무사 1947), 『빨간 열매』(아인각 1964), 『너를 부른다』(창비 1979) 등이 있다. 그러나 이 시집들로는 명확한 시기 구분이 가능하지 않다. 이어지는 시집이 앞의 시집에 수록된 작품들을 함께 포함함으로써, 새로운 시세계를 드러내 보이기보다 지속적인 보완을 거듭한 것으로 생각되기 때문이다. 따라서 새로운 시집의 출판을 새로운 시작 활동의 기점으로 보는 통상적인 관점이 여기서는 불가능하다. 결국 시정신의 변모를 작품 내부에서 밝혀 보여야만 하는 어려움이 있다.

그러나 어렵더라도 시기 구분을 해야 하는 까닭은, 지속과 변모를 동시에 포착하지 않고서는 한 작가에 대한 탐구가 불충분하기 때문이다. 그의 작품을 하나의 동그라미 안에 끌어모아 논의할 경우 자칫 특정한 몇몇 작품에 치중하고 말 우려가 있으며, 장구한 시기에 걸쳐 역동적으로 변화하는 양상들이 평면화되고 말 우려 역시 있다. 물론 그렇다고 해서 지나치게 세분하는 것 또한 바람직하지만은 않다. 중요한 결절점들을 통해 시적 작업의 변화를 선명하게 분리하고, 그 변화의 멀고 가까운 원인들을 탐구함으로써 현실과 대응하는 시인의 시창작에 가로놓인 시정신의 본질을 포착할 수 있어야 할 것이다.

그렇지만 이 글은 이원수의 동시 전체를 논의하는 것은 물론, 명확한 시기 구분을 통해 변화와 지속을 동시에 포착하기도 어렵다. 호흡이 길지 않은 글 자체의 특성 때문이기도 하거니와, 이들 총체적인 양상은 한꺼번에 획득하기도 힘들기 때문이다. 이 글은 다만 한국전쟁 이전의 시적 작업들을 통해 이원수 초기동시의 특성을 규명하고자 한다.

한국전쟁을 시기 구분의 한 축으로 설정한 것은, 1945년에서 50년까지의 시기를 새로운 분단모순이 각인되는 시대라기보다 식민지시대가 남겨둔 유제를 극복하는 시기로 파악하기 때문이다. 새로운 민족국가의 건설이 이데올로기적 대립보다 더욱 중요했던 시기로 평가할 수 있다는 말이다. 이러한 시기 구분이 유효한 것은 이원수 동시가 끊임없이 현실과 대면하는 가운데 창작되었으며, 현실의 모순이 달라짐에 따라 시적 상상력의 양상도 달라지기 때문이다. 전쟁의 와중에서, 그리고 그 직후에 창작된 다음 시편들은 그 변화를 선명하게 드러내 보이고 있다.

단풍 든 산을 끼고 차디찬 강물
언덕 위 외딴집엔 어린 나그네

등잔불도 없이
밤이 깊어서
누워서 듣습니다.
여울물 소리.

"잘 가거라, 잘 가거라.
언제나 만나 보니?
혼자 가니, 너 혼자
어디 가니? 어디 가니?"

목멘 어머니의 목소리같이
원망하는 누이의 목소리같이

싸늘히 차운 밤,
어린 길손을
여울물이 울며 가네.
부르며 가네.

—「여울」, 『너를 부른다』 102~103면[3]

이 동시의 두드러진 정서는 고립감과 단절감이다. 이전 동시에서도 이와 마찬가지로 가족들은 흩어져 있고 그리운 이는 멀리 있었으나, 그래도 한결같이 그리움을 노래하고 있었다. 흩어진 가족들이 함께 모여 살고, 마침내 그리운 이들과 해후하게 될 순간을 기다리고 있었다. 그러나 전쟁이 채 끝나지 않은 시기(1952)에 창작된 이 작품에는 어떠한 희망도 남아 있지 않다. "차디찬 강물"과 "싸늘히 차운 밤"은 시적 화자의 느낌이라기보다 시인의 실감이며, "어린 나그네"의 땅속 깊은 곳으로 잠기어드는 몸뚱이는 거의 죽음에 가깝게 맞닿아 있는 듯이 느껴진다. 함께 존재하는 가족인 어머니와 누이조차 애틋한 그리움이 아니라 설움과 원망으로 어린 나그네를 밀쳐낼 뿐이다.

이 막막한 단절감은 참담한 전쟁이 불러일으킨 환멸에 기인한다.[4] 더욱

3 텍스트는 주로 『너를 부른다』(창비, 개정판 1991)와 『고향의 봄: 이원수아동문학전집 1』(웅진출판 1984)에 기대었으며, 특히 이원수가 생전에 펴낸 시집인 『너를 부른다』를 저본으로 삼았다. 이하 『너를 부른다』와 『전집 1』로 간략하게 지칭한다.

4 이러한 시적 세계의 변모에는 전쟁의 와중에 그가 겪은 개인사의 영향도 있었으리라고 생각된다. 그는 전쟁통에 세 아이를 잃었다가 끝내 두 자식을 찾지 못하고 가슴에 묻어야 하는 고통을 경험한 바 있다.

이 시인은 시적 상황 속에 자신의 심리를 투사해보거나 스스로의 감정을 이입하여 노래하지 않고, 어린 나그네와 그를 부르는 "여울물 소리"를, 시 안에 존재하는 두 대상의 간절함으로부터 멀리 떨어져 관찰하는 목소리로 일관하고 있다.

이 단절은 소쩍새의 울음소리를 "잃어버린 내 동생이/죽었다며는/죽었다며는// 어쩌나 오빠 오빠/우는 저 소리."(「소쩍새」, 『전집 1』 143면)라고 표현한 작품에서도 동일한 울림으로 드러난다. 시인은 소쩍새의 울음을 죽은 누이가 오빠를 부르는 소리로 환청처럼 듣고 있다. 이러한 죽음의 세계 역시 엄격하게 단절된 세계임은 물론이다. 단절과 고립, 그것이 초래한 바닥 모를 비탄이 "으스스 귀 시린/바람받이 언덕에서/코스모스,/까아만 네 씨를 받는다."(「그리움」, 『너를 부른다』 106면)라는 날카로운 초월로 이어지는 것은 한편으로 당연하게 느껴지기도 한다.

1950년대 이후에 창작된 이원수의 중반기동시들의 전반적인 면모는 다른 글을 통해 더욱 섬세하게 밝혀야 할 것이다. 그러나 전쟁을 체험하면서, 그의 동시가 이전의 주관적인 정서적 울림을 벗어나는 한편, '그리움'이라는 뜨거운 가슴속의 불꽃조차 사위어버린 것만은 분명하며, 이를 통해 그의 동시세계가 확연하게 달라지는 것 또한 확인된다.

그렇다고 해서 이원수의 초기동시들로 분류되는 1926~49년에 이르는 시기의 동시들이 동일한 하나의 작품군으로 묶일 수 있느냐 하면 그것도 물론 아니다. 이들 초기동시에도 서로 다른 양상들이 뒤섞여 있다. 특히 중일전쟁이 일어난 1939년 즈음에서 광복에 이르기까지의 동시들은 초기동시 전반에 견주어보면 아주 두드러지게 달라진 면모를 지니고 있다. 다음 두 편의 '자장가'는 그 변화를 잘 보여준다.

① 저녁이면 성둑에
　아기 업고 나와서

"보오야, 넨네요."
"보오야, 넨네요."

아기는 일본 아기
칭얼칭얼 우남이.
해질녘엔 여기 와서
"보오야, 넨네요."

귀남아,
귀남아.
너희 집은 어디냐?
저 산너머 마을이냐?
엄마 아빠 다 있니?

나무 나무 늘어선 서산 머리는
새빨간 새빨간 저녁놀빛
귀남아, 네 눈에도 저녁놀빛.

—「보오야 넨네요」, 『너를 부른다』 176~77면

② 자장 우리 애기 어서 자거라.
해님도 잠자러 산 넘어가고
언덕도 들도 고히 잠잔다.
까아만 이불 덮고 고히 잠잔다.

자장 우리 애기 어서 자거라.
뒷산 기슭엔 노루가 자고

나뭇가지 가지마다 새들이 잔다.

자장 우리 애기 어서 자거라.
잠 잘 자면 오신다네 둥그런 달님.
우리 애기 잠자는 베갯머리에
달나라 꿈을 가득 싣고 온다네.

자장 우리 애기
어서 자거라.

—「자장 노래」, 『전집 1』 69면

이 두 편의 동시는 모두 '자장가'다. 동시를 쓴 시점도 그다지 멀리 떨어져 있지 않다. 작품 ①은 1938년 『소년』지에 게재된 것이며, ②는 1940년 역시 같은 잡지에 수록된 것이다. 그러나 동일한 제재를 다루고 있다는 것을 제외하고 이 두 작품의 지향은 전적으로 다르다. 사실 제재도 똑같지는 않다. ②는 말 그대로 소박한 자장가인 데 반해, ①은 아이에게 자장가를 불러주고 있는 귀남이란 여자아이를 묘사하고 있는 동시다. 따라서 시적 언술을 제시하는 목소리 또한 ①은 시인의 육성으로 들리는 데 반해, ②는 잠을 청하는 아이의 어머니거나 누이로 설정되어 있다. ①은 시적 화자의 개입을 최대한 억제하면서 묘사를 중심으로 연과 연을 이어가는 데 반해, ②는 시적 화자가 서술을 거듭하며 형식적인 율격을 맞추는 방향으로 진행되고 있다. 그러나 무엇보다 이 두 편의 동시가 갖는 근본적인 차이는 작품에서 표현되는 정서에 있다. ①이 비애와 연민으로 가득찬 결핍의 세계를 다루는 데 반해, ②는 언술의 대상과 주체 사이에 어떠한 분열도 없는 조화로운 세계를 그려내고 있다.

서로 이질적인 이 두 세계 가운데 어느 편이 이원수 초기동시의 본령에 가까운 것일까? 그것은 의당 ①의 세계다. 귀남이란 아이로 표상되는 고난받는 민족의 현실, 그 현실에 깊이 침잠하여 시적 언술의 주체와 묘사의 대상 사이가 어떠한 분열도 없이 견고하게 하나로 결합되는 세계, 형식에 구애받지 않는 자유로운 리듬 안에서 "새빨간 저녁놀빛"과 귀남의 눈에 맺힌 울음 섞인 "저녁놀빛"을 날카롭게 연결함으로써 비극의 정점으로 성큼 끌어올리는 상상력이야말로 이원수 동시의 본령인 것이다.

그렇다면 왜 이원수의 동시는 변화한 것일까? 작품 자체만으로 변화의 계기를 끌어내기는 애초에 불가능하다. 여타의 실증적인 연구가 뒷받침되어야 할 것이다. 그러나 변화한 것은 분명하며, 이 변화는 1945년의 「개나리꽃」, 1946년의 「너를 부른다」 「부르는 소리」에 이르러서야 다시금 원래의 시정신으로 되돌아온다. 그것은 곧 현실을 승인하는 체념의 정신에서 벗어나, 현실을 부정하고 새로운 모색을 기획하는 비판적인 시정신이다.

결국 1939년 즈음부터 광복 직전에 쓰인 시편들은 대체로 이원수 특유의 현실인식이 탈색되고, 짐짓 과장된 즐거움과 주체와 세계 사이의 모호한 화해로 일관하게 된다.[5] 「설날」(1939), 「종달새」(1940), 「꽃 피는 4월 밤에」(1942), 「꽃불」(1942) 등이 그 대표적인 작품일 것이다.

특히 "어머니를 졸라서 올에 첨으로/장난감 꽃불을 사러 갔더니/가겟집 안방에서 글 읽는 소리.//우리 반의 그 애다, 국어책을/아! 내일 배울 곳까지 죽죽 읽구나.//사려던 꽃불도 다 그만두고/나는 곧 달음박질, 우리집으로.//강 건너 산 위에는 별들이 나와/꽃불처럼 이룽이룽 피고 있었다."(『너를 부른다』 183면)는 「꽃불」의 경우, 가장 비극적인 변모를 대변해주고 있다. 이 동시에는 무엇보다 현실의 고통이 소거되어 있다. 1942년이란 시점에 "장난감 꽃불" 운운하는 것이 민족현실과 무관함은 물론이거니

5 이와같은 시정신의 변모는 최근 밝혀진 이원수 부왜문학의 실상과 조응한다는 점에서 주목할 만한 해석이다. 박태일 「이원수의 부왜문학」, 『경남·부산 지역문학 연구 1』, 청동거울 2002.

와, "국어책" 역시 일본의 국어책이지 우리 겨레의 국어책이 아님은 물론이다.[6] 더욱이 어린이의 마음은 '열심히 일본어를 공부하자'는 어설픈 교훈에 짓눌린 채 어디로 갔는지 없어지고, 그 빈자리를 "이룽이룽"이란 전혀 어울리지 않는 시늉말로 별과 꽃불을 연결하고 있다.

이러한 시적 파탄은 이원수의 동시에서 전무후무한 사례다. 그리고 그 변화는 이미 중일전쟁이 시작된 1939년에 시작되었으며, 대동아전쟁에서 승승장구하며 일본군국주의가 기세를 떨치던 시점에 이르러 정점에 도달한다. 그것은 곧 현실의 무자비한 폭력 앞에 한 시인이 절망하고, 체념하고, 또 스스로를 아무렇게나 던져버린 파탄의 기록인 것이다.[7]

3. 원형으로서의 초기동시와 지속적인 모색

1939년 이후부터 1945년 광복에 이르기까지 창작된 작품들이 시대적 현실 앞에 좌초해버린 시정신을 보여준다면, 그 이전에 창작된 이원수의 작품들은 이원수 동시의 원형을 보여준다. 모든 처음이 그러하듯, 이원수의 초기작품들 역시 힘겨운 모색임과 동시에 창작활동 전반을 앞질러 예감하게 하는 씨앗으로 존재한다. 더욱이 그가 무엇을 즐겨 시적 대상으로 포착하며, 그 대상을 자신의 내면으로 끌어당겨 어떠한 정서를 불어넣고자 하며, 마침내 작품의 미적 완결을 획득하기 위해 어떤 형상화의 방법들을 활

6 이러한 독법은 백기완이 박목월의 「나그네」를 언급하면서, "술 익는 마을마다 타는 저녁놀"이 궁핍한 식민지시대에 가당키나 한 표현인지 비판하고 있는 것과 같은 맥락이다. 이러한 관점은 문학작품을 상징으로서가 아니라 현실과의 기계적인 대응으로 보는 소박한 사회학주의에 잠겨 있는 것이 사실이나, 그러한 비판에 노출될 수밖에 없는 무감각한 작가정신도 문제가 아닐 수 없다. 백기완 『자주고름 입에 물고 옥색치마 휘날리며』, 시인사 1979 참조.

7 식민지시대 전반에 걸쳐 가장 치열하게 문학운동을 통해 민족현실을 타개하고자 노력했던 임화 또한 이 시기에 이르면 공공연하게 전향을 피력하게 된다는 것을 염두에 둘 때, 이원수의 이 시기 활동에 관한 평가는 더한층 섬세하게 접근해야 할 것이다.

용하고 있는지 앞질러 제시해 보이고 있다. 다음의 동시는 초기동시 가운데 가장 두드러진 성취에 해당하며, 이원수 동시의 지향을 엿보게 한다.

학교 마루 구석에
헌 모자 하나.
날마다 혼자 남는
헌 모자 하나.

학교 애들 다 가고
해질녘이면
가고 없는 주인이
그리웁겠지.

월사금이 늦어서
꾸중을 듣고
이 모자 쓰지도 않고
나간 그 동무,

지금은 어디 가서
무얼 하는지
보름이 지나도록
아니 옵니다.

—「헌 모자」, 『너를 부른다』 198~99면

이 동시의 중심제재는 '헌 모자'다. 이 모자는 월사금을 내지 못해 마침내 학교를 떠나고 만 동무의 모자다. 이 모자를 통해 시인은 학교를 떠난 동무에 대한 그리움과 안타까움을 표현하고 있다. 보잘것없이 학교 마루 구석에 팽개쳐진 모자, 그 모자에 시적 화자의 마음을 투영해보고, 혼자 버려지게 된 원인을 탐구하며, 이어 모자의 주인인 동무를 그려보는 것이다. 형식으로 보면 이 동시는 기승전결의 구성을 택하고 있다. 도입과 발전, 전환과 종결로 이루어진 이 구성방식은 전통적인 시상의 전개방식이다. 내적 구성은 구체적으로는 7·5조의 기본적인 음수율과 4음보의 전통적인 율격으로 제시되고 있다. 이로 미루어볼 때, 4음보의 율격이 일반적으로 그러하듯 역동적이라기보다 정적인 느낌을 불러일으킨다. 이는 동무에 대한 그리움이라는 애상적인 정서와 맞물려 있다.

특히 이 율격에서 드러나는 이원수 동시의 특성은, 기계적인 형식을 맞추기 위해 작위적으로 시어를 선택하고 있지 않다는 점이다. 두번째 연의 "해질녘이면"과 "그리웁겠지"는 하나의 음보로 빠르게 처리되고 있으며, 세번째 연의 "이 모자 쓰지도 않고"는 7·5조의 민요조를 변형함으로써 정서의 급격한 공감을 유발한다. 이러한 형식에 대한 상대적인 자유로움은 그가 동시를 언어의 문제 이전에 의미의 강화와 증폭이라는 관점에서 들여다보기 때문이다. 그것은 곧 동시를 현실에 대한 특정한 개입의 일환으로 생각하고 있음을 뜻한다. 동시를 보는 이러한 관점은 추후에 밝힌 것이기는 하나 이원수 자신의 언급에서도 엿보인다.

> 이 형식적 변화는 그 내용에 있어서도 일반 동요와는 상당한 거리를 갖는 것이었으니, 노래로서 소리 내어 부르기보다 마음속으로 속삭이거나 부르짖는 감정을 담게 된 것이었다.
>
> 시가 독자에게 즐거움을 준다는 것은 감정과 사상에서 남의 마음을 뜨겁게 해주거나 공감하게 해주는 데서 비롯할 것이지, 재미있는 얘기나 경쾌한 가락으로 될 일이 아니라는 생각을 갖고 있었다.[8]

이원수의 동시는 언어의 형식보다 의미의 형성에 더한층 주목하고 있다. 이는 전집인 『너를 부른다』에서 잘 드러난다.
이원수 동시전집 『너를 부른다』.

이 인용에서 그는 동요로부터 벗어나 동시 자체의 본질에 한결 가깝게 다가서고자 했음을 드러내고 있다. 동시는 노래라기보다 감정, 곧 정서의 표현이며, 동시의 감동은 소재나 율격이 아닌 생각과 느낌의 공감으로부터 비롯된다는 것을 밝히고 있다. 동시를 보는 이러한 관점과 그 관점에 바탕을 둔 창작실천은 그가 민족적 현실에서 동시의 소재를 선택하였으며, 고통과 비애, 안타까움과 그리움이란 보편적인 식민지시대의 민족정서를 표현하고자 한 것을 통해서도 확인할 수 있다.

「헌 모자」에서 전형적으로 드러나듯이, 이원수의 동시는 먼저 고난에 찬 민족현실이 어린이들의 삶에 어떻게 각인되고 있는지를 발견함으로써 비롯된다. 그의 동시에 등장하는 어린이들은 한결같이 경제적인 궁핍과 대면하고 있다. 「헌 모자」의 동무는 물론이거니와, 월사금을 내지 못했다고 늦도록 청소하는 설움을 노래한 「벌소제」도 다르지 않다. 이들 작품에 표현된 경제적 궁핍은 어린이들의 삶을 힘겹게 만들 뿐만 아니라, 어린이

8 이원수 「나의 동시와 나의 생활」, 『너를 부른다』 230면.

들 스스로 일거리를 떠맡게 하기도 한다. "밤이면 외로운 동무 내 그림자"와 함께 바느질을 하거나(「그림자」), "밤이 깊도록" "종이 잘라 봉지를 짓"기도 하며(「낙엽」), 급기야는 일본인의 아이를 돌보는 일(「보오야 넨네요」)에까지 내몰리게 된다.

그러나 경제적 궁핍은 고된 노동으로 그치지 않고 가족을 뿔뿔이 흩어지게 만든다. 이원수 동시에 등장하는 가족들은 한결같이 가난 속에 해체된 가족들이다. 누나는 공장에 가거나(「정월 대보름」), "광산에서 돌 깨는" 일을 하기 위해 가족과 떨어져 있거나, 늦은 밤이 되어서야 돌아온다.(「찔레꽃」) 아버지는 "하얀 산 멀리 너머 돈벌이"를 가셨고(「설날」), 어머니 또한 공장에서 밤이 되어도 오지 않는다.(「눈 오는 밤에」) 뿐만 아니다. 그나마 읍내로, 도회지로, 그도 아니면 광산으로 흩어져 사는 것은 같은 하늘 아래이기에 나은 편이다. 더욱 참담한 것은 모든 가족들이 뿔뿔이 흩어져 일을 해도 입에 풀칠조차 하기 힘들어 북간도로 일본으로 "우리 조선"을 두고 떠나는 일이다.

> 뛰— 고동 소리 배 떠납니다.
> 우리 조선 여기 두고 떠나갑니다.
>
> '잘 가거라' 손짓하는 사람 없건만
> 그래도 뱃머리만 바라다보며
> 이제 가면 언제 다시 돌아올는지
> 눈물만 씻고 씻고 또 씻으면서
>
> 절영도 섬을 돌아 떠나갈 때엔
> 어머님도 낯 가리고 설워 웁니다.
>
> —「일본 가는 소년」, 『전집 1』 16면

일제강점에 의해 시작된 급속한 농민층분해는 1920년대와 30년대에 걸쳐 조선민중의 삶을 극도로 황폐하게 만들었으며, 소작할 땅마저 빼앗겨버린 농민들은 그나마 호구지책이라도 마련하기 위해 유이민이 되어 조국을 떠나게 된다. 이원수의 동시는 이러한 민족적 정황을 포착하여 잇따라 시로 표현했다. 물론 조국을 떠나는 이의 심회를 피력한 시가 이원수에 의해서만 창작된 것은 아니다. 박용철의 「떠나가는 배」(1930)나 임화의 「현해탄」(1938) 등도 있다. 그러나 이 시편들은 한결같이 소부르주아적 지식인의 관점에서 조국을 등지는 비애와 다시 돌아올 즈음의 결의를 노래한다. 그러나 이원수 동시에서만은 조국으로부터의 출분이 뚜렷하게 민중적인 형상으로 포착되고 있다. 관념적인 비애 이전에 삶의 결까지 삼투해 있는 고통이 표현되어 있는 것이다. 이러한 민중적 관점은 우리 문학에서 고작해야 현진건의 「고향」(1922)에서, 그것도 간접적인 인용의 형태로만 포착될 따름이다.

이원수의 동시 안에서 조국을 등지는 이들에 관한 민중적 시야가 확보되는 것은 동시에서의 서술자가 어린아이기 때문에 가능해진 것으로 보인다. 어린이의 눈으로 삶과 그 삶을 둘러싼 현실을 보아야 한다는 어린이문학의 당연한 원칙이 적용되어, 어린아이를 가족의 한 구성원으로 설정하고 그 결과 가족 전체의 출분을 형상화할 수 있게 된 것이다. 청년들이 일본으로 가는 것은 유학생으로 가는 것인 반면, 유이민이 되어 가족 모두가 조국을 등지는 상황은 민중적 삶이 초래한 상황이며, 그 가족의 일원인 어린이의 시야는 민중적 관점을 결코 벗어날 수 없었던 것이다.

이원수 초기동시에 나타나는 민중적 지향은 단순히 제재의 문제로 그치지 않는다. 제재를 형상화하는 상상력에서도 이원수는 수미일관 민중적 관점을 놓치지 않는다. 그가 주로 그려내고자 하는 것은 민중적 삶 그 자체가 아니라, 그 삶에 식번한 어린이가 겪는 생활의 고난함과 아픈 마음이다.

「헌 모자」는 그 전형적인 한 예일 따름이다. 따라서 시인은 자신의 세계를 이들 어린이에게 투영시켜봄으로써 어린 마음이 겪는 상처를 어루만지고자 한다. 가능한 한 시 속에서 말하는 아이들의 목소리에 시인의 목소리를, 심리적 투사를 통해 일치시킴으로써 동질감을 획득하는 한편, 독자에게는 어린이들의 경험을 육성 그대로 듣고 있다는 느낌을 환기하는 것이다.

투사를 통한 경험과 정서의 공유는 특히 독자에게 환기하는 정서적 감응을 극대화할 수 있는 상상력이다. 지적 조작을 통한 것이 아니라, 경험과 정서적 반응의 주체인 시적 화자를 직접적으로 형상화함으로써 독자의 심정적 동일시를 이끌어내기 때문이다. 더욱이 이 상상력이 1920년대 후반 임화를 비롯한 프롤레타리아 시인들이 즐겨 형상화한 서술시와 연결되어 있는 것도 주목할 만하다. 특히 임화의 「우리 옵바와 화로」(1929)에서는 반복과 점층을 통해 정서를 고양시켜가고, 인물을 통한 이야기를 시 안으로 끌어들이거나 직설적인 언술을 윤색 없이 제시함으로써 긴박감을 획득하는 기법도 원용되고 있다.

「눈 오는 밤에」 「이삿길」 「벌소제」 등이 갖는 서술적 특성과 프로시를 비교하면 그 연결관계[9]를 명확하게 파악할 수 있다. 그리고 이들 서술시들이 공통적으로 시적 화자의 목소리에 시인의 목소리를 투영하고 있으며, 이원수는 이 방식을 적절히 활용함으로써 동시를 노래의 차원에서 시의 차원으로 한단계 끌어올릴 수 있었던 것으로 보인다.

심리적 투사와 함께 이원수 동시에서 두드러지게 드러나는 유형은 회상의 형식으로 과거의 경험을 그대로 제시하는 시편들이다. 최초의 작품인 「고향의 봄」에서 이미 이러한 지향들이 확인되며, 「고향 바다」(『너를 부른다』 194면)에서 동일하게 변주된다.

9 임화를 비롯한 프롤레타리아 시인의 서술시와 이 시기 이원수의 시가 갖는 공통적인 자질은 당시 문학운동의 흐름과 어린이문학이 갖는 일반적인 관계를 비춰보는 척도이므로 깊이있게 탐구될 필요가 있다.

봄이 오면 바다는
찰랑찰랑 차알랑.
모래밭엔 게들이
살금살금 나오고
우리 동무 뱃전에
나란히 앉아
물결에 한들한들
노래 불렀지.

내 고향 바다
내 고향 바다.

자려고 눈감아도
화안히 뵈네.
은고기 비늘처럼
반짝반짝 반짝이는
내 고향 바다.

「고향의 봄」과 「고향 바다」의 공통적인 정서는 이원수의 초기동시가 그러하듯 그리움이다. 그러나 다른 동시들이 가족이나 동무들에 대한 안타까운 그리움인 데 반해, 이들 작품에서 드러나는 그리움은 결국 충족되지 않은 상태를 향한 동경에 가깝다. 이미 왜곡된 근대를 경험한데다, 다시는 돌이킬 수 없는 과거로 역사의 저편에 멀리 떨어져 존재하는 이상을 노래하고 있는 것이다. 그리고 이러한 작품세계는 훼손되지 않는 삶의 진정성을 드러내고 있다는 점에서 이원수 동시의 궁극적인 원형에 가까우며, 우기동시에 속하는 「대낮의 소리」(1980)나 「아버지」(1981)에서 다시금 곡진하게 펼쳐진다.

요컨대 식민지시대 이원수의 동시는 두 유형의 상상력에 주로 기댄 채 형상화의 방식을 선택한 것으로 보인다. 시인의 심리를 투영하여 시적 화자의 직접적인 목소리를 제시하는 방식과, 과거의 경험적 공간을 그대로 재구성하는 방식이 그것이다. 심리적 투사를 통해 시인은 현실의 결핍과 부재하는 이를 향한 그리움을 표현함으로써 왜곡되고 뒤틀린 현실을 비판적으로 형상화하였으며, 과거의 이상적 세계상의 재발견을 통해 궁극적으로 소망하는 진정성의 세계를 표현하였다.

그러나 이들 세계는 일본제국주의의 극심한 발호로 말미암아 존재하는 현실 자체에서 그리움이나 소망스러운 상태를 자의적으로 조합함으로써 파탄을 경험한다. 그리 오랜 시기가 아니었으며, 많은 작품이 창작된 것도 아니었으나 이 시기의 주관적이고 어설픈 화해가 극복되는 것은 광복을 경험한 다음임은 물론이다.

4. 다시 부르는 희망의 노래

광복 이후 이원수의 동시는 시대의 변화와 함께 이전의 결곡한 목소리를 성큼 회복한다. 그 처음의 자리에 「개나리꽃」(『너를 부른다』 184면)이 놓여 있다.

개나리꽃 들여다보면 눈이 부시네.
노란빛이 햇볕처럼 눈이 부시네.

잔등이 후끈후끈, 땀이 밴다.

아가 아가 내려라, 꽃 따줄게.

아빠가 가실 적엔 눈이 왔는데
보국대, 보국대, 언제 마치나.

오늘은 오시는가 기다리면서
정거장 울타리의 꽃만 꺾었다.

이 동시는 눈부신 발견으로부터 시작된다. 노오란 개나리꽃을 가만히 들여다보노라면 마치 부신 햇빛을 보는 것처럼 그 노란빛에 눈이 부시다는 것으로 시는 비롯된다. 이어 잔등에 땀이 차는 것으로 봄날의 따뜻함을 전하며, 이는 다시금 눈 오는 겨울과 대비되어 보국대란 식민지 현실의 한 상처가 드러나고, 결국 꽃으로 전이되어 기다림을 표현하는 것으로 끝맺는다. 이 동시는 이전 동시에서 줄곧 한켠을 지키던 과도한 감정표현이 사라지고, 섬세한 묘사로 충만해 있다. 더욱이 기승전결로 잘 짜여진 형식적 구도 속에 전래의 율격을 회복함으로써 유연한 리듬감을 되찾고 있다. 그가 다시금 시인으로 몸을 세우는 발판으로 손색이 없다.

더욱이 이 동시는 이즈음에 창작된 이원수 동시의 특질 또한 밝혀주고 있다. 그것은 '아버지'가 압도적인 비중을 지닌 채 중심적인 제재로 진입하고 있다는 점이다. 「송화 날리는 날」에서 "어머닌 밭을 매고/저희들은 잘 큽니다./못 오시는 아버지,/염려 말고 잘 계셔요."(『너를 부른다』 89면) 하고 읊조리거나, 「성묘」에서 "아버지 산소 찾아가면/말 없어도 나는 늘 맹세했었다./애쓰다 못 이루고 참혹히 가신/아버지를 좇으리라 맹세했었다."(『전집 1』 123면)라고 입술을 앙다물 때, 어김없이 아버지가 한켠을 지키고 있다.

이는 무엇보다 광복 직후의 시대적 현실, 곧 새로운 나라의 건설이란 빈족적 과제와 관련되어 있을 터이다. 그것은 이전 식민지시대의 여성성으로 그리움을 노래하던 것과는 질적으로 달라진 세계다. 이원수는 그리움에 눈물짓던 유소년에서 스스로 두 발을 땅에 딛고 서지 않으면 안되는, 성큼 자란 소년의 눈으로 아버지의 발자국 안에 자신의 발자국을 다시금 밀어넣으며 사물과 세상을 보기 시작한 것이다.

이즈음에 이원수의 동시는 시 속의 화자와 시인의 육성이 분리되지 않고 하나로 통합되어 존재한다. 그는 더이상 시적 화자를 매개로 경유하지도, 자신의 심리를 투사하여 인물을 상상적으로 들여다보지도 않으며, 직접 자신의 목소리를 '우리'의 목소리로 확장하여 담담히 드러낸다. 「너를 부른다」의 "양담배 양사탕/상자에 담아 들고/학교엔 안 나오고/한길로만 도느냐./우리도 목메며/너를 부른다."(『너를 부른다』 87면)에서 보듯, 시적 화자는 짐짓 새로운 인물로 형상화되지 않고, 시인 자신으로 환치할 수 있는 존재다. 이러한 경향은 해방공간의 가장 빼어난 동시 가운데 한 편인 「부르는 소리」(『너를 부른다』 110~11면)에서도 여실히 드러난다.

해가 지면 성둑에
부르는 소리.
놀러 나간 아이들
부르는 소리.

해가 지면 들판에
부르는 소리.
들에 나간 송아지
부르는 소리.

박꽃 핀 돌담 밑에

아기를 업고
고향 생각, 집 생각
어머니 생각—

부르는 소리마다
그립습니다.
귀에 재앵 들리는
어머니 소리.

이 동시는 「개나리꽃」과 마찬가지로 아이를 업어 재우는 상황으로 설정되어 있다. 그러나 '어머니를 향한 그리움'이라는 주제를 전달하는 목소리는 특별히 어린 여자아이의 목소리로 한정되지 않는 편폭을 지니고 있다. 서술적인 종결어미와 함께 완전한 형태의 통사구조가 이를 뒷받침해준다. 그리고 이 동시 또한 이원수의 정제된 시편들이 그러하듯이, 기승전결의 구조와 정형화된 율격을 보이고 있다.

그러나 무엇보다 이 동시의 두드러진 자질은 이미지의 통일성에 있다. '어머니 생각'을 중심적인 소재로 설정하고, '부르는 소리'라는 감각적인 이미지를 원환처럼 둥글게 둘러치고 있다는 점에서 알 수 있다. 그리고 이들 이미지를 서로 연결하는 힘은 연상의 적실성에 달려 있다. 중심적인 대상과 긴밀하게 결부된 연상이 고리가 되는 것이다. 이러한 연상을 통한 이미지의 통일적인 구성은 후기의 「대낮의 소리」에서 완성된 형태로 제시되며, 이원수 동시의 또다른 축으로 기능하기에 이른다.

해방공간으로 지칭되는 이 시기의 변모, 즉 정교한 묘사와 시인과 시적 화자의 일치라는 변모와 나란히 특기할 점은, 이원수 동시의 득의의 영역에 해당하는 이상적인 세계에 대한 동경을 표현하는 시편이 여기에 함께 포함되어 있다는 것이다.

마알가니 흐르는 시냇물에
발 벗고 찰방찰방 들어가 놀자.

조약돌 흰 모래 발을 간질이고
잔등엔 햇볕이 따스도 하다.

송사리 쫓는 마알간 물에
꽃이파리 하나 둘 떠내려온다.
어디서 복사꽃 피었나 보다.

—「봄 시내」, 『너를 부른다』 153면

이 동시에는 「고향의 봄」 「고향 바다」에서 획득한 성취들이 다시금 변주되어 나타난다. 현실과 대척에 놓인 놀이의 공간에서, 근심 하나 없는 아이들의 활기찬 움직임과 홍겨운 느낌을 적절히 표현하고 있으며, 마지막 행에서 단순한 반복을 피하고 변형을 가함으로써 의외의 종결을 통한 여운을 획득하고 있다. 상상을 통한 가공 없이 현실을 그저 굵은 붓으로 그려내듯 묘사하는 가운데, 단순하고 소박한 세계, 아주 오래도록 우리네 아이들을 둘러싸고 있던 밝고 경쾌한, 꾸밈없고 아름다운 세계를 싱그럽게 분출시켜내고 있다.

그러나 안타깝게도 이러한 동시세계는 이원수에게서는 극히 보기 드문 경우다. 한 시인을 행복한 시간 속에 머물게 하는 것이 아주 어려운 일임을 새삼 확인한다. 시인은 그 시대의 무게로부터 결코 완전히 자유롭지 못하기 때문이다. 현실이 무겁게 짓누르고 있는데도 그것을 외면하는 시인에게서 좋은 동시가 더러 생겨나올 수는 있어도, 그가 결코 빛나는 시인이 될 수는 없다.

5. 함께 듣는 봄의 노래

이원수의 호는 동원(冬原)이다. 겨울 들판. 그는 생애 전체를 황량한 겨울 들판에서 보냈다. 맵고 찬 바람을 온몸으로 맞받으며…… 그가 살아내야만 했던 한 시대 전체가 바람막이조차 없는 황량한 들판이었다. 그러나 그는 에둘러가거나 비껴서지 않았다. 묵묵히 시대의 불행을 온몸으로 껴안고자 했으며, 개인적인 상처조차 시대의 풍경 안에 깊이 끌어안아 다스리고자 했다. 더욱이 그는 결코 홀로 서 있지 않았다. 그의 등뒤에는 잎을 떨군 작은 나무들과 물새들은 물론이거니와 돌아오지 않는 누이를 기다리는 사내아이와 금방이라도 힘겨워 떨어뜨릴 듯 아이를 들쳐업은 여자아이가 서 있었다. 그 모든 작고 여린 것들이 그의 등에 매달려 서로 볼을 부비며 온기를 나누고 있었다.

이 모든 나눔의 일들을 그는 문학을 통해, 문학 안에서 끌어안고자 하였다. 물론 그의 문학은 자신만의 내밀한 욕망을 토로하거나, 언어 자체에 깊이 침잠하는 문학이 아니었다. 그에게 문학은 삶을 비추는 거울이었으며, 삶과 뜨겁게 마주치는 현실이었다. 그는 마치 질박한 농사꾼이 씨를 뿌리고 곡식과 푸성귀를 거두어들이듯 시를 심고 길러내고 거두어들였으며, 뚝심 있는 노동자가 연모를 힘껏 내리쳐 긴요하게 쓰일 물건을 만들어내듯이 시를 거듭거듭 담금질했다. 그 결과 그의 동시는 잘 여물고 잘 벼린 것들에서만 발견되는 풍성하고 단단한 아름다움이 있다. 그 아름다움은 오래도록 어린이문학의 역사를 밝히는 빛으로 남아, 그 빛살 안에서 머무르는 모든 어린이를 그의 동시만큼이나 풍성하고 단단한 이로 키워낼 것이다.

_『어린이문학』 2000년 8월호

끝나지 않은 희망의 노래

이원수 후기동시론

나무야, 옷 벗은 겨울 나무야,
눈 쌓인 응달에 외로이 서서
아무도 오지 않는 추운 겨울을
바람 따라 휘파람만 불고 있느냐.

평생을 지내 봐도 늘 한 자리
넓은 세상 얘기는 바람께 듣고
꽃 피는 봄 여름 생각하면서
나무는 휘파람만 불고 있구나.
—「겨울 나무」, 『고향의 봄: 이원수아동문학전집 1』, 웅진출판 1984, 184면

1. 이원수 후기동시의 특성

이원수의 후기동시를 한마디로 표현하면 어떻게 말할 수 있을까? 아니, 그의 동시 전반을 뭉뚱그릴 수 있는 말은 무엇일까? 물론 한 생애에 걸쳐 매달려온 일을 하나의 단어로 묶어버리는 것은 어리석은 일일 터이다. 햇빛을 향해 꿈틀거리며 자라 오르던 누를 수 없었던 줄기의 갈망, 그때그때 최고의 것을 일구어내고자 애썼던 이파리들과 열매들의 섬세하고 충만한 결들, 그럼에도 언제나 놓치지 않고 흙을 움켜쥐고 있었던 뿌리의 절박함

을 버리고, 등걸처럼 마른 그루터기만으로 결코 나무의 생을 모두 드러낼 수는 없을 것이다. 그러나 그가 언제나 중심을 놓치지 않고 살아왔다면, 마침내 그의 생이 도달한 한 정점이 존재한다면 이것을 한마디 말로 담아낼 수 있지는 않을까?

이원수 동시의 본질을 '안타까움'이라고 말할 수 있을까? 그는 언제나 민족적 현실을 질곡으로 인식하였으며, 그 현실 안에서 몸을 담고 살아가는 모든 여린 것들을 향해 저밀 듯한 애틋함으로 손을 내밀고 있었기 때문이다. 「겨울 나무」(1957)의 "눈 쌓인 응달에 외로이 서서"가 갖는 쓸쓸한 풍경이 언제나 그를 휘감고 있었으며, 그 또한 기꺼이 그 풍경을 자신의 일부로 받아들이고 있다.

그러나 안타까움은 소극적인 감정의 결이다. 좋은 시는 강 건너에서 발을 동동 구르는 것, 그 이상이다. 시는 다른 대상을 향한 객관적인 감정이라기보다 끝없이 자기 자신의 주관을 전면에 내세우는 문학양식이다. 그렇다면 그의 동시는 안타까움에 머물지 말고, 고통으로 한결 상승하고 내면화되어야만 했다. 그러나 그의 동시, 특히 후기동시에 이르면 고통은 완화되어 있다. "나무 나무 늘어선 서산머리는/새빨간 새빨간 저녁 놀빛/귀남아, 네 눈에도 저녁 놀빛."[1]에서 드러난 동통처럼 번져오는 고통은 후기동시에 들어 억제되고 있다.

그렇다면 시적 대상에 관한 느낌인 안타까움보다, 시인 자신의 내면과 더욱 가까운 '그리움'이 이원수 동시의 중핵이라고 말할 수 있을까? 그가 무엇보다 시인인 까닭은 현실에서는 존재하지 않는 것, 닿을 수 없는 것, 현실이 팽개쳐버린 것, 용납하지 않았던 것을 향한 간절한 그리움으로 충만해 있었기 때문이다. 그는 언제나 만날 수 없는 사람, 돌아오지 않는 사

1 이원수 「보오야 넨네요」, 『고향의 봄: 이원수아동문학전집 1』 55~56면. 이하 간략하게 『전집 1』이라고 칭한다.

람을 그리워했고, 다시는 돌아갈 수 없는 아름다운 추억을 못내 그리워했다. '나의 살던 고향은 꽃 피는 산골'은 다시는 돌아갈 수 없는 곳이기에 누구에게나 깊은 서정적 울림으로 다가갈 수 있었으며, 그 울림의 바탕에 깊고 곡진한 이원수의 그리움이 닻을 내리고 있다.

그러나 후기동시에 들면, 그리움이 불러일으키는 간절함 역시 완화되어 있다. "부르는 소리마다/그립습니다./귀에 재앵 들리는/어머니 소리." (「부르는 소리」, 『전집 1』 88면)에서 보이는 지독한 그리움은 후기동시에 이르면 담담한 풍경처럼 동시 안에 잠깐 몸을 내미는 것으로 그치고 만다.

그렇다면 안타까움과 그리움, 고통과 간절함의 빈자리를 대신 채우고 있는 것은 무엇일까. 그것은 '희망'이다. 더 나은 삶을 위한 희망. 그의 시적 작업은 후기로 들면 애틋함과 그리움을 표현하는 대신, 무엇이 삶의 아름다움인지를 현실의 삶 속에서 찾고, 그것을 생생하게 형상화함으로써 우리 앞에 던져주고자 부심한다. 더욱이 그 희망은 후기동시의 특성에 그치지 않고, 그가 그토록 매달렸던 서러운 아름다움들 모두에 어기차게 잠복해 있었던 것이기도 하다. 희망은 절박함에 한결 미치지 못하지만, 대상과 일정한 거리를 확보하고, 감정의 격렬함을 담담하게 걸러낸 다음의 더욱 성숙된 시정신으로 승화된 것이라고 할 수 있다. 그의 후기동시를 대변하는 말이 왜 희망이며, 나아가 그 희망이 개진되는 양상이 어떠한지는 구체적인 동시작품을 통해 살펴볼 수밖에 없다.

2. 충만한 이미지와 대상의 확장

이원수 후기동시의 첫출발은 전쟁이 끝나고, 그를 그토록 옥죄던 부역자로서의 멍에를 벗어던질 때쯤일 것이다. 한국전쟁은 그에게 엄청난 개인적 시련을 안겨주었고, 그 가운데 하나는 미처 피난길에 오르지 못해 경기공업고등학교에서 사무를 보는 것으로 인민군을 돕게 되었다는 점이다. 그로 인해 그는 서울을 되찾고 1·4후퇴로 다시금 퇴각하는 과정에서 여러 차례 죽음의 고비를 넘기게 된다. 그리고 마침내 김팔봉(金八峰)을 비롯한 우익인사들의 도움으로 다시금 가정과 일상적인 삶으로 되돌아올 수 있었다. 그러나 결과는 목숨을 건졌다는 것 말고는 더욱 참혹한 것이었다. 소란통의 와중에 한 아이를 잃어버리고, 또 한 아이를 앞질러 묻게 된 것이다.

현실이, 삶이 불러들인 참담한 고통은 동시에서도 동일하게 반복되어 단절감과 고립감으로 표현되고 있음은 이미 다른 글에서 밝힌 바 있다.[2] 그러나 이 절망을 딛고 새로운 동시를 쓰기까지는 그리 오랜 시간이 걸리지 않았다. 1956년에 이르면, 그의 동시는 "개나리꽃 들여다보면 눈이 부시네."라고 광복 직후 노래했던 「개나리꽃」의 세계로 돌아올 수 있게 된다. 그 회복기를 대표하는 동시가 「맨드라미」(『전집 1』 155면)다.

맨드라미꽃은 언제 피었나.
핀 줄 몰래 피어서 진한 핏빛

맨드라미 서 있는 장독대 옆에
어머니가 세워 논 바지랑대에
앉아 쉬러 잘 오는 빨간 잠자리

잠자리 잡으랴고 더운 대낮에
맨드라미꽃 뒤에 숨어 섰다가

2 졸고 「겨울 들판이 부르는 봄의 노래 — 이원수 초기동시론」, 『어린이문학』 2000년 8월호 참조.(이 책 254~77면 참조)

맨드라미 꽃송이에 정이 들었다.

맨드라미 새빨간 닭의 볏 꽃아,
동무 아이 리본 같은 빠알간 꽃아.

이 동시는 빨간 색감의 이미지로 충만해 있다. 맨드라미꽃과 핏빛, 빨간 잠자리, 닭의 볏, 동무 아이 리본 등으로 이어지는 이미지가 서로 연결되어 한여름날의 풍경을 밀도있게 그려 보이고 있다. 이처럼 이미지 자체에 충실할 수 있다는 것은 대상을 포착하는 시인의 정서가 주관적인 심정을 폭발적으로 개입, 투영시키지 않는다는 점에서 상대적으로 안정되어 있음을 의미한다. 물론 이 동시에서도 역시 단순한 풍경묘사가 아니라, 따스한 체온이 흐르는 사람들이 함께 등장한다.[3] 어머니나 동무아이가 그것이다. 그렇지만 이전과 같이 감정을 밀어넣지 않고 어떠한 수식도 없이 대상 자체만을 소환함으로써, 그리움이란 정서를 안으로 감아들 수 있게 한다. 그만큼 삶과 세계를 들여다보는 시선이 유연해졌음을 의미한다.

「소낙비」(『전집 1』 214면)는 이원수 동시의 이러한 경향을 가장 잘 보여주며, 또 가장 잘 실현해 보인 작품이기도 하다.

비 온다, 소나기 좍좍 온다.
아무데나 두들기며 막 쏟아진다.

추녀 밑에 들어서서 보고 있으면
꽃나무들 제자리서 비를 맞네.

3 이와 유사한 동시로 「자두」를 들 수 있다. 마지막 연의 "뻐꾸기 소리, 빨간 치마, 눈부신 햇별,/그리고 누군지 그리운 생각."(「자두」, 『전집 1』 221면)에서도 거듭 확인되듯 이원수의 동시는 이미지가 이미지로만 멈추지 않고, 늘 가까운 사람들의 숨결과 함께 연결되고 있다는 점이 두드러진다.

장독도 제자리서 비를 맞네.

비 속에 또 비 온다, 좔좔 온다.
산도 들도 비 속에 매 맞고 있네.

추녀 밑에 들어서서 보고 있으면
아버지가 논귀에서 비를 맞네.
누렁이도 논길에서 비를 맞네.

이 동시는 첫번째 연에서 전반적인 상황이 점층적으로 제시되고 있다. 이어지는 2연에서는 "꽃나무"와 "장독"이란 구체적인 대상이 상황 속으로 개입해 들어오며, 3연에서는 "산도 들도"로 성큼 공간이동이 이루어지고 있다. 이 근경과 원경은 마지막 연에서 "아버지"와 "누렁이"로 조정되면서 하나로 통합되는 양상을 보여준다. 가까이 또 멀리, 그리고 마침내는 그 풍경들을 하나로 연결하는 중간항을 설정해 보이고 있는 것이다. 의당 이 동시의 중핵은 논귀와 논길에서 비를 맞는 아버지와 누렁이며, 그것을 담담하게 묘사하고 있는 시적 화자의 안타까움이라고 볼 수 있다.

그러나 이 시편에서 안타까움의 정서는 역시 잠복된 채 겉으로 공공연하게 드러나지 않는다. 다만 '—네'로 끝나는 종결형이 소극적이나마 안타까운 탄식을 동반함으로써 정서를 고양하는 데 일조하고 있음을 볼 따름이다. 그것이 초기동시와 달라진 이원수 후기동시의 특성일 수 있다. 풍경을 풍경으로 노래하는 것이 아니라, 삶을 위해 풍경을 배치하고 있다는 점에서는 다를 바가 없으나, 그것을 드러내는 방식이 직설적인 토로가 아닌 담담한 독백으로 시종하고 있다는 점 말이다.

정서적 거리를 유지할 수 있는 단계에서 한걸음 더 나아가 이즈음 이원수의 동시는 성큼 해학적인 면모를 보여주기도 한다. "무논의 개구리,/

낮에는 점잖게 눈만 껌벅이면서/제각기 모른 척하고 있어도/밤만 되면 이 논 저 논/서로 이름 부르네, 합창을 하네. (…) 날이 새일 때까지/잠도 안 자네./목이 꽉 쉴 때가지/동무 이름 부르네."(「개구리」, 『전집 1』 178면)에서 형상화된 개구리는 사람과 하등 다를 바 없이 완벽하게 의인화되어 있을 뿐만 아니라, 무뚝뚝함과 간절함이 뒤섞여 어느 동시에서도 볼 수 없었던 신선함을 안겨준다. 개구리를 바라보는 상상력 또한 아이들의 시선에 견고하게 밀착된 채 흔들림없이 새로운 발견의 경이로움을 엿보게 해주고 있다.

이와 함께 어떠한 거리낌도, 거칠 것도 없이 펼쳐지는 아이들 생활의 아름다운 정경 한 토막도 적실하게 포착되어 드러나고 있다.

> 연못에 꽁꽁, 얼음 얼어서
> 썰매 타기 좋구나, 재미있구나.
>
> 바람 속을 달려가면 씽 씽 씽
> 얼음이면 어디라도 씽 씽 씽.
>
> 연못에 고기들아 얼음장 밑에
> 추워서 웅크리고 잠이 들었나.
>
> 우리는 썰매 탄다 씽 씽 씽
> 우리는 재미 난다 씽 씽 씽
>
> —「썰매」, 『전집 1』 183면

이 동시는 특정한 상상력의 개입 없이, 있는 그대로의 느낌을 잘 살려 표현하고 있다. 거듭 이어지는 반복적인 리듬감이, "씽 씽 씽"으로 마무리

「썰매」는 리듬감을 잘 살리고 있는 동시다. 이원수는 시의 리듬과 의미를 각기 달리 강조함으로써 동시를 구분하고 있다.
이원수 문학 씨리즈 『나무야 나무야 겨울 나무야』(웅진 1998)의 삽화, 이수지 그림.

되는 속도감과 어울려 잘 짜여진 저학년동시의 특성을 유감없이 보여주고 있다. 실제 동시의 독자는 시의 독자처럼 단일한 성격을 지니고 있지 않다. 학령전과 저학년, 고학년 등 최소한의 분리는 독자의 성격으로 말미암아 피할 수 없는 것이며, 리듬에서 의미로 전이, 확산되어가는 양상으로 나타난다고 볼 수 있다. 이로 미루어볼 때, 리듬감을 잘 살리고 있는 「썰매」는 저학년동시로 손색이 없다고 할 것이다. 이원수는 이러한 자각을 자신의 시작에 적용하고 있으며, 의미를 중시하는 시와 리듬을 중시하는 시를 가능한 한 구분함으로써 독자의 시각에 부응하고자 한다.

그러나 시들이 리듬을 강조하든 의미를 강조하든, 이원수의 후기동시가 초기동시와 달리 특정한 상상력을 전면으로 내세우지 않는 대신, 삶으로부터 직접적으로 걸러낸 경험들을 그대로 드러내는 작업에 치중하고 있다는 점에서는 그리 크게 다를 바가 없다. 「썰매」 역시 시인의 심리를 투영하는 예전 작품보다, 시적인 것의 발견을 중시하고 있다는 점에서 두드러진 변화라고 할 수 있다. 특히 좋은 작품들로 평가되는 동시들이 대부분 이와같은 발견적인 상상력에 바탕을 두고 있다는 점도 주목할 만하다.

시적 대상에 시인 자신의 내적 심리를 투사해보는 경우, 대상 자체의 묘사를 중시하기보다 화자의 직접 서술과 정서적 판단이 전면에 드러나는 것이 사실이다. 이에 비할 때 경험에 깊이 천착하고, 그것을 어떠한 윤색 없이 그대로 드러내는 형상화 방식은 앞선 「맨드라미」에서도 발견할 수 있듯이 대상과의 거리가 필연적으로 요구된다. 그래야 대상 자체가 주관의 개입 없이 투명하게 묘사될 수 있는 것이다.

그 결과 동시는 계몽적인 측면으로부터 한결 자유로워지며, 주체의 강박으로부터 놓여나기에 이른다. 그리고 동시의 협소한 틀에 매달리지 않은 채 시 일반의 보편미학적 아름다움을 걸러내기에 이른다. 일반적으로 동시에 가장 빈번하게 드러나는 상상력이 어린아이의 눈으로 사물을 보고, 어린아이의 마음을 그 사물에 투영해보는 것임을 생각할 때, 이원수의 작업은 동시를 시에 가깝게 밀어올린 것으로 평가할 수 있을 것이다.

상상력으로서의 발견과 묘사가 시적 작업의 중심을 차지하는 것이 이원수 후기동시의 특성이라고 할 수 있다면, 이 경우 시작의 성공과 실패를 가늠하는 것은 곧 무엇을 묘사할 것인가 하는 문제에 집중되게 마련이다. 무엇을 미적 대상으로 포착하고 있는지에 따라 동시로서의 성취가 확연하게 보이기도 하고, 때로는 실종되어버리기도 하는 것이다. 이원수의 시작 역시 이러한 성취와 실패를 거듭 보여주고 있다. 이원수의 후기동시들이 그다지 두드러져 보이지 않는 까닭도 여기에 있다. 대상에 따라 시적 성취가 균일하지 못한 채 오르내리고 있기 때문이다.

다만 일정한 시적 수준에 도달한 작품들은 공통적으로 그 대상이 미적 이상으로 시인에게 투영된 대상들이다. 이들 대상을 매개로 이원수는 삶의 도처에 널려 있는 아름다움의 원형에 접근해가고 있다. 그리고 이 원형

속에서 삶의 희망을 찾고 있다. 희망을 모색하는 첫번째 작업은 대상 자체로부터 희망의 싹을 발견하는 것이다. 이원수는 「새눈」 「씨감자」 「햇볕」 「개구리」 「자두」 「맨드라미」 등에서 아름다움이 완벽하게 구현된 대상을 발견하고, 그것을 동시로, 즉 닮아야 할 모범으로 제시하고 있다. 충만한 이미지를 사용해서.

3. 성장의 자각과 의지의 형상화

한동안 이미지 묘사에 집중하던 이원수의 후기동시는 1960년대에 이르면 새로운 목소리 하나를 덧붙이게 된다. 그것은 다시금 현실로 귀환함으로써 이루어진 것이다. 명료하지는 않지만 4·19혁명이 안겨준 새로운 희망으로 말미암은 것이라 미루어 짐작할 따름이다. 분명한 것은 그 희망이 그의 동시 도처에서 얼굴을 내밀고 있다는 점이다. 물론 「꽃잎」(『전집 1』 256면)이나 「수국」(『전집 1』 260면)과 같이 잘 정돈된 서정시 본연의 아름다움도 여전히 존재하고 있기는 하다. 그러나 문제는 그의 동시에서 익숙한 면모라기보다 새로운 양상들일 것이며, 그것은 단연 다음의 동시 「새 날의 아이들」(『전집 1』 244~45면)을 대표적으로 들 수 있다.

(…)

어제와는 다르다.
열 살짜리는 열한 살이다.
열한 살짜리는 열두 살이다.
10분의 1씩이나 자랐다.
그렇다! 오늘부텀은 다르다.

어제 같은 짓은 안 한다.
어림도 없다.

눈 속에서 파란 보리들도
이제는 두 살, 팔을 내뻗는다.
오유월의 꿈이 눈 앞에 와 있는걸……

열두 살이나 된 아이다.
오늘부텀은 다르다.
어제 같은 짓은 안 한다.
어림없다.

새해, 새 아침에 하는 말처럼 보이는 이 동시는 기존의 이원수 동시에서 볼 수 있었던 면모와 아주 다른 양상을 보이고 있다. "어제와는 다르다" "어림없다"는 씩씩한 선언에서 보이듯, 성장의 기쁨들이 당당한 의지의 표명과 함께 피력되고 있다. 이는 새해 벽두 신문지면의 신년시로 게재된 것이기에 그간의 서정적인 동시와는 다른 느낌을 주는 것이 당연한 듯 보이나, 그의 동시가 건사해왔던 의미를 확장하고 있다는 점에서 새롭게 평가되어야 할 것이다.

이와같은 행사시이기는 하나, "어떤 애들은/모른다고 말하지만/아!/4월은 가슴 떨리는 달./4월이 오면/4월이 오면…….."으로 끝맺고 있는 「4월이 오면」(『전집 1』 251면)에서 펼쳐 보인 희망의 싹은 아이들의 성장과 함께 연결됨으로써 한결 구체화되고, 동시로서의 특질을 놓치지 않으면서도 지평의 확장을 유감없이 드러내 보인 것으로 평가할 수 있다.

「새 날의 아이들」뿐만 아니라, 1980년 이전에 이르는 이 시기에 이원수의 동시는 유독 성장의 의미를 깊이 천착해 보이고 있다. 그리고 그 가운데 가장 돋보이는 동시는 「푸른 열매」(『전집 1』 272~73면)가 아닐 수 없다.

바람 없는 더운 날
조용한 과수원,
은은한 하루살이들
서로 뒤섞여 나는 속에

짙은 나뭇잎 사이
조롱조롱 매달린
저
어린 열매들,
모두 무슨 생각에 잠겨
알은 체도 안 합니다.

정말
어느 새 이렇게 변했을까
자랐을까?
꽃 피던 자리에
동그란 저 푸른 것들은……

변하지도 자라지도 않은 내가
나무처럼 서서
귀엽고도 무서운
초여름의 열매를 지켜보고 있습니다.

어린 열매를 가만히 응시하는 어린 시적 화자가 마침내 "귀엽고도 무서운" 정도로 변하고 또 자라나는 "초여름의 열매"를 지켜보는 장면이 생생하게 묘사되고 있다. 이는 곧 성장의 두려움과 기쁨, 설레임을 함께 대상에 투영시켜 표현함으로써 시적 망설임이 잘 표현된 작품이 아닐 수 없다. 그 성장의 설레임 속에서 마침내 "이 추운 겨울에 파아란 보리,/얼지 말고 병 없이/잘만 크거라./따순 봄, 더운 여름/그 때까지."(「겨울 보리」, 『전집 1』 373면)라는 희망의 씨앗을 키워낼 수 있게 되는 것이다. 그리고 "어느 나이도/휘어지지 않고 무너지지 않는/깨끗하고 튼튼한 탑돌이 되어라.// (…) 내 나이의 탑/센 바람에도 끄떡 않는/탑이 되어라."(「나이」, 『전집 1』 387면)라는 강렬한 희망을 피력할 수 있게 되는 것이다.

성장에 대한 자각과 그 성장을 밝고 희망찬 것으로 만들고자 하는 의지의 피력이 1960년대 이후 80년에 이르는 시편들에서 가장 두드러진 성취에 해당한다. 그러나 이들 성취는 기실 1980년 이후에 창작된 몇편의 시편과 비교해볼 때, 그 높이가 비교할 바가 못된다.

4. 희망의 형상화와 시적 사유의 정점

이원수의 동시는 시작 초기에서부터 일정한 궤적을 밟으며 전진해왔다. 초기동시는 이상적으로 동경해오던 이미 지나버린 시절의 회상이거나, 식민지시대 민중적 관점에서 시인 자신의 내면을 투영시켜 사물과 세상을 안타깝게 들여다보았다. 광복 이후에는 새로운 희망에 뒤척거리기도 했으나 곧이어 닥쳐온 전쟁의 소용돌이 속에서 다시금 깊은 절망을 노래했다. 그러나 그 절망조차 이윽고 극복했으며, 새롭게 이미지 자체를 충실히 묘사하는 방향으로 선회했다. 또 그에 덧붙여 무엇보다 성장해가는 아이들의 자각과 의지를 표현하기도 했다.

이 모든 거친 역정이 마침내 도달한 곳에 주옥같은 동시 몇편이 안착해 있다. 여기에 이르면 이원수는 더이상 문학사를 거칠게 횡단하는 한 사람의 시인에 머물지 않고, 또 한 사람의 아동문학가로 멈추지 않는다. 그의 동시는 이미 시와 견주어보아도 모자람이 없을 뿐만 아니라, 민족문학사를 더욱 풍요롭고 비옥하게 만드는 우뚝 선 봉우리의 하나로 자리잡기에 이른다. 그 첫 자리에 다음의 동시가 놓여 있다.

대낮에 온 세상이 잠이 들었네.
바람 한 점 없네.
논의 물도 죽은 듯 누워만 있네.

먼 먼 산에서
뻐꾸기 혼자
뻐꾹뻐꾹, 그 소리뿐이네.

더운 김 푹푹 찌는 벼논 한가운데
땀에 젖은 작업복 등만 보이며
혼자서 허리 굽혀 논 매는 아버지

발자국 옮길 때마다 나는
찰부락 찰부락
물소리뿐이네.

도시락 쳐들고
아버지를 불러도
흘긋 한 번 돌아보고 논만 매시네.

이원수 동시의 정점은 단연 1980년 이후 창작된 시편들이다. 그리고 이들 시편들에도 희망이 담겨 있음은 물론이다.

『고향의 봄: 이원수아동문학전집 1』(1984).

뻐꾹뻐꾹
먼 먼 산에서 뻐꾸기만 우네.
일하는 아버지의
물소리만 들리네.

—「대낮의 소리」, 『전집 1』 390~91면

이 동시는 아버지에게 새참을 건네주기 위해 들길을 나선 한 아이의 시점으로 서술되고 있다. 이 아이가 먼저 느끼는 것은 대낮의 적막감이다. 무서우리만치 텅 빈 허공을 메우고 있는 적막감은 먼 산 뒤꼍에서 울어대는 뻐꾸기 소리로 말미암아 더욱 증폭되어 다가온다. 마치 산과 마을을 앞에 두고 떠오르는 달이 무한천공에 떠 있는 달보다 크게 다가오듯. 그 적막감을 흔들며 아버지가 논매는 모습이 풍경처럼 다가서고, 뒤이어 "찰부락 찰부락", 철벅철벅, 찰박찰박 등의 물소리 또한 여름날의 게으름을 가로지르며 들려온다. 아이는 비록 먼빛에서나마 아버지의 모습과 소리를 마주친 반가움에 아버지를 불러보나, 당신은 흘긋 돌아볼 뿐 다시금 논매는 일에 매달려 있다. 이제 뻐꾸기 소리는 조금씩 멀어져가고, 일하는 아버지의 물소리가 조금씩 크게 다가오며 대낮의 적막을 채우게 된다.

이 동시는 제목 「대낮의 소리」에서 알 수 있듯, 청각적 이미지로 충만해 있다. 그동안 이원수의 동시들이 시각적 이미지를 드러내는 일에 충실했다면, 이 동시는 청각적 이미지를 중심에 두고 짜여져 있다. 그러나 단순히 소리에만 매달리지 않고, 공간의 이동 속에 소리를 배치함으로써 텅 빈 공간을 밀도있는 공간으로 가득 채우고 있다. 더욱이 이 동시는 기승전결의 안정된 구도 안에서 도입과 전개, 전환과 종결의 미적 완결성을 획득하고 있으며, 이원수 동시가 그동안 획득해온 모든 미적 성취를 동시에 아우르고 있다. 아버지를 향한 무어라 규정하기 힘든 정서 또한 "일하는 아버지"라는 거듭되는 표현을 통해 민중적 바탕을 마련하는 동시에 애틋함을 절제하여 표현하고 있다.

그리고 이 아버지의 형상이야말로 이원수 동시가 마침내 도달하는 희망의 본래적 모습이다. 물 낯바닥으로 찰랑이는 논바닥을 온종일 헤집고 다니는 노동하는 인간의 형상을 통해 이원수는 궁극적으로 인간이 도달해야 할 이상적인 상태를 노래하며, 그 희망을 현실 속에서 꿈틀거리는 구체적 형상으로 앞질러 표현하고 있는 것이다. 물론 이원수의 이상적인 면모로 자리잡은 아버지는 유독 노동하는 농사꾼의 이미지만으로 그치지 않는다. 다음과 같은 가족의 유대 안에서 견고하게 묶여 있는 아버지이기도 하다.

어릴 때
내 키는 제일 작았지만
구경터 어른들 어깨 너머로
환히 들여다보았었지.
아버지가 나를 높이 안아 주셨으니까.

밝고 넓은 길에선
항상 앞장 세우고
어둡고 험한 데선
뒤따르게 하셨지.
무서운 것이 덤빌 땐
아버지는 나를 꼭
가슴 속, 품 속에 넣고 계셨지.

이젠 나도 자라서
기운 센 아이.
아버지를 위해선
앞에도 뒤에도 설 수 있건만
아버지는 멀리 산에만 계시네.

어쩌다 찾아오면
잔디풀, 도라지꽃
주름진 얼굴인 양, 웃는 눈인 양
'너 왔구나?' 하시는 듯
아! 아버지는 정다운 무덤으로
산에만 계시네.

—「아버지」, 『전집 1』 402~403면

이원수의 동시에서는 유독 그리움의 대상이 모성으로 가득찬 어머니가 아니라, 당대로서는 보기 힘든 아버지에게로 현저하게 기울고 있다. 밝혀지지 않은 개인사적인 특성도 있겠지만, 무엇보다 이 동시에서 보듯 자신의 형상과 아버지의 형상이 이중으로 겹쳐진 채 존재함을 확인할 수 있다. 그에게 아버지는 단순히 묘사의 대상이기 이전에 아버지로서 자신의 현재적 모습을 투영해보는 거울과 같은 존재였을 것이다. 그러나 정작 자신은 두 아이를 잃어버렸으며, 그것이 깊은 내상이 되어 스스로를 옥죄었을 것이다. 그 상처와 결핍감이 오히려 아버지에 대한 그리움을 더욱 부풀려 형상화하도록 강제했음이 분명하다.

이 동시의 아버지는 일하는 아버지의 형상과 달리, 다감한 아버지로 묘사되고 있다. 그에게 아버지는 자신의 앞길을 앞질러 뚜벅뚜벅 열어 보여준 살아있는 실체로, 등불처럼 존재하는 대상으로 상정된다. 더욱이 그 등불 같은 존재는 서로 소통하거나 보완하는 존재가 아니라, 일방적으로 사랑을 아래로 흘려보내는 존재로 상정되어 있다. 주검으로 차가운 땅속에 누워 계심에도 불구하고, "정다운 무덤"으로 "너 왔구나?" 하고 말을 건네는 모습으로 남아 있기 때문이다. 이 또한 그에게는 인간과 인간의 만남과 관계가 맺어지는 가장 이상적인 양상으로 자각되고 있으며, 그것은 곧 사람 사이의 가장 이상적인 희망의 전언으로 읽을 수 있게 한다.

「대낮의 소리」와 「아버지」 이 두 편의 동시는 이원수 동시가 도달한 최대치며, 가장 아름다운 정점이라고 평가될 수 있다. 그러나 이 시편들은 전형적인 어린이의 목소리가 아니라, 어느정도 성장한 소년의 눈과 입으로 묘사되고 또 서술되고 있다. 하지만 이원수는 전형적인 동시의 독자를 위해서도 마지막으로 아름다운 동시 한 편을 남겨두고 있다.

얼음 어는 강물이
춥지도 않니?
동동동 떠다니는
물오리들아

얼음장 위에서도
맨발로 노는
아장아장 물오리
귀여운 새야

나도 이젠 찬바람
무섭지 않다.
오리들아, 이 강에서
같이 살자.

—「겨울 물오리」, 『전집 1』 397면

이 동시는 전통적인 노래의 율격을 고스란히 간직하고 있다. 마지막의 자유로운 변형조차 이원수 동시의 특질임은 이미 밝힌 바 있다. 그러나 1, 2연과 3연 마지막 두 행의 변주는 지극히 자연스러운 종결로 형식적인 완결성을 획득하고 있다는 점에서 위의 두 동시와 다를 바 없다.

뿐만 아니라 이 동시는 「썰매」에서 보여준 역동성을 고스란히 견지하면서도, 사유의 깊이는 더욱 밀도를 더하고 있다. 「썰매」에서는 자연과 아이들이 분리된 채 존재하나, 이 동시는 하나로 결합되어 있을 뿐만 아니라 자연의 질서로부터 아이들의 삶이 변모되는 놀라운 광경을 목도하게 된다. 모든 것들이 하나로 원환을 이룬 채, 아름다운 한 세상의 풍경을 그려 보이고 있다. 이 동시 한 편으로 이원수의 동시는 깊은 사색과 성찰을 어떻게 동시 속에서 풀어놓을 수 있는지 그 전범을 제시하였을 뿐만 아니라, 근대 이후 어떤 동시도 달성하지 못한 정교함과 풍부함, 깊이와 폭을 한꺼번에 입증하고 있다.

5. 참 아름다운 눈물, 희망

이원수 선생은 1981년 숨을 거두었다. 앞에서 소개한 주옥같은 세 편의 동시 모두 구강암으로 생사를 넘나들다, 마침내 앞질러 스스로의 죽음을 목도한 이후에 창작된 것들이다. 마치 마지막 불꽃이 확 타오르듯, 그의 동시는 정점을 향해 치닫다 그만 멈추게 된다. 그러나 그 봉우리의 정점은 깊은 산이 울창한 숲과 맑은 계곡, 거칠 것 없는 뭇짐승들을 그 품안에 모두 감싸안듯, 우리 시를 한없이 융륭하게 거느리며 살찌울 것이다. '청산이 그 무릎 아래 지란을 기르듯'.

그가 1911년 이 땅, 척박한 땅, 불모지에 가까운 어린이문학의 영토에 얼굴을 내민 이래 70년, 한 번도 화들짝 큰 웃음조차 내비칠 수 없었던 불임의 시대를 살아온 일흔의 연륜 동안 그는 결코 아이들의 삶에 등을 돌린 적이 없었다. 특히 그의 동시는 처음 「고향의 봄」을 발표한 열다섯 눈 맑은 소년의 시점에서부터 병고에 시달리던, 그럼에도 여전히 웅숭깊은 눈매로 삶과 사람과 세상을 어루만지던 늙은, 그러나 한없이 어린, 노인의 눈을 감을 때까지 아이들로부터 눈을 돌린 적이 없었다.

그런 그에게 삶은 과연 무엇이었을까? 어떻게 받아들여졌을까? 그는 어떤 이미지로 스스로를 기억하며 눈을 감았을까? 이 어리석은 질문을 위해 그는 아주 따스한 동시 한 편을 덤으로 남겨두고 있다. 이 동시로 미루어 본다면 고난에 가득찬 신산스러운 삶이었음에도 스스로에게는 아주 만족스러운 생이었음을 알 수 있다.

이 동시의 눈처럼 그는 "아이들 뛰노는 속에/장난"치듯 즐거운 마음으로 내려앉아, 추운 한겨울 "여린 것들 붙들고" 함께 버텼고, "때 묻은 몸"으로나마 "어린 싹 정성껏 안고" 지내다가 마침내 "여윈 볕에 눈물을" 지었다. 그러나 그 눈물은 그저 스러지는 때 묻은 눈의 눈물이 아니라, "일있던 싹, 마른 나무들" 입술을 축이게 하는 눈물이며, "딱딱하던 땅" 몸을 부풀어오르게 하는 눈물이며, 마침내 "온 세상을 뒤흔"드는 봄을 불러들이는 눈물이었다. 어찌 그의 눈물을 희망이 아니라고 말할 수 있으랴.

동동동 추운 날에
기세 좋게 몰아치며 내려 쌓인 눈,
아이들 뛰노는 속에
장난치며 펄펄 쏟아져 온 눈,
깊은 밤, 등불 조용한 들창에
바스락 바스락
속삭이며 내려앉는 눈

언 땅 옷 벗은 낡에
이랑마다 밀·보리 파란 잎 위에
조용히 쌓여 한 자락 이불인 양
그렇게 여린 것들 붙들고
한겨울을 지냈었지.

차가운 몸으로나마
어린 싹 정성껏 안고 지낸 눈은
먼지와 낮 발자국에
때 묻은 몸으로 누워 있다가
이제 3월 여윈 볕에 눈물을 지으네

그 눈물로 얼었던 싹, 마른 나무들은
입술을 축이고

딱딱하던 땅은 몸을 풀어 부풀어오르네.

때 묻은 눈이 눈물로 변하고 사라져 갈 때
아, 그 어디서 솟아난 기운인가,
죽은 것만 같던 땅에
들리지 않는 환성, 보이지 않는 햇불로
봄은 온 세상을 뒤흔들고 있네.

—「때 묻은 눈이 눈물지을 때」, 『전집 1』 400~401면

_『동화읽는어른』 2000년 12월호

어린이와 역사를 건사하는 동심

이오덕 작가론

1. 역사적 원근법을 위하여

문학사를 기술하는 방법은 다양하다. 주어진 시대를 감당하고 이겨내고자 했던 정신의 깊이를 모색하는 정신사적 방법이 있으며, 흩어져 존재하는 과거의 역사적 자료를 복원하고 서로 연결짓는 실증적 방법이 있다. 또한 기법에 착안하여 방법의 혁신과 그 다양한 기능을 관련짓는 형식적 방법이 있으며, 사회·문화적 맥락에 따라 구체적인 개별 작가·작품의 당대적 의미를 천착하는 역사적 방법이 있다.

그러나 온전한 문학사는 이 다양한 방법들을 모두 포괄하는 것이어야 한다. 역사를 단일한 하나의 관점으로 기술하는 것은 역사 서술의 방법을 위해서는 유효할 수 있으나, 역사의 총체를 복원하고 재구성하는 데에까지는 미치지 못하기 때문이다. 그렇다고 다양한 방법들이 개별적인 시기와 작가, 작품에 따라 무분별하게 활용되는 것 또한 바람직하지 않기는 마찬가지다. 문학사는 개별 작가, 작품의 나열이나 모자이크가 결코 아니기 때문이다. 따라서 바람직한 문학사는 마치 벼리를 중심으로 그물을 짜가듯, 하나의 중심을 올곧게 세운 다음 여타의 방법론을 보완하는 측면에서 주변에 배치하는 것이 바람직하다.

이오덕(李五德, 1925~2003)이란 특정한 개인의 작가론을 검토하는 자리에서 굳이 문학사의 방법론을 거론하는 것은 이오덕의 문학 활동이 50년에 걸친 한국 어린이문학의 역사와 면밀하게 연동되어 있기 때문이다. 특히 이오덕이 어린이문학의 역사와 마주치는 접점은 세 차례에 걸쳐 광범위하고 또 밀도있게 드러난다. 첫번째는 1955년 『소년세계』에 동시 「진달래」를 발표하고, 1966년 『별들의 합창』(아인각), 1969년 『탱자나무 울타리』(보성문화사), 1974년 『까만 새』(세종문화사)를 거쳐, 1981년 『개구리 울던 마을』(창비)에 이르는 동시인으로서의 활동이다. 그는 기존의 동시와 확연히 구분되는 자신만의 독특한 시세계를 펼쳐 보임으로써 해당 시기 동시문학의 역사적 발전을 중층적으로 파악하지 않으면 안될 지경으로까지 밀어나갔다.

이오덕의 활동이 문학사와 마주치는 두번째 접점은 비평 활동이다. 다소 궤를 달리 하지만 『아동시론』(세종문화사 1973)으로 비롯된 비평 작업은 동시비평을 중심에 설정한 『시정신과 유희정신』(창비 1977)에 이르러 정점에 이르며, 옛이야기와 판타지를 비롯한 동화평론에서도 유감없이 명료한 통찰을 보여준 바 있는 『어린이를 지키는 문학』(백산서당 1984)에까지 걸쳐 있다. 이오덕의 비평 활동 역시 기존의 문단 전반을 재편하고자 하는 소명의식에 힘입어 어린이문학에 대한 폭넓은 관심과 반향을 불러일으켰다.

세번째, 이오덕이 어린이문학의 역사와 결부되는 것은 이전의 동시나 비평과 연결되어 있으면서 동시에 더한층 고양된 형태로 드러나는 비평에 관한 비평, 곧 논쟁적인 메타비평이다. 이 비평사적 사건은 아직껏 뚜렷한 명칭조차 얻지 못한 채, 이오덕의 역사적 의의가 여전히 현재적임을 입증하며 지금도 진행형으로 내연하고 있다.

물론 이 세 접점만이 폭넓은 시기에 걸친 한국 어린이문학사와 이오덕이란 한 개인의 문학적 여정이 마주치는 전부는 아니다. 이오덕은 『삶을 가꾸는 글쓰기교육』(한길사 1984)을 통해 어린이문학의 또다른 결절점인 국어교육, 나아가 문학교육과도 관련을 맺고 있으며, 『우리글 바로쓰기』(한길사 1989)를 통해 우리 말글살이에 드러나는 식민지적 잔재와 새로운 식민주의적 양상에도 비판적인 눈길을 거두지 않았다. 이오덕을 통해 한국의 어린이문학은 단순히 어린이들만의 문학이란 고립된 영역을 넘어, 어린이가 지닌 단순하고 소박한 진리의 눈이 우리 사회와 문화의 비정상적인 면모를 얼마나 날카롭게 파헤쳐낼 수 있는지를 여실히 입증해 보일 수 있었다.

그러나 안타깝게도 이 조촐한 소론으로는 이오덕 문학의 배경과 핵심 모두를 상세하게 살피는 것이 불가능하다. 더욱이 그가 세상을, 그 세상의 전부였던 어린이문학을 뒤로 한 지 얼마 되지 않은 지금으로서는 그 전모에 대한 정당한 평가가 애초 가능하지도 않다. 역사적 원근법 속에 전반적인 활동을 적절히 평가할 소실점이 아직은 없기 때문이다. 따라서 장구한 기간에 걸친 한 거인의 업적을 평가한다는 것은 아직 주관적인 열망에 불과할 것이며, 다만 이 글이 그 출발선에서 직접 어린이문학사와 마주치는 접점들만 살펴보려 할 따름이다. 물론 그조차 수박 겉핥기 식의 피상적인 접근이 되지 않을까 염려된다. 그럼에도 이 글이 이오덕의 총체적인 문학사적 의미가 편견없이 천착될 수 있는 계기가 되기를 바라는 마음만은 감추고 싶지 않다.

이 글은 먼저 이오덕의 시작 활동을, 이어서 비평적 개입을, 끝으로 메타비평을 각기 독립된 절로 삼아 살펴보고자 한다. 그리고 이 각각의 계기들을 살피는 방법론적 관점은 내부의 구도를 명확하게 그려 보이는 것에 한정하고자 한다. 개별적인 활동이 갖는 맥락에 대한 고려는 최소한으로 줄이고, 각각의 활동이 갖는 독립적인 양상, 그리고 그 양상들 속에 드러나는 핵심적인 뼈대들을 재구성해 보이려는 것이다. 물론 이러한 양상들을 재구성하는 과정에 어쩔 수 없이 비판적인 견해가 피력되겠지만, 그것 또한 '끝없이 미끄러지는' 문학적 의미를 잠시 멈춰세우고 감행한 비판일 수밖에 없다.

2. 현실주의 동시의 모색 과정

이오덕이 발표한 동시는 모두 170편을 조금 넘는다. 출간된 동시집이 다섯 권임을 감안할 때, 그리 많은 편수는 아니다. 이는 두번째 시집 『탱자나무 울타리』에서부터 마지막 시집 『언젠가 한번은』(대교문화 1987)에 이르기까지 앞의 시집들 가운데 선별한 작품 몇편을 새로운 동시집에 중복해서 수록했기 때문이다. 하여 그의 작품 전체를 일별하기 위해서는 『개구리 울던 마을』로 충분하다. 더러 이 동시집에 수록되지 않은 작품이 있으나, 작가가 의도적으로 배제했다는 점에서, 정밀한 탐사를 지향하는 것이 아닌 다음에야 『개구리 울던 마을』에 수록된 작품만으로도 작품의 특성을 개관하기에 부족함이 없다. 그 이후 출간된 『언젠가 한번은』에 새로 선보인 작품은 7편이며, 그리 두드러진 성취로 보기 어려운 작품들이다.

『개구리 울던 마을』은 '이오덕 동시선집'이란 책 표지의 규정과 어긋남 없이 선집이다. 크게 3부로 이루어져 있으며, 이는 앞선 세 동시집으로부터 각기 가려뽑고 새로 덧붙인 몇몇 작품을 묶어낸 것이다. 이오덕은 이렇게 묶인 동시집의 작품들을 크게 세 가지 경향으로 스스로 분류하고 있다.

> 여기서 잠깐 작품의 경향 같은 것을 살펴본다면, 제1부의 것은 가난하게 살아가는 어린이의 생활과 자연의 아름다움, 평화를 바라는 마음 같은 것을 쓴 작품들이라 하겠고, 제2부의 것은 잘못된 사회와 교육 환경에서 어린이들

의 생활이 비뚤어져 가는 모습을 마음 아프게 여기는 심정을 나타낸 것이 특징이라 할 수 있고, 제3부는 일하는 생활(주로 농삿일)의 괴로움과 참됨을 애써 그린 것, 인간의 잔인성을 정직하게 말한 것, 어린이들의 앞날의 꿈을 보여 주고 싶어한 것들이다. (「책 뒤에」 287면)

이 인용에 따르면 『별들의 합창』은 '어린이의 생활' '자연' '평화' 등을 소재로 삼았으며, 『탱자나무 울타리』는 '사회와 교육 환경에서 어린이들의 생활'을 '마음 아프게 여기는 심정'을 표현한 것이다. 그리고 『까만 새』는 '애써' '정직하게' '앞날의 꿈'을 그린 것이다. 그러나 실제의 창작은 전체를 개괄하는 수준에서는 적절하나, 개별적인 각 동시집의 특성을 따로 떼어 살펴보면 스스로 자각하고 있는 의도와 조밀하게 대응하고 있지 않음을 발견하게 된다. 특히 2부와 3부에서 그 편차가 두드러진다.

첫번째 경향, 곧 『별들의 합창』에 나타난 이오덕의 시적 특성은 개성적인 목소리를 표출했다기보다 일반적인 당대의 시적 경향들과 궤를 함께하고 있음을 알 수 있다. "뻐꾸기 울어 쌓는/한낮이 되면//쑥 뜯는 칼자루에/손이 아프다. (…) 찔레꽃은 따먹어도/배는 고프고//뻐꾸기만 어디서/자꾸 우네."(「뻐꾸기」)에서처럼, 시적 대상은 가난한 어린이의 심사이며, 텅 빈 봄하늘을 채우는 뻐꾸기의 울음소리를 배경으로 굶주림을 절실하게 형상화하고 있다.

그러나 식민지시대와 해방 직후의 어린이문학이 가난하고 힘겹게 생존해가고자 하는 어린이를 형상화한 것은 현실주의적인 시편들에서 쉽게 발견되는 것이다. 이원수의 작품에 등장하는 어린이의 형상을 떠올려보면 짐작할 수 있을 것이다. 더욱이 동시의 율격 역시 앞이 긴 3음보와 7·5조 음수율을 바탕으로 다양한 변형을 구사하고 있다는 점에서 이원수와 깊은 친연성을 보인다.

다만 이원수가 굶주림에 허덕이는 심정을 직접적으로 표출하기보다 그것을 개인의 내밀한 그리움으로 상승시켜 표현해낸 데 반해, 이오덕의 초기동시는 직접적으로 굶주림을 다룸으로써 정서로 순치되지 않은 날것 그대로의 감정을 드러낸다는 점이 다를 뿐이다. 뿐만 아니라 "손이 아프다" "찔레꽃!" "피는가?" "자꾸 우네." 등 불규칙적인 종결어미의 사용으로 시적 통일성을 훼손하고 있다는 점에서 초기동시의 불안정함을 보이기도 한다.

이 불안정함이 극복된 후, 가장 두드러진 성취는 단연 동시집의 제일 앞머리를 차지하고 있는 「포플러 1」(『개구리 울던 마을』 11면)일 것이다.

> 눈부신 수만의 비늘을 단
> 물고기
> 호수에 잉어가 꼬리치듯
> 하늘에는 포플러가 살아간다
> 파도 소리보다 더 찬란한 호흡으로
> 흐느끼며 헤엄치는
> 그 곁에 내가 서면
> 구부러진 허리가 죽 펴지고
> 겨드랑이에 푸른 날개가 돋는다.

이 동시는 처음 상재된 『별들의 합창』에서는 1행의 "수만의"가 "수수만의"로, 5행의 "더 찬란한"이 "더 눈부신"으로 되어 있다. 다시 수록하면서 짧고 압축적인 동시 전체를 미루어볼 때, 비록 현실적이나 '수만의'라는 간결한 묘사가 더욱 적실하다고 판단하였을 것이고, '눈부신'이 첫머리에 나타난 것을 의식하여 거듭 반복되는 것을 피하기 위해, 또 강조를 도드라지게 하기 위해 '찬란한'으로 수정한 것으로 여겨진다.

그러나 이렇게 수정된 5행 "파도 소리보다 더 찬란한 호흡"은 동시의 격을 한껏 살린 것이라고 보기 어렵다. '호수'의 이미지에서 '파도 소리'로 급작스럽게 변모하는 것은 의미의 통일적인 흐름 대신 이미지 자체를 더욱 중시한 결과다. 또한 수정된 '찬란한'은 동시의 언어가 되기에 부적절하다. 덧붙여 그 다음에 이어지는 "흐느끼며 헤엄치는" 역시 의미의 흐름에서 살피자면 '헤엄치며 흐느끼는'이 새로운 의미의 누적이란 점에서 한층 적절한 것으로 여겨진다. 그러나 이러한 결함들을 지녔다 할지라도, 이 동시는 '물고기-포플러-나'로 이어지는 견고한 연상을 통해, 소년이 포플러를 보며 느끼는 마음속의 힘찬 움직임을 잘 표현한 수작이다.

그럼에도 여전히 『별들의 합창』에 수록된 시편들은 이오덕의 동시가 지닌 새로움은 그다지 보여주지 못한다. 대상으로 선택된 자연 역시 낙엽, 코스모스, 물방울 등 이전의 낭만적인 동시들이 즐겨 다루던 대상들이다. 형상화의 방법 또한 "진달래야!/그리도 이 땅이 좋더냐?/아무것도 남지 않은 헐벗은 이 땅이/그리도 좋더냐?"(「진달래」)에서 보이듯, 진달래란 대상에 시적 화자의 마음을 투사해보는 상상력을 주로 활용함으로써 동시가 갖는 일반적인 상상력에서 멀리 비껴서 있지 않다.

그렇다면 정작 이오덕의 문학사적 새로움은 두번째와 세번째 경향에 있을 것이다. 특히 두번째 경향은 문제적이 아닐 수 없다. 두번째 경향에 이르면 이오덕의 동시는 확연히 모습을 바꾼다. 그것은 이전의 동시와 어느정도 단절된 것이며, 여타 동시인들의 작품과도 명확히 다른 것이었다. 앞선 자작 해설에서 이오덕은 "어린이들의 생활이 비뚤어져 가는 모습을 마음 아프게 여기는 심정을 나타낸 것"이 이 시기의 특징이라고 밝히고 있으나, 이 시기의 동시를 관류하는 중심은 단연 '분노'라고 명명할 수 있다. 그저 소박하게 아픈 마음을 드러낸 정도가 결코 아니다. 참담한 현실에 시인은 정면으로 맞섬으로써, 현실에 대한 날카로운 칼끝을 굳이 감추려 들지 않는다.

아이들을 형상화하는 방식 역시 왜곡된 심성을 왜곡된 그대로 보여주기를 주저하지 않는다. 반장은 "선생님의 말씨를 흉내내며/교탁을 탕탕 두드"리면서 "개새끼들 조용하지 못해!"라고 소리지르고(「청소 시간」), 탱자나무는 아이들이 "장난삼아 던진" "많은 돌을 머리에 이고" 있고(「탱자나무 울타리」), 모두들 기분 좋아 웃고 있는 한복판에 "회비와 책값 때문에/눈물을 흘렸던 나"는 "웃을 수 없다./나는 생각해야 한다.// (…) 나는 바위같이 입을 다물고/생각해야 한다."(「너희들은 웃고 있느냐」)고 앙다짐을 한다. 그 한 귀퉁이에서 교사는 모든 것을 외면하고, "어서 교무실에 돌아와/신문에 낼 '우리 학교 자랑'을/써야 할 선생님"(「나는 선생님이다」)일 뿐이라고 자괴감에 시달리고 있을 따름이다.

무엇보다 이오덕을 이와같은 거친 육성으로 내몬 것은 1960년대 후반의 현실일 것이다. 가난은 여전하고, 학교는 식민지시대와 달라진 바 없으며, 사회는 더욱 광포해져가고, 동시는 여전히 '순수'한 동심주의 속에 칩거한 즈음이었을 것이다. 이오덕은 "이 모든 작품 속에 나오는 얘기나 그려진 장면은 철저하게 내가 그때 그때 겪었고 현장에서 관찰한 사실임을 말해 두고 싶다."(「책 뒤에」, 『개구리 울던 마을』 287면)고 밝힘으로써 현실성의 척도로 보아 결코 과장이 아님을 분명하게 해두고 있다.

이 압도적인 현실 속에서 시는 의당 참혹한 고통을 형상화했어야 하며, 동시 또한 마땅히 그러해야 했을 것이다. 그러나 문학은 무기력했고, 동시대의 동시는 오히려 억압하는 현실을 부추기고 있었을 터이다. 이오덕의 작품 속에 내연하는 분노와 절망은 자연 울음과 소리, 고함으로 폭발적으로 표출된다. "갑자기 나도 매미처럼/목숨을 태우고 싶다.// 이글이글 타는 햇빛 속에서/불 같은 노래를 부르고 싶다."(「말매미」)의 "불 같은 노래"와 살려달라는 "고함"(「꿈」)과 "갑자기 온 들판에서/수천 수만의 소리가 터"져나오는 개구리 소리(「개구리 소리 1」)야말로 시인의 육성으로 터져나오는 소리인 것이다.

이들 경향의 동시들에 공통적인 점은 앞선 조기농시에서 쉽게 발선말

수 있었던 형상화의 방법을 찾기 힘들다는 사실이다. 동시에서 요구되는 최소한의 형상화 방법조차 적극적으로 폐기된 채, 정황에 대한 묘사와 감상의 직설적인 토로로 채워지고 만다. 이는 우리 동시로서는 처음 마주치는 관념적인 경향이며, 혁명적인 경향이 아닐 수 없다. 참담한 현실, 폭발적인 분노, 홀로 맞서고 있다는 고립감 등 다양한 양상이 그것을 뒷받침해준다.

그러나 이오덕의 동시가 여전히 동시로서 고양된 현실성을 표현한 것이 될 수 있는 것은 "새 한 마리/하늘을 간다.//저쪽 산이/어서 오라고/부른다.//어머니 품에 안기려는/아기같이//좋아서 어쩔 줄 모르고/날아가는구나!"(「새와 산」)에서처럼 환멸의 현실 저 너머, 자연의 완미한 아름다움을 표현하고 있는 작품들 또한 나란히 존재하고 있기 때문이다. "아, 하늘 가득히/노래처럼/눈이 내리네."(「눈 2」)라고 노래할 수 있는 마음이 있기 때문에, "그렇다,/나는 사랑해야지,/담 밑에 피어날/그 조그만 풀싹들을.//내 손에 꼭 쥐어지는/괭이 자루를./호미의 무게를."(「나는 사랑해야지」)처럼 이오덕의 동시는 새로운 희망으로 열릴 수 있게 되는 것이다.

이들 두번째 경향의 작품이 극복되는 것은 "어떻게 하면 동시에서 리얼리즘이 가능한가"(「책 끝에」, 『까만 새』 138면)라는 방법론적 성찰에 힘입어, 또 전 단계의 동시에서 포착된 희망의 형상화를 통해 가능해진 것으로 보인다. 그것은 곧 '일하는 아이들'을 제재로, 또 그 제재를 매개로 노동의 소중함을 인식함으로써 비로소 현실을 극복할 동력을 얻게 된다. "아, 이 손/이 손으로 나는/무엇을 할까?/무엇을 해야 할 텐데,/무엇을 꼭 해야 할 텐데……"(「두 손으로」)로 끝나는 시에서 그 일단을 잘 보여준다. 그러나 작품은 여전히 관념을 떨치지 못한 채, 방향을 얻었을 뿐 구체성에까지 도달하지 못하고 멈추고 만다.

결국 이오덕 동시의 핵심적인 화두는 리얼리즘, 곧 현실주의라고 할 수 있다. '동시의 현실주의'에 이르는 고단한 경로 하나를 밝혀 보이는 과정에 다름 아닌 것이다. 그의 초기동시는 낭만적 경향에도 불구하고 현실주의적인 소재를 통해 스스로를 세워나갔으며, 중기동시는 소재를 현실 전반으로 확장하였고 그 결과 현실과 대면하는 주체의 폭발적인 분노를 표출하는 데에 진력하기에 이른다. 그러나 바람직한 현실주의는 제재나 정서와 나란히 새로운 경향적 발전을 포착하지 않으면 안된다. 그 결과 이오덕이 획득한 것은 '일하는 아이들'이란 대상이었으며, 그 대상에 내재된 희망이었다. 그럼에도 그것은 미완의 희망이며 관념 속에서 선취된 희망이었기에, 이오덕은 비평으로 활동의 중심축을 옮겨야 했다. 관념의 처소는 창작이 아니라 비평 속에 마련되어 있기 때문이다.

3. 민족문학으로서의 어린이문학

이오덕 비평의 핵심은 '부정의 정신'이다. 그는 1970년대와 80년대에 걸쳐 어린이문학 전반에 치열한 비판을 마다하지 않았다. 그는 언제나 논쟁의 선단에 서 있었으며, 날카롭고 근본적인 문제제기로 미망에 사로잡혀 있던 문단을 요동치게 했다. 어린이를 등지고 자신들만의 안온한 거푸집 속에서 칩거한 채, 아무도 들어주지 않는 자족적인 노래와 이야기를 거듭 어루만지던 작가들과 기존의 문단을 향해 엄격하고 혹독한 죽비를 주저없이 내리쳤다.

이오덕이 부정하고자 했던 일차적인 대상은 기존의 동시였다. 표절동시나 모방동시가 공공연하게 신춘문예를 비롯한 공모제에 입선작으로 뽑힐 정도로 문단은 자정능력을 상실했으며, 이에 대해 어떤 근본적인 성찰도, 자기비판의 목소리도 찾기 힘들었다. 이는 무엇보다 광포한 권력과 그에 기생하는 순문학주의가 빚어낸 결과였을 터이다. 이오덕은 이를 묵과하거나 암묵적으로 승인하지 못한 채, 적극적으로 개입하고 참여함으로써 사태를 바꾸어내고자 하였다. 그의 동시 창작에서 드러나는 비판적이고 근본적인 삶과 현실을 향한 태도가 적당한 선에서의 타협과 그 부스러기로 주어지는 안온한 삶을 허락하지 않았을 것이다. 이오덕은 자신의 비평 활동이 "최근 우리 아동문단의 사정"에 있으며, 스스로도 "정말 평론을 쓰게 될 줄은 몰랐다."(『시정신과 유희정신』 351면)고 털어놓고 있다. 그러나 정작 그의 문학 활동 전반에 걸쳐 가장 뜻깊은 결실은 바로 이 시기의 비평 활동에 놓여 있다.

이오덕이 극복하고자 한 것은 세 가지 그릇된 유형의 동시다. "어려운 동시" "유치한 동시" "말재주 피우는 동시"(『어린이를 지키는 문학』 88면)가 그것이다. 비록 단선적이기는 하지만 이오덕은 이 세 가지 유형의 동시가 서로 어떻게 관련을 맺고 있는지 다음과 같이 설명하고 있다.

> 그 옛날부터 유치한 어린애들의 흉내를 내던 동시가 오래 동안의 비판을 견디지 못해 일반 성인시의 흉내를 내는 경향으로 기울어지고, 그것이 또 이번에는 어려운 시라는 논란이 일어나자 (…) 이번에는 설 자리를 잃고서 결국 쓴다는 것이 우스개 말장난으로 떨어지는 변모를 하게 된 것이다. 필경은 모든 것이 시정신이 없고 참된 동심이 없는 탓이다. 어린이의 마음, 어린이의 세계, 어린이의 삶을 모르고 자기 중심의 울 안에 갇혀 있기 때문이다. (같은 책 91면)

물론 이 세 유형의 동시가 이처럼 명확한 역사적 발전과정 속에서 이어져온 것은 아니다. 그러나 이들 각각의 유형이 공존하여 활개치던 그즈음의 작시 경향을 미루어볼 때, 이러한 경향들이 맺고 있는 상호연관은 그저 작위적으로 지어낸 말만은 아니다. 더욱이 문제적인 것은 이 그릇된 동시들의 이면에 한결같이 '참된 동심'이 없다는 지적이다. 그것은 곧 '거짓된 동심'의 문학이며, "자기 중심의 울 안에 갇"힌 문학이 되고 만다는 것이

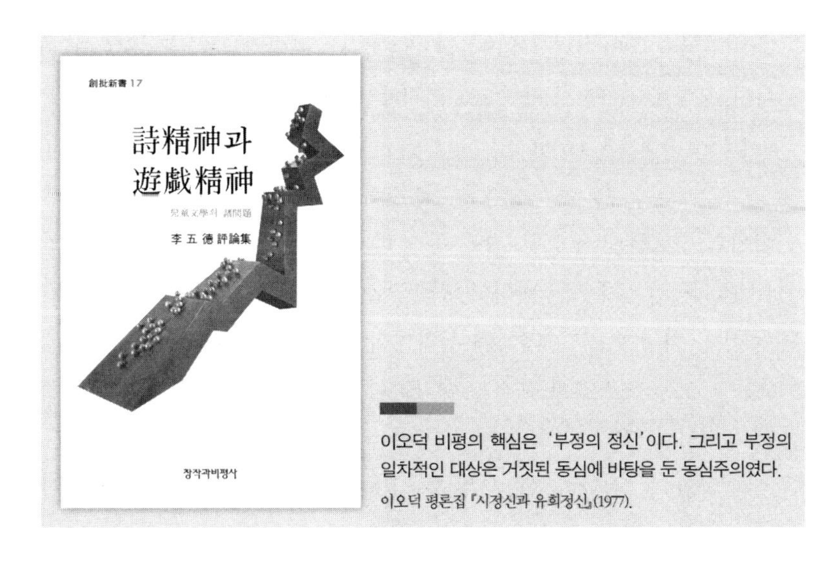

이오덕 비평의 핵심은 '부정의 정신'이다. 그리고 부정의 일차적인 대상은 거짓된 동심에 바탕을 둔 동심주의였다.
이오덕 평론집 『시정신과 유희정신』(1977).

다. 이오덕은 '거짓된 동심'은 "시인의 머리 속에서 짜낸 관념이나 공상이나 심리의 장난 같은 것"(『시정신과 유희정신』 230면)이며, 그 대척에 '참된 동심'이 있다고 주장한다.

이오덕이 주장하는 '참된 동심'은 먼저 어린이를 살아있는 인간으로 본다. 그리고 살아있는 인간은 역사를 살아가는 인간이며, 사회 속에서 살아가는 인간이다. 또한 겉으로 보아서는 그릇된 환경으로 말미암아 왜곡되어 있지만, 그 내면에는 '무한한 가능성을 가진 인간'이다. 이는 인식의 차원이기 이전에 '믿음'의 차원으로 존재한다. 결국 작가는 겉으로 보이는 허위를 관통해 '삶의 진실'을 찾아야 하며, 또 찾을 수 있어야 하는 것이다. 이들 전제로부터 이오덕은 발견하고자 하는 '참된 동심'을 다음과 같이 선언적으로 표현한다.

> 동심은 어른들의 장난감도 아니고, 옛날을 회상할 때 잠기는 늙은이들의 그리움의 세계도 아니다. 그것은 삶의 터전에서 온갖 부정과 역경과 싸우면서 끝내 지켜 나가는 순수한 인간 정신이며, 끊임없이 자라나는 선의 마음바

탕이며, 온 민족의 어린이와 어른의 마음바다로 확대해갈 수 있는 정심(正心)이며, 문학에서 가장 효과적으로 키워나갈 수 있는 인간의 본성인 것이다. (『시정신과 유희정신』 151면)

이처럼 명료하게 규정된 '참된 동심'이 '거짓된 동심'과 이항대립의 짝을 이룬다는 점은 주목할 만하다. 선언적으로 제시된 인간의 본성으로 '참된 동심'을 파악하고, 그 대척에 허위의식으로 가득찬 '거짓된 동심'을 배치하는 구도는 스스로의 관점을 예각화할 수 있다는 점에서 유효한 방법론적 장치일 수 있다. 그러나 정작 더 폭넓은 관점 속에서 '동심천사주의'나 이오덕의 '동심본성주의' 모두 '동심'을 동일한 공분모로 상정하고 있다는 점에서는 다를 바가 없다. 어린이문학의 이념을 '동심'이란 관념의 구성물에서 찾고자 한다는 점에서는 동일하다는 것이다.

중국의 고전에서 출발한 동심의 개념은 '순진한 어린이의 마음, 거짓이 없는 진심' 등의 의미로 사상가 이탁오(李卓吾, 1527~1602)에 의해 구체화된 개념이다. 그러나 이 또한 낭만적이고 주관적인 개념으로 어린이문학의 핵심이 되기에는 지나치게 모호하다. 어린이문학이 끊임없이 어른의 관념에 끌려다니는 그 이면에는 이와같은 동심의 주관적, 관념적 경향에 기인하는 바가 적지 않다. 결국 동심은 문화적 맥락에 따라 끝없이 '거짓된 동심'과 '참된 동심' 사이를 오가고, 논쟁의 와중에서 벗어나기 힘든 운명에 놓여 있는 것이다. 동심이란 관념적 개념 이전에, 역사와 사회 속에서 살아가는 어린이들의 경험, 어린이들을 둘러싸고 있는 현실에 대한 탐구가 비평적 논의의 중핵으로 상정되어야 한다.

이오덕의 동시에 드러나는 관념적인 급진성과 나란히 동심의 개념 역시 관념의 소산이라고 해서, 이오덕의 비평적 업적이 무화되거나 소진되는 것은 결코 아니다. 비평은 역사적 맥락 속에 개입해온 구체적 실천이며, 그 맥락 안에서의 의미는 핵심 범주의 관념론적 계기만으로 재단하기 힘든 역동성을 지니고 있기 때문이다. 이오덕은 앞서 제시한 그릇된 동시의 유형들이 궁극적으로는 열등의식과 맞닿아 있으며, 그 심연에 내재된 식민주의적 의식과 일직선으로 연결되어 있음을 지적한다. 그리고 그 대척에 주체적인 의식과 민족문학의 건설을 설정한다. 그가 동시대의 작가들에게 건네는 요청은 그의 관념적 바탕에도 불구하고 여전히 커다란 울림을 지니고 있다.

> 동시는 웃음과 재미와 귀여움을 손끝으로 만들어내는 재치가 아니라, 보다 커다란 감동의 세계를 창조하는 시가 되어야 한다. 이러한 감동의 창조는 역사와 사회 속에서 살아가는 아동의 참된 파악에서만이 비로소 가능한 것이다.
>
> 지금까지 말한 것을 한마디로 요약하면, 결국 동시는 시인의 세계와 아동의 세계가 하나로 일치되는 자리에서 비로소 참되게 씌어질 수 있는 것이라고 말할 수 있다. (…) 동시인은 아동 속에 (정신적으로라도) 살면서 (…) 아동의 미래와 역사의 앞날에 대한 철학적인 투시의 눈을 가져야 한다. (『시정신과 유희정신』 226~30면)

이오덕은 동시의 본질이, 주체가 되는 시인의 세계가 독자인 어린이의 세계에 얼마나 깊이 천착할 수 있는지에 달려 있음을 밝히고 있다. 물론 그 어린이는 "역사와 사회 속에서 살아가는" 어린이다. 더욱이 이오덕은 보편적 선언에 그치지 않고, "민족문학 수립이란 과제에 이어진 아동문학의 건설이 서민성을 구현함으로써 이뤄질 수 있다"(같은 책 105면)고 함으로써 한결 구체화하고 있다. 이는 열등의식을 논의하는 자리에서도 거듭 논의되고 있으며, 이오덕은 "특히 가난하고 약한 어린이의 세계를 작가 자신의 것으로 삼고, 그들 세계의 아름다움과 진실함을 찾아 보여준다는 것은 약소민족의 열등의식을 청산해야 할 사명을 지고 있는 아동문학 작가들의 긴요한 관심사가 되어야 할 것"(같은 책 34면)이라고 주장하기에 이른다. 민중적 지향을 명확히 한 민족문학의 수립을 의식적으로 선포하고 있는 것이다. 이 강령적 형태의 인식이야말로 1970년대 어린이문학 비평이 도달한 정점이라고 해도 지나침이 없다.

이오덕의 급진적이고 근본적인 관념에도 불구하고, 어린이문학을 둘러싼 비평적 인식이 정점이 확연하게 성취될 수 있었던 까닭을 규명하는 것은 향후 우리 비평이 풀어야 할 과제일 것이다. 여기에서는 다만 가장 억압받는 집단인 어린이를 가까이에서 있는 그대로 지켜보았던, 이 땅 어린이들이 처한 현실이 가장 주요한 동력이었을 것이라고 추정할 따름이다. 덧붙여 "아이들의 현실을 관찰하고, 아이들의 문제를 연구하고, 이웃과 세계의 진실을 보"고자 한 열망 때문이었으며, 나아가 "욕망은 모든 순수한 정신을 혼탁하게 만든다. 진리란 것, 그리고 자연과 인생의 참된 아름다움도 이런 욕망을 포기한 사람에게만 발견되는 신의 은총"(『어린이를 지키는 문학』 92면)이라고 스스로를 벼려왔던 정신적 견결함 덕분이었을 것이다.

4. 메타비평과 관념적 동요

이오덕 비평의 정점이 1970년대와 80년대에 걸쳐 있으며, 동시론을 통해 가장 잘 표현되고 있음은 앞서 살펴본 바와 같다. 그렇다고 이오덕의 비평이 동시에만 국한된 것은 아니다. 그는 거의 모든 어린이문학 장르에 걸쳐 원칙적인 입론들을 세워나갔으며, 그 원칙들은 지금도 여전히 유효하다. 이들 선명한 원칙들 가운데 적어도 동화비평의 경우 다음의 몇몇 비판적 준거들이 주목할 만하다.

—아이들의 현실이 배제되거나 왜곡되어 있고, 혹은 은폐되거나 터무니

없이 미화되어 있는 작품

—작가가 간절히 하고 싶은 말인 주제가 모호한 작품

—별난 구성과 문장의 기교를 부린 작품

—자기중심의 심리 세계를 꼬치꼬치 파고들기만 한 작품

—국적 없는 동화, 탈민족적 관념이나 정서에 빠져 외국 문학의 찌꺼기를 표현한 작품

—터무니없는 공상적 얘기를 황당하게 전개한 작품

—지극히 단편적인 감정의 파편 같은 것을 동기로 안이하게 창작된 작품

—동식물을 의인화한 얘기에서 동식물의 생태와 모습을 함부로 그릇되게 보여주는 작품 (『어린이를 지키는 문학』 86~88면에서 발췌 인용)

동화를 읽어내는 이들 비판적 준거가 중요한 것은 단순히 선언에 그치지 않고, 이오덕의 구체적인 작품분석 속에서 역동적으로 작용하기 때문이다. 그리고 이 작용들을 가장 생생하게 확인할 수 있는 것이 곧 새로운 세기의 도래와 함께 촉발된 어린이문학 논쟁*이다. 김이구의 「아동문학을 보는 시각」(『아침햇살』 1998년 여름호)으로부터 촉발된 논쟁은 원종찬의 『아동문학과 비평정신』(창비 2001)에 개진된 '속류사회학주의'를 통해 유사한 입론을 강화했으며, 외곽에서 이루어진 이재복의 '판타지 문학에 관한 지속

* 이 논쟁은 아직 명칭조차 얻고 있지 못하다. 쟁점이 분산되어 있기 때문이기도 하려니와, 논쟁 자체가 여전히 진행중이기 때문이다. 때로는 확산되고 때로는 응축되어 진행됨으로써 과정을 정리하는 것조차 쉽지 않다. 필자가 생각컨대 논쟁은 전형기의 새로운 모색을 문제삼는다는 점에서 '전형기 논쟁'이라고 명명할 수 있을 듯싶다. 그러나 이 역시 '전형기'를 기정사실화한다는 점에서 일정한 이데올로기적 개입을 피할 수 없다. 또다른 명칭은 중심이 되는 작품을 통해 투영해보는 '판타지 논쟁'을 생각해볼 수도 있다. 그러나 이 또한 논쟁의 지형을 지나치게 협소하게 규정하는 것으로 '속류사회학주의'를 비롯한 새로운 모색과 비판 모두를 포괄하지 못한다. 그렇다면 논쟁의 주체를 중심에 두어 '현실주의 진영의 내부 논쟁'이라고 할 수도 있다. 하지만 이 또한 옹색하기는 다르지 않다. 심지어는 논쟁의 중심에 우뚝 서 있었던 이오덕을 중심으로 그저 '이오덕 논쟁'이라고 부를 수도 있겠다 싶다. 그만큼 이오덕은 개인이기에 앞서, 어린이문학 비평의 상징으로 존재하기 때문이다.

적인 필요성'과 부합하면서 일정한 경향을 형성했다. 이에 이오덕은 『문학의 길 교육의 길』(소년한길 2002)을 통해, 이들 입론 전체가 모순에 가득찬 것임을 피력했으며, 여기에 이지호, 윤기현 등이 가세하기에 이른다. 이오덕의 사후 한동안 논쟁은 잠복되었으나, 『창비어린이』의 창간과 함께 원종찬의 「'일하는 아이들'과 '유희정신'을 넘어서」가 발표되고, 여기에 이성인, 이주영의 반론이 이어지고 있는 것이 현재 논쟁의 경과다.

무엇보다 논쟁의 의미는 이 논쟁이 현실주의 진영 내부의 논쟁이란 점이다. 1990년대 중반에만 해도 우리 어린이문학의 주류는 결코 현실주의 진영이라고 말할 수 없었다. 비록 문학사적 흐름을 그 축으로 정리할 수는 있을지언정, 실질적인 창작의 주도권은 이오덕이 '동심주의'로 지칭했던 작가들에게 있었던 것이다. 그러나 1990년대 후반에 들어 상황은 역전되었다. 우리 사회의 전반적인 성숙과 함께 현실주의가 전면에 나서게 된 것이다. 이 새로운 경향에 부응하여, 현실주의는 비로소 현실주의 내부의 문제를 깊이 응시할 기회를 갖기에 이르렀다. 이는 상황의 변화가 불러일으킨 피할 수 없는 쟁점이며, 어린이문학의 진전을 위해 반드시 점검되어야 할 쟁점임이 분명하다. 그러나 논쟁의 전모를 규명하고, 쟁점을 명확히 하는 한편, 논쟁의 의미를 정리하는 것은 이 글의 목적이 아니다. 여기에서는 다만, 이 논쟁에서 드러나는 이오덕의 입론들이며, 이 입론에 내재된 이오덕 후기비평의 한 특성을 걸러낼 수 있으리라는 점이다.

이오덕 후기비평의 핵심은 명료하다. 앞서 언급한 다양한 비판적 준거는 후기에 들어 집약적으로 표현된다. 그것은 '무엇을 쓰느냐'와 '정직한 글쓰기'로 요약된다. 그는 현실의 변화와 무관하게 작가라면 적어도 '무엇을 쓰느냐'가 사고의 중심이 되어야 하며, 그다음 방법의 문제는 '정직하게' 써야 하는 것으로 정리하고 있다.

선생님은 '무엇'보다 '어떻게'가 더 중요하다고 했습니다. 그러니까 어디까지나 삶과 현실보다 '순수'라고 하는 쪽을 편들고 있습니다. 순수문학 쪽을 그렇게 힘들여 옹호해야 할 어떤 세상 형편이 되었다고 보는지 모르겠습니다. 내가 보기로는 지금이야말로 우리 작가들이 '어떻게 쓰는가'를 생각하기 전에 '무엇을 쓰는가' 하는 것부터 깨끗한 마음으로 깊이 있게 생각해야 할 때라고 봅니다. (…) 제가 하는 말은 '무엇을 쓰느냐'만이 중요하다고 하는 것이 아닙니다. '어떻게 쓰느냐'가 말할 것도 없이 중요하지만 '무엇을 쓰나'가 '어떻게 쓰나'에 앞서고, 바탕이 된다고 하는 말이고, 더구나 오늘날 우리가 살아가는 이 역사와 사회 현실에서는 '무엇을 쓰나' 하는 것부터 맑은 정신으로 생각해야 한다는 것입니다. (『문학의 길 교육의 길』 211~12면)

이 인용에서 두드러진 점은 '어떻게'를 방법의 문제가 아닌 '기법'의 문제로 협소하게 보고 있다는 점이다. 그 결과 기법을 운위하는 것 자체가 순수문학과 동일하게 등치된다. 그러나 기법과 방법은 엄연히 구분된다. 방법은 이미 제재를 선택하고 형상화하는 모든 과정에 개입하는 문제이지, 단순히 언어적 표현에만 그치는 협소한 규정일 수 없다. 더욱이 이 인용은 '무엇'과 '어떻게'를 분리시킴으로써 통일적인 형성물로서의 문학이 아닌, 이원적인 관점으로 살피고 있다. 서로 규정하는 관계에 놓인 내용과 형식을 분리시킴으로써 작가정신을 예술 방법의 우위에 두고 있는 것이다.

이는 어린이문학을 보는 이오덕의 기본적인 시선이 문학이 아니라 어린이를 향하고 있다는 혐의를 지우기 어렵게 한다. 어린이는 당연히 어린이문학을 장악하는 핵심적인 화두임이 명확하다. 그러나 그것은 필요조건일 뿐 충분조건이 아님 역시 명확하다. 글쓰기교육과 문학을 동일시할 수 없다는 이오덕 자신의 주장도 이를 잘 밝혀 보이고 있다. 그럼에도 이오덕은 끊임없이 문학과 글쓰기를 혼동하고 있다. 이는 채인선의 「전봇대 아저씨」를 평가하는 부분에서 잘 드러난다. 이오덕은 작품의 분석 전반을 작품 속 현실과 생활 현실의 불일치에 집중적으로 할애한다.

> 다슬기는 '줍는다'고 하지, '잡는다'고는 말하지 않는다. 또 '휘젓고 다녔지' 했는데, 가재를 잡거나 다슬기를 줍거나 할 때는 아주 가만가만 다니거나 한자리에서 한참 살피면서 있어야 한다. '개울물을 온통 휘젓고' 다녀서 무슨 가재를 잡고 다슬기를 줍는단 말인가? (『문학의 길 교육의 길』 95면)

물론 이 지적은 분명히 채인선 문학의 본질적인 결함을 밝힌 것이다. 현실과 작품 속 현실성의 불일치를 지적하는 데에 그치지 않고, 이오덕은 그 근본적인 자리에 채인선이 "자연을 모르고, 자연과 함께 살아가던 50년 전 아이들의 삶을 모르니까 반(反)자연, 곧 도시 문명을 중심으로 해서 농촌이고 자연이고 아이들을 보게 되고, 그렇게 본 눈으로 아이들을 그려 내니까 이런(우습고 황당한 — 인용자) 이야기가 된다."(같은 책 88면)고 함으로써, 도시적 감수성의 어설픈 자연 묘사가 갖는 문제점을 통렬하게 공박하고 있다.

그러나 문제는 이오덕의 비평이 많은 부분, 이와같은 생활 현실과 문학작품의 현실성이 일치하는가 아닌가에 집중함으로써 소중한 것들을 놓치고 있다는 점이다. 그것은 많은 부분 씌어진 글을 보는 평가의 기준이지, 문학작품을 보는 압도적인 척도가 되어서는 안된다. 문학작품의 현실성은 생활 현실과의 일치 여부를 전제로 하지만, 그럼에도 작품 속에서 획득된 내적 현실성이 더한층 중요하기 때문이다. 그런데도 현실과 현실성을 혼동하는 것은 글쓰기와 문학을 혼동하는 것이며, 나아가 어린이와 어린이문학을 동일선상에서 사고하는 것에 다름 아니다.

물론 이오덕에게 현실과 현실성이 일치해야 한다는 명제는 당연히 중요하다. 어린이들에게 정직한 글을 쓰게 하도록 가르쳤으며, 정직한 글이 삶에 미치는 영향의 중요성을 강조한 그로서는 당연한 귀결이었을 것이다. 그러나 중요한 것은 이들 관점 속에 어린이문학을 보는 이오덕의 원칙이자 화두인 '참된 동심'이 작동하고 있다는 점이다. 그것이 거짓된 것이든 참된 것이든, '동심'이란 관념적인 개념 속에 칩거해 있는 한 어린이문학에서 문학이 갖는 예술적 자질들은 상대적으로 위축되게 마련이다.

세상과 담을 쌓고 폐쇄적인 유토피아에 잠겨 있는 동심천사주의, 동요하는 지배적 이데올로기를 무작정 강요하는 교훈주의, 끊임없이 인간의 본성을 환기함으로써 삶의 진정성을 밝혀 보이고자 하는 동심본성주의 등등, 어린이문학의 다양한 편향들은 크게 또 작게 문학이 갖는 풍부한 역동성을 소홀히 여기고, 그 빈자리를 교육의 관점으로 문학을 재단할 우려를 낳는다.

이러한 고착된 동심주의적 편향은 '어린이의 발견'이 갖는 문학적, 문화적 의미를 이오덕이 짐짓 간과하게 만든다. 무릇 발견이란 없는 것을 새롭게 찾아내는 것이 아니다. 발견이란 이미 존재하고 있는 특정한 현상의 의미를 역사적, 사회적 맥락 속에 정당하게 설정하는 것이다. 따라서 '일하는 아이들'은 의당 이오덕이 발견한 개념이다. 그러나 그의 후기동시에서 거듭 형상화되고, 비평에서 피력된 '일하는 아이들'이란 이오덕 문학의 가장 종요로운 개념조차 "아이들이 온몸을 움직여 활동하는 삶"(같은 책, 68면)으로 확대되어 모호해지고 만다. 동심은 이처럼 모든 것을 본질과 비본질이란 동일한 범주로 희석시키고 마는 것이다. 이는 다시금 시대적 요청에 따라 거듭 새로운 어린이의 형상을 발견해야 하는 문학의 고유한 기능을 도외시한 채, 내면화된 동심을 찾기에 골몰하게 만든다. 그러나 거듭 밝히건대, 본질은 언제나 구성되는 것이다. 시대가 채워야 할 내용이지 이미 존재하는 본질을 찾는 것이 아니기 때문이다.

이오덕의 이와같은 동심에 근거한 관념적인 동요(動搖)는 구체적인 작품평에서 잘 드러난다. 이오덕은 권정생의 『비나리 달이네 집』(낮은산 2001)과 임정자의 『어두운 계단에서 도깨비가』(창비 2001)를 평가하며 다음과 같이 밝히고 있다.

이렇게 사람과 강아지가 말을 한다는 것은 현실에서 있을 수 없지요. 그런데도 이 얘기를 읽으면 이런 일이 사실로 있었을 것이라 느껴져서 아주 자연스럽게 읽힙니다. 동화라면 이렇게 돼야지요. 있을 수 없는 일도 있었던 것처럼 받아들이게 되어야 팬터지란 것이 성립되는 겁니다. (『문학의 길 교육의 길』 220면)

이것은 현실과 초현실이 함께 되어 있는데, 이것이 자연스럽게 느껴지지 않고 조금도 필연성이 없어요. 아무리 죽은 낙지가 불쌍하다고 생각했다 하더라도 죽은 그 낙지가 우편물을 보낸다는 것이 있을 수 있다고 느끼는 사람이 누가 있습니까. (같은 책 223면)

두 작품은 모두 판타지 작품이다. 이오덕은 한 작품은 '아주 좋은 작품'이라고 평가하고, 다른 작품은 '괴상한 이야기'로 평가하고 있다. 그러나 어디에도 그렇게 구분하는 근거가 명확하게 나타나 있지 않다. '자연스럽게'라는 모호한 주관적 규정만이 두 작품을 나누는 기준으로 피력되어 있을 뿐이다. 결국 문학의 내적 자질들, 이들 두 작품을 달리 평가하게 만드는 요소들에 대해 언급하지 못하고 있는 것이다. 판타지 작품의 내적 리얼리티를 분석하는 척도는 그것이 비록 참된 동심일지라도 동심이란 주관적인 개념으로는 결코 걸러지지 않기 때문이다.

채인선의 작품을 둘러싼 평가도 다르지 않다. 앞서 이 글의 모두에 제시한 여덟 가지 척도는 거짓된 동심과 참된 동심에 기반을 둔 작품을 구분하는 기준으로는 유효할 수 있다. 그러나 일정한 미적 기준에 도달한 작품이라면, 작품 속 현실성과 실제 현실이 맺고 있는 정합성만으로는 작품을 온전히 평가하기 힘들다. 이들 척도는 어린이문학인가 어린이문학이 아닌가라는 구분에는 유효한 잣대가 될 수 있을지언정, 제대로 된 어린이문학인지 아닌지를 구분하는 데에는 무기력하다.

우리의 어린이문학이 도달한 역사적 발전과정은 과거의 척도가 아닌 오늘날의 척도를 요구한다. 특히 상업주의가 기승을 부리는 작금의 현실은 주세가 있고 없고, 혹은 문장이 제대로인지 아닌지가 아니라, 어떤 주제이며, 그것이 어떠한 서술방식으로 구조화되었는지를 묻지 않을 수 없게 한다. 상업주의는 동심주의보다 훨씬 세련된 문학의 외양을 지니고 있기 때문이다. 채인선의 작품에 김이구나 원종찬이 일컫듯 새로운 시기의 문학적 대응이란 평가가 적합한지, 혹은 이오덕의 주장처럼 우스꽝스럽고 황당한 이야기에 불과한 것인지 치밀하게 논증되어야 했다. 그러나 논쟁은 작품을 떠나 문학관의 문제로 이동해버리게 되었다.

물론 논쟁은 여전히 이어지고 있다. 모두들 이오덕이란 커다란 수원지에서 흘러나온 물줄기들이며, 이들이 이후의 논쟁을 생산적으로 만들어야 하는 것은 그 수원지에 대한 최소한의 외경이 아닐 수 없다. 진영 내부의 논쟁을 통해 우리 어린이문학이 한껏 성숙하는 계기로 삼아야 한다. 그것이 어린이문학의 모든 물들이 모여들고 또 흘러나오는 이오덕이란 수원지를 올바르게 계승하는 실천이 될 것이다.

5. 거인의 어깨 위에 앉은 난쟁이들

한 개인의 문학사적 의미는 한 편의 글로 손쉽게 재단되지 않는다. 수많은 연구들이 덧쌓여야만 제대로 된 총체적 평가에 이를 수 있다. 더욱이 이오덕이란 한 시대를 기꺼이 감당해온, 또 올곧은 정신을 지닌 인물을 평가하는 일은 그가 어린이문학으로 살아온 세월만큼이나 오랜 세월을 필요로 하는지도 모른다. 물론 그렇다고 평가 자체가 불가능한 것은 아니다. 거인의 어깨 위에 올라앉은 난쟁이처럼, 이오덕이란 거인을 통해 우리 넌

쟁이들은 더욱 멀리 바라볼 수 있는 튼실한 어깨를 얻었기 때문이다. 따라서 이 글에서 피력된 이오덕에 관한 평가는 전적으로 이오덕의 문학이 있었기에 가능한 것이다. '동심에 바탕을 둔 관념적인 동요(動搖)'라는 평가를, 평가 자체의 정당함과 관계없이 이오덕은 흐뭇하고 기꺼운 마음으로 받아줄 것이다.

사실 우리 어린이문학은 이오덕이란 특정한 개인에게 너무나 무거운 책무를 지워왔다. 그 무거운 책무가 그의 죽음을 좀더 앞당기지 않았을까 심려하는 어느 시인의 말처럼, 많은 사람들이 그의 육필을 통해 진리의 해법을 찾고자 했다. 그러나 이제 그는 가고 없다. 그의 빈자리가 도드라져 보일수록 사무치게 그리운 것은 어쩌지 못할 것이다. 그러나 그가 떠났음에도 어린이문학은 여전히 남아 있고 앞을 향해 가야 한다. 어린이문학은 이오덕과 다를 바 없이, 현실주의에 터를 잡고 있는 작가와 평론가 들이 이오덕 이후의 이오덕으로 새삼 부활해주기를 간절하게 기다리고 있다. 이제 이오덕은 혼자가 아닌 수많은 이오덕으로 계승, 발전되어야 하는 것이다.

이 글은 이오덕의 창작과 비평을 비판적으로 조명하는 데 초점을 기울였다. 그러나 자칫 비판이 이오덕 문학의 긍정적인 계기조차 함부로 폄하하는 논거가 되지 않을까 심히 저어된다. 그러나 이오덕의 문학은 단 한 편의 비평으로 소진되지 않을 깊이와 풍부함을 지니고 있으며, 그의 한계 또한 역사적 맥락 속에서 섬세하게 고구되어야 한다. 따라서 이 글은 이오덕의 문학세계 전반에 대한 총괄적인 평가에 턱없이 미치지 못하는, 소졸한 한 편의 글일 따름이다. 그럼에도 이 글은 수많은 이오덕 이후의 이오덕들 가운데 한 사람이 쓴 글로 평가되기를 바라며, 기꺼이 그 명예로운 이름에 값하고자 하는 열망 속에 써내려간 것임을 밝혀둔다.

_『아동문학연구』 제10집(2004)

현실주의 동시에 이르는 한 경로

이오덕 동시론

1. 폄하와 외경을 넘어

이오덕은 1955년 3월 『소년세계』에 「진달래」를 발표함으로써 작품활동을 시작했다. 그후 첫 시집 『별들의 합창』(아인각)을 1966년에 발간하였으며, 연이어 『탱자나무 울타리』(보성문화사 1969), 『까만 새』(세종문화사 1974), 『개구리 울던 마을』(창비 1981), 『언젠가 한번은』(대교문화 1987)을 발표했다. 그밖에도 『어린이문학』에 발표한 만년의 동시들에 이르기까지 이오덕은 쉼없이 동시를 썼다. 창작뿐만이 아니다. 이오덕은 동시에 대한 뛰어난 비평글을 통해, 때로는 논쟁의 소용돌이에 휩싸이기도 하고, 때로는 비껴선 자리에서 시인들의 글을 꼼꼼히 살펴봄으로써, 우리 동시의 전진을 위해 소중한 디딤돌을 남겼다. 그러나 동시를 향한 그의 깊은 애정에도 불구하고, 정작 그의 작품에 관한 정밀한 분석은 아직껏 이루어지지 못하고 있다.

이오덕 작품에 관한 본격적인 연구가 부족한 까닭은 먼저, 살아있는 시인의 작품이란 모름지기 현재형으로 존재하는 것이기에 섣부른 총체적 평가가 어려웠기 때문이라 생각된다. 비록 아직껏 생전의 삶의 온기가 곳곳에 차고 넘치기는 하나, 이제야 비로소 처음과 끝이 있는 작품활동의 전모를 앞에 둘 수 있기에 연구의 전제조건은 갖추어진 셈이다. 그러나 이오덕의 시를 한 번이라도 일별한 경험이 있는 이라면, 이오덕의 작품에 관한 논의가 부족한 까닭이 작품론을 쓰는 일반적인 관행에 있지 않음을 금세 알아차리게 된다. 이오덕의 현존하는 삶이 작품론을 쓰지 못하게 한 것이 아니라, 정작 그 까닭은 그의 작품에 내재된 낯설음 때문이다.

분명 이오덕의 동시는 기존의 동시와 다르다. 이원수나 한정동의 새로운 근대적 형식의 동시가 그러하듯 음악적 율격에 담겨 있어서 마음의 서정을 섬세하게 되새기는 동시와 다르며, 1960년대 이후 이른바 이미지를 중시하고 시적 완결성을 지향했던 현대적인 동시와도 다르다. 이들 동시를 재는 익숙한 관점으로 조망하는 이오덕의 동시는 분명 척도에 미치지 못하거나 척도를 훌쩍 뛰어넘는, 결여태 혹은 과잉태로 존재한다. 물론 그의 동시에 전형적이라고 볼 수 있는 시들이 없는 것은 아니다. 그러나 이오덕의 동시를 독창적인 시적 개성을 준거로 중심과 주변으로 분리할 경우, 단연 중심에 놓이는 시편들은 동시의 전형과는 다른 작품들이다.

무릇 다르고 또 낯선 것에서 사람들이 받는 일차적인 느낌은 불편함이다. 타자란 이해할 수 없는 존재이며, 알지 못하는 존재는 항용 불편함을 불러일으키게 마련이다. 그리고 그 불편함을 견디지 못하는 사람들은 타자를 이해하기보다 오히려 스스로를 지켜나가기 위해 방어기제를 작동시킨다. 그 결과 많은 이들이 타자를 앞질러 폄하하고 만다. 그러나 다르고 낯선 것이 불편하고 열등한 것으로 비치지만은 않는다. 다르다는 것은 언제나 새로움을 동반하기 때문이다. 익숙하지 않은 새로움이며, 독창성이며, 아름다움이기도 한 것이다. 이 새로움은 자연 다른 것에 대한 또다른 반응인 낯선 것에의 외경을 불러일으킨다.

그러나 폄하와 외경, 이 두 가지 극단적인 반응은 모두 주체와 타자의 적극적인 관계맺기를 거부하는 태도가 아닐 수 없다. 이오덕의 동시에 관한 반응은 적어도 타자를 대면하는 이 익숙한 회로를 고스란히 되풀이하고 있다. 따라서 그의 동시는 전적으로 무시되거나 지나치게 의미를 부여받음으로써 원래의 제 모습과는 다른, 풍문만이 떠돌 뿐이다.

이 글은 이오덕의 작품에 관한 객관적인 평가를 목표로 한다. 이오덕의 동시를 성큼 손 닿을 수 없을 만큼 높은 곳에 올려두는 것이나, 짐짓 무관심한 상태로 저만큼 낮은 곳에 방치해두는 것 모두 그의 작품에 관한 진지한 성찰이 아님은 물론이다. 이 글은 이 그릇된 관점을 불식하고 이오덕 동시가 지닌 낯설음의 실체를 면밀히 분석하고, 나아가 그 낯설음을 정당한 근거 위에서 해석하고 평가하고자 한다. 이를 위해 이오덕의 동시관을 먼저 살펴보고, 이어서 이오덕 동시의 실체를 밝혀 보이고자 한다. 비평관을 살펴보는 것은 비평이 창작의 논리적 실천이란 측면과 함께, 스스로 경원시했던 작품들을 떠나서 이오덕 작품의 의미를 해명하는 것은 불가능하기 때문이다.

뿐만 아니라 이오덕 동시의 낯설음을 해명하기 위해서는 동시 자체의 내적 자질을 탐구하기보다 밖에서 안으로, 곧 비평적 맥락으로부터 작품으로 구체화해가는 경로가 더욱 적절하다. 그것이 낯설음의 의미를 밝혀 보이는 유일하게 가능한 방법론이기 때문이다. 동일한 체로 걸러본다면 여전히 타자로 존재할 뿐인 것이다. 그럼에도 이오덕의 작품을 비평적 관점으로 재해석하고자 하는 환원주의적 오류는 경계해야 할 것이다. 작품은 언제나 이론을 넘어서며, 또 이론과 실천은 서로 어긋남으로 해서 서로를 환하게 비춰 보이기 때문이다.

2. 부정의 시론, 생성의 시론

어린이문학과 이오덕의 연관은 깊고 또 끈질긴 것이기도 하다. 앞서 말했듯이 이오덕은 1955년 『소년세계』에 「진달래」를 발표하며 공식적으로 어린이문학의 지평 안으로 들어섰다. 그리고 세상을 하직하기 직전까지 어린이문학 논쟁의 한복판에서 한치의 흔들림 없는 견결한 목소리로 지워지지 않을 이정표를 세우기 위해 진력하였다. 마지막 숨을 모으기 직전에 써내려간 『문학의 길 교육의 길』(소년한길 2002)이 여든에 가까운 생물학적 몸을 저만치 밀쳐버리고, 정정한 정신으로 어린이문학의 한복판으로 개입해든 정신사적 기록물로 평가될 것임을 믿어 의심하지 않는다.

「진달래」에서 『문학의 길 교육의 길』에 이르는 과정 속에서, 이오덕은 초기에는 동시로, 또 이어서 비평으로, 나아가 글쓰기교육으로, 마침내 다시금 비평으로 영역을 넓히고 쟁점을 깊이하며, 어린이문학 속에 스스로를 세워나갔다. 그런데 이러한 오랜 시기, 다방면에 걸친 논의와 활동에도 불구하고, 어린이문학의 지평 안에서 그가 이루어낸 가장 뚜렷한 성취는 단연 『시정신과 유희정신』(창비 1977)으로 대표되는 동시론에 있다.

물론 이러한 평가가 『개구리 울던 마을』로 집대성되는 그의 동시 창작이나, 『어린이를 지키는 문학』(백산서당 1984)에서 이루어낸 동화를 중심에 두는 비평론, 『삶을 가꾸는 글쓰기 교육』(한길사 1984)으로 선명하게 이념을 획득한 글쓰기교육, 『우리글 바로쓰기』(한길사 1989)에서 이루어낸 한글지킴이로서의 업적, 『농사꾼 아이들의 노래』(소년한길 2001)에서 돋보인 정밀하고 실증적인 문학연구, 『문학의 길 교육의 길』에서 보이는 비평을 위한 비평담론 등등이 갖는 의미를 결코 낮추어 생각하는 것은 아니다. 적어도 1960년대에서 2000년대에 이르는 어린이문학의 역사적 과정은 직접적 혹은 우회적으로 이오덕의 이러한 활동과 연계되어 있으며, 이러한 왕성한 활동과 관계를 맺음으로써 개별적인 어린이문학은 비로소 그 역사적 의미가 정당하게 자리매김되고 있다고 해도 과언이 아닐 것이다.

그럼에도 여전히 『시정신과 유희정신』은 적어도 이오덕 개인의 문학적 활동 안에서는 독보적이다. 비평활동에 내재된 문제의식의 치열함, 그 문제의식이 문단 안팎에 불러일으킨 공감, 그로 말미암은 실천적인 변모들 때문이다. 『시정신과 유희정신』은 동시의 가치와 존재방식에 관해 널리 승인되어온 기존의 묵계를 단연코 거부한다. 근본적인 성찰을 바탕으로 새삼 이오덕은 동시란 무엇이며, 무엇이 동시문학을 왜곡시키며, 어떻게 바람직한 동시문학의 건설이 가능한지를 거듭 되묻고 있다. 그리고 그릇된 역사적 계기와 관점들을 원점으로 돌리고, 그 빈자리를 진정 어린이를 위한 동시로 채워나가고자 한다. 다음에는 이오덕이 동시를 보는 기본적인 관점이 선명하게 표현되어 있다.

> 동시라는 나무에 피어난 꽃과 열매는 그 뿌리가 아동이 살아가고 있는 땅에 내리고 있어야 하는 것이니, 꽃과 열매가 아무리 자유롭고 탐스럽게 피고 맺어 있다 하더라도 아동이 그 향기를 맡을 수 없고 아름다움을 느낄 수 없다면 그것은 동시의 나무라고 할 수 없고, 기실은 병든 꽃이요 열매일 따름이다. 유희적인 것과 풍경의 완상과 관념의 세계는 그것들이 다같이 아동세계에 뿌리를 내린 것이 아니어서 아동이 그 향기를 맡고 아름다움을 느낄 수 없는 것이라는 것, 그것은 어른들만의 취미물로 만들어진 조화요 모조품의 열매라는 점에서 비판되어야 한다. (『시정신과 유희정신』 220~21면)

이오덕은 먼저 동시의 토대가 "아동이 살아가고 있는 땅"이라고 함으로써 현실을 가장 근본적인 바탕으로 삼고 있다. 여기에 덧붙여 아동이 "향기를 맡을 수" 있어야 하며, "아름다움을 느낄 수" 있어야 한다고 주장한다. 동시의 향유주체가 의당 어린이라는 당연한 수상이나. 그러나 당대의 동시들은 '현실성'과 '어린이'라는 동시의 바탕을 외면하고 있다는 것이다. 그 결과 "유희적인 것" "풍경의 완상" "관념의 세계" 등등 그릇된 시적 경향이 바탕을 압도하고 말았다고 평가한다. 이는 각각 "유치한 동시" "말재주 피우는 동시" "어려운 동시"(『어린이를 지키는 문학』 88면)와 대응한다. 그리고 이들 부정적인 양상에 공통적으로 "어른들만의 취미물로 만들어진" '거짓된 동심'이 바탕에 있으며, 또 그 근저에 민족적 열등의식과 문학적 열등의식이란 이중의 열등의식이 잠복해 있다고 밝힌다.

그렇다면 이러한 부정의 시론과 달리 이오덕이 바람직한 동시로 여긴 동시는 어떠했는가? 『시정신과 유희정신』에서 그는 무엇보다 '참된 동심'을 매개로 논리를 전개시킨다. 이오덕에 따르면 '참된 동심'이란 "순수한 인간 정신"이며, "선의 마음 바탕"(151면)이며, "인간 내부의 순수정신"(43면)이다. 그러나 이 참된 동심은 성장하는 가운데 풍부하게 발현되지 못한 채, 그릇된 환경으로 말미암아 오히려 왜곡되고 훼손된다. 이에 교육과 문학이 참된 동심을 "일깨워서 살아나게 하고, 이것을 키워주는 것이 되어야 한"(43면)다. 이를 위해 시인은 어린이를 "사회적 · 역사적 존재"(225면)로 파악해야 하며, 어린이가 "보고 느끼고 생각한 것"을 시인의 세계를 바탕으로 "다시 질서를 세우고 의미"(220면) 부여를 해야 한다. 그 결과 "시인의 세계와 아동의 세계가 하나로 일치"(226면)되는 참된 동심의 동시가 생성된다는 것이다. 그리고 이 참된 동시는 다시금 열등의식과 대척되는 자주의식과 연결되며, 마침내 민족문학으로서의 어린이문학 건설에 이바지하게 된다고 주장한다.

민족문학 ↔ 식민문학

참된 동시 ↔ 유치한 동시, 어려운 동시, 말재주 동시

참된 동심 ↔ 거짓된 동심

자주의식 ↔ 열등의식

이처럼 엄격한 대립쌍으로 이루어진 이오덕의 부정과 생성의 시론에서 문제적인 것은 역시 '동심'이다. 비록 본성적인 것이든 거짓된 것이든 동심을 바탕에 둔다는 점에서는 다르지 않다. 동심을 매개로 한다는 점에서 이들 각기 다른 두 극단은 일정한 공통적인 자질들을 비껴가기 힘들다. 그것은 곧 동심주의이며, 다른 한편으로는 어린이를 보는 어른의 관념론이다. 물론 이러한 이중성은 동심주의 자체가 갖는 이중성이기도 하다. 애초 동심은 사회적·역사적 맥락에 따라 때로는 긍정적인 기능을, 때로는 부정적인 기능을 수행하기 때문이다.

문제는 주관적이고 관념론적인 동심이 시대의 변화에 능동적으로 부응하지 못한다는 사실이다. 그럼에도 현실의 어린이는 끊임없이 생성, 변화, 발전을 거듭하고 있다. 어린이문학은 동심이라는 어른의 관념이 아닌, 변화 속에 존재하는 어린이의 눈에 최대치로 가깝게 일치되도록 노력해야 한다. 따라서 고착된 동심이 아니라, 어린이가 해당 사회의 요구에 따라 구성되며 거듭 발견되는 것임을 놓치지 말아야 할 것이다. 어린이의 발견이 갖는 문학적 의미도 바로 이 지점에 있다.

3. 이론과 실천의 거리

이오덕의 동시론은 이오덕 비평의 정점이다. 비록 이오덕의 본원적 동심론이 동심주의란 큰 범주를 벗어나지 못했다고 할지라도, 1970년대 중반부터 활기차게 전개된 이오덕의 동시 비평은 동시의 나아갈 방향을 선명한 좌표 속에 설정했다. 뿐만 아니라 질풍노도의 예언자적 목소리로 여전히 타성에 잠긴 채 자족적인 울타리 속에서 희희낙락하던 기존의 동시단을 질타하기를 그치지 않았다. 그래서 이오덕의 동시 비평 이후 쓰인 모든 동시는 이오덕 동시론을 의식하면서 갱신되거나 적어도 스스로의 정당성을 마련하지 않으면 안되었다.

그러나 이오덕의 동시론은 『시정신과 유희정신』에 게재된 비평들이 발표되었던 1970년대 중반보다 훨씬 앞선 시기, 즉 첫 시집 『별들의 합창』이 출판된 1966년에도 이미 그 형태를 온전히 건사하고 있다. 이오덕은 「책 끝에」를 통해 기존의 동시들이 "눈깔사탕 같은 것" "어른들의 말장난 같은 것"일 따름이며, 이를 대신하여 어린이들에게 어린이들과 "함께 울고 웃는 생활의 노래"인 '참된 시'를 주고자 한다. 그리고 "난해한 동시" "말장난의 동시" "재롱의 동시"가 아닌 "노래하는 시의 생활화 문제와 지적인 비판정신"을 융합하는 한편, "적극적인 생활의 자세를 고취"하는 동시를 쓰고자 한다.(『별들의 합창』 134~36면 참조)

이즈음 이오덕이 리듬을 중시하고, 동시의 음악성에 주목한 것은 새롭다. 그러나 이후 이 음악성에 관한 논의는 뚜렷한 계기 없이 자취를 감추고 만다. 무엇보다 스스로 동시 창작에서 '지적인 비판정신'을 중시하게 된 것에 기인하는 것으로 보인다. 이오덕은 동시를 쓰는 동안 줄곧 우리 동시의 근본적인 문제를 날카롭게 인식하고 있었으며, 자신의 시적 실천 속에서 극복하고자 노력했음이 분명하다. 그렇다면 정작 그의 창작실천은 이와같은 인식을 충분히 실현해 보이고 있는지 묻지 않을 수 없다.

이오덕이 발표한 동시는 다섯 권의 시집에 모두 170편을 조금 넘는다. 시집의 권수에 비해 편수가 많지 않은 것은 앞의 시집에 수록된 작품 몇편을 이어지는 시집에 다시 재수록하고 있기 때문이다. 이들 다섯 권의 시집 가운데 이오덕 동시의 본질을 가장 잘 보여주는 작품집은 단연 『개구리 울던 마을』이다. 여기에는 앞선 모든 동시집에서 자선한 작품들이 수록되어 있기 때문이며, 이후 발간된 또다른 선집인 『언젠가 한번은』은 수록 편수도 부족할뿐더러 새로 덧붙인 작품도 그리 선명한 이정표가 되기에는 부족하기 때문이다.

『개구리 울던 마을』은 기왕에 출간된 이오덕 동시집들 가운데 가장 대표적인 작품집이다. 이 시선집에 실린 작품들은 이즈음에 이오덕이 동시의 규범을 명료하게 설정했음을 보여준다.
이오덕 동시선집 『개구리 울던 마을』.

끊임없이 선집을 통해 자신의 동시 작품을 정선해온 것과 함께 이오덕은 이미 발표한 작품조차 원래의 틀을 조금씩 바꾸기도 했다. 이는 이오덕이 스스로 자신의 작품들 가운데 부족하다고 평가한 작품들을 걸러낸 것이며, 동시의 규범에 맞지 않다고 생각한 언어들을 수정한 것으로 보인다. 그렇다면 어떤 작품이 그의 척도에 맞지 않았는지 살펴보는 것도 창작의 구체적인 실상을 볼 수 있다는 점에서 유효한 방법일 것이다.

첫번째 시집 『별들의 합창』에 수록된 시편은 모두 54편이다. 이 가운데 절반에 해당하는 27편이 두번째 시집 『탱자나무 울타리』에 재수록되었으며 『개구리 울던 마을』에는 그보다 많은 37편이 다시 수록되었다. 『탱자나무 울타리』와 『개구리 울던 마을』 두 시집에서 차이가 나는 것은, 「누나야, 잘 있거라」와 「새벽 정거장에서」가 『탱자나무 울타리』에만 실려 있다는 점이다. 그러니 『개구리 울던 마을』에는 모두 12편의 시가 『탱자나무 울타리』보다 더 많이 실려 있으며, 두 시집에 공통적으로 수록된 작품은 모두 25편임을 알 수 있다.

두 편의 동시를 『개구리 울던 마을』에 재수록하지 않은 연유는 쉽게 확인할 수 있다. 먼저 「누나야, 잘 있거라」는 굶주림 끝에 앞질러 세상을 떠난 누이를 그리워하는 동시이며, 소재의 제한을 염두에 두었던 것으로 추정된다. 반면 「새벽 정거장에서」는 산문시 형식이라 동시의 제한을 넘어선 것으로 평가했을 터이다. 이로 미루어볼 때, 후기에 들어 이오덕은 소재와 형식이란 측면에서 동시의 규범을 명확하게 선정했음을 알 수 있다. 그리고 이와 같은 평가의 척도는 『개구리 울던 마을』에 재수록되지 않은 나머지 작품들에서도 거듭 확인할 수 있다.

선집에서 배제된 첫번째 유형의 동시는 먼저 지나치게 계몽적인 작품들이다. 예컨대 「철이에게」는 거지아이가 시적 화자를 위해 간이역 난로의 불을 피운다는 이야기로, 궁핍한 아이의 마음 씀씀이를 노래하고 있다. 하지만 현실성이 현저히 떨어지고, 더욱이 이 시는 산문과 동시의 구분이 명확하지 않다. "철아,/우리들이 놓아 준 그 피라미와 모래무지 새끼들이/지금쯤 시원한 여울 물을 꼬리치며 오르고 있을까?"라는 시의 도입과 종결은 산문을 행갈이한 것일 뿐, 동시의 리듬을 가진 것으로 보기 어렵다.

이에 비할 때 「새벽 정거장에서」 「우린 서서 가야지」 「꽃달력」 등의 작품은 그나마 내재율을 획득하고 있기는 하나, 「철이에게」와 다를 바 없이 계몽적이다. 예컨대 「꽃달력」의 경우, 새로 얻은 달력을 학교를 다니지도 못한 채 버려진 아이에게 건네주고, 집으로 돌아와 그 아이에게 숫자를 가르치지 못한 안타까움을 노래한 것이다. 명확한 가치선택이 있는 데 반해, 시적 형상화에는 턱없이 미치지 못하고 있다.

두번째 유형의 동시는 이오덕이 그토록 타기하고자 했던 동심주의에 잠긴 작품들이다.

코스모스는

나보다 훨씬 더 큰 키로 섰다.

언제나 환한 웃음
누나같이 서 있다.

잠자리를 쳐다보고
살풋 날고 싶은 마음

비행기 소리에 놀라
몸을 옴츠린다.

학교 운동회가 보고 싶어 피는
코스모스는

숨바꼭질하러 온 아이들이 좋아서
어쩔 줄을 모른다.

—「코스모스」,『별들의 합창』 50~51면

이 동시는 이오덕의 동시에서 발견되는 새로움이 거의 드러나지 않는다. 소재뿐만 아니라 소재를 바라보는 관점도 전형적이며, 시상의 전개도 통일성 없이 나열되어 있다. 동심주의의 영향 속에서 어떠한 문제의식도 없이 써내려간 작품이다.「연필」「노래하는 별들」「인공위성」 등이 이와 같은 동심주의의 그늘을 벗어나지 못한 작품들이다.

세번째 유형은 앞서「누나야, 잘 있거라」와 같이 소재나 시어가 지나치게 거친 작품들이다.「토요일」「종달새에게」「비를 내려 주소서」 등이 여기에 해당하며, 특히 이 동시들은 어른의 관점이 걸러지지 않은 채 직접적으로 제시되어 있다. 그 결과 "잔약한"과 같은 어휘는 말할 것도 없거니와 "종달새야,/헐벗은 이 땅을 지켜주는 시인아!"(「종달새에게」)라는 비유 역시 시인 자신의 관점일 뿐, 어린이의 눈으로 도달한 인식일 수는 없는 것이다.

이들 세 유형 가운데 이오덕이 가장 유효하고 적절하게 극복한 경향은 단연 동심주의적인 경향이다. 이와같은 경향은 이후 작품에서는 거의 보이지 않는다. 그러나 관념에 바탕을 둔 계몽적인 목소리는 『탱자나무 울타리』에서도 거듭 나타난다. 물론 그런 작품들 역시 『개구리 울던 마을』에서는 배제되었다. 그나마 『까만 새』에 이르러서야 관념적인 목소리가 훨씬 줄어든다. 이오덕 자신의 목소리보다 묘사하고자 하는 대상 자체에 더욱 깊이 뿌리내릴 수 있게 된 것이다. 그러나 이 동시집 역시 『개구리 울던 마을』에서는 17편이 배제되었다. 주로 어른의 관점으로 쓴 동시들과 어른의 목소리가 여과없이 표현된 작품들이다.

결국 이오덕은 종국에 이르기까지 관념적인 지향을 충분히 극복하지 못한 것으로 보인다. 애초 그가 지향하고자 했던 것과 달리, "시인의 세계와 아동의 세계가 하나로 일치"(『시정신과 유희정신』 226면)되지 못했으며, "지적인 비판정신"(『별들의 합창』 135면)의 주박으로부터도 벗어나지 못했음을 알 수 있다.

4. 관념에서 현실로의 진전

지금까지 이오덕이 스스로 선집에서 배제한 작품들을 통해 이오덕 동시의 몇몇 특성들을 살펴보았다. 그러나 이는 한 시인의 작품을 총괄적으로 평가하는 바람직한 방법일 수 없다. 모름지기 작품론은 대표작을 중심으로 살펴보는 것이 온당한 방법이기 때문이다. 시인이 쓰는 모든 작품이 탐구의 대상이 되어야 함은 물론이지만, 작품세계의 규명은 중심에서 중심으로 이어지는 축을 통해 그려 보여야 하는 것이다. 따라서 미적 규준이나 자료적 규준이나 모두 중심에 놓인 작품을 통해 살펴보아야 한다.

주요한 작품을 통해 살펴보자면, 이오덕의 작품은 크게 세 단계의 진전을 감행한 것으로 평가된다. 첫번째 단계는 『별들의 합창』에서 드러나는 초월과 동경의 세계이며, 두번째 단계는 『탱자나무 울타리』에서 표현된 현실부정과 비판의 세계다. 끝으로 세번째 단계는 『까만 새』를 쓴 시기로, 다양한 현실성의 모색이 주된 탐구과제가 되었던 세계다. 이로 미루어본다면 이오덕 동시의 진전은 낭만적인 단계에서 관념적인 단계로, 다시 현실적인 것을 발견한 단계로 요약할 수 있다.

낭만적 지향과 현실주의적 요소

다음은 이오덕의 초기동시를 대표하는 작품이다.

별들은 밤마다
노래를 부릅니다.
땅 위에서 살아가는 생명들을 위해.

아름다운 마음으로 살아가라고,
굳센 마음으로 살아가라고,
꿈을 믿으라고.

캄캄한 밤일수록
노래는 아름다워

먼 하늘
수천의 별들이
찬란한 합창을 합니다.

—「노래하는 별들」 부분, 『별들의합창』 111면

「노래하는 별들」의 중심소재는 '별'이다. 별은 노래를 통해, "땅 위에서 살아가는 생명들"과 관련을 맺으며, "캄캄한 밤"을 살아가는 이 생명들에게 삶의 희망을 건네주고자 한다. 현실의 질곡, 희망, 초월적인 존재에의 동경 등이 동시 전반을 가로지르는 전언이며, 이 동시의 기본적인 구도다.

이오덕은 첫번째 시집의 제목을 개별적인 작품의 제목들 가운데에서 정한 것이 아니라, 앞서 인용된 시의 마지막 연에서 가려 뽑고 있다. 물론 선집 『개구리 울던 마을』에서는 1부의 제목을 '진달래'로 정함으로써 낭만적인 지향을 벗어버리고자 한다. 그러나 고통 속에 존재하는 생명들, 희망에의 의지, 매개가 되는 별의 노래 등은 현실적인 지향과 낭만적 동경이 그의 동시에 공존하고 있으며, 현실의 고통이 첨예하게 인식될수록 동경 또한 강렬해짐을 알 수 있다.

이 시기의 자선 대표작인 「진달래」 또한 이러한 기본적인 구도를 반복하고 있다. "헐벗은 이 땅" "아무리 기다려도 뿌연 하늘이요,/안개요, 바람 소리뿐인" 현실 속에서 진달래는 이 땅의 사람들을 위해 기꺼이 어디든지 핀다. 마침내 시인은 "진달래야,/무더운 여름이 오기 전에 차라리 시들어지는/너무나 순진한 어린이 같은 꽃아!/내 마음속 환히 피어 있거라./영원히 붉게 붉게 피어 있거라."라는 염원을 담아 동시를 끝맺고 있다. 여기에서도 진달래는 고통에 잠긴 사람들의 희망으로, 또 동경으로 존재하는 것이다.

이오덕의 낭만적 지향은 자연스럽게 수직으로 상승하는 대상에서 즐겨 소재를 선택하게 만든다. 현실과 이상의 단절을 잇고, 매개를 형성하는 제재야말로 닿을 수 없는 세계에 대한 가파른 지향을 엿볼 수 있게 해주기 때문이다. 그의 동시에 즐겨 등장하는 '포플러' '플라타너스' '별' '산', 심지어 '코스모스'와 '타오르는 불'에 이르기까지 모두 위로 솟구쳐 상승하는 이미지를 표현하고 있으며, 시적 화자는 이 이미지에 기대어 위안과 동경을 내면화한다. 그리고 이와같은 낭만적 지향은 「가을이 떠나려 합니다」 「이런 날은 달려가고 싶습니다」 「눈 온 아침의 기도」 등의 시편을 통해, "순결과 사랑,/평화만이 넘치게 하소서./그리고, 저 빛나는 태양이/사람들의 가슴마다 솟아나게 하소서."(「눈 온 아침의 기도」)처럼 기도와 같은 내적 독백의 어조와 맞물려 지순한 갈망을 느끼게 만든다.

그렇다고 이오덕이 기존의 낭만적 동시인들과 동일한 것은 아니다. 그는 분명 현실주의적 지향을 명확하게 자신의 동시 속에 담아내고 있다. 이오덕 시의 현실주의적인 지향은 먼저 제재에서 드러난다. 이오덕은 낭만적인 소재와 나란히, 고단한 현실로부터 소재를 취하기도 한다. 「통지표」 「서울 간 언니」 「벌청소」를 비롯한 많은 초기 작품들이 고통스러운 현실의 경험과 상황을 기꺼이 형상화한다. 나아가 이 소재들을 시인의 관점에서 끌어당겨 표현하는 방식, 곧 전유의 방식 또한 철저히 현실주의적이다. 「진달래」에서처럼 제재 자체가 민중적 형상이며, 이들 형상은 현실적인 삶과 결부된 채 현실의 고통을 형상화하는 매개로 작동한다. 이러한 작품은 「벌청소」(『별들의 합창』 76~77면)에서 가장 잘 형상화되어 있다.

오늘도 벌청소를 하고
돌아가는 어둔 길—
이젠 학교가 싫어졌다.
교실에만 들어서면
서로 다투어 올라가는 붉은 기둥
이것 봐라, 난 이만큼 했다.
넌 지금도 한 푼 못한 가난뱅이
모두가 나를 비웃는 막대그림표.
선생님은 나와 순남이를 꾸짖다 못해
이젠 날마다 벌청소.

(…)

오늘 밤 나는 일기를 길게 써야지.

내가 받은 벌, 내가 하고 싶은 말,

내 가슴에 가득한 이 슬픔을

모조리 일기장에 써 두자.

아, 가로등이 깜박이는구나.

노래나 불러 볼까, 내 멋대로의 노래

콧노래를 부르며 가자, 이 어둔 길—

벌청소하고 돌아가는 길—

이 작품은 이오덕 초기 작품 가운데 가장 빼어난 작품이다. 현실의 고통을 바탕으로 정황을 구체적으로 묘사하고, 미래의 희망을 인물의 내면에 아로새김으로써 고통 그 자체를 드러내는 것에 그치지 않는다. 이와같은 이오덕의 성취는 무엇보다 현실의 상황에 깊이 착근하고 있으며, 어린 화자의 관점에 견고하게 밀착함으로써 현실성을 획득한 것으로 보인다. 그러나 전반적으로 주관적인 열망을 통해 현실의 고통을 극복하고자 한다는 점에서 여전히 직접적인 계몽의 목소리를 벗어나지 못하고 있기도 하다. 그럼에도 초기작의 일반적인 경향에서 볼 수 있듯이 낭만적인 외피를 말끔히 불식하고 있는, 이 정도의 격을 갖춘 작품은 보기 드물다. 「빼꾸기」 「공부를 하다가」 「통지표」 등이 있을 따름이다.

요컨대 이오덕의 초기작은 현실로부터 제재를 선택하고 현실적인 관점에서 형상화하고 있는 작품들이 적지 않으나, 이 또한 관념적인 계몽성을 탈피하지 못했으며, 이들 작품을 제외한 대부분의 작품은 낭만적 지향이 두드러진다.

관념의 형상화와 묘사의 힘

이오덕의 중기 작품은 『탱자나무 울타리』에 수록된 작품들이며, 시기는 1967년에서 69년에 짧게 걸친다. 이 시기 작품의 두드러진 특성은 분노가 지설적으로 표출되고 있다는 점이다. 그리고 어떤 안정된 묘사도 거부한 채, 관념이 고스란히 노출되고 있는 것이 특성이다. 그러나 진전된 측면도 없지 않아 있다. 무엇보다 어린 화자의 관점에 한층 가깝게 내려서 있다는 점이다. 그럼에도 이 어린 화자는 내적 성찰 속에서 감정을 정서로 상승시켜내고 있지는 못하다. 어른의 관점을 벗어던진 대신에 자연주의적인 형태로 존재하는 감정의 폭발적인 제시가 시 전체를 압도하고 있다.

「우리 선생 뿔났다」「청소 시간」「미운 얼굴」 등이 이들 경향의 작품들이다. "얘들아, 조심해라. / 우리 선생 아침부터 뿔났다. // (…) // 오늘 아침 교장 선생한테 꾸중당하고 / 우리 선생 뿔났단다."(「우리 선생 뿔났다」)에서 볼 수 있듯, 동시의 불문율이라고 간주되는 '선생님'의 호칭을 '선생'이라고 비하하는 데에서부터 대상을 전유하는 태도를 엿볼 수 있다. 뿐만 아니라 제시되는 내용 역시 '선생'의 폭력에 대처하고자 하는 아이들 나름의 발상을 있는 그대로 표출함으로써 폭력이 수직적으로 증폭되는 양상을 가감없이 드러내고 있다.

그러나 이와같은 상황은 충분히 현실적임에도 불구하고, 동시의 정서가 되기는 힘들다. 모름지기 시란 감정의 직접적인 표출 대신 그 감정이 마침내 안착해야 할 걸러진 정서로 표현되어야 하기 때문이다. 문제는 아이들의 발화를 그대로 드러내기보다 '비판적인 지성'을 통해 현실의 질곡을 넘어서서 지양해가는 바람직한 방향성을 지녀야 하는 것이다. 그런데도 정작 이오덕은 노여움에 사로잡혀, "개새끼들 조용하지 못해!"(「청소 시간」)라고 교사의 말투를 고스란히 따라 외치는 반장의 면모를 여과없이 담고 있다.

개미 떼를 발견하고, 모두 짓밟아 죽이고, 의기양양 '병오 부내 용사들'

노래를 부르는 아이들을 그려내고 있는 「그 아이들은 웃었다」에서 드러나듯, 이오덕은 더이상 아이들에게서 희망을 읽지 않는다. 아이들은 "못난 녀석들"이며, "이 촌놈들"(「못난 놈들」)일 따름이다. 현실의 아이들이 작가의 주관적 열망에 턱없이 미치지 못하고, 현실의 상황 또한 나아질 희망이 보이지 않기 때문일 터이다. 결국 무차별적인 환멸은 자신의 존재에 대한 자괴감으로 연결되고(「나는 선생님이다」), 내연하는 고통은 폭발적인 감정으로 드러난다. "이 땅의 개구리들아,/오늘 밤도 울어라./캄캄한 하늘에 사무치게/억울한 울음/실컷 울어라."(「개구리」)에서처럼 울음으로, "살려 주세요!/살려 주세요!/아무리 고함을 쳐도"(「꿈」)에서처럼 고함으로, "이글이글 타는 햇빛 속에서/불 같은 노래를 부르고 싶다."(「말매미」)에서처럼 노래로 폭발하게 되는 것이다.

그러나 다행스럽게도 이 시기 이오덕의 동시가 관념으로 압도되고 있지만은 않다. 어린 화자들의 시선을 포착함으로써 이오덕은 관념을 넘어 아이들의 구체적인 마음의 결을 포착하기도 했다.

> 식도 끝났다
> 여기서
> 할 일은 없다.
> 선생님도 가라 하시는데
> 나는 가야지.
>
> 언제나
> 공부 못 한다고
> 돈 못 낸다고
> 꾸중만 듣고
> 짓눌리듯 살아온 나

오늘
졸업날에도
상장 하나 못 받고
쫓겨나듯 교문을
나서야 한다.

(…)

그렇다,
나는 사랑해야지,
담 밑에 피어날
그 조그만 풀싹들을
내 손에 꼭 쥐어 지는
괭이 자루를,
호미의 무게를.

괴로워도
슬퍼도
나는 살아가리라.

하늘과 땅 사이 피어난
목숨을 사랑하면서 —

—「나는 사랑해야지」 부분, 『탱자나무 울타리』 100~103면

아이들의 관점 속으로 깊이 닻을 내려, 마침내 잘 영근 이와같은 농시늘

이야말로 이오덕 동시의 가장 값진 성과일 것이다. 그러나 이 동시 역시 마지막 행의 다짐들은 여전히 계몽적인 목소리를 벗어버리지 못한 것이며, 추상적인 관점들을 통해 작품의 미적 완결성을 무너뜨리고 있다.

반면 이 시기 이오덕의 동시가 보여준 또다른 성취는 묘사가 한층 정돈되어 나타난다는 점이다. 특히 「개구리 소리 2」(『탱자나무 울타리』 114~17면)가 지니고 있는 아름다움은 "너는 울어라"의 반복되는 리듬과 적절한 묘사를 통해 자칫 개별적인 나열이 되기 쉬운 시상의 전개를 안정된 전체로 구성해 보이고 있다.

거뭇거뭇한 숲 속에 앉아
퍼런 못자리 물 속에 앉아
너는 울어라.

도랑물 흐르는 긴 둑을 따라
듬성듬성 포풀러 서 있는 신작로를 따라
너는 울어라.

학교에서 공을 차고 늦게 돌아와
꾸중듣고 저녁을 굶고 엎드려 잠든
동생의 꿈 속에서 너는 울어라.

(…)

도랑물 흐르는 긴 둑을 따라
듬성듬성 포풀러 서 있는 신작로를 따라

외딴 집 불빛이 빨간
그 앞을 지나

서늘한 풀잎들 숨쉬는
온 들판에서

개구리야,
개구리야,
너는
울어라.

이 동시 또한 "엎드려 잠든 동생"이란 구절을 통해 명확하게 어린이의 시점으로 대상을 포착하고 있음을 확인할 수 있다. 그러나 이 동시에는 앞선 동시와 같은 계몽적인 목소리가 어디에도 묻어나지 않는다. 전반적으로 개구리 울음소리를 바탕으로 배경과 함께 이어지는 연상의 대상들 또한 자연스럽게 연결되어 아름다운 울림으로 여운을 남겨준다. 이 아름다움의 실체는 분명 묘사의 힘일 것이다. 더욱이 "거뭇거뭇한 숲 속에 앉아/퍼런 못자리 물 속에 앉아" "도랑물 흐르는 긴 둑을 따라/듬성듬성 포플러 서 있는 신작로를 따라"는 반복을 통한 명확한 내재적 율격을 형성하면서, 점점 커져가는 개구리 울음소리를 선명하게 형상화하고 있다.

일하는 아이들의 발견

세번째 시기에 이오덕 동시의 가장 두드러진 변화는 '일하는 아이들'이 시적 대상으로 자리잡게 된다는 점이다. 애초 이론적인 선언을 통해 획득한 '일하는 아이들'의 발견은 동시 창작으로 구체화되며, 우리 동시의 새로운 지평을 연 것이 아닐 수 없다. 더욱이 이오덕의 동시에서 일하는 아이들은 관찰자가 아닌 시적 발화의 주체가 됨으로써 어른의 관점을 말끔히 씻어낼 수 있었다.

이처럼 아이들의 노동을 동시의 영역으로 확립하면서 이오덕의 동시는 이전의 낭만적 경향을 벗어던질 수 있었으며, 나아가 관념적인 지향조차 어느정도 극복할 수 있기에 이른다. 적어도 노동이야말로 구체적인 삶 속에서 이루어지는 것이며, 구체적인 삶을 떠나서는 결고 성립할 수 없는 것이기에, 관념성과 낭만성을 모두 극복할 수 있는 계기가 되었을 것이다. 더욱이 이오덕이 바라보는 노동은 단순히 고통스러운 노역만은 아니다. 그가 바라보는 일하는 아이들은 일 속에서 학교 공부와는 아주 이질적인 해방의 기쁨을 만끽하는 것으로 표현된다.

> 얼굴엔 흐르는 땀,
> 등엔 기어내리는 땀.
> 호미 쥔 손이, 팔이 아프다.
>
> 꾀꼬리 소리 들으며
> 비름풀 뽑는다.
>
> 뻐꾸기 소리 들으며
> 바랭이 뜯는다.
>
> 고추 밭 매면 산새 소리.
> 풀잎을 건너가는 산바람 소리.
>
> (…)

고추 밭 다 매고
돌아오는 길.

개울 물에 손발 씻고
딸기 한 줌 꿰어 들고

개구리 소리 밟으며
밭둑을 내려오면

옷자락에 스며 배인 산의 향기.
가슴에 안겨 오는 산의 노래.

—「고추 밭 매기」 부분, 『까만 새』 27~29면

비록 땀을 흘리고, 손과 팔이 아파오지만 일하는 과정에서의 기쁨은 “산새 소리”와 “산바람 소리”로, 노동을 마친 뒤의 즐거움은 “산의 향기”와 “산의 노래”를 온몸으로 받아 안는 것으로 표현된다. 일하는 삶이야말로 참으로 가치있는 것이며, 인간의 본질을 유감없이 발휘하게 만드는 참된 것임을 이 동시는 여실히 입증하고 있다. 이와같은 진전은 『까만 새』에 실린 12편의 동시 전반을 통해 표현된다.

그런데 한결같이 일하는 아이들을 소재로 삼아 일정한 성취를 이룰 수 있었던 데에는 무엇보다 “어떻게 하면 동시에서 리얼리즘이 가능한가”라는 정식화된 질문을 제기했기 때문이며, 이오덕 스스로 “보다 깊이 아이들의 생활에 파고 들어가는 것만이 시를 가꾸는 길임을 확인”(「책 끝에」, 『까만 새』 138면)했기 때문이다. 『까만 새』에 실린 이러한 경향의 동시는 아이들의 눈으로 아이들의 생활을 여실히 파고듦으로써 가능해진 것이다. 특히 「모내기」의 경우 “아픈 손가락/아픈 허리/밟히는 쏘쟁이/두 나리를 푹

뻗고 논바닥에/들어누워 버리고 싶다./(…)/코를 꿰어 밭고랑에 처음 들어간 송아지/매를 맞으며 쟁기를 끌고 가는 괴로움./이렇게 해야/쌀밥을 먹을 수 있는가?"라고 생각하는, 모내기하는 아이의 심정은 한치의 어긋남없이 동시의 리얼리즘을 실현해 보이고 있다.

그러나 이와같은 이오덕의 성취는 다른 창작으로 쉽게 전이되지 못한다. 여전히 관념적이고 계몽적인 목소리가 걸러지지 않은 채 표출되는 동시들도 적지 않기 때문이다. "짐승들아, 이 세상의/모든 짐승들아,/너희들은 일어나라./일어나 인간을 쳐 부시라./야만을 무찌르는 거룩한 싸움을/시작하라."(「염소」)고 구호를 외치듯, 소리 높이는 동시들이 있다. 그럼에도 다음의 동시는 아름답고 또 찬란하다.

포풀러나무 밑에 서면
쏴아, 소낙비 쏟아지는 소리.
하늘 가는 바람들 푸른 잎에 부딪혀
이파리마다 물방울로 부서져
부서져 머리 위로 쏟아지는 소리.

포풀러나무 밑에 서면
좌르르 깨어지는 햇빛 소리.
팔랑팔랑 흔들리는 잎잎마다
깨어져 유리알로 흩어지는 햇빛
온 하늘 수런거리며 무너지는 소리

포풀러나무 밑에 서면
내 마음의 벽 무너지는 소리.
가슴 속 밀려드는 강물 소리.

커다란 숨을 쉬고 어깨를 펴면

아, 나는 한 마리 짐승이 되었네.

—「포플러나무」,『까만 새』 119면

빗소리, 햇빛 소리, 마음의 벽 무너지는 소리, 밀려드는 강물 소리로 진전되는 가운데, 포플러나무 아래에서 쏟아지는 빛과 소리에 취해 마침내는 대자연의 일부로 "한 마리 짐승"이 되었다는 상상력은 힘차고 아름답다. 들판을 울리는 예언자의 목소리는 아니지만, 경험에 깊이 천착한 끝에 이루어낸 선명한 묘사에 힘입어, 자연에 깊이 감응하고 자연과 마침내 하나가 되는 과정이 잘 표현되어 있다. 더이상 포플러는 현실을 초극하고자 하는 상승의 이미지가 아니라, 아래로 쏟아져내리는 빛과 소리로 포착되며, 현실에 두 발을 딛고 선 사람들의 삶으로 하강해 내려온다.

이처럼 이오덕의 동시는 후기에 이르러 '일하는 아이들'의 발견, 동시에서의 현실주의란 명징한 화두, 경험에 깊이 천착한 묘사의 힘 등으로 말미암아 전 시기와는 비교할 바 없는 미적 성취를 이룬 것으로 평가할 수 있다. 그러나 이들 뛰어난 성취는 이 시기의 작품들 전체에 고르게 나타나지는 못하고 있다. 여전히 관념이 주도하는 나머지, 아이들의 생활 속에 깊숙이 파고들지 못한 작품이 더러 발견되는 점이 아쉬울 따름이다.

5. 현실주의 동시를 위하여

이오덕 동시의 진전과정은 우리 현실주의 동시의 확립을 위해 시사하는 바가 적지 않다. 그의 발전 경로는 곧 동시의 현실주의를 모색해가는 거친 역정이기 때문이다. 기법으로서의 현실주의, 태도로서의 현실주의를 아우르는 방법으로서의 현실주의는 무엇보다 현실에 대한 비판정신으로부터 비롯된다. 이오덕이 그러했듯 현실을 불편한 것, 고통스러운 것으로 인식하는 것이야말로 현실주의의 근본을 이룬다. 아이들의 고통을 아이들의 삶 속에서 발견하는 것이야말로 현실주의의 출발선인 것이다. 이를 위해 아이들의 생활을 깊이 파고들어가야만 획득할 수 있는 정확한 묘사가 반드시 필요하다.

그러나 날카로운 비판정신과 힘찬 묘사가 있다고 해서 동시의 현실주의가 획득되는 것은 아니다. 이오덕의 중기동시가 그러하듯, 고통의 현실을 드러내는 것만으로는 부족하다. 그것은 전제일 뿐 모두를 말해주는 것은 아니기 때문이다. 고통의 이면에 숨겨진 희망을 찾는 것이야말로 제대로 된 현실주의로 상승하기 위해 필요하다. 물론 그 희망은 자의적이거나 주관적으로 설정될 수 있는 것이 아니다. 아이들의 삶은 그 자체 속에 역동적인 미래의 씨앗들을 품고 있기 때문이다. 이오덕은 이를 후기동시에 이르러 '일하는 아이들'에게서 발견했다. 우리 동시의 역사로 미루어볼 때, 그 발견은 경이로운 것이다. 그릇된 동시들을 일거에 덜어낼 수 있는 역동적인 힘을 '일하는 아이들'이 지녔기 때문이다.

그러나 21세기를 살아가는 현재의 아이들에게는 더이상 '일하는 아이들'이라는 구체적인 노동이 없다. 어렵게 발견한 것은 다만 이오덕의 길일 뿐, 그의 뒤켠에 남겨진 우리의 길일 수는 없는 것이다. 우리는 우리의 새로운 아이들을 발견해야만 한다. 그러나 그 새로움은 갑자기 솟구쳐나오지도, 떨어져내리지도 않는다. 지금껏 힘겹게 이어온 길을 벗어날 수 없다. 길은 언제나 사람들의 마음에서 시작하기 때문이다. 결국 우리는 아주 뜨거웠던, 그리고 아름다웠던 이오덕의 선 자리에서부터 출발하지 않으면 안된다. 길이 끝난 곳에서 새로운 길을 열어가야만 하는 것이다. 따라서 이오덕은 부정되어야 하며, 동시에 계승되어야 한다. 이오덕의 변증법적 지양, 그것이 어린이문학에 주어진 화두인 것이다.

지난해 꼭 이즈음, 보잘것없는 서생은 한 통의 편지를 받은 적이 있다.

저는 요즘 건강이 더 나빠져서 거의 누워 있는 형편인데, 그저께 윤기현·이지호 두 분을 만나 선생님 돌아오셨다는 소식을 들었습니다. 어린이문학에서 훌륭한 생각을 보여주시는 선생님을 참으로 마음 든든히 여기면서, 저의 건강이 좋아지면 꼭 만나고 싶습니다. 산마다 진달래꽃 피는 이 봄날에 부디 우리 아이들 살리는 귀한 일 많이 해주시기 바랍니다.

이 귀한 편지를 받고서도 나는 답신은커녕 선생의 장지조차 가지 못했다. 옹색하나마 문상을 반기지 않는다는 전갈만 거듭 만지작거리고 있었을 뿐이었다. 고작 소중한 말씀을 액자 속에 두고 가끔씩 들여다보는 것으로, 선생이 남기신 따스한 격려를 찬찬히 되새기고 있을 뿐이다. 새삼 선생의 앞에 무릎을 꿇고 앉았던 적이 없었음이 사무친다. 그럼에도 한 번도 비켜서지 않고, '우리 아이들 살리는 귀한 일' 속에서 머무르다 가신 선생의 삶과 문학이 있기에, 길이 끝난 곳, 문득 앞은 아득한 벼랑이거나 도무지 길이 있을 법하지 않은 쑥굴헝이지만, 먼눈으로나마 나아가야 할 길을 바라보기도 하는 것이다. 지금, 여기 '우리 아이들 살리는 귀한 일'이 무엇인지 곰곰 가늠하면서.

_『동화읽는어른』 2004년 6월호

현실주의 동시의 세 가지 양상

권정생 동시론

1. 권정생을 생각하며

> 별이 빛나는 창공을 보고, 갈 수가 있고 또 가야만 하는 길의 지도를 읽을 수 있었던 시대는 얼마나 행복했던가? 그리고 별빛이 그 길을 훤히 밝혀주던 시대는 얼마나 행복했던가? (게오르그 루카치 『소설의 이론』, 반성완 옮김, 심설당 1985, 29면)

지금은 들춰보는 사람도 많지 않겠지만, 그래도 잊혀지지 않는 게오르그 루카치(G. Lukács)의 『소설의 이론 *Die Theorie des Romans*』(1916)을 여는 문장이다. 서사시의 주인공과 인물을 둘러싼 세계의 깊은 친화력을 설명하는 글이다. 물론 루카치가 탐구하고자 하는 대상은 서사시가 아니라 부르주아 시대의 서사시인 소설이다. 인물의 운명을 다룬다는 점에서는 동일하나 서사시와 달리 소설에게는 길을 환히 밝혀주던 별빛이 없다. 우리 시대도 다를 바가 없으리라. 별이 빛나는 창공은 사라진 지 오래다. 깊고 아늑한, 푸르디푸른 밤하늘도 없다. 그리고 그 밤하늘을 보는 것만으로 지도가 되기에 충분했던 별빛은 어디에도 없다.

그런데 아주 다행스럽게도 이 땅, 반도의 남녘에서 어린이문학을 하는 이들에게는 별이 있다. 어두운 밤 길을 잃었을 때 까마득한 하늘을 올려다보면 어김없이 왔던 길, 가야 할 길을 일러주는 별이 있다. 그 별은 보잘것없고 쓸모없는 '강아지똥'이 올려다보던 별이기도 하고, '깜둥바가지 아줌마'가 올려다보던 "드넓은 하늘 위에서 반짝반짝 살아 있는 것"이기도 하다. '강아지똥'이 "영원히 꺼지지 않는 아름다운 불빛"으로 말미암아 마음속 희망을 피워올리며 보았듯, 다 알고 있다는 듯 내려다보는 별을 보며 '깜둥바가지 아줌마'가 아득한 절망감을 조금은 덜어내고 "곱게 웃음을 머금"었듯, 이 땅 어린이문학 작가들은 그 별을 생각하는 것만으로 이곳에 함께 발 딛고 서 있는 자신이 대견스러워지기도 하는 것이다. 그 별은 당연히 권정생(權正生, 1937~)이다.

이는 결코 심정적인 헌사만은 아니다. 그가 있어 우리 어린이문학은 두고두고 행복할 것이다. 그의 작품이 있어 우리 어린이문학의 역사는 동심주의와 교훈주의라는 이중의 질곡으로부터 벗어난 새로운 흐름을 더한층 선명하게 기술할 수 있었다. 그의 동화 한편 한편이 있어 시대와 장르에 따른 동시대의 여러 작품을 나란히 견주어볼 수 있는 잣대를 지닐 수 있었다. 더욱이 어린이문학의 역사 속에서 기댈 만한 어른이 많지 않은 우리네 작가들에게 권정생은 고맙고 또 고맙게도 내면의 순결함을 잠시도 이반한 적이 없다. 비록 이원수, 마해송, 이주홍, 현덕 같은 걸출한 작가들이 근대 어린이문학사에 없지는 않았으나, 이들은 시대의 중압에 짓눌려 짐짓 뒷걸음친 경험을 한 번쯤은 지니고 있다. 그러나 권정생의 작품에는 시대에 짓눌린 경험이 없으며, 따라서 콤플렉스가 없다.

1969년 「강아지똥」으로, 이어 신춘문예에 「아기양의 그림자 딸랑이」(1971)가 입선되면서 본격적으로 동화를 창작한 이래, 근래에 새롭게 출판한 『슬픈 나막신』(『꽃님과 아기양들』, 대한기독교서회 1975; 우리교육 2002)과 『밥데기 죽데기』(바오로딸 1999)에 이르기까지, 그의 동화는 세상사에 휘둘린 적 없이 언제나 결곡한 면모를 유지한다. 1970년대와 80년대를 거쳐 오늘에 이르기까지 현대사의 험로 또한 만만치 않은 것이었으나, 그는 한 번도 권력에 곁눈을 준 적이 없으며, 주눅이 든 적도 없다. 따라서 그의 작품에는 시대에 대한 과장이 없다. 으레 뛰어난 작품이 그러하듯, 그는 그저 자신이 탐구하고자 하는 인물과 환경을 직조하는 가운데 주제를 담담히 펼쳐놓을 뿐이다.

그렇다고 그의 작품이 시대와 등을 진 것도 물론 아니다. 그의 작품은 한결같이 현실로부터 비롯되며, 현실로 되돌아온다. 현실의 시공간을 넘어 해학이 풍부한 판타지로 그려낸 『밥데기 죽데기』조차 앗긴 목숨으로부터 시작되어 온갖 중음신들을 구천에 헤매게 만드는 분단의 철조망에서 끝난다. 그는 오히려 현실을 적극적으로 작품 속에 끌어안음으로써 현실과 팽팽한 긴장을 형성해왔다. 아니, 그의 작품이 현실을 끌어안았다는 표현은 그릇된 것이다. 현실의 고통이 빠진 그의 작품은 상상할 수 없으며, 그에게는 창작실천이 곧 현실에서의 실천과 조금도 다를 바가 없기 때문이다. 현실을 작품 속에 담았다기보다 그에게는 현실이 곧 작품이며, 작품이 곧 현실인 셈이다.

그런데 정작 권정생 작품에 대한 총체적인 분석과 해석, 그리고 평가는 아직껏 이루어지지 않았다. 연구가 부진한 이유는 그의 작품들이 연구 대상으로 삼기에는 지나치게 크고 깊은 산맥이기에 섣부른 평가를 허용하지 않기 때문이며, 여기에는 연구자들의 게으름 탓도 없지 않다. 그러나 이보다 더 큰 까닭은 그의 작품이 여전히 새로운 모색의 도정에 놓여 있기 때문이다. 건강이 허락하는 한 권정생은 창작실천의 고삐를 늦추지 않을 것이며, 연구자들 또한 이 땅의 어린이와 어린이문학을 향한 그의 뜨거움이, 지금껏 그러해왔듯 그의 질기고 오랜 병고 또한 너끈히 이겨내주기를 간절히 소망하며 다음 작품을 기다리고 있는 것이다.

따라서 이 글 또한 그의 작품 전반을 비평적으로 조망하겠다는 어설픈 만용 따위는 거둔 지 오래다. 다만 그동안 간헐적인 평가[1]에서 누락되어온 동시 작품들을 일별함으로써 동화가 갖는 진폭이 다른 창작실천에 어떻게 투영되는지를 검토하고자 할 따름이다. 이에 이 글은 권정생 동화의 특성을 간략히 살펴본 다음, 오랜 세월에 걸쳐 창작된 동시들을 검토함으로써 동화와 동시가 한 작가의 창작실천을 상보적(相補的)으로 변주하고 있음을 확인하는 것에 머물게 될 것이다.

2. 평화 — 권정생 동화의 화두

권정생은 동화작가이며, 의당 권정생 작품의 중핵에는 동화가 존재한다. 그는 동화를 통해 세상과 소통한다. 더러는 동시를 통해 마음의 무늬를 펼쳐 보이기도 하고, 산문을 통해 세상을 향한 따끔한 일침을 마다하지 않는다. 그러나 그의 마음속에는 어린이가 있고, 어린이가 듣고 읽는 이야기가 있다. 「강아지똥」, 『몽실 언니』(창비 1984), 『바닷가 아이들』(창비 1988), 『점득이네』(창비 1990), 『밥데기 죽데기』 같은 이야기들을 어린이에게 들려주는 것이야말로 그가 이 땅에서 사는 까닭이기도 하다.

1 권정생의 작품을 논의한 연구성과는 다음과 같다. 백영현 「권정생 동화 연구」, 동아대학교(1991); 오길주 「권정생 동화 연구」, 가톨릭대학교(1997); 노연경 「권정생 소년소설 연구」 계명대학교(2000); 이계삼 「권정생 문학 연구」, 고려대학교(2000); 이옥금 「권정생 문학 연구」, 건양대학교(2003); 황경숙 「권정생 동화 연구」, 부산교육대학교(2003); 박미옥 「권정생 동화의 리얼리즘 구현 양상과 문학교육적 의의」, 공주교육대학교(2005); 원종찬 「속죄양 권정생 1·2」, 『어린이문학』 2000년 11·12월호; 권오삼 「농촌의 고단한 삶들이 지닌 '서러움'과 간절한 '염원'을 담은 '사랑'의 시」, 『어린이문학』 2000년 11월호; 이계삼 「진리에 가까운 정신」, 『동화읽는어른』 2001년 5월호; 졸고 「낮은 곳에서의 흐느낌」, 『숲에서 어린이에게 길을 묻다』, 창비 2002.

권정생은 지금껏 적지않은 동화작품을 우리 앞에 보여왔다. 그러나 이들 다채로운 작품에도 불구하고 작품들이 지향하는 바는 명확하다. 그것은 곧 현실주의로 요약된다. 현실주의가 단순히 사실적 기법의 문제이거나 지나가버린 사조가 아니라면, 현실주의는 창작 전과정을 수미일관하게 방향조정하는 예술방법으로 존재한다. 권정생의 현실주의는 소재의 선택과 그 소재를 밀고 나가 이끌어내는 주제의 형상화, 인물과 사건의 구성, 인물이 닻을 내리고 있는 시공간과 그 배경 속에서 선택하는 인물들의 가치 등 어느 것 할 것 없이 현실에 튼튼하게 뿌리내리고 있다. 현실주의가 예술방법임을 권정생 동화들은 창조적으로 입증하고 있는 것이다.

권정생 동화는 무엇보다 현실의 고통으로부터 소재를 선택한다. 물론 그 고통은 질병이나 장애같이 존재론적인 고통이기도 하고, 분단이나 가난처럼 사회적 현실로부터 초래된 고통이기도 하다. 그러나 존재론적인 고통조차 사회적 여건 혹은 인식의 미성숙과 직결되어 있다는 점에서 사회적 고통이 중첩되어 나타난다. 절름거리는 '몽실 언니'는 존재의 고통을 표현함과 동시에 가난한 의붓아비의 무지와 폭력이 빚어낸 사건의 결과다. 더욱이 권정생 동화에서 내보이는 현실적 고통은 민족의 역사와 긴밀하게 결부되어 있다. 식민지시대에서 분단을 거쳐 산업화에 따른 농업의 와해에 이르기까지, 굵직한 역사적·시대적 사건들이 작품 배경으로 인물의 삶을 규정하거나 혹은 인물의 고통을 초래하는 원인으로 작동한다. 역사적·사회적 고통의 현실주의적 형상화야말로 권정생 동화의 주요한 한 축이다.

그러나 배경의 현실성을 권정생 동화만의 독보적인 특성이라고 말하기는 어렵다. 현실주의 동화 대부분이 현실 속에서 빚어지는 여러 문제들을 탐구하고 또 해결해나가기를 게을리하지 않기 때문이다. 정작 권정생 동화의 특성은 그 현실과 대면하는 인물들에 있다. 그의 동화 어느 곳을 펼쳐보더라도 인물들은 역사와 현실의 희생양으로 간신히 제몫의 삶을 사는 것으로 표현되어 있다. 「무명 저고리와 엄마」(1973)에서 엄마는 현대사의 질곡 속에서 남편과 일곱 아가들의 손을 모두 놓아버린다. 엄마 곁에 살아가는 막돌이조차 끝내 전쟁통에 한쪽 다리를 잃고, 숨을 옥죄며 목숨만을 이어간다. 비록 마지막 장면에서 비에 젖고 바람에 날리던 엄마의 무명저고리가 무지개 속에 내걸리고, "한쪽 다리로 반 조각 땅을 딛고 선 막돌이가, 무지개의 한 끝을 잡고 목화밭 위에 사뿐히 펼쳐"놓고 그 위로 "엄마 얼굴이 조용히 내려다보고 있었습니다"[2]로 환하게 끝나지만, 엄마의 삶은 고통으로 점철되어 있다. 빼앗긴 아가들의 이름과 함께 수난의 역사를 온몸에 아로새기며 노동과 눈물, 탄식과 그리움 속에 숨져가고 마는 인물인 것이다. 권정생 동화의 인물들은 저마다 삶에 배어든 "애틋한 빛깔들"을 건사하고 있으며, 그 빛깔들은 "가슴 깊은 곳까지 스며들어가 둥지를 짜고 도사리고"[3] 있다.

이와같은 인물은 의인동화에서도 마찬가지로 나타난다. 「깜둥바가지 아줌마」(『깜둥바가지 아줌마』, 우리교육 1998)도 그러하고 「소」(『사과나무밭 달님』)도 그러하다. 소는 자신의 뜻과는 무관하게 이곳저곳 팔려다닌다. 새끼를 낳기도 하나 오히려 모른 척하며 혼자서 되새김질할 따름이다. 결국 늙어버린 소는 또다시, 마지막으로 팔려간다. 그러나 소는 "주인이 자기를 어떻게 처리하든지 그대로 따르겠다고 마음을 단단히 먹"고는 "마지막까지 쓰러지지 말고 걸어야겠다"[4]고 자신을 추스른다. 그것이 자기의 의무라고 여기기 때문이다. 깜둥바가지 아줌마 역시 자신의 처지를 비관하지 않는다. 그저 타고난 복이라고 여길 따름이다. 그리고 자신을 홀대하는 다른 존재들 역시 사랑으로 감싸안는다. 억압적인 모든 것들을 있는 그대로 받아들이며 '스스로 깨닫기'를 기다릴 뿐이다.

2 『똘배가 보고 온 달나라』(5인 동화집), 창비 1977, 30면.
3 「나사렛 아이」, 『사과나무밭 달님』, 창비 1978, 191면.
4 『사과나무밭 달님』 47~48면.

자칫 이와같은 권정생의 인물들을 두고 역사적 전망이 결여되어 있다고 폄하할 수 있을 것이다. 인물들의 긍정적인 계기들이 충분히 현실 속에서 개화되지 못한다고 평가할 수도 있을 것이다. 심지어는 권정생 작품의 인물들이 반(反)근대적이며, 내일을 살아야 할 어린이들에게 부정적인 영향을 끼칠 수 있다고 말할지도 모른다. 그러나 권정생 동화의 저변에는 한층 근본적인 마음의 결이 가로놓여 있다. 그것은 곧 수난받는 존재에게서 엿보이는 메씨아(messiah)의 면모다.

> 그는 주 안에서 자라나기를 연한 순 같고, 마른 땅에서 난 줄기 같아서 고운 모양도 없고 풍채도 없은즉, 우리의 보기에 흠모할 만한 아름다운 것이 없도다. 그는 멸시를 받아서는 사람에게 싫어 버린 바 되었으며, 간고를 많이 겪었으며 질고를 아는 자라. 마치 사람들에게 얼굴을 가리우고 보지 않음을 받는 자 같아서 멸시를 당하였고, 우리도 그를 귀히 여기지 아니하였도다. 그는 실로 우리의 질고를 지고 우리의 슬픔을 당하였거늘, 우리는 생각하기를 그는 징벌을 받아서 하나님께 맞으며 고난을 당한다 하였노라……[5]

『이사야서 *The Book of Isaiah*』 53장에서 따온 이 구절은 그리스도의 고난을 앞질러 예언한다. 이 인용에서 그리스도는 "아름다운 것이 없"으며, "멸시를 당하"는 인물이다. 권정생 작품의 인물들과 다르지 않다. 권정생 동화의 인물들은 하나같이 아름다운 것이 없다. 그리고 멸시를 받는다. 그러나 이들 인물을 평가하는 기준은 "우리의 보기"로 표현되는 타자들의 시선일 뿐이다. 이 타자의 시선으로 보는 권정생 동화의 인물들은 아름다운 것이 없을 뿐 아니라 "간고를 많이 겪었으며 질고를 아는 자"들이다. 『몽실 언니』를 비롯하여 『점득이네』 『사과나무밭 달님』 등에서 끝없이 변

5 「나사렛 아이」, 같은 책 210면.

주되는 권정생의 인물들은 한결같이 '간고'를 겪는다. 현실적 고통에 무방비로 노출되어 있다. 이쯤이면 권정생 동화의 인물형상들이 어떤 지향을 상징하는지 알 것이다. 그의 인물들은 "우리의 질고를 지고 우리의 슬픔을 당"하는 속죄양인 것이다. 권정생이 속죄양일 뿐만 아니라, 그의 인물들 또한 어김없이 속죄양의 형상으로 우리 앞에 현존하는 것이다.

그러나 다른 한편으로 권정생의 인물들이 온전히 성서의 은유로 귀결되는 것만은 아니다. 권정생 동화의 함축은 성서적 진실의 전달을 위한 수단이 아니라, 현재의 삶과 중층적으로 마주치는 지점으로 귀결한다. 새삼 말할 것도 없이 그의 독자는 이 땅의 어린이들이며, 그의 작품은 이 땅의 어린이문학이다. 하여 그의 작품 속 인물들은 지금 이곳에서 삶의 질곡과 맞선다. 그 질곡은 때로는 과거의 역사에서, 때로는 현재에도 지속되는 분단이나 환경파괴, 궁핍에서 비롯한다. 권정생의 인물들은 이들 현실과 정면으로 맞서지 않는다. 쟁투를 벌여나가기는커녕 초월하거나 묵묵히 수긍한다. 속죄양 그리스도가 그러했듯, 권정생의 인물들도 사랑과 평화를 갈급하는 것이다. 그러나 정작 권정생 작품이 특정한 관념을 넘어 역사 속에 각인되는 것은, 어떤 주체의 고매한 정신을 넘어 사랑의 구체적인 현현태로서 현실 속의 평화를 추구하고 또 염원하기 때문이다.

권정생과 그의 작품은 평화를 가장 높은 이념으로 형상화한다. 그는 완전한 평화와 자신을, 그리고 자신의 작품을 잇대고자 한다. 결국 평화를 향한 간절한 염원이야말로 그의 작품을 휩싸고 도는 바탕이자 핵심인 것이다. 무릇 평화가 아닌, 모든 사회적 저항의 기제들은 또다른 억압을 불러일으키기도 한다. 따라서 그가 제기하는 모든 사회적 모순들도 기실 궁극의 평화에 도달하기 위한 징검돌일 따름이다. 사회모순의 해결이야말로 평화와 직결되기 때문이다. 권정생의 현실주의는 '우리'의 생각보다 훨씬 근본적이며, 훨씬 강건하다.

3. 현실주의 동시의 세 가지 양상

권정생 동화는 기본적으로 '멸시받는 인물'이 등장하고, 그 인물들은 어김없이 '간고'를 겪으며, 그 현실적 고통을 초월하거나 인고함으로써 현실의 고통과 근본적으로 대면하는 구조로 이루어진다. 그러나 이 구조가 동시에서도 그대로 반복될 리 없다. 적어도 서정시로서의 동시는 시간의 구조로 짜여져 있지 않기 때문이다. 동시는 여타 서정시와 다를 바 없이, 대상을 보고 떠오르는 인식과 정서를 표현한다. 상상력을 통해 대상을 새롭게 재발견하고, 그 대상에 생생한 시적 주체의 숨결을 불어넣는 것이다. 그렇다면 권정생 동시는 작가의 창작실천 속에서 동화와 어떻게 구분되고 또 조응하는가?

권정생의 동시를 본격적으로 살핀 연구는 과문한 탓인지 아직 보지 못했다. 권오삼이 비평의 형식이라기보다 에쎄이 형식으로 권정생 동시의 특성을 '그리움'과 '사랑'이라고 읽어낸 것이 전부라고 해도 과언이 아니다. 한가지 흥미로운 것은 다음과 같은 일화다.

> 이 시집을 한편 한편 읽어가면서 표시를 해나가는 중에 그〔권정생—인용자〕에게 동시 추천에 관해 협의해야 할 일이 있어 통화를 한 뒤, 웃으면서 한마디 던졌다. "누가 형한테 형의 시 세계가 뭐냐고 물으면 뭐라고 대답할래?" 형은 뜻하지 않은 내 질문에 당황한 듯 머뭇머뭇하더니 어눌한 말투로 "글쎄, 자연을 쓴 거지 뭐." 했다. 그 말을 들으니 너무 싱겁고 내가 바라는 것과는 거리가 있어 "형은 평론하기는 틀렸구먼." 했다.[6]

6 권오삼, 앞의 글 49면.

이 이야기 속 권정생은 "자연을 쓴 거지 뭐."라는 간략한 말로 자신의 동시세계를 요약했다. 그러나 자연을 대상으로 쓴다고 해서 권정생 동시가 전원시가 되거나 낭만적인 풍경의 소묘가 되지는 않는다. 자연조차 서정적 주체의 내면에 따라 달리 투영되는 것이 시의 본질이기 때문이다. 이는 마치 동화 속 인물로 등장하는 동물들이 그저 있는 그대로의 동물 자체가 아닌 것과 다를 바 없다. 인물이 되는 순간 동물들은 인격을 부여받으며, 특정 인간의 전형화된 성격을 표현하는 간접화된 대상으로 존재한다.

사실 권정생의 동시에 등장하는 대상은 많은 부분 자연에 기대고 있다. 토끼, 소, 달팽이, 뻐꾹새, 보리매미, 소낙비, 옥수수처럼 여리고 작으며 도드라지지 않는 대상들이다. 그의 시적 대상들은 동화 속 인물들과 조금도 어긋나지 않는다. 어쩌면 자연물이라고 지칭되는 대상들뿐만 아니라, 권정생에게는 살아가는 사람들 역시 자연과 다를 바 없는 것인지도 모른다. 그에게는 이라크 전장에서 고통받는 '알리'와 '바그다드'도 자연이고, '어머니'도 자연이며, '금동댁 할머니'와 '돌탭이 아재'도 자연이다. 그들은 자연과 다를 바 없이 참삶에 가깝게 몸을 잔뜩 낮춘 채 자신에게 허락된 노동과 일상으로 살아간다. 그의 시에 등장하는 존재는 모든 것이 자연인 셈이다.

이와같은 시적 대상은 권정생 동시의 현실성을 담보한다. 그러나 제재의 현실성이 작품 자체의 현실주의로 즉각 고양되는 것은 아니다. 동시의 현실주의 역시 주체의 인식과 형상화와 분리해서는 논의할 수 없기 때문이다. 그럼에도 단연코 권정생 동시는 현실주의 동시라고 지칭하기에 부족함이 없다. 더욱이 그의 동시는 동시에서의 현실주의[7]가 펼쳐나가는 방

7 시의 현실주의는 1990년대에 들어 본격적으로 논의되었다. 그리고 논쟁은 현실주의 소설과 견주어 '이야기시'를 주장하는 쪽과 서정시의 특성인 현실주의적 정서를 주장하는 쪽으로 첨예하게 대립한 바 있다. 논쟁의 과정과 평가는 윤여탁·이은봉이 엮은 『시와 리얼리즘 논쟁』(소명출판 2001)에 잘 정리되어 있다.

향들을 골고루 포괄하고 있다. 그 첫번째는 무엇보다 날카로운 비판정신이다. 그리고 두번째로는 정서의 전형성을 들 수 있다. 권정생은 그리움의 정서를 통해 대상을 투영해 보는 전형적인 정서를 획득하고 있다. 그리고 끝으로는 전형적인 인물과 상황을 드러냄으로써 획득하는 현실주의까지 폭넓게 펼쳐 보인다. 이 세 양상은 많지 않은 권정생의 동시에서 다채로운 형태로 표현됨으로써 권정생 동화의 현실주의와 나란히 짝을 이룬다.

비판과 풍자로서의 시

권정생의 시적 대상을 자연으로 포괄할 때, 반(反)자연의 형태로 드러나는 것은 인간의 것들이며, 이들은 당연히 평화와도 대척에 놓인다. 때로 그것은 전쟁의 모습으로 등장(「오빠 후세인」)하기도 하며, 어줍잖은 권위의 모습으로 등장(「고무신 3」)하기도 한다. 때로 그것은 의심(「인간성에 대한 반성문 1」)으로, 미움(「인간성에 대한 반성문 2」)으로, 거들먹거리는 인간의 모습(「정축년 어느 날 일기」)으로 풍자되어 나타나기도 한다. 그리고 이들 날선 비판은 동시라기보다 시의 형식에 가깝다.

권정생 시에서 자연의 대척에 놓인 인위적인 것의 실체를 잘 확인하게 해주는 작품은 「애국자가 없는 세상」[8]이다.

> 이 세상 그 어느 나라에도
> 애국 애족자가 없다면
> 세상은 평화로울 것이다.
>
> 젊은이들은 나라를 위해
> 동족을 위해

8 『녹색평론』 2000년 11·12월호.

총을 메고 전쟁터로 가지 않을 테고
대포도 안 만들 테고
탱크도 안 만들 테고
핵무기도 안 만들 테고

국방의 의무란 것도
군대훈련소 같은 데도 없을 테고
그래서
어머니들은 자식을 전쟁으로
잃지 않아도 될 테고

젊은이들은
꽃을 사랑하고
연인을 사랑하고
자연을 사랑하고
무지개를 사랑하고

이 세상 모든 젊은이들이
결코 애국자가 안 되면
더 많은 것을 아끼고
사랑하며 살 것이고

세상은 아름답고
따사로워질 것이다.

이 작품에서 권정생은 무정부주의에 가까운 평화주의자인 자신의 면모를 여실히 보여준다. 그는 애국과 애족, 국가 혹은 민족이라는 거대담론을 비판한다. 거대담론의 이면에 놓인 폭력적 억압을 경고하고 있으며, 거대담론을 전쟁과 동일시한다. 물론 그 대척에는 자연스러운 인간의 정서가 놓여 있고, 그 정서만으로도 너끈히 세상은 따뜻해질 것이라고 피력한다. 거대담론 역시 자연의 질서를 무너뜨리는 것으로 상징됨으로써 단단한 비판정신을 표현하고 있다. 그러나 이 작품은 주제의 단단함에도 불구하고 시적 형상화는 지나치게 단순하다. 애국, 애족 등의 거대담론이 갖는 관념적 속성으로 말미암아 생동하는 묘사를 획득하지 못했기 때문이다.

이는 전쟁에 대한 명확한 비판적인 조망을 감행하는 「알리」 「바그다드」 「오빠 후세인」 「무서워요」 같은 동시에서도 다를 바 없이 나타난다. 직설적인 내면의 표출, 묘사보다 서술에 기댐으로써 의식을 앞세우는 것 등이 그러하다. 그러나 역설적으로 이와같은 시편들은 권정생이 전쟁을 추상적으로 인식하기보다 구체적인 자기 삶의 일부로 받아들이고 있으며, 다급한 위기의식으로 대면하고 있음을 보여준다는 점에서 섣부른 단선적 평가는 경계할 일이다. 화급한 정세 속에서 그의 작품은 불완전함조차 밀쳐두는 육성을 담고 있기 때문이다.

그런데 권정생 시에서 자연, 평화와 대척에 놓이는 인위적인 것, 부정적인 것은 비판보다 풍자의 방법 속에 놓일 때 더욱더 뛰어난 시적인 묘미를 얻는다. 그의 시작(詩作)이 동시를 지향한다고 할 때, 비판보다 풍자가 한결 매끄럽게 어린 화자의 내면을 표현해주기 때문이다. 특히 권정생 시의 풍자는 외부로 향하기보다 주체의 내면을 응시하고 있다는 점도 특성이다. 「정축년 어느 날 일기」[9]에서처럼 권정생과 동일시되는 시적 주체는 "자존심 상한 늙은 인간"으로 등장하며, "평생 정의에 불타는 가슴으로 살"았음을 강변한다. 그러나 "십 년이 넘은 늙은 개 한 마리"는 "저 인간이

9 『사람의문학』 1997년 가을호.

이젠 머리까지 돌았군." 하는 핀잔으로 일축하고 만다.

도모꼬는 아홉살
나는 여덟살
이학년인 도모꼬가
일학년인 나한테
숙제를 해달라고 자주 찾아왔다.

어느 날, 윗집 할머니가 웃으시면서
도모꼬는 나중에 정생이한테
시집가면 되겠네
했다.

앞집 옆집 이웃 아주머니들이 모두 쳐다보는 데서
도모꼬가 말했다.
정생이는 얼굴이 못생겨 싫어요!

오십 년이 지난 지금도
도모꼬 생각만 나면
이가 갈린다.

—「인간성에 대한 반성문 2」(『사람의문학』 1997년 가을호)

이 작품에서는 권정생 특유의 해학이 잘 묻어난다. 그런데 어린 시절의 삽화와 함께 이어지는 "이가 갈린다"는 직설적인 표현이 그저 날선 비판만은 아니다. 이 작품 전체가 '반성문'이기 때문이다. 자신의 인간성에 대한 비판적 거리두기를 통해 "이가 갈린다"는 자신을 풍자하는 것이다. 마

권정생 동시의 주도적인 정서는 그리움이다. 그리고 그리움은 언제나 결핍으로부터 비롯된다. 그의 동시는 모든 존재를 결핍이 없는 애초의 상태로 되돌리고자 하는 시적 노력이다.
권정생 시집 『어머니 사시는 그 나라에는』.

음을 두고 있던 아이에게서 받은 아픈 상처를 뼛속 깊이 잊지 못하는 인물은 아이의 마음을 여실히 드러낸다. 그와 함께 "오십 년이 지난 지금"까지 분개하는 것 역시 아이의 마음과 다를 바 없다. 아이의 마음과 아이 같은 마음을 모두 반성함으로써, 권정생은 또다른 반자연, 반평화의 마음을 되돌려놓고자 하는 것이다.

그러나 정작 이들은 권정생 작품의 최근 경향일 따름이다. 유일한 동시집인 『어머니 사시는 그 나라에는』(지식산업사 1988)에도 비록 폭력에 대한 노여움이 묻어나는 「고무신 3」(84~90면)과 같은 작품이 있으나, 어디까지나 예외일 따름이다. 그의 정서의 원형은 풍자와 비판이기보다 자연 속에 기거하는 존재들에 깊이 닻을 내리고 그 존재의 육성을 가만히 걸러내는 것이다.

서정적 그리움과 어머니

권정생의 동시를 압도하는 정서는 그리움이다. 앞서 살펴보았듯 그는 작고 여리고 보잘것없는 자연 속 존재들을 동시의 대상으로 선정한다. 그러나 이들 자연 속 존재들은 평화를 구가하며 살지 못한다. 권정생 동화가 그러하듯, 어쩔 수 없는 존재론적인 이별에 봉착하거나 사회모순으로 말미암아 가족과 분리된다. 물론 가족은 권정생 동시에서 육친 그 이상을 상징한다. 가족의 분리는 완전한 상태를 훼손하는 치명적인 결핍을 뜻한다. 그리고 결핍은 자연스럽게 그리움이란 공통의 정서를 유발한다.

쇠그물에 달빛이 아른거리면
엄마 보고 싶은 아가 토끼가
달님을 가만히 쳐다보고

—「토끼 1」, 『어머니 사시는 그 나라에는』 11면

이 시는 전적으로 동시의 문법에 조응한다. "아가 토끼"를 통한 동시 독자와의 동일성, "엄마"를 향한 그리움이란 단일한 정서, 그리고 짧고 군더더기 없는 단정한 묘사가 그러하다. 마치 한폭의 그림을 마주하는 듯한 작품이다. 더욱이 이 동시는 율격을 통한 리듬감을 확보하는 데 성공했다.

"쇠그물"이라는 인간의 횡포에도 불구하고, 자연 속 존재들은 더러 평화를 구가하기도 한다. 물론 불완전하다. "토끼는 꿈속에서 들판을 뛰놀고/하늘처럼 드넓은 풀밭에서 뛰놀고//토끼는 그 누구도 가두지 않고/토끼는 그 무엇도 묶어 두지 않"(「토끼 4」)는 꿈을 꾸기 때문이다. 작은 존재들은 더불어 함께 존재함으로써 더 완전한 평화를 획득한다.

깜장 토끼가 노란 토끼를 핥아 주고
하얀 토끼가 잿빛 토끼한테 기대고 자고

토끼는 빛깔이 달라도 서로 아끼고
토끼는 눈빛이 달라도 나란히 살고

토끼는 모두 모두 예쁘다 그러고
하늘처럼 하늘처럼 푸르게 살고.

—「토끼 5」, 『어머니 사시는 그 나라에는』 15면

굳이 긴 설명이 필요하지 않을 만큼 이 시는 평화롭다. 그 평화에는 차별을 넘어서는 차이, 차이를 넘어서는 동질성에 대한 인식이 내재되어 있다. 서로 짝을 이루는 시구의 연결을 통해 이 단순한 진리는 소박하게 제시된다. 다만 묘사를 넘어 시인의 직접적인 목소리가 언표되는 마지막 연이 시적 긴장을 이완시키는 결함이 없지 않다. 그러나 권정생 동시에서 보기 드물게 평화를 향유하는 장면이 제시되고 있다. 이와같은 인식은 무엇보다 있는 그대로의 자연스러움에 기대고 있다. 인위적인 것, 각자 선 자리에서의 편견이 개입하는 순간 평화는 일그러진다.

평화의 전제로서 차이의 용인은 다른 시에서도 나타난다. "나팔꽃집보다/분꽃집이 더 작다//해바라기꽃집보다/나팔꽃집이 더 작다//"해바라기꽃집은 식구가 많거든요"/제일 작은 채송화꽃이 말했다.//꽃밭에 바람이 살랑살랑 불었다."(「꽃밭」) 동시에서 언어의 문제 이전에 대상을 보는 새로운 눈, 새로운 상상력을 거론한다면 이 동시가 가장 상상력이 돋보이는 동시인 것만은 분명하다. 너무나 자명한 사실을 세상살이의 눈으로 포착하고, 거꾸로 세상살이를 비판적으로 조명하는 가운데, 자연의 자연스런 질서를 형상화하고 있다는 점에서 그러하다.

그러나 타자에 대한 완전한 공감과 용인은 사람의 삶에서는 보기 드물다. 온전한 자연 대상을 다룬 작품으로부터 유추적 상상력을 발휘하여 인간의 비속한 삶을 견주어볼 수 있을 따름이다. 권정생 동화와 마찬가지로, 동시 세계에서 주로 발휘되는 상상력은 앞선 「토끼 1」에서처럼 시인의 마음을 대상 속에 투영해 보는 상상력이다. 작품 속에 등장하는 시적 대상들은 여실히 인간의 삶을 표상하며, 인간의 현실적 고통을 선명하게 드러낸다. 전쟁통에 아이를 잃어버린 "달팽이"(「달팽이 3」)나, 가난하여 옷감조차 일습(一襲)으로 마련하지 못한 살림살이를 "엉머구리"의 외양에 견주어 살펴본 작품(「엉머구리」)이 그러하다.

이들 작품 가운데 가장 권정생다운 작품은 그가 알뜰히 사랑하는 소를 그리고 있는 작품이다. 혼숫감 구루마를 끌다가 전에 헤어진 넷째 송아지를 떠올리는 「소 5」(『어머니 사시는 그 나라에는』 24면)는 투사(透射)적 상상력의 실재를 선명하게 입증한다.

주인 집 아가씨
혼수감을 실은
구루마를 끌던 날

느티나무 언덕에서
엄마소는 네째 생각을 했다.

두 달 전 장날
나부라진 귀를 쫑그렸다가
끌려 내려가던 암송아지

네째는 청산고개에서
옴매애
옴매애
울었지……

이 동시에 나타나는 절박한 그리움의 정서야말로 권정생 동시의 가장 아름다운 대목이다. 상황과 상황에 뒤따르는 회상, 귀에 쟁쟁한 암송아지의 울음소리 등 동시의 품격을 고아하게 펼쳐 보이는 작품이다. 이 또한 시인의 마음이 달팽이, 엉머구리, 소 같은 자연 속 존재에 흔연히 밀착되었기에 가능한 수작이다. 오로지 권정생의 맑은 마음만이 길어올릴 수 있는 시적 진경인 것이다.

인물 형상화와 이야기시

아픈 그리움을 노래하는 동시들이 권정생 동화의 정서를 여실히 반복하고 있는 한편, 권정생 동화의 현실주의적 면모를 고스란히 이어받고 있는 동시들도 발견된다. 그것은 곧 작품 속에 인물이 있고, 상황이 있으며, 이야기가 있는 시들이다. 권정생의 동시 전체가 양으로 보아 그리 많지 않음에도 불구하고, 의외로 그의 동시에는 이야기구조를 갖춘 작품이 적지 않다. 마치 1920년대 임화(林和)의 서술시와 같은 형태로, 작품 속에 인물이 존재하며 이야기를 담고 있는 것이다.

1학년에 처음 입학하던 날
할매하고 손잡고 학교 가는 길
달구지 길 지나서 들길을 가다가
징검다리 건너는 강물에서
할매는 문득 북녘 하늘을 봤다.

우리 아버지가 꼭 나만 할 때
전쟁이 일어났고
할배는 인민군에게 끌려갔는데
잡혀 갔는지 따라갔는지
할매는 그걸 자세 모르지만

할배는 그렇게 갔다고 한다.

징검다리 학교 길은
할배가 다니던 그 길
할배는 일직 국민학교 선생님이었고
한쪽 귀퉁이가 오그라진 가방을 들고 다녔고
지금 우리 집 사랑방 벽장 속에 고이 간직해 둔
할매 보물은 그 가죽 가방하고
할배의 사진 한 장

내가 학교에 처음 입학하던 날
할매하고 같이 손잡고 걸어가다가
할매는 강물 징검다리에서
가만히 북녘 하늘을 바라보았다.
거기 푸른 하늘 흰구름만 흐느끼듯 흘러가고
할매 눈에 눈물이 보일랑 말랑
할매 얼굴은 30년 동안 이렇게
북녘을 보면서 눈물을 흘렸다.

—「할매 얼굴」, 『어머니 사시는 그 나라에는』 33~34면

이 동시 속에는 이야기가 담겨 있다. 전쟁이 일어났다. 아들이 초등학교 1학년 때였다. 할머니와 함께 살던 할아버지가 인민군에게 잡혀, 혹은 따라 북으로 갔다. 할머니는 30년도 더 지난 지금까지 할아버지를 그리워하고 있다. 그런데 오늘 그 아들의 아들이 1학년이 되었다. 아들이 처음 입학하던 그 학교, 남편이 매일 출근하던 그 학교. 할머니는 손자 손을 이끌고 가다가 다시 별이 뜨듯 놓은 할아버지 생각에 북녘을 쳐다본다. 눈물이 흐

른다. 다양한 시적 장치들이 중첩되어 있으나, 상황과 인물은 전형적이다. 전쟁통에 남편과 헤어지고 홀로 청상이 되어 30년 긴 세월을 그리움 속에 아이를 키우며 살아온 여인이 있는 것이다. 이 전형성에 덧붙여 정서 또한 전형이 되기에 부족함이 없다.

권정생의 동시는 이처럼 인물을 전면에 내세우고 있는 작품이 적지 않다. 제목만 봐도 이 땅에서 살고 있는 수많은 민중적 형상들이 고만고만한 삶의 고통을 지고, 삶의 분복(分福)을 지키며, 삶의 의무를 다하며 살아내고 있다. 소처럼 "온몸으로 이야기하면서" "슬픈 이야기 한 발짝 두 발짝 / 천천히 천천히 들려"(「소 4」)주며 살아가는 것이다. 「똬리골댁 할머니」가 그러하고, 「공 아저씨」가 그러하듯. 「해룡이」가 그러하고, 「달맞이산 너머로 날아간 고등어」의 '용칠이 아저씨'가 그러하듯. '농꼴이 아재'가 그러하고, '점례'와 '구만이'와 '금동댁 할머니'와 '돌탭이 아재'와 '마산요양원 임순자 아주머니'가 그러하듯.

그 가운데 이들 경향의 작품을 가장 선명하게 돋을새김하는 작품은 단연 동시집의 표제작 「어머니 사시는 그 나라에는」(91~102면)이다.

> 세상의 어머니는 모두가 그렇게 살다 가시는 걸까.
> 한평생
> 기다리시며
> 외로우시며
> 안타깝게……
>
> 배고프시던 어머니
> 추우셨던 어머니
> 고되게 일만 하신 어머니
> 진눈깨비 내리던 들판 산고갯길

바람도 드세게 휘몰아치던 한평생

그렇게 어머니는 영원히 가셨다.

먼 곳 이승에다

아들딸 모두 흩어 두고 가셨다.

버들 고리짝에

하얀 은비녀 든 무명 주머니도 그냥 두시고

기워서 접어 두신 버선도 신지 않으시고

어머니는 혼자 훌훌 가셨다.

이렇게 어머니의 죽음으로 시작하는 동시는 죽음 저편의 세계를 어머니 살아생전의 기다림, 외로움, 안타까움, 굶주림, 추위, 고된 일 등과 나란히 견주어 화자의 간절한 그리움을 자분자분 풀어낸다. 어머니의 생애 전체가, 시인의 기억 속에 환하게 떠오르는 어머니의 면모가 239행의 긴 시 속에 찬찬히 묘사된다. 사는 집과 앞질러 세상을 하직한 목생이 형, 물동이 이고 가던 마을 고샅길, 디딜방아로 찧어내던 떡, 나물 뜯기, 전쟁, 고추밭에서의 길고 긴 노동, 긴 노동 끝의 귀갓길, 먼 길 떠난 아이들에 대한 그리움 속에 끓이던 국, 달밤에 삼을 삼던 일, 병고, 그리움과 애달픔, 장날 풍정, 아름다운 산과 강, 무서운 것들, 단옷날, 착한 사람들 등이 등불이 켜지듯 하나둘 돋아난다.

아아, 거기엔 배고프지 않았으면

너무 많이 고달프지 않았으면

너무 많이 슬프지 않았으면

부자가 없어, 그래서 가난도 없었으면

사람이 사람을 죽이지 않았으면

으르지도 않고 겁주지도 않고
목을 조르고 주리를 틀지 않았으면
소한테 코뚜레도 없고 멍에도 없고
쥐덫도 없고 작살도 없었으면

보리밥 먹어도 맛이 있고
나물 반찬 먹어도 배가 부르고
어머니는 거기서 많이 쉬셨으면
주름살도 펴지시고
어지러워 쓰러지지 말으셨으면
손목에 살이 좀 오르시고
허리도 안 아프셨으면
그리고 이담에 함께 만나
함께 만나 오래 오래 살았으면

어머니랑 함께 외갓집도 가고
남사당놀이에 함께 구경도 가고
어머니 함께 그 나라에서 오래 오래 살았으면
오래 오래 살았으면……

「어머니 사시는 그 나라에는」의 마지막 대목이다. 어머니를 옥죄던 모든 고통의 근원들이 흔적조차 없기를 바라는 염원과 오래 함께 살고지고자 하는 간절한 염원이 이 길게 이어지는 시편에 빼곡하게 들어차 있다. 어머니 생전의 모습과 화자의 바람이 말 그대로 길게 이어지고 있음에도, 이 동시는 화자의 바람이 갖는 절실함으로 말미암아 이미지의 통일성이 조금도 흩뜨러지지 않은 채 파노라마처럼 펼쳐진다. 명료한 연 구분과 거듭되는 원망(願望)의 어조, 그 중심축에서 점차 부각되는 어머니 생전의 삶이 갖는 이미지의 견고함 등으로 이야기시의 전범이자 현실주의 동시의 한 지평을 획득하고 있는 것이다.

4. 다시 권정생의 동화로 들어서며

권정생은 동화작가다. 그러나 그의 동시 또한 작가의 예술적 실천이 동심원을 그리며 원환(圓環)의 중심을 잃지 않고 펼쳐나가는 양상을 유감없이 보여준다. 그의 동시는 동화의 현실주의적 정신을 반복하고 변주하는 가운데 우리 동시의 현실주의가 어떻게 아름다움과 뜨거움을 놓치지 않고 전개되어야 할지를 뚜렷이 부각해준다.

그의 동시는 무엇보다 오늘의 현실주의 동시가 현실의 장벽을 어디에서부터 어떻게 돌파해나가야 할지를 앞질러 보여준다. 간결하고 단단한 묘사, 날카롭고 근본적인 현실비판, 전형으로 상승되는 정서, 인물의 내면과 외양을 긴밀하게 일치시키는 형상화, 이야기를 통한 시적 지평의 확대 등이 그의 동시에서 획득된 미덕이다. 이 미덕은 무엇보다 기법의 양상에 국한되지 않고, 평화를 향한 인간 존재의 근본적인 동경에 뿌리내리고 있다는 점에서 한층 웅혼한 것이기도 하다. 그의 동시가 있어 우리 어린이 문학, 그 가운데 현실주의 동시라는 장르 또한 견주어볼 전범이 생긴 것이다.

그렇다고 권정생 동시가 완전한 것만은 아니다. 작품 전반에 걸쳐 평가해볼 때, 명확한 장르적 완결성에 도달했다고 평가하기는 어렵다. 이원수의 동요와 흡사한 작품들도 없지 않으며, 이오덕의 동시와 같은 이념지향의 동시들도 없지 않다. 몇몇 두드러진 작품들이 있어 다행스럽기는 하나, 서술의 잉여가 적지 않은 것도 결함이다. 그리고 그보다 더욱 분명한 제한은 여전히 동화의 문법과 동시의 문법이 혼효하고 있다는 점이다. 비록 현실주의라는 측면에서 동시가 전개될 방향을 선명하게 제시하고 있다고는 하나, 장르적 특성을 완연히 보여주는 데에는 미치지 못한다고 할 수 있다. 깊은 서정적 울림을 동반하는 동시들에 비해 동화와 일정하게 조응하는 동시들이 더한층 그 성취가 두드러진다는 점에서 그렇다. 결국 권정생 작품의 중핵은 동화에 있는 것이다.

권정생의 동시도 진전된 해석과 평가를 기다리고 있다. 그러나 더욱 화급한 것은 권정생 동화의 전모를 정밀하게 탐사하는 일이다. 동시는 그 탐사에 힘입어 오히려 더욱 선명하게 실체를 드러내게 될 것이다. 우리는 다시금 그가 일구어낸 우리의 동화 앞에 서게 되었다. 누군가는 단단하게 무장한 채 서둘러 빗장을 풀어내어야 할 것이다. 별은 하늘에 있으나 그 빛이 지금 이곳의 어린이문학 행로를 비추도록 해야만 한다. 그것이 별의 제몫을 찾아주는 일인 것이다.

_『창비어린이』 2005년 겨울호

찾아보기

ㄱ